Anton Tschechow

Erzählungen

D1924972

Übersetzung von Kay Borowsky
Nachwort von Ludolf Müller

Philipp Reclam jun. Stuttgart

Umschlagabbildung:
Anton Tschechow. Zeichnung von Horst Janssen. 1981
Aus: Toska – Schwermut. Göttingen: Arkana Verlag, 1981
© Tete Böttger, Göttingen

Universal-Bibliothek Nr. 9901
Alle Rechte vorbehalten
© 1978 Philipp Reclam jun. GmbH & Co., Stuttgart
Satz: Bauer & Bökeler KG, Denkendorf
Druck und Bindung: Reclam, Ditzingen
Printed in Germany 2001
RECLAM und UNIVERSAL-BIBLIOTHEK sind eingetragene Marken
der Philipp Reclam jun. GmbH & Co., Stuttgart
ISBN 3-15-009901-3

www.reclam.de

Austern

Ich brauche mein Gedächtnis nicht allzusehr anzustrengen, um mich in allen Einzelheiten daran zu erinnern, wie ich in der regnerischen, herbstlichen Dämmerung mit meinem Vater auf einer belebten Straße von Moskau stehe und spüre, wie eine seltsame Krankheit nach und nach von mir Besitz ergreift. Schmerzen habe ich nicht, aber meine Beine knicken ein, die Worte bleiben mir im Halse stecken, mein Kopf neigt sich kraftlos zur Seite ... Es ist klar, gleich falle ich um und verliere das Bewußtsein.

Wäre ich in diesem Augenblick ins Krankenhaus gekommen, hätten die Ärzte auf meine Tafel schreiben müssen: Fames – eine Krankheit, die es in medizinischen Lehrbüchern nicht gibt.

Neben mir auf dem Trottoir steht mein leiblicher Vater in einem abgetragenen Sommermantel und mit einer Trikotmütze auf dem Kopf, aus der weiß schimmernd ein Stück Watte hervorquillt. Seine Füße stecken in großen, schweren Galoschen. Aus Angst, die Leute könnten sehen, daß er sie über bloßen Füßen trägt, hat der eitle Mensch alte Stiefelschäfte über die Waden gezogen.

Dieser arme, etwas beschränkte Sonderling, den ich um so stärker liebe, je abgerissener und schmutziger sein stutzerhafter Sommermantel wird, ist vor fünf Monaten in der Hauptstadt eingetroffen, um sich eine Stelle als Schreiber zu suchen. Die ganzen fünf Monate trat er das Pflaster der Stadt und bat um Arbeit; erst jetzt hat er sich entschlossen, auf die Straße zu gehen und zu betteln ...

Uns gegenüber steht ein großes, zweistöckiges Haus mit einem blauen Schild: »Gasthaus«. Mein Kopf ist ein wenig seitlich zurückgebogen, und unwillkürlich blicke ich in die Höhe, zu den beleuchteten Fenstern des Gasthauses. Hinter ihnen huschen menschliche Gestalten vorbei. Die rechte Seite eines Orchestrions ist zu sehen, zwei Öldrucke, Hängelampen ... Nachdem ich eins der Fenster genauer in Augenschein genommen habe, bemerke ich einen weißen, schimmernden Fleck. Dieser Fleck bewegt sich nicht und hebt sich mit seinen geradlinigen Konturen scharf vom allgemeinen dunkelbraunen Hintergrund ab. Ich strenge meine Augen an und erkenne in dem Fleck ein weißes Schild. Darauf ist etwas geschrieben, aber was – das ist nicht auszumachen …

Eine halbe Stunde lang kann ich meinen Blick nicht von dem Schild losreißen. Mit seinem weißen Leuchten zieht es meine Augen an und hypnotisiert förmlich mein Gehirn. Ich versuche die Aufschrift zu lesen, doch mein Bemühen ist vergebens.

Schließlich tritt die seltsame Krankheit in ihre Rechte.

Das Rollen der Equipagen kommt mir allmählich wie Donnern vor, im Straßengestank unterscheide ich tausenderlei Gerüche, meine Augen sehen in den Wirtshauslampen und Straßenlaternen blendende Blitze. Meine fünf Sinne sind angespannt und aufnahmebereiter als gewöhnlich. Ich beginne zu sehen, was ich vorher nicht gesehen hatte.

»Austern …«, entziffere ich auf dem Schild.

Ein seltsames Wort! Genau acht Jahre und drei Monate lebe ich nun schon auf der Welt, aber nie habe ich dies Wort gehört. Was bedeutet es? Ist das vielleicht der Name des Gasthausbesitzers? Aber die Namensschilder hängt man doch an die Türen und nicht an die Wände!

»Papa, was bedeutet Austern?« frage ich mit heiserer Stimme und bemühe mich, mein Gesicht dem Vater zuzuwenden.

Mein Vater hört nicht. Er beobachtet genau die Bewegungen der Menge und begleitet jeden Vorübergehenden mit den Blikken … An seinen Augen sehe ich, daß er ihnen etwas sagen will, doch das entscheidende Wort hängt wie ein lastendes Gewicht an seinen zitternden Lippen und kann sich einfach nicht lösen. Einem Passanten ging er sogar nach und berührte ihn am Ärmel, aber als jener sich umdrehte, sagte er »Entschuldigung«, geriet in Verwirrung und machte kehrt.

»Papa, was bedeutet Austern?« wiederhole ich.

»Das ist so ein Tier … Es lebt im Meer …«

Im Nu stelle ich mir dies unbekannte Meerestier vor. Es muß ein Mittelding zwischen einem Fisch und einem Krebs sein. Und weil es aus dem Meer kommt, bereitet man aus ihm natürlich eine äußerst schmackhafte heiße Fischsuppe mit kräftigem Pfeffer und Lorbeerblatt, gesäuerte Kohlsuppe mit kleinen Knorpeln, Krebssoße, Fischgallerte mit Meerrettich ... Ich male mir lebhaft aus, wie dieses Tier vom Markt gebracht, schnell gesäubert, schnell in den Topf getan wird ... schnell, schnell, weil alle hungrig sind ... schrecklich hungrig! Aus der Küche kommt ein Duft von gebratenem Fisch und von Krebssuppe.

Ich spüre, wie dieser Duft meinen Gaumen kitzelt und meine Nasenlöcher, wie er sich allmählich meines ganzen Körpers bemächtigt ... Das Gasthaus, mein Vater, das weiße Schild, meine Ärmel – alles strömt diesen Geruch aus, duftet so stark, daß ich anfange zu kauen. Ich kaue und mache Schluckbewegungen, als läge in meinem Mund tatsächlich ein Stück von diesem Meerestier ...

Die Knie werden mir weich von dem Genuß, den ich empfinde, und damit ich nicht falle, greife ich nach Vaters Ärmeln und sinke gegen seinen durchnäßten Sommermantel. Der Vater zittert und krümmt sich zusammen. Er friert ...

»Papa, sind Austern in der Fastenzeit erlaubt oder verboten?« frage ich.

»Man ißt sie lebendig ...«, sagt mein Vater. »Sie haben Schalen wie die Schildkröten, aber ... mit zwei Hälften.«

Augenblicklich hört der liebliche Duft auf, meinen Körper zu kitzeln, und die Illusion verfliegt ... Jetzt verstehe ich alles!

»Wie ekelhaft«, flüstere ich, »wie ekelhaft!«

Das also sind Austern! Ich sehe ein froschähnliches Tier vor mir, das zwischen seinen Schalen hockt, mit großen, glänzenden Augen aus ihnen hervorschaut und seine widerwärtigen Kiefer spielen läßt. Ich stelle mir vor, wie dieses Tier in seiner Schale, mit seinen Krebsscheren, seinen glänzenden Augen und der glitschigen Haut, vom Markt heimgebracht wird. Alle Kinder verstecken sich, und die Köchin packt, während sie vor Ekel das Gesicht verzieht, das Tier an einer Schere, legt es auf den Teller und trägt es ins Eßzimmer. Die Erwachsenen greifen zu und essen ..., verzehren es bei lebendigem Leib, mitsamt den Augen,

Zähnen und Pfötchen! Das Tier aber stößt piepsende Laute aus und versucht, sie in die Lippen zu beißen ...
Ich verziehe mein Gesicht, aber ... aber warum nur beginnen meine Zähne zu kauen? Das Tier ist ekelerregend, abscheulich, schrecklich, aber ich esse es, esse voller Gier und fürchte dabei, seinen Geschmack und Geruch wahrzunehmen. *Ein* Tier ist aufgegessen, aber schon sehe ich die glänzenden Augen eines zweiten, eines dritten ... Ich verzehre auch sie ... Schließlich esse ich die Serviette, den Teller, Vaters Galoschen, das weiße Schild ... Ich esse alles, was mir unter die Augen kommt, weil ich fühle, daß nur durch Essen meine Krankheit vorübergeht. Schrecklich sehen mich die Austern mit ihren Augen an, sie sind widerlich, ich zittere bei dem Gedanken an sie, aber ich will essen! Essen!
»Austern! Gebt mir Austern!« löst sich ein Schrei aus meiner Brust, und ich strecke die Hände aus.
»Helfen Sie, meine Herrschaften!« höre ich im selben Augenblick dumpf und kaum vernehmbar die Stimme meines Vaters. »Ich schäme mich zu betteln, aber – mein Gott! – ich habe keine Kraft mehr!«
»Ich möchte Austern!« schreie ich und zerre dabei meinen Vater am Rockschoß.
»Ißt du etwa Austern? So ein kleiner Junge!« höre ich neben mir ein Lachen.
Vor uns stehen zwei Herren in Zylindern und sehen mir lachend ins Gesicht.
»Du ißt Austern, Kleiner? Wirklich? Das ist interessant! Wie ißt du sie denn?«
Ich erinnere mich, wie ich von einer kräftigen Hand zum erleuchteten Gasthaus gezogen werde. Innerhalb einer Minute sammelt sich eine Menge Menschen um uns und sieht mir neugierig und unter Gelächter zu. Ich sitze an einem Tisch und esse etwas Glitschiges, Gesalzenes, das nach Feuchtigkeit und Schimmel riecht. Ich esse gierig, ohne zu kauen, ohne hinzusehen und ohne zu untersuchen, was ich esse. Ich habe das Gefühl, wenn ich die Augen öffne, werde ich unweigerlich glänzende Augen, Scheren und spitze Zähne sehen ...

Plötzlich stoße ich beim Kauen auf etwas Hartes. Man hört ein Knacken.
»Ha ha! Er ißt die Schalen mit!« lacht die Menge. »Du Dummerchen, das kann man doch nicht essen!«
Danach erinnere ich mich an einen fürchterlichen Durst. Ich liege in meinem Bett, Sodbrennen und der seltsame Geschmack in meinem ausgedörrten Mund lassen mich nicht einschlafen. Mein Vater geht von einer Ecke in die andere und gestikuliert mit den Händen.
»Ich habe mich wohl erkältet«, brummt er. »Ich spüre so was im Kopf … Als ob sich jemand in ihm eingenistet hätte … Vielleicht kommt es auch davon, daß ich … wie war das … daß ich heute nicht gegessen habe … Ich bin wirklich komisch und blöd … Ich sehe, daß diese Herrschaften für die Austern zehn Rubel bezahlen. Warum kann ich da nicht hingehen und sie um ein paar bitten? … Sie leihen? Sicher hätten sie sie mir gegeben.«
Gegen Morgen schlafe ich ein, und mir träumt von einem Frosch mit Scheren, der in seiner Muschel sitzt und mit den Augen rollt. Gegen Mittag wache ich vor Durst auf und suche mit den Augen den Vater: er geht immer noch hin und her und gestikuliert …

Wanka

Wanka Shukow, ein Junge von neun Jahren, vor drei Monaten dem Schuster Aljachin in die Lehre gegeben, legte sich am Heiligen Abend nicht schlafen. Er hatte abgewartet, bis die Wirtsleute und die Gesellen zur Frühmesse gegangen waren; dann holte er aus dem Schrank des Meisters ein Tintenfaß und einen Federhalter mit einer verrosteten Feder und begann, nachdem er ein zerknittertes Blatt Papier vor sich ausgebreitet hatte, zu schreiben. Bevor er den ersten Buchstaben hinsetzte, schaute er einige Male ängstlich auf Türen und Fenster, schielte zur dunklen Ikone hinüber, zu deren beiden Seiten sich Regale mit Schuhmacherleisten hinzogen, und seufzte immer wieder auf. Das Papier lag auf der Bank, er selbst kniete davor.

»Lieber Großvater, Konstantin Makarytsch!« schrieb er. »Ich schreibe Dir einen Brief. Ich sende Ihnen viele Grüße zu Weihnachten und wünsche Dir alles Gute von dem Herrgott. Ich habe keinen Vater und keine Mama, nur Du allein bist mir geblieben.«

Wanka ließ die Augen zum dunklen Fenster schweifen, in dem der Widerschein der Kerze flackerte, und stellte sich lebhaft seinen Großvater Konstantin Makarytsch vor, der bei den Shiwarews Nachtwächterdienste tat. Das ist ein kleiner, magerer, aber außergewöhnlich flinker und beweglicher Alter von fünfundsechzig Jahren, mit ewig lachendem Gesicht und betrunkenen Augen. Tagsüber schläft er in der Gesindeküche oder schäkert mit den Köchinnen; nachts aber, in einen weiten Pelz gehüllt, geht er um den Gutshof herum und läßt seine Klapper ertönen. Ihm folgen mit hängenden Köpfen die alte Kaschtanka und der junge Rüde Wjun*, der diesen Beinamen wegen seiner schwarzen Farbe und seines langen, an ein Wiesel erinnernden Körpers bekommen hat. Dieser Wjun hat bemerkenswert gute Manieren, ist anschmiegsam und schaut mit dem gleichen rührenden Blick auf die Seinen wie auf Fremde, genießt aber bei nieman-

* Bezeichnung für Neunauge, Schmerle, Aalquappe und andere Fischarten.

dem Vertrauen. Hinter seinen guten Manieren und seiner Demut verbirgt sich die ausgesuchte Tücke eines Jesuiten. Keiner versteht es besser als er, sich im rechten Augenblick heranzuschleichen und einen am Fuß zu packen, in den Eiskeller einzubrechen oder beim Bauern ein Huhn zu stehlen. Seine Hinterpfoten sind schon mehr als einmal übel zugerichtet worden, zweimal hat man ihn aufgeknüpft, jede Woche hat man ihn halb zu Tode geprügelt, aber er erholte sich immer wieder.

Jetzt steht der Großvater wahrscheinlich am Tor, blinzelt zu den grell-roten Fenstern der Dorfkirche hinüber und schäkert, während seine Filzstiefel gegen den Boden stampfen, mit dem Gesinde. Seine Klapper ist am Gürtel befestigt. Er schlägt die Hände gegeneinander, schauert vor Kälte und zwickt unter greisenhaftem Gekicher mal das Stubenmädchen, mal die Köchin.

»Wolln wir nicht ein bißchen Tabak schnupfen?« sagt er und hält den Frauen seine Tabaksdose hin.

Die Frauen schnupfen und niesen. Der Großvater gerät in einen unbeschreiblichen Freudentaumel, bricht in ein fröhliches Gelächter aus und schreit:

»Reißt los, es ist angefroren!«

Auch die Hunde lassen sie Tabak schnupfen. Kaschtanka niest, verzieht die Schnauze und geht beleidigt davon. Wjun niest wegen seiner guten Manieren nicht und wedelt mit dem Schwanz. Und was für ein herrliches Wetter. Die Luft ist still, klar und frisch. Die Nacht ist dunkel, aber man sieht das ganze Dorf mit seinen weißen Dächern und den Rauchfahnen, die aus den Kaminen kommen, die vom Rauhreif versilberten Bäume, die verschneiten Hügel. Der ganze Himmel ist von lustig blinkenden Sternen übersät, und die Milchstraße zeichnet sich so deutlich ab, als hätte man sie vor dem Feiertag gewaschen und mit Schnee abgerieben ...

Wanka seufzte, tauchte die Feder ein und schrieb weiter:

»Gestern habe ich Haue gekriegt. Der Meister zog mich an den Haaren in den Hof und prügelte mich mit dem Spannriemen durch, weil ich dero Kind in der Wiege geschaukelt habe und aus Versehen eingeschlafen bin. Und am Sonntag hat mir die Frau

Meister befohlen, einen Hering zu reinigen, und ich habe mir zuerst den Schwanz vorgenommen, und da hat sie den Hering gepackt und angefangen, mir mit seinem Maul im Gesicht herumzufahren. Die Gesellen machen sich über mich lustig, schicken mich in die Kneipe nach Wodka und befehlen mir, bei den Herrschaften Gurken zu stehlen, und der Herr nimmt zum Prügeln, was ihm gerade in die Hände kommt. Und mit dem Essen ist es überhaupt nichts. Morgens gibt es Brot, mittags Grütze und abends wieder Brot, aber eher platzen die Herrschaften, bevor sie Tee oder Kohlsuppe herausrücken. Und schlafen muß ich im Flur, und wenn dero Kind weint, schlafe ich überhaupt nicht, sondern schaukle die Wiege. Lieber Großvater, erbarme Dich um Gottes willen, nimm mich von hier fort nach Hause, aufs Dorf, ich weiß nicht mehr weiter ... Ich bitte Dich fußfällig, und ich werde immer den lieben Gott für Dich bitten, nur bring mich von hier fort, sonst sterbe ich ...«

Wanka verzog den Mund, wischte sich mit seiner schwarzen Faust über die Augen und schluchzte.

»Ich werde Tabak für Dich zerreiben«, schrieb er weiter, »ich werde zu Gott beten, und wenn was ist, kannst Du mich windelweich schlagen. Und wenn Du meinst, es gibt für mich nichts zu tun, dann bitte ich um Christi willen den Verwalter, daß ich die Stiefel putzen darf, oder ich werde an Fedkas Stelle Hirtenjunge. Großvater, Lieber, ich weiß nicht mehr weiter, es bleibt nur der Tod. Ich wollte schon zu Fuß ins Dorf laufen, aber ich habe keine Stiefel, und ich habe Angst vor dem Frost. Und wenn ich groß bin, werde ich Dich dafür ernähren und niemandem erlauben, Dich zu beleidigen, und wenn Du stirbst, werde ich für Dein Seelenheil beten, ganz genauso wie für mein Mütterlein Pelageja.

Moskau ist übrigens eine große Stadt. Alle Häuser gehören Herrschaften, und Pferde gibt es viele, aber Schafe gar keine, und die Hunde sind nicht böse. Die Kinder gehen hier nicht mit einem Stern, und in den Kirchenchor wird niemand zum Singen gelassen, und einmal habe ich in einem Ladenfenster Haken gesehen, die direkt mit der Angelschnur verkauft werden und für jeden Fisch, die sind beachtlich, ein Haken ist sogar dabei, der hält einen Wels von einem Pud aus. Und dann habe ich welche Läden gesehen, wo alle möglichen Gewehre sind nach der Art wie die von den Herrschaften, so daß jedes vielleicht so hundert Rubel kostet ... Und in den Metzgerläden gibt es Birkhühner und Haselhühner und Hasen, bloß, an welchem Ort sie geschossen werden, darüber sagen die Verkäufer nichts.

Lieber Großvater, wenn bei den Herrschaften der Weihnachtsbaum steht mit den Naschereien, dann nimm für mich eine vergoldete Nuß und verstecke sie in der grünen Truhe. Bitte das Fräulein Olga Ignatjewna, sag, es ist für Wanka.«

Wanka wurde von krampfartigem Seufzen geschüttelt und starrte wieder auf das Fenster. Er erinnerte sich, daß für den herrschaftlichen Tannenbaum immer der Großvater in den Wald ging und seinen Enkel mitnahm. Das war eine lustige Zeit! Der Großvater ächzte, und der Frost ächzte, und wenn Wanka sie so sah, mußte er auch ächzen. Bevor er die Tanne fällt, pflegt der Großvater eine Pfeife zu rauchen, lange Tabak zu schnupfen und sich über den ganz verfrorenen kleinen Wanja lustig zu machen ... Die jungen Tannen, eingehüllt vom Reif, stehen unbeweglich da und warten, welche von ihnen wohl sterben muß. Und hast du nicht gesehen fliegt wie ein Pfeil ein Hase über die Schneehügel ... Der Großvater kann es sich nicht verkneifen zu rufen:

»Halt ihn, halt ihn ... halt ihn! Ach, du kurzschwänziger Teufel!«

Die gefällte Tanne schleifte der Großvater zum Herrschaftshaus, und dort machte man sich daran, sie zu schmücken ... Die größte Mühe gab sich Wankas Liebling, das Fräulein Olga Ignatjewna. Als Wankas Mutter Pelageja noch am Leben war und bei den Herrschaften als Zimmermädchen diente, hatte ihn Olga Ignatjewna mit Kandiszucker gefüttert und ihm aus lauter Langeweile Lesen, Schreiben und bis hundert Zählen beigebracht und sogar, wie man eine Quadrille tanzt. Als Pelageja gestorben war, hatte man die Waise Wanka zum Großvater in die Gesindeküche gegeben und von der Küche nach Moskau zum Schuster Aljachin ...

»Komm, lieber Großvater«, schrieb Wanka weiter, »ich bitte

Dich bei Christus, unserem Heiland, nimm mich von hier fort. Hab Mitleid mit mir, der unglücklichen Waise, sonst schlagen sie mich alle, und Hunger habe ich wahnsinnig, und langweilig ist es, daß man es nicht sagen kann, ich weine die ganze Zeit. Und neulich hat mich der Meister so mit dem Leisten auf den Kopf geschlagen, daß ich hingefallen bin und nur mit Mühe und Not wieder zu Bewußtsein gekommen bin. Mein Leben geht dem Untergang entgegen, es ist schlimmer als bei jedem Hund ... Und dann grüße ich noch Aljona, den einäugigen Jegor und den Kutscher, und meine Harmonika gib niemandem. Ich bleibe Dein Enkel Iwan Shukow, lieber Großvater, komm.«

Wanka faltete das vollgeschriebene Blatt zweimal zusammen und steckte es in einen Umschlag, den er am Vorabend für eine Kopeke gekauft hatte ... Dann dachte er eine Weile nach, tauchte die Feder ein und schrieb die Adresse:

Ins Dorf an den Großvater.

Dann kratzte er sich am Kopf, überlegte und fügte hinzu: »An Konstantin Makarytsch«*. Zufrieden damit, daß er beim Schreiben nicht gestört worden war, setzte er seine Mütze auf, und ohne sein Pelzmäntelchen überzuwerfen, lief er so, wie er war, im Hemd, auf die Straße hinaus ...

Von den Verkäufern im Fleischerladen, bei denen er sich am Abend zuvor erkundigt hatte, war ihm gesagt worden, daß die Briefe in Briefkästen geworfen werden und daß sie aus den Briefkästen in Postkutschen von betrunkenen Kutschern unter Schellengeläut über die ganze Erde ausgetragen werden. Wanka lief zum erstbesten Briefkasten und steckte den kostbaren Brief in den Schlitz ...

Von süßen Hoffnungen gewiegt, war er eine Stunde später fest eingeschlafen ... Im Traum sah er einen Ofen. Auf dem Ofen sitzt der Großvater, läßt die nackten Beine herabbaumeln und liest den Köchinnen den Brief vor ... Um den Ofen geht Wjun und wedelt mit dem Schwanz ...

* Das ist lediglich des Großvaters Vor- und Vatersname, nicht aber sein Familienname.

Das Glück

Für J. P. Polonskij

An der breiten Steppenstraße, genannt die Große Landstraße, nächtigte eine Schafherde. Sie wurde von zwei Hirten bewacht. Der eine, ein ungefähr achtzigjähriger zahnloser Greis mit zittrigem Gesicht, lag auf dem Bauch direkt am Weg, die Ellbogen auf die staubigen Blätter des Wegerichs gestützt; der andere, ein schnurrbartloser junger Bursche mit dichten, schwarzen Augenbrauen, in dicke, billige Sackleinwand gekleidet, lag, die Arme unter dem Kopf verschränkt, auf dem Rücken und sah zum Himmel hinauf, wo sich unmittelbar über seinem Gesicht die Milchstraße hinzog und die Sterne schlummerten ...

Die Hirten waren nicht allein. Zwei Schritt von ihnen entfernt, in der Dämmerung, die sich über den Weg gebreitet hatte, hob sich dunkel ein gesatteltes Pferd ab und neben ihm, gegen den Sattel gestützt, ein Mann in großen Stiefeln und einem kurzen Oberrock, allem Anschein nach ein herrschaftlicher Flurhüter. Nach seiner straffen und ruhig-beherrschten Erscheinung zu urteilen, seinen Umgangsformen und der Art, wie er sich gegenüber den Hirten und seinem Pferd verhielt, war das ein ernster, verständiger und sich seines eigenen Wertes bewußter Mensch; selbst in der Dämmerung waren an ihm Spuren einer militärischen Haltung und jener großmütig-herablassende Ausdruck bemerkbar, den man durch häufigen Umgang mit Herren und Verwaltern erwirbt.

Die Schafe schliefen. Gegen den grauen Hintergrund der Abenddämmerung, die schon begonnen hatte, den östlichen Teil des Himmels zu überziehen, konnte man hier und dort die Silhouetten nicht schlafender Schafe erkennen; sie standen mit geneigten Köpfen da und dachten über etwas nach. Ihre zähflüssigen, sich dehnenden Gedanken, von nichts hervorgerufen als den Vorstellungen von der weiten Steppe und vom Himmel, von Tagen und Nächten, verwirrten und bedrückten sie wohl selbst bis zur Besinnungslosigkeit; sie standen da wie in der Erde verwurzelt und bemerkten weder die Anwesenheit eines fremden Menschen noch die Unruhe der Hunde.

Die schläfrige, kühl gewordene Luft war von jenem einförmigen Lärm erfüllt, ohne den man sich eine Sommernacht in der Steppe gar nicht vorstellen kann; die Grillen zirpten ununterbrochen, die Wachteln schrien, und eine Werst von der Schafherde entfernt, in der Schlucht, durch die ein Bach floß und wo Weiden wuchsen, pfiffen träge junge Nachtigallen.

Der Flurhüter hatte angehalten, um die Hirten um Feuer für seine Pfeife zu bitten. Schweigend setzte er seine Pfeife in Brand, schweigend rauchte er sie bis zu Ende, dann stützte er sich, ohne ein Wort zu sagen, mit den Ellbogen auf den Sattel und verfiel in Nachdenken. Der junge Hirte schenkte ihm keinerlei Beachtung; er blieb, wie er war, und schaute zum Himmel hinauf. Der Alte hingegen musterte ihn eingehend und fragte dann:

»Ist das nicht Pantelej vom Makarowschen Gut?«

»Selbiger«, antwortete der Flurhüter.

»Jetzt sehe ich erst. Ich hatte dich nicht erkannt – das bedeutet Reichtum für dich. Woher des Wegs?«

»Aus dem Kowyler Revier.«

»Weit genug. Verpachtet ihr das Revier?«

»Teils teils. Wir verpachten, lassen aber auch Gemüse drauf wachsen. Das eigentliche Ziel meiner Reise war die Mühle.«

Ein großer alter Schäferhund von schmutzig-weißer Farbe, zottig und mit Haarbüscheln um Augen und Schnauze, ging, bemüht, dem Erscheinen von Fremden gegenüber gleichgültig zu erscheinen, dreimal ruhig um das Pferd herum und warf sich plötzlich mit einem bösen, altersschwachen Röcheln von hinten auf den Flurhüter; da hielten es auch die übrigen Hunde nicht mehr aus und stürzten von ihren Plätzen.

»Kusch, verdammtes Aas!« schrie der Alte und richtete sich auf einem Ellbogen auf. »Platzen sollst du, verfluchtes Teufelsvieh.«

Nachdem sich die Hunde beruhigt hatten, nahm der Alte wieder seine frühere Haltung ein und sagte mit ruhiger Stimme:

»In Kowyli ist am Himmelfahrtstag Jefim Shmenja gestorben. Zur Nachtzeit sollte man seinen Namen ja besser nicht nennen, es ist eine Sünde, an ihn zu erinnern, er war ein alter Heide. Hast sicher von ihm gehört.«
»Nein, hab ich nicht.«
»Jefim Shmenja, der Onkel von Stjopka, dem Schmied. Die ganze Gegend kennt ihn. Huh, was für ein verfluchter Alter! Ich kenne ihn so sechzig Jahre, seit der Zeit, als man den Zaren Alexander, der die Franzosen vertrieben hatte, von Taganrog auf einem Pferdefuhrwerk nach Moskau überführte. Wir gingen damals zusammen dem Leichenzug entgegen, aber zu jener Zeit führte die Landstraße nicht nach Bachmut, sondern über Jesaulowka nach Gorodischtsche, und dort, wo jetzt Kowyli liegt, waren auf Schritt und Tritt Trappennester. Schon damals bemerkte ich, daß Shmenja seine Seele dem Teufel verschrieben hatte und daß der böse Geist in ihm wohnte. Ich merke das daran: wenn ein Mann aus dem Bauernstande immer verschwiegener wird, sich mit Dingen abgibt, die nur alte Weiber was angehen, und das Alleinsein sucht, dann stimmt da was nicht. Und Jefim hat sich, seit ich denken kann, immer nur ausgeschwiegen und einen so von der Seite angesehen; die ganze Zeit hat er sich aufgeblasen und sich gebrüstet wie der Hahn vor der Henne. Daß er etwa in die Kirche gegangen wäre oder mit den Jungs auf die Straße bummeln oder in die Kneipe – das gab's bei ihm nicht. Entweder sitzt er allein für sich, oder er tuschelt mit den Weibern. Schon in jungen Jahren verdingte er sich bei Imkern und Gemüsepflanzern. Wenn ihn Leute auf der Pflanzung besuchten, kam es vor, daß seine Wasser- und Zuckermelonen pfiffen. Einmal hat er auch vor aller Augen einen Hecht gefangen, und der, ho ho ho ho, schlug eine Lache an! ...«
»Das kommt vor«, sagte Pantelej.
Der junge Hirt drehte sich auf die Seite, hob seine schwarzen Brauen und fixierte den Alten.
»Hast du schon gehört, wie Melonen pfeifen?« fragte er.
»Gehört habe ich es nicht, davor hat mich Gott verschont«, seufzte der Alte, »aber die Leute haben mir's berichtet. Kunststück ... Wenn der böse Geist es will, fängt er auch in einem

Stein an zu pfeifen. Als noch die Leibeigenschaft* war, da hat bei uns drei Tage und drei Nächte lang ein Felsen gesummt, ich hab's selbst gehört. Der Hecht aber hat deshalb gelacht, weil Shmenja statt einem Hecht einen Teufel gefangen hat.«

Dem Alten fiel etwas ein. Schnell hob er sich auf die Knie, schauerte zusammen, als friere ihn, steckte nervös die Hände in die Ärmel und begann mit näselnder Stimme ein hurtiges Weibergeschnatter:

»Der Herr errette uns und sei uns gnädig! Einmal ging ich am Ufer entlang nach Nowopawlowka. Ein Gewitter braute sich zusammen und es war ein solcher Sturm – die Himmelskönigin bewahre uns ... Ich lege los, was das Zeug hält, und da sehe ich doch, wie auf einem Pfad zwischen Schlehenbüschen – die Schlehen standen gerade in Blüte – ein weißer Ochse geht. Ich denke bei mir: wem gehört der Ochse? Was zum Teufel hat er hier zu suchen? Er schlägt beim Gehen mit dem Schwanz und macht muh! Nur war das so, liebe Leute: als ich ihn einhole und nahe an ihn herankomme – siehe da, da ist es gar kein Ochse, sondern Shmenja. Heilig, heilig, heilig! Ich bekreuzige mich, und er sieht mich an und murmelt und glotzt. Was hab ich für einen Schreck gekriegt! Wir gehen nebeneinander, ich fürchte mich, ihn anzureden, der Donner dröhnt, die Blitze durchfurchen den Himmel, die Weiden biegen sich bis zum Wasser – plötzlich, Leute, Gott strafe mich, ich will ohne Beichte sterben, wenn es nicht wahr ist, plötzlich läuft ein Hase über den Weg ... Er läuft, bleibt stehen und sagt mit menschlicher Stimme: ›Guten Tag, ihr Bauern!‹« »Fort, verdammtes Vieh!« schrie der Alte den zerzausten Köter an, der seine Runde um das Pferd wieder aufgenommen hatte. »Verrecken sollst du!«

»Das kommt vor«, sagte der Flurhüter, der sich immer noch gegen den Sattel lehnte und sich nicht rührte; er sagte das mit einer tonlosen, dumpfen Stimme wie jemand, der in Nachdenken versunken ist.

»Das kommt vor«, wiederholte er tiefsinnig und überzeugt.

»Ach, das war ein Aas, der Alte!« fuhr der Greis weniger hitzig

* Die Leibeigenschaft wurde 1861 aufgehoben.

fort. »So ungefähr fünf Jahre nach Abschaffung der Leibeigenschaft wurde er einmal in der Gemeindeschreibstube zur Strafe für seine Bosheit durchgepeitscht. Da hat er über alle Einwohner von Kowyli eine Halskrankheit gebracht. Die Leute starben weg wie die Fliegen, in rauhen Mengen, wie bei der Cholera ...«

»Wie hat er denn das gemacht mit der Krankheit?« fragte der junge Hirt nach einem Schweigen.

»Das ist doch bekannt. Viel Verstand ist dazu nicht nötig, man braucht nur zu wollen. Shmenja hat sie mit Kreuzotterfett umgebracht. Und das ist so ein Mittel, daß man dabei nicht erst vom Fett, sondern schon allein vom Geruch stirbt.«

»Das stimmt«, pflichtete Pantelej bei.

»Die Burschen wollten ihn dann umlegen, aber die Alten haben es nicht erlaubt. Man durfte ihn nicht töten, weil er wußte, wo Schätze liegen, und das wußte außer ihm keine Menschenseele. Die Schätze sind verhext, so daß man sie zwar findet, sie aber nicht sieht. Der aber hat sie gesehen. Er geht so am Ufer oder am Wald entlang, und unter den Büschen und Felsen sind lauter Feuer, eins neben dem andern ... als ob Schwefel brennen würde. Ich habe es selbst gesehen. Alle warteten darauf, daß Shmenja ihnen die Stellen zeigen oder selbst die Schätze heben würde, er aber macht's wie der Hund, von dem es heißt: frißt selbst nicht und gibt auch den andern nichts ab. Und so ist er denn gestorben: hat selbst nichts ausgegraben und hat den Leuten nichts gezeigt.«

Der Flurhüter zündete sich die Pfeife an, und für einen Augenblick wurden sein mächtiger Schnurrbart und seine spitze, streng und solid gebaute Nase beleuchtet. Der dünne Lichtstrahl sprang von seinen Händen zur Mütze, glitt über den Sattel und den Rücken des Pferdes und verschwand in der Mähne bei den Ohren.

»Hier herum gibt es viele Schätze«, sagte er.

Und während er langsam den Rauch einzog, ließ er seinen Blick in die Runde schweifen, ihn dann auf dem hellerwerdenden Osten ruhen und fügte hinzu:

»Es muß hier Schätze geben.«

»Was hilft es, darüber zu reden«, seufzte der Alte. »Es ist ganz klar, daß welche da sind, nur, mein Lieber, heben kann sie keiner. Niemand kennt die richtigen Stellen, und vergiß nicht: was es heute gibt, das ist alles verhext. Um sie zu finden und zu erkennen, dazu braucht man so einen Talisman; ohne einen Talisman, mein Lieber, ist gar nichts zu machen. Shmenja hat solche Talismane gehabt, aber denkst du, dieser glatzköpfige Teufel hat was hergegeben? Er hat sie nur behalten, damit kein anderer sie bekam.«

Der junge Hirt kroch zwei Schritte näher zum Alten, stützte den Kopf in die Fäuste und richtete seinen unbeweglichen Blick auf ihn. Ein kindlicher Ausdruck von Furcht und Neugier belebte seine dunklen Augen und schien im Dämmerlicht die großflächigen Züge seines jungen, derben Gesichts in die Länge zu ziehen und platt zu drücken. Er hörte gespannt zu.

»Auch in den Schriften steht, daß es hier viele Schätze gibt«, sprach der Alte weiter. »Aber es lohnt sich nicht, extra davon zu reden. Einem alten Soldaten aus Nowopawlowka zeigte man einmal in Iwanowka einen Zettel, und auf diesem Zettel stand alles gedruckt: wo die Stelle ist und sogar, wieviel Pud Gold es ausmacht und in was für einem Gefäß es liegt. Schon längst hätte man mit Hilfe dieses Zettels den Schatz gehoben, nur daß er verhext ist, man kommt einfach nicht an ihn heran.«

»Wieso kommt man nicht an ihn heran, Großvater?« fragte der Junge.

»Dafür wird es schon einen Grund geben, der Soldat hat darüber nichts gesagt. Verhext eben ... Einen Talisman braucht man dazu.«

Der Alte sprach mit Begeisterung, als schütte er vor dem Fremden sein Herz aus. Da er es nicht gewohnt war, viel und schnell zu sprechen, näselte er, geriet ins Stottern und versuchte, diesen Mangel seiner Rede, den er spürte, durch Gestikulieren mit seinem Kopf, seinen Händen und den hageren Schultern auszugleichen; bei jeder Bewegung legte sich sein Leinenhemd in Falten, rutschte zu den Schultern hoch und entblößte einen von Sonne und vor Alter gebräunten Rücken. Er zupfte es zurecht, doch wieder rutschte es. Schließlich, als sei ihm durch das unge-

horsame Hemd die Geduld geplatzt, sprang er auf und begann in bitterem Ton zu reden:
»Es gibt das Glück, aber was hat man von ihm, wenn es in der Erde vergraben ist? Auf diese Weise geht das Gute sinnlos und ohne jeglichen Nutzen verloren wie Spreu oder Schafsdreck! Und dabei gibt es viel Glück, so viel, mein Lieber, daß es für die ganze Gegend reichen würde, aber kein Mensch sieht es! Die Leute warten so lange, bis die Herren es ausgraben oder der Staat es an sich reißt. Die Herren haben schon angefangen, die Hünengräber umzuwühlen ... Sie haben Wind bekommen! Sie wollen den Bauern das Glück nicht gönnen! Und der Staat ist auch nicht auf den Kopf gefallen. Im Gesetz steht geschrieben, daß, wenn ein Bauer einen Schatz findet, er ihn der Obrigkeit abliefern muß. Na, darauf können sie lange warten. Selber essen macht fett.«
Der Alte lachte verächtlich und setzte sich auf die Erde. Der Flurhüter hatte ihm aufmerksam zugehört und gab ihm recht, doch seiner ganzen Haltung und seinem Schweigen war anzumerken, daß das, was der Alte ihm da erzählte, nichts Neues für ihn war, daß er es schon seit langem bedacht hatte und weit mehr wußte, als dem Alten bekannt war.
»Ehrlich gesagt habe ich in meinem Leben schon an die zehn Mal das Glück gesucht«, sagte der Alte und kratzte sich verlegen am Kopf. »Zwar habe ich an den richtigen Stellen gesucht, aber wahrscheinlich bin ich immer auf Schätze gestoßen, die verhext waren. Mein Vater hat auch gesucht und mein Bruder – gefunden haben sie nicht das Geringste, und so sind sie denn ohne Glück gestorben. Meinem Bruder Ilja, Gott hab' ihn selig, hat einmal ein Mönch verraten, daß in der Festung von Taganrog an einer Stelle unter drei Steinen ein Schatz verborgen liegt und daß er verhext ist; zu der Zeit aber – das war, ich erinnere mich, im Jahre 38 – lebte in Matwejew-Kurgan ein Armenier, der verkaufte Talismane. Ilja kaufte einen, nahm zwei Burschen mit und ging nach Taganrog. Nur, stellt euch vor, wie er an den Ort in der Festung kommt, steht da an genau dieser Stelle ein Soldat mit einem Gewehr.«
In der ruhigen Luft ertönte ein Laut, der durch die Steppe scholl.

In der Ferne ächzte es unheimlich, etwas schlug gegen einen Stein, und ein »Tach-Tach-Tach-Tach« lief über die Ebene. Als der Laut erstarb, richtete der Alte auf den gleichgültigen und unbeweglich dastehenden Pantelej einen fragenden Blick.
»Im Schacht ist ein Förderkorb gerissen«, sagte der junge Hirt nach kurzem Nachdenken.
Schon dämmerte der Morgen. Die Milchstraße verblaßte, büßte ihre Konturen ein und schmolz allmählich dahin wie Schnee. Der Himmel nahm jene düstere und trübe Färbung an, die einen im ungewissen läßt, ob er nun klar ist oder dicht von Wolken bedeckt, und nur an dem hellen, glänzenden Streifen im Osten und an vereinzelt übriggebliebenen Sternen konnte man erkennen, wie es sich tatsächlich verhielt.
Der erste Morgenwind, lautlos und behutsam die Wolfsmilchstauden und die braunen Halme des vorjährigen Grases bewegend, lief über die Steppenstraße.
Der Flurhüter erwachte aus seinen Gedanken und schüttelte den Kopf. Mit beiden Händen rückte er den Sattel zurecht, berührte den Bauchgurt und blieb wieder, als könne er sich nicht entschließen, aufs Pferd zu steigen, nachdenklich stehen.
»Ja«, sagte er, »der Ellbogen ist nah, aber hineinbeißen kann man nicht ... Das Glück gibt es, aber der Verstand fehlt, es zu suchen.«
Und er wandte den Hirten sein strenges Gesicht zu. Es war das traurige und spöttische Gesicht eines Enttäuschten. »Tja, da stirbt man und hat nicht gesehen, was das Glück nun eigentlich ist ...«, sagte er mit Unterbrechungen und hob seinen linken Fuß in den Steigbügel. »Die Jüngeren erleben es vielleicht noch, aber unsereins kann sogar den Gedanken daran fahren lassen.«
Er glättete seinen langen, vom Tau benetzten Schnurrbart, dann setzte er sich schwer aufs Pferd und schaute, als habe er etwas vergessen oder es nicht zu Ende gesagt, mit zusammengekniffenen Augen in die Weite. In der bläulichen Ferne, wo der letzte erkennbare Hügel im Nebel verschwamm, rührte sich nichts. Die Hünengräber und die Hügel der Beobachtungsposten, die da und dort über dem Horizont und der grenzenlosen Steppe

aufragten, blickten streng und tot. Aus ihrer Bewegungslosigkeit und ihrem Schweigen spürte man die Jahrhunderte und eine völlige Gleichgültigkeit gegenüber dem Menschen; tausend Jahre werden noch vergehen, es werden Milliarden von Menschen sterben, sie aber stehen auch dann noch da wie eh und je, ohne Mitleid für die Gestorbenen, ohne Interesse für die Lebenden, und kein Sterblicher wird jemals erfahren, weshalb sie da stehen und welches Steppengeheimnis sie unter sich verbergen.

Stumm flogen erwachte Saatkrähen einzeln über die Erde. Weder im trägen Flug dieser langlebigen Vögel noch im Morgen, der sich genau alle vierundzwanzig Stunden wiederholt, noch in der grenzenlosen Steppe – in nichts war ein Sinn zu erkennen. Der Flurhüter verzog das Gesicht zu einem Lächeln und sagte:

»O Gott, wie das weit ist! Da soll einer das Glück finden! Hier«, fuhr er fort, wobei er seine Stimme senkte und seinem Gesicht einen ernsten Ausdruck verlieh, »hier sind ganz sicher zwei Schätze vergraben. Die Herren wissen nichts davon, aber den alten Bauern und besonders den Soldaten ist es bis in alle Einzelheiten bekannt. Da, auf dieser Hügelkette« (der Flurhüter zeigte mit der Peitsche die Richtung) »überfielen einmal in alter Zeit Räuber eine Goldkarawane; dieses Gold wurde aus Petersburg zum Kaiser Peter gebracht, der damals in Woronesch eine Flotte bauen ließ. Die Räuber erschlugen die Fuhrleute, das Gold aber vergruben sie, doch haben sie es nachher nicht mehr gefunden. Den anderen Schatz haben unsere Donkosaken vergraben. Im Jahre 12 hatten sie den Franzosen Hab und Gut, Silber und Gold in rauhen Mengen abgeknöpft. Als sie heimwärts zogen, kam ihnen unterwegs zu Ohren, daß die Obrigkeit ihnen das gesamte Gold und Silber abnehmen wolle. Bevor sie aber ihren Raub so mir nichts dir nichts der Obrigkeit überließen, vergruben ihn die wackeren Kämpen an Ort und Stelle in der Erde, damit ihn wenigstens ihre Kinder bekommen. Aber wo sie ihn vergraben haben, das weiß kein Mensch.«

»Ich habe von diesen Schätzen auch schon gehört«, brummte mißmutig der Alte.

»Tja«, ließ sich Pantelej nachdenklich vernehmen. »So ist es ...«
Schweigen trat ein. Der Flurhüter blickte versonnen lächelnd in die Ferne und zog die Zügel an, immer noch mit dem Ausdruck, als habe er etwas vergessen oder nicht zu Ende gesagt. Das Pferd ging unwillig im Schritt voran. Nachdem er ungefähr hundert Meter hinter sich gebracht hatte, schüttelte Pantelej entschieden den Kopf, erwachte aus seinen Gedanken und schlug, dem Pferd die Peitsche gebend, einen Trab an.
Die Hirten blieben allein.
»Das war Pantelej vom Makarowschen Gut«, sagte der Alte. »Er hat ein Gehalt von hundertfünfzig Rubel im Jahr, mit Verpflegung. Ein gebildeter Mensch.«
Die erwachten Schafe – es waren ungefähr dreitausend – machten sich lustlos, aus lauter Langeweile, an das niedrige, halb zerstampfte Gras. Die Sonne war noch nicht aufgegangen, aber man konnte schon alle Hünengräber und das ferne, einer Wolke ähnliche, nach oben zu sich verjüngende »Ssaur-Grab« erkennen. Wenn man auf dieses Grab steigt, kann man von ihm aus die Ebene sehen, die so glatt und so grenzenlos ist wie der Himmel, und darin die Herrengüter, die Meierhöfe der Deutschen und der Sekte der Milchesser und die Dörfer; das scharfe Auge eines Kalmücken aber wird sogar die Stadt und die Eisenbahnzüge ausmachen. Nur von hier aus kann man sehen, daß es auf dieser Welt außer der schweigsamen Steppe und den uralten Hünengräbern noch ein anderes Leben gibt, das mit vergrabenem Glück und mit den Gedanken von Schafen nichts zu tun hat.
Der Alte tastete neben sich nach seinem Schäferstock, einem langen Stab mit einem Haken an seinem oberen Ende, und erhob sich. Er schwieg und dachte nach. Von dem Gesicht des jungen Schäfers war der kindliche Ausdruck von Furcht und Neugier noch nicht gewichen. Er stand noch ganz unter dem Eindruck des Gehörten und wartete ungeduldig auf neue Erzählungen.
»Großvater«, fragte er, wobei er aufstand und nach seinem

Schäferstock griff, »was hat denn dein Bruder Ilja mit dem Soldaten gemacht?«

Der Alte hatte die Frage nicht verstanden. Er sah den Jungen zerstreut an und wisperte zwischen den Lippen hervor zur Antwort:

»Weißt du, Ssanka, ich muß immer an jenen Zettel denken, den man in Iwanowka dem Soldaten gezeigt hat. Dem Pantelej habe ich nichts gesagt, Gott mit ihm, aber auf dem Zettel ist die Stelle so klar angegeben, daß sogar ein Weib sie findet. Was denkst du, welche Stelle das ist? Du weißt doch: in der Reichen Schlucht ist ein Ort, wo der Graben sich wie der Fuß einer Gans in drei Gräben teilt – der mittlere ist es.«

»Na und, wirst du graben?«

»Ich will mein Glück versuchen ...«

»Großvater, was machst du mit dem Schatz, wenn du ihn gefunden hast?«

»Was ich mit ihm mache?« lächelte der Alte. »Hm! ... Wenn ich ihn erst gefunden habe, dann ... dann werd ich's ihnen schon zeigen ... Hm! ... Ich weiß, was ich mit ihm mache ...«

Doch was er mit dem Schatz anfangen würde, das konnte der Alte nicht beantworten. Diese Frage stellte sich ihm während seines ganzen Lebens an diesem Morgen wohl zum ersten Mal, und nach seinem leichtsinnigen und gleichgültigen Gesichtsausdruck zu urteilen, war sie für ihn ohne Bedeutung und eines Nachdenkens nicht wert. In Ssankas Kopf regte sich noch eine Unklarheit: warum werden die Schätze nur von alten Männern gesucht, und wozu brauchen Menschen, die jeden Tag vor Alter sterben können, das irdische Glück? Doch diese Unklarheit konnte Ssanka nicht in eine Frage umwandeln, und der Alte wäre auch kaum auf etwas gekommen, was er ihm zur Antwort hätte geben können.

Von einem leichten Dunstschleier umgeben, zeigte sich eine riesige, purpurrote Sonne. Breite, noch kalte Lichtstrahlen badeten im taufrischen Grase, streckten sich und legten sich mit einem so lustigen Ausdruck, als wollten sie zeigen, daß sie sich nicht langweilten, auf die Erde. Silbriger Wermut, die blauen Blüten der Sauzwiebel, gelber Hederich, Kornblumen – all das

leuchtete in bunten Farben fröhlich auf und hielt das Licht der Sonne für sein eigenes Lächeln.
Der Alte und Ssanka gingen auseinander und stellten sich an den beiden Enden der Herde auf. Regungslos wie zwei Säulen standen sie da, blickten zu Boden und hingen ihren Gedanken nach. Den ersten ließen die Gedanken an das Glück nicht los, der zweite grübelte über das nach, was in der Nacht gesprochen worden war; nicht das Glück selbst, das er nicht brauchte und das ihm unverständlich war, interessierte ihn, sondern das Phantastische und Märchenhafte am menschlichen Glück.
Etwa hundert Schafe fuhren plötzlich, wie von einer unerklärlichen Angst erfaßt, auf und stürzten sich, als gehorchten sie einem Signal, aus der Schafherde heraus auf die Seite. Auch Ssanka, als hätten sich die zähflüssigen, sich dehnenden Gedanken der Schafe für einen Augenblick auch ihm mitgeteilt, stürzte sich in einer ebenso unerklärlichen, animalischen Angst auf die Seite, kam aber gleich wieder zur Besinnung und schrie: »He, ihr Verfluchten! Ihr seid wohl verrückt geworden, der Teufel soll euch holen!«
Und als die Sonne, die eine lange und unbesiegbare Hitze versprach, die Erde zu verbrennen begann, versank alles Lebendige, das sich in der Nacht bewegt und Laute von sich gegeben hatte, in einen Halbschlaf. Der Alte und Ssanka standen mit ihren Schäferstöcken an den beiden entgegengesetzten Enden der Herde, regungslos wie zwei Fakire im Gebet, und dachten konzentriert nach. Sie nahmen einander schon nicht mehr wahr, und jeder von ihnen lebte sein eigenes Leben. Auch die Schafe hingen ihren Gedanken nach …

Wolodja

An einem Sonntag im Sommer saß der siebzehnjährige Wolodja, ein kränklicher und schüchterner Junge von wenig anziehendem Äußeren, gegen fünf Uhr nachmittags in der Gartenlaube auf dem Landhaus der Schumichins und blies Trübsal. Seine nicht gerade heiteren Gedanken gingen in drei Richtungen. Erstens stand ihm am morgigen Montag eine Mathematikprüfung bevor; er wußte: gelang es ihm nicht, die schriftliche Aufgabe zu lösen, würde man ihn von der Schule weisen, weil er die sechste Klasse wiederholte und in Algebra die Jahreszensur vier minus hatte. Zweitens bereitete sein Aufenthalt bei den Schumichins, reichen Leuten mit Neigungen zu aristokratischer Lebensweise, seinem Ehrgeiz ständige Schmerzen. Es schien ihm, als betrachteten Madame Schumichin und ihre Nichten ihn und seine Mama als die armen Verwandten und als Schmarotzer, als achteten sie seine Mama nicht und machten sich über sie lustig. Einmal hatte er als unfreiwilliger Lauscher vernommen, wie auf der Veranda Madame Schumichin zu ihrer Cousine Anna Fjodorowna sagte, daß seine Mutter sich noch immer jünger und schöner zu machen suche, als sie sei, daß sie niemals ihre Spielschulden bezahle und eine Vorliebe für fremde Stiefeletten und fremde Rauchwaren habe. Jeden Tag flehte Wolodja seine Mutter an, nicht zu den Schumichins zu fahren, beschrieb ihr, wie kränkend die Rolle war, die sie bei diesen Herrschaften spielte, beschwor sie, sagte ihr Grobheiten; doch sie, leichtsinnig und verwöhnt – zwei Vermögen hatte sie in ihrem Leben durchgebracht, das eigene und das ihres Mannes – und schon immer von der höheren Gesellschaft angezogen, verstand ihn nicht, und so mußte Wolodja sie ungefähr zweimal in der Woche zu dem verhaßten Landhaus begleiten.

Drittens konnte sich der junge Mann nicht für einen Augenblick von einem seltsamen, unangenehmen und ihm völlig neuen Gefühl befreien … Es kam ihm vor, als ob er in die als Gast hier weilende Cousine der Schumichins, Anna Fjodorowna, verliebt sei. Das war eine lebhafte und lachlustige Dame mit einer durchdringenden Stimme; sie war um die dreißig, gesund, kräftig, rosig, hatte runde Schultern und ein rundliches, gepolstertes Kinn und trug auf ihren feinen Lippen ein beständiges Lächeln zur Schau. Sie war weder hübsch noch jung – darüber war sich Wolodja vollkommen im klaren. Und doch hatte er aus unerfindlichen Gründen nicht die Kraft, nicht an sie zu denken, sie nicht anzusehen, wenn sie beim Krocketspiel mit ihren runden Schultern zuckte und den glatten Rücken bewegte oder wenn sie sich nach langem Lachen und Treppengerenne in einen Sessel fallen ließ, schwer atmend die Augen schloß und so tat, als ob ihr etwas die Brust beenge und den Atem nähme. Sie war verheiratet. Ihr Mann, ein solider Architekt, kam einmal pro Woche aufs Landhaus gefahren, schlief bis in die Puppen und kehrte wieder in die Stadt zurück. Wolodjas seltsames Gefühl hatte damit begonnen, daß er diesem Architekten gegenüber einen grundlosen Haß empfand und sich jedesmal freute, wenn jener wieder in die Stadt davonfuhr.

Jetzt, da er in der Laube saß und an die morgige Prüfung und an seine Mutter dachte, über die man sich lustig machte, verspürte er den starken Wunsch, Njuta, wie Anna Fjodorowna von den Schumichins genannt wurde, zu sehen, ihr Lachen und das Rascheln ihres Kleides zu hören ... Dieser Wunsch ähnelte nicht jener reinen, poetischen Liebe, die ihm aus Romanen bekannt war und von der er jeden Abend beim Schlafengehen träumte; er war seltsam und unverständlich, er erzeugte in ihm ein Gefühl von Scham und Angst wie bei etwas sehr Häßlichem und Unreinem, das man sogar sich selbst gegenüber nur schwer eingesteht ...

»Das ist keine Liebe«, sprach er zu sich selbst. »In verheiratete Dreißigjährige verliebt man sich nicht ... Das ist nur ein kleines amouröses Abenteuer ... ja, ein amouröses Abenteuer ...«

Bei dem Gedanken an das Abenteuer fiel ihm seine unüberwindliche Schüchternheit ein, das Fehlen eines Schnurrbarts, seine Sommersprossen, seine Schlitzaugen; er stellte sich in Gedanken neben Njuta – und dieses Paar schien ihm ein Ding der Unmöglichkeit zu sein. Und schnell sah er sich als einen schönen, kühnen, geistreichen und nach der letzten Mode gekleideten Mann.

Als er so auf dem Höhepunkt seiner Phantasien in einem dunklen Winkel der Laube mit gekrümmtem Rücken, die Augen zu Boden gerichtet, dasaß, wurden leichte Schritte hörbar. Jemand ging ohne Eile durch die Allee. Bald verstummten die Schritte, und am Eingang tauchte etwas Weißes auf.

»Ist hier jemand?« fragte eine weibliche Stimme.

Wolodja erkannte die Stimme und hob erschrocken den Kopf.

»Wer ist da?« fragte Njuta und betrat die Laube. »Ach, Sie sind's, Wolodja? Was machen Sie denn hier? Sie denken? Wie kann man nur immerzu denken, denken und nochmals denken ... Davon wird man ja verrückt!«

Wolodja erhob sich und blickte Njuta verwirrt an. Sie kam gerade aus dem Badehaus. Über ihren Schultern hingen ein Badelaken und ein Frottierhandtuch, und unter dem weißseidenen Kopftuch sahen nasse, an der Stirn klebende Haare hervor. Ein feuchter, kühler Geruch von Bad und Mandelseife strömte von ihr aus. Vom schnellen Gehen war sie außer Atem. Der oberste Knopf ihrer Bluse stand offen, so daß der Junge den Hals und den Brustansatz sehen konnte.

»Warum sagen Sie denn nichts?« fragte Njuta und betrachtete Wolodja aufmerksam. »Es ist unhöflich zu schweigen, wenn eine Dame mit Ihnen spricht. Was sind Sie nur für ein Bärenhäuter, Wolodja! Immer sitzen Sie da, schweigen und grübeln wie irgend so ein Philosoph. In Ihnen ist kein Leben, kein Feuer! Sie sind wirklich garstig ... In Ihren Jahren muß man leben, springen, plaudern, den Frauen den Hof machen, sich verlieben.«

Wolodja schaute auf das Badelaken, das von einer weißen, rundlich-weichen Hand festgehalten wurde, und dachte nach ...

»Er schweigt!« verwunderte sich Njuta. »Das ist wirklich seltsam ... Hören Sie, seien Sie ein Mann! Na, lächeln Sie wenigstens! Pfui, Sie garstiger Philosoph!« lachte sie. »Wissen Sie, weshalb Sie so ein Bärenhäuter sind, Wolodja? Deshalb, weil Sie den Frauen nicht den Hof machen! Warum tun Sie das nicht? Hier gibt es zwar keine Fräulein, dafür hindert Sie nichts, den

Damen den Hof zu machen! Warum zum Beispiel machen Sie mir nicht den Hof?«

Wolodja hörte zu und rieb sich, in schweres, angespanntes Nachdenken versunken, die Schläfe.

»Nur sehr stolze Menschen lieben das Schweigen und die Einsamkeit«, fuhr Njuta fort und zog seine Hand von der Schläfe. »Sie sind ein hochmütiger Mensch, Wolodja. Warum sehen Sie mich so finster an? Sehen Sie mir einmal in die Augen! Na wird's bald, Bärenhäuter!«

Wolodja entschloß sich zu reden. In dem Bestreben zu lächeln zuckte er mit der Unterlippe, zwinkerte mit den Augen und faßte sich wieder mit der Hand an die Schläfe.

»Ich ... ich liebe Sie!« brachte er hervor.

Njuta zog erstaunt die Augenbrauen hoch und lachte auf.

»Was höre ich?!« begann sie in singendem Ton, so wie die Opernsänger, wenn sie etwas Schreckliches erfahren. »Wie? Was haben Sie gesagt? Noch einmal, noch einmal ...«

»Ich ... ich liebe Sie!« wiederholte Wolodja.

Und ohne das geringste Mitwirken seines Willens, ohne etwas zu begreifen oder sich vorzustellen, ging er einen halben Schritt auf Njuta zu und ergriff sie am Handgelenk. Vor seinen Augen verschwamm alles und Tränen brachen hervor, die ganze Welt verwandelte sich in ein einziges großes Frottierhandtuch, dem ein Geruch nach Badehaus entströmte.

»Bravo, bravo!« hörte er ein lustiges Lachen. »Was schweigen Sie denn. Ich möchte, daß Sie reden! Na?«

Als er sah, daß sie ihm, ohne sich zu wehren, die Hand überließ, blickte Wolodja in Njutas lachendes Gesicht und faßte sie unbeholfen um die Taille, so daß die Finger seiner beiden Hände sich auf ihrem Rücken trafen. Während er sie so hielt, verschränkte sie ihre Arme im Nacken, zeigte ihre Grübchen an den Ellenbogen, ordnete ihre Frisur unter dem Kopftuch und sagte mit ruhiger Stimme:

»Man muß gewandt, liebenswürdig und gewinnend sein, Wolodja, und das kann man nur unter dem Einfluß weiblicher Gesellschaft werden. Aber was haben Sie für ein unschönes ... für ein böses Gesicht. Sie müssen reden, lachen ... Ja, Wolodja,

seien Sie kein Menschenfeind. Sie sind jung, und die Philosophiererei läuft Ihnen nicht davon. So, und jetzt lassen Sie mich gehen. Na, lassen Sie mich schon!«
Sie entwand sich ihm mühelos und verließ trällernd die Laube.
Wolodja blieb allein. Er strich sich die Haare glatt, lächelte und ging ein paarmal von Ecke zu Ecke, setzte sich dann auf die Bank und lächelte noch einmal. Er schämte sich über alle Maßen, so daß er sich sogar wunderte, daß die menschliche Scham eine derartige Kraft und Schärfe erreichen kann. Er lächelte vor Scham, flüsterte ein paar unzusammenhängende Worte und geriet ins Gestikulieren.
Er schämte sich, daß man ihn gerade wie einen kleinen Jungen behandelt hatte, er schämte sich wegen seiner Schüchternheit, hauptsächlich aber deshalb, weil er es gewagt hatte, eine ehrbare, verheiratete Frau um die Taille zu fassen, obwohl er dazu, wie er glaubte, weder von seinem Alter noch von seinen äußeren Qualitäten, noch von seiner gesellschaftlichen Position her das geringste Recht hatte.
Er sprang auf, verließ die Laube und ging, ohne sich umzusehen, vom Hause weg in die Tiefe des Gartens.
»Ach, so schnell wie möglich von hier fort!« dachte er und griff sich an den Kopf. »Mein Gott, so schnell wie möglich!«
Der Zug, den Wolodja und seine Mutter nehmen sollten, fuhr um acht Uhr und vierzig Minuten. Bis zur Abfahrt blieben ungefähr drei Stunden, aber mit Vergnügen wäre er gleich jetzt, ohne auf seine Mutter zu warten, auf den Bahnhof gegangen.
Um acht Uhr näherte er sich dem Hause. Seine ganze Haltung drückte Entschlossenheit aus: komme, was wolle! Er war bereit, kühn hineinzugehen, jeden gerade anzusehen, laut zu reden, ohne auf irgend etwas Rücksicht zu nehmen …
Er durchquerte die Veranda und den großen Saal und blieb im Gastzimmer stehen, um Atem zu holen. Von hier aus hörte man, wie im angrenzenden Speisezimmer Tee getrunken wurde. Madame Schumichin, Mama und Njuta unterhielten sich über etwas und lachten.
Wolodja hörte genauer hin.
»Ich versichere Sie!« sagte Njuta. »Ich traute meinen Augen

nicht! Als er mir seine Liebe erklärte und, stellen Sie sich vor, mich sogar um die Taille faßte, da erkannte ich ihn nicht wieder. Und dann hat er so eine gewisse Art an sich! Als er sagte, daß er in mich verliebt sei, war in seinem Gesicht so etwas Wildes, wie bei einem Tscherkessen.«

»Nicht möglich!« stöhnte die Mama und brach in ein langes Lachen aus. »Nicht möglich! Wie er mich an seinen Vater erinnert!«

Wolodja lief zurück und hinaus an die frische Luft.

»Wie können sie nur darüber laut reden!« fragte er sich gequält, schlug die Hände zusammen und blickte voller Schrecken zum Himmel empor. »Sie sprechen laut darüber und völlig kaltblütig ... Und Mama hat gelacht ... Mama! Mein Gott, warum hast du mir eine solche Mutter gegeben? Warum?«

Aber in das Haus mußte er unter allen Umständen. Er ging dreimal durch die Allee, faßte sich ein wenig und trat ein.

»Warum kommen Sie nicht zur rechten Zeit zum Tee!« fragte Madame Schumichin streng.

»Entschuldigen Sie, ich ... ich muß fahren«, murmelte er, ohne die Augen zu heben. »Mama, es ist schon acht Uhr!«

»Fahre allein, mein Kind«, sagte die Mama müde, »ich bleibe zur Nacht bei Lilja. Auf Wiedersehen, mein Kleines ... Komm, laß dich bekreuzigen ...«

Sie bekreuzigte ihren Sohn und sagte, zu Njuta gewandt, auf Französisch:

»Er ähnelt ein wenig Lermontow ... Nicht wahr?«

Nachdem er sich, ohne ein Gesicht anzusehen, irgendwie verabschiedet hatte, verließ Wolodja das Speisezimmer. Schon zehn Minuten später war er auf dem Weg zur Station und freute sich darüber. Jetzt verspürte er weder Angst noch Scham, es atmete sich leicht und frei.

Eine halbe Werst von der Station entfernt setzte er sich auf einen Stein am Weg und begann zur Sonne hinüberzusehen, deren größere Hälfte hinter dem Bahndamm verschwunden war. Auf der Station hatte man schon hier und da Lichter angezündet, ein trübes, grünes Flämmchen flackerte auf, doch vom Zug war noch nichts zu sehen. Wolodja genoß es, regungslos dazusitzen und dem mählichen Herabsinken des Abends zu lauschen. Das Halbdunkel der Laube, die Schritte, der Geruch nach Badehaus, das Lachen und die Taille – all das erschien mit überraschender Deutlichkeit vor seinem inneren Auge, und es war schon alles nicht mehr so schrecklich und bedeutsam wie zuvor …

»Dummes Zeug … Sie zog die Hand nicht fort, und als ich sie um die Taille faßte, hat sie gelacht«, überlegte er. »Das heißt also, daß es ihr Spaß gemacht hat. Wenn es ihr zuwider gewesen wäre, hätte sie sich geärgert …«

Und jetzt verdroß es Wolodja, daß er dort in der Laube nicht genügend Kühnheit besessen hatte. Er bedauerte es, so blöde wegzufahren, und er war schon überzeugt, daß er, wenn eine solche Situation wiederkehren sollte, kühner wäre und die Dinge nüchterner betrachten würde. Und eine solche Situation konnte sich leicht wieder einstellen. Bei den Schumichins geht man nach dem Abendessen lange spazieren. Wenn Wolodja mit Njuta durch den dunklen Garten spazierenginge, dann – wäre die Situation schon da!

»Ich kehre zurück«, überlegte er, »und fahre morgen mit dem Frühzug … Ich sage, ich habe den Zug versäumt.«

Und er kehrte zurück … Madame Schumichin, die Mama, Njuta und eine der Nichten saßen auf der Veranda und spielten Wint. Als Wolodja ihnen vorlog, daß er den Zug versäumt habe, befürchteten sie, daß er sich morgen zur Prüfung verspäten könne, und rieten ihm, zeitig aufzustehen. Die ganze Zeit über, während sie Karten spielten, saß er abseits, verschlang Njuta mit den Blicken und wartete … In seinem Kopf war schon ein fertiger Plan: er nähert sich Njuta in der Dunkelheit, ergreift ihre Hand und umarmt sie; zu sprechen braucht man da nichts, beide verstehen einander auch so.

Doch nach dem Abendessen gingen die Damen nicht in den Garten spazieren, sondern setzten ihr Kartenspiel fort. Sie spielten bis ein Uhr nachts, dann gingen sie auseinander und legten sich zu Bett.

»Wie dumm das alles ist!« sagte Wolodja verärgert, während er schlafen ging. »Aber egal, morgen ist auch noch ein Tag … Morgen wieder in der Laube. Egal …«

Er bemühte sich nicht einzuschlafen, sondern saß im Bett, schlang die Arme um die Knie und dachte nach. Der Gedanke an die Prüfung war ihm verhaßt. Er hatte sich schon mit der Relegation abgefunden und sah darin nichts Schreckliches mehr. Im Gegenteil: alles ist sehr gut, ja, sehr gut. Morgen ist er frei wie ein Vogel, dann wird er Zivilkleider anziehen, in der Öffentlichkeit rauchen, hierher fahren und Njuta den Hof machen, wann es ihm paßt; und dann wird er auch kein Gymnasiast mehr sein, sondern ein »junger Mann«. Und das Übrige, was man so Karriere und Zukunft nennt, ist ja klar: Wolodja kann Freiwilliger werden oder Telegrafenbeamter oder schließlich in eine Apotheke eintreten und es bis zum Provisor bringen ... Gibt es etwa wenig Berufe? Eine Stunde verging, noch eine, und er saß immer noch da und grübelte ...

Als die Uhr auf drei ging und es schon zu dämmern begann, knarrte leise die Tür, und Mama trat ins Zimmer.

»Du schläfst nicht?« fragte sie gähnend. »Schlaf, schlaf, es dauert nur einen Augenblick ... Ich hole nur meine Tropfen ...«

»Wozu brauchen Sie sie?«

»Die arme Lilja hat wieder Krämpfe. Schlaf, mein Kind, morgen ist deine Prüfung.«

Sie nahm ein Fläschchen mit irgendeiner Flüssigkeit aus dem Schrank, trat ans Fenster, las die Aufschrift auf dem Etikett und ging hinaus.

»Marja Leontjewna, das sind nicht die richtigen Tropfen!« hörte Wolodja eine Minute später eine weibliche Stimme. »Das ist Maiglöckchen, aber Lilja bittet um Morphin. Schläft Ihr Sohn schon? Bitten Sie ihn, daß er sie sucht ...«

Das war Njutas Stimme. Wolodja überlief ein Kälteschauer. Eilig zog er seine Hosen an, warf sich einen Mantel über die Schultern und ging zur Tür.

»Verstehen Sie? Morphin!« erklärte Njuta flüsternd. »Es dürfte in lateinischer Schrift daraufstehen. Wecken Sie Wolodja, er wird es finden ...«

Die Mama öffnete die Tür, und Wolodja erblickte Njuta. Sie trug dieselbe Bluse, in der sie zum Baden gegangen war. Ihre Haare fielen ihr unfrisiert über die Schultern, ihr Gesicht war

verschlafen und hatte im Dämmerlicht eine dunkle Färbung ...
»Aha, Wolodja schläft nicht ...«, sagte sie. »Wolodja, Bester, suchen Sie doch im Schrank nach dem Morphin. Ein Kreuz ist es mit dieser Lilja ... Immer hat sie was.«
Die Mama murmelte etwas, gähnte und ging hinaus.
»So suchen Sie doch«, sagte Njuta. »Was stehen Sie denn herum?«
Wolodja ging zum Schrank, hockte sich hin und begann zwischen den Fläschchen und den Schächtelchen mit Arzneimitteln herumzuwühlen. Seine Hände zitterten und in Brust und Magen hatte er ein Gefühl, als liefen kalte Wellen durch alle seine Eingeweide. Von dem Geruch des Äthers, der Karbolsäure und der verschiedenen Kräuter, nach denen er wahllos mit zitternden Händen griff und die er dabei verschüttete, wurde es ihm schwül und schwindelig.
»Mama scheint hinausgegangen zu sein«, überlegte er. »Das ist gut ... sehr gut ...«
»Wird's bald?« fragte Njuta gedehnt.
»Sofort ... Das hier ist, glaube ich, Morphin ...«, sagte Wolodja, nachdem er auf einem der Etikette die Silbe »morph« entziffert hatte. »Bitte sehr!«
Njuta stand so in der Tür, daß sie mit dem einen Fuß im Korridor war und mit dem anderen im Zimmer. Sie versuchte, ihre Haare in Ordnung zu bringen – ein schwieriges Unterfangen, so dicht und lang waren sie! – und sah Wolodja zerstreut an. In der weiten Bluse, verschlafen, mit den aufgelösten Haaren und bei diesem spärlichen Licht, das von dem weißen, aber noch nicht von der Sonne erleuchteten Himmel ins Zimmer drang, schien sie Wolodja berauschend, herrlich ... Verzaubert, am ganzen Körper zitternd und mit der lustvollen Erinnerung daran, wie er in der Laube diesen wunderbaren Körper umfangen hatte, reichte er ihr die Tropfen und sagte:
»Wie Sie ...«
»Was?«
Sie kam ins Zimmer.
»Was?« fragte sie lächelnd?

Er schwieg und schaute sie an, dann ergriff er, wie damals in der Laube, ihre Hand ... Und auch sie schaute ihn an und wartete lächelnd, was weiter geschehen würde.
»Ich liebe Sie ...«, flüsterte er.
Sie hörte auf zu lächeln, überlegte und sagte:
»Halt, ich glaube, es kommt jemand. Ach, diese Gymnasiasten!« sagte sie mit halblauter Stimme, während sie zur Tür ging und in den Korridor blickte. »Nein, es ist niemand zu sehen ...«
Sie kehrte zurück ...
Danach schien es Wolodja, als fließe das Zimmer, Njuta, die Morgendämmerung und er selbst zu einem intensiven, ungewöhnlichen, noch nie erlebten Glücksgefühl zusammen, für das man das ganze Leben hingeben und ewige Qualen auf sich nehmen könne; aber es ging eine halbe Minute vorbei, und all das war plötzlich verschwunden. Wolodja sah nur ein volles, unschönes, vor Ekel verzerrtes Gesicht und empfand selbst plötzlich Ekel vor dem, was geschehen war.
»Jetzt muß ich aber gehen«, sagte Njuta und betrachtete Wolodja angeekelt von oben bis unten. »Wie unansehnlich, wie jämmerlich ... pfui, häßliches Entlein!«
Wie widerlich schienen Wolodja jetzt ihre langen Haare, ihre weite Bluse, ihre Schritte, ihre Stimme! ...
»Häßliches Entlein ...« dachte er, als sie schon hinausgegangen war. »Wirklich, ich bin häßlich ... Alles ist häßlich.«
Auf dem Hof ging schon die Sonne auf und laut sangen die Vögel; im Garten hörte man den Gärtner gehen und seinen Schubkarren knarren ... Und ein wenig später ertönten das Gebrüll der Kühe und die Klänge einer Hirtenflöte. Das Sonnenlicht und die Töne kündeten davon, daß es irgendwo auf dieser Erde ein reines, herrliches, poetisches Leben gebe. Aber wo ist es? Von ihm haben Wolodja weder die Mama noch all die anderen Menschen, die ihn umgaben, jemals erzählt.
Als ihn der Diener zum Frühzug weckte, stellte er sich schlafend.
»Zum Teufel damit!« dachte er.
Als es nach zehn war, stand er auf. Wie er beim Kämmen vor

dem Spiegel sein häßliches und von der durchwachten Nacht bleiches Gesicht betrachtete, dachte er:
»Vollkommen richtig ... Ein häßliches Entlein.«
Als die Mama ihn erblickte und erschrak, weil er nicht bei der Prüfung war, sagte Wolodja:
»Ich habe verschlafen, Mama ... Aber beunruhigen Sie sich nicht, ich werde ein ärztliches Attest beibringen.«
Madame Schumichin und Njuta wachten nach Mittag auf. Wolodja hörte, wie Madame Schumichin geräuschvoll ihr Fenster öffnete und wie Njuta auf ihre grobe Stimme mit einem schallenden Gelächter antwortete. Er sah, wie die Tür aufging und sich aus dem Gastzimmer die Reihe der Nichten und Kostgänger (in der Menge der letzteren befand sich auch Mama) zum Frühstück bewegte, wie Njutas frischgewaschenes, lachendes Gesicht auftauchte und neben ihm die schwarzen Brauen und der Bart des gerade eingetroffenen Architekten.
Njuta trug ein kleinrussisches Kostüm, das ihr überhaupt nicht stand und sie plump erscheinen ließ; der Architekt witzelte auf eine abgeschmackte und flache Weise, in den Koteletts, die es zum Frühstück gab, waren sehr viele Zwiebeln – so schien es Wolodja jedenfalls. Auch kam ihm vor, als ob Njuta absichtlich laut lache und zu ihm herüberblicke, um ihm damit zu verstehen zu geben, daß die Erinnerung an die Nacht sie nicht im geringsten beunruhige und daß sie von der Anwesenheit des häßlichen Entleins am Tisch keine Notiz nehme.
Nach drei Uhr fuhr Wolodja mit der Mutter zur Station. Die widerlichen Erinnerungen, die schlaflose Nacht, der bevorstehende Ausschluß aus dem Gymnasium, die Gewissensbisse – all das rief nun eine schwere, finstere Wut in ihm hervor. Er schaute seine Mama an, ihr mageres Profil, ihr kleines Näschen, den Regenmantel, den ihr Njuta geschenkt hatte, und brummte:
»Wozu pudern Sie sich? In Ihren Jahren schickt sich das nicht! Sie schminken sich, bezahlen Ihre Spielschulden nicht, rauchen von fremden Leuten ... Ekelhaft! Ich liebe Sie nicht ... ich liebe Sie nicht!«
Er beleidigte sie, sie aber ließ ängstlich ihre Äuglein hin- und

hergehen, schlug die Händchen zusammen und flüsterte erschrocken:
»Was hast du denn, mein Kleines? Mein Gott, der Kutscher wird uns noch hören! Sei ruhig, sonst hört uns der Kutscher! Er hört alles!«
»Ich liebe Sie nicht ... ich liebe Sie nicht!« fuhr er keuchend fort. »Sie sind unmoralisch und herzlos ... Wagen Sie es nicht, diesen Regenmantel zu tragen! Verstehen Sie? Sonst reiß ich ihn in Fetzen ...«
»Komm zur Besinnung, mein Kind!« begann die Mama unter Weinen. »Der Kutscher wird es hören!«
»Und wo ist das Vermögen meines Vaters? Wo sind Ihre Gelder? Alles haben Sie durchgebracht! Ich schäme mich nicht, daß ich arm bin, aber daß ich so eine Mutter habe ... Immer, wenn meine Kameraden sich nach Ihnen erkundigen, werde ich rot.«
Der Zug mußte bis zur Stadt zwei Stationen passieren. Während der Fahrt stand Wolodja auf der Plattform und zitterte am ganzen Körper. Er wollte nicht in den Waggon hineingehen, weil dort seine Mutter saß, die er haßte. Er haßte sich selbst, die Schaffner, den Qualm der Lokomotive, die Kälte, der er sein Zittern zuschrieb ... Und je schwerer es ihm ums Herz wurde, desto stärker fühlte er, daß es irgendwo auf dieser Erde, unter irgendwelchen Leuten, ein reines, edles, warmes, herrliches Leben gebe, voll von Liebe, Zärtlichkeit, Heiterkeit, Ungebundenheit ... Er fühlte es und grämte sich so sehr, daß ihn gar ein Fahrgast, nachdem er ihn eine Weile fixiert hatte, fragte:
»Sie haben wohl Zahnschmerzen?«
In der Stadt lebte die Mama mit Wolodja bei Marja Petrowna, einer adeligen Dame, die eine große Wohnung gemietet hatte und sie auf Untermieter verteilte. Mama hatte zwei Zimmer gemietet: in dem einen, mit Fenstern, wo ihr Bett stand und an den Wänden zwei Bilder in Goldrahmen hingen, lebte sie selbst, in dem anderen, diesem benachbart, klein und dunkel, Wolodja. Dort stand ein Sofa, auf dem er schlief, und außer dem Sofa war kein einziges Möbelstück vorhanden; das ganze Zimmer war angefüllt mit geflochtenen Körben voller Kleider, mit Hut-

schachteln und allem möglichen Plunder, den Mama zu weiß Gott welchen Zwecken aufbewahrte. Seine Schulaufgaben machte Wolodja im Zimmer der Mutter oder im »Gemeinschaftsraum«, wie das große Zimmer hieß, wo sich alle Untermieter zum Mittagessen und dann wieder abends trafen.

Zu Hause angekommen, legte er sich auf das Sofa unter eine Decke, um das Zittern zu vertreiben. Die Hutschachteln, die geflochtenen Gegenstände und der Plunder brachten ihm zum Bewußtsein, daß er kein eigenes Zimmer hatte, keinen Zufluchtsort, wo er sich vor der Mama, vor ihren Gästen und den Stimmen, die jetzt aus dem »Gemeinschaftsraum« herüberdrangen, verbergen konnte: sein Schulranzen und die Bücher, die in den Ecken umherlagen, erinnerten ihn an die Prüfung, bei der er nicht gewesen war ... Ganz ohne Zusammenhang kam ihm Mentone in den Sinn, wo er als siebenjähriger Junge mit seinem verstorbenen Vater gelebt hatte; Biarritz fiel ihm ein und zwei kleine englische Mädchen, mit denen er über den Sand gelaufen war ... Er versuchte, sich die Färbung des Himmels und des Ozeans, die Größe der Wellen und seine damalige Stimmung ins Gedächtnis zu rufen, aber es gelang ihm nicht; die Engländerinnen gewannen in seiner Vorstellung flüchtig Leben, alles andere aber vermischte sich und zerfloß in alle Richtungen ...

»Nein, hier ist es zu kalt«, überlegte Wolodja, erhob sich, zog den Mantel an und ging in den »Gemeinschaftsraum«.

Dort wurde Tee getrunken. Drei Menschen saßen um den Ssamowar: Mama, die Musiklehrerin, eine alte Dame mit einem Zwicker aus Schildpatt und Augustin Michajlowitsch, ein bejahrter und außerordentlich beleibter Franzose, der in einer Parfümfabrik arbeitete.

»Ich habe heute kein Mittag gegessen«, sagte Mama. »Man müßte das Zimmermädchen nach Brot schicken.«

»Dunjascha!« rief der Franzose.

Es stellte sich heraus, daß das Zimmermädchen von der Hausfrau irgendwohin abkommandiert worden war.

»Ach, das macht nichts«, sagte der Franzose mit einem breiten Lächeln. »Ich hole das Brot sofort selbst. Macht nichts!«

Er legte seine starke, stinkende Zigarre an einen gut sichtbaren Ort, setzte seinen Hut auf und ging. Als er weg war, begann Mama der Musiklehrerin von ihrem Besuch bei den Schumichins zu erzählen und wie nett man sie dort aufgenommen habe.

»Lilja Schumichin ist ja auch meine Verwandte ...«, sagte sie. »Ihr verstorbener Mann, der General Schumichin, war ein Cousin meines Mannes. Und sie selbst ist eine geborene Baronesse Kolb ...«

»Mama, das ist nicht wahr!« sagte Wolodja wütend. »Warum lügen Sie?«

Er wußte ganz genau, daß Mama die Wahrheit sagte; ihre Erzählung vom General Schumichin und der geborenen Baronesse Kolb enthielt kein einziges unwahres Wort. Trotzdem fühlte er, daß sie log. Die Lüge erkannte man an ihrer Art zu sprechen, an ihrem Gesichtsausdruck, in ihrem Blick, in allem.

»Sie lügen!« wiederholte Wolodja und hieb mit der Faust so stark auf den Tisch, daß das Geschirr zu zittern begann und Mamas Tee überschwappte. »Was sollen diese Erzählungen von Generälen und Baronessen? Das ist alles gelogen!«

Die Musiklehrerin geriet in Verwirrung und hustete in ihr Taschentuch, als habe sie sich verschluckt, die Mama aber fing an zu weinen.

»Wohin nur?« dachte Wolodja.

Auf der Straße war er schon gewesen; zu den Kameraden zu gehen, schämte er sich. Wieder kamen ihm ganz unvermittelt die beiden kleinen Engländerinnen in den Sinn ... Er ging von Ecke zu Ecke und betrat dann das Zimmer von Augustin Michajlowitsch. Dort duftete es stark nach ätherischen Ölen und Glyzerinseife. Auf dem Tisch, den Fensterbänken und sogar auf den Stühlen stand eine Vielzahl von Fläschchen, großen und kleinen Gläsern, angefüllt mit Flüssigkeiten verschiedener Färbung. Wolodja nahm eine Zeitung vom Tisch, schlug sie auf und las den Titel: »Figaro« ... Die Zeitung verbreitete einen starken und angenehmen Geruch. Dann fiel ihm auf dem Tisch ein Revolver in die Hände ...

»Nicht doch, nehmen Sie es sich nicht zu Herzen!« suchte im

Zimmer daneben die Musiklehrerin die Mama zu trösten. »Er ist ja noch so jung! In seinem Alter nehmen sich die jungen Leute immer allerhand heraus. Damit muß man sich abfinden.«

»Nein, Jewgenija Andrejewna, bei ihm ist schon alles verpfuscht!« sagte die Mama in singendem Tonfall. »Er hat keinen älteren Menschen über sich, und ich bin schwach und kann nichts ausrichten. Nein, ich bin unglücklich!«

Wolodja steckte den Lauf des Revolvers in den Mund, tastete mit dem Finger nach dem Hahn oder dem Abzug und drückte ... Dann fand er noch einen anderen Vorsprung und drückte zum zweiten Mal. Er nahm den Lauf aus dem Mund, wischte ihn am Mantelschoß ab und betrachtete das Schloß; er hatte noch niemals in seinem Leben eine Waffe in der Hand gehalten ...

»Wahrscheinlich muß man erst das da heben ...«, überlegte er. »Ja, wahrscheinlich ...«

Augustin Michajlowitsch trat in den »Gemeinschaftsraum« und begann laut lachend zu erzählen. Wolodja steckte den Lauf in den Mund, hielt ihn mit den Zähnen fest und drückte auf etwas mit dem Finger. Ein Schuß krachte ... Etwas versetzte Wolodja einen furchtbaren Stoß in den Nacken, und er fiel über den Tisch, mit dem Gesicht auf die Gläschen und Fläschchen. Dann sah er, wie sein toter Vater, im Zylinder mit einem breiten schwarzen Band – er hatte in Mentone wegen irgendeiner Dame Trauer getragen – ihn plötzlich mit beiden Armen ergriff, und zusammen flogen sie in einen sehr dunklen, tiefen Abgrund. Dann vermischte sich alles und verschwand ...

Krankensaal Nr. 6

I

Im Hof des Krankenhauses steht ein kleines Seitengebäude, das ein ganzer Wald von Kletten, Brennesseln und Feuerkraut umgibt. Sein Dach ist von einer Rostschicht überzogen, der Schornstein ist halb eingestürzt, die morschen Stufen der Außentreppe sind von Gras überwuchert, und der Mörtel ist nur noch in Spuren vorhanden. Mit der Vorderseite ist es zum Krankenhaus gewandt, mit der Rückseite blickt es auf ein Feld, von dem es der graue, mit Nägeln gespickte Zaun des Krankenhauses trennt. Diese Nägel, die mit der Spitze nach oben zeigen, der Zaun und das Gebäude selbst haben jenes besondere, trostlose, verwünschte Aussehen, wie man es in unserem Lande nur bei Krankenhäusern und Gefängnissen findet.

Wenn Sie nicht Angst haben, sich an den Nesseln zu brennen, gehen wir einmal den schmalen Pfad entlang, der zum Seitengebäude führt, und sehen, was sich im Inneren tut. Öffnen wir die erste Tür, so gelangen wir in einen Flur. Hier türmen sich an den Wänden und um den Ofen herum ganze Berge von Krankenhausplunder. Matratzen, alte, zerrissene Kittel, Hosen, blaugestreifte Hemden, abgetretenes, zu nichts mehr taugendes Schuhwerk – dieser ganze Ramsch ist aufeinandergehäuft, zerknüllt, ineinander verfilzt, stockig, und der Geruch, der von ihm ausgeht, benimmt einem den Atem.

Auf dem Plunder liegt, immer seine Pfeife zwischen den Zähnen, der Wärter Nikita, ein alter, ausgedienter Soldat mit verblichenen militärischen Abzeichen. Er hat ein strenges, ausgemergeltes Gesicht, buschige Augenbrauen, die ihm das Aussehen eines Steppenschäferhundes verleihen, und eine rote Nase; er ist klein von Wuchs, hager und sehnig, doch seine Haltung ist achtunggebietend, und seine Fäuste sind kräftig. Er gehört zur Zahl jener einfältigen, tüchtigen, verläßlichen und stumpfsinnigen Menschen, die über alles in der Welt die Ordnung lieben und deshalb der festen Überzeugung sind, daß man *sie* schlagen muß. Er schlägt ins Gesicht, gegen die Brust, in den Rücken, wo es gerade hintrifft, und ist davon überzeugt, daß es hier ohne das keine Ordnung gäbe.

Dann betreten Sie einen großen, weiträumigen Saal, der, den Flur nicht eingerechnet, den ganzen Flügel einnimmt. Die Wände sind mit einer schmutzig-blauen Farbe getüncht, die Decke ist verrußt wie in einer Hütte ohne Rauchfang – klar, daß im Winter hier die Öfen rauchen und Kohlendunst verströmen. Die Fenster sind von innen durch Eisengitter verunstaltet. Der Fußboden ist grau und splittrig. Es riecht nach Sauerkraut, abgebrannten Dochten, Wanzen und Ammoniak, und dieser Gestank erzeugt im ersten Augenblick die Illusion, man betrete einen Tierpark.

Die Betten, die im Raum stehen, sind am Fußboden festgeschraubt. Auf ihnen sitzen und liegen Menschen in blauen Krankenhauskitteln und in Nachtmützen, nach gutem altem Brauch. Diese Menschen sind – Irre.

Fünf sind es im ganzen. Nur einer von ihnen ist adliger Abkunft, die übrigen sind Kleinbürger. Der erste von der Tür, ein langer, dürrer Kleinbürger mit rötlichblondem, glänzendem Schnurrbart und verweinten Augen, sitzt, den Kopf in die Hand gestützt, da und starrt auf einen Punkt. Tag und Nacht wiegt er in Schwermut den Kopf, seufzt und lächelt bitter; an Gesprächen nimmt er selten teil, und auf Fragen antwortet er gewöhnlich nicht. Er ißt und trinkt mechanisch, wenn man ihm etwas gibt. Nach seinem quälenden, ihn schüttelnden Husten, seiner Magerkeit und der Röte auf seinen Wangen zu urteilen, beginnt bei ihm die Schwindsucht.

Nach ihm kommt ein kleiner, lebhafter, quicklebendiger Alter mit einem Spitzbart und schwarzem, an einen Neger erinnernden Kraushaar. Tagsüber schlendert er von Fenster zu Fenster durch den Krankensaal oder bleibt im Türkensitz auf seinem Bett und pfeift unermüdlich wie ein Gimpel, singt leise oder kichert. Kindliche Fröhlichkeit und lebhaften Charakter entwikkelt er auch des Nachts, wenn er sich erhebt, um zu Gott zu beten, das heißt, sich mit den Fäusten gegen die Brust zu schlagen und mit dem Finger an den Türen herumzubohren. Das ist der Jude Mojssejka, ein armer Irrer, dem sich vor vielleicht zwanzig

Jahren der Verstand verwirrt hat, als ihm seine Mützenwerkstatt abgebrannt war.

Von allen Insassen des Krankensaals Nr. 6 hat nur er allein die Erlaubnis, den Flügel zu verlassen, und sogar, aus dem Krankenhaushof auf die Straße zu gehen. Dieses Privilegs erfreut er sich schon seit undenklichen Zeiten, wahrscheinlich, weil er, ein Alteingesessener und ein stiller, harmloser Irrer, umgeben von Straßenjungen und Hunden, als Spaßmacher im Stadtbild seit langem eine gewohnte Erscheinung ist. In seinem Kittelchen, seiner lächerlichen Nachtmütze und in Pantoffeln, manchmal barfuß und gar ohne Hosen, geht er durch die Straßen, bleibt an Toren und Läden stehen und bettelt um eine Kopeke. Hier gibt man ihm Kwas, da Brot und dort eine Kopeke, so daß er gewöhnlich satt und reich in den Flügel zurückkehrt. Alles, was er anschleppt, nimmt ihm Nikita zur eigenen Verwendung ab. Der Soldat macht das grob und voller Wut, er dreht ihm die Taschen um und ruft Gott zum Zeugen an, daß er den Juden niemals mehr auf die Straße lassen werde und daß es für ihn nichts Schlimmeres auf der Welt gäbe als Unordnung.

Mojssejka hilft gerne. Er reicht den Kameraden Wasser, deckt sie zu, wenn sie schlafen, verspricht jedem, ihm von der Straße eine Kopeke mitzubringen und ihm eine neue Mütze zu nähen; seinen Nachbarn zur Linken, einen Paralytiker, füttert er sogar mit dem Löffel. Das tut er nicht aus Mitleid und nicht aus irgendwelchen humanen Erwägungen heraus, sondern in Nachahmung seines Nachbarn zur Rechten, Gromow, dem er sich unfreiwillig unterwirft.

Iwan Dmitritsch Gromow, ein Mann von dreiunddreißig Jahren, adlig, ehemaliger Gerichtsvollzieher und Gouvernementssekretär, leidet an Verfolgungswahn. Er liegt entweder zusammengerollt wie ein Kringel auf dem Bett, oder er wandert, als handle es sich um eine Leibesübung, von Ecke zu Ecke; sitzen tut er nur selten. Er befindet sich in einem ständigen Zustand der Erregung und wird von dunklen und unbestimmten Erwartungen in Spannung gehalten. Das geringste Geräusch im Flur oder ein Schrei auf dem Hof genügt, um ihn den Kopf heben und lauschen zu lassen: Kommt man nicht, um ihn zu holen? Ist er es

nicht, den man sucht? Und dabei drückt sein Gesicht äußerste Beunruhigung und Abscheu aus.
Mir gefällt sein breites Gesicht mit den starken Backenknochen, das bleich und unglücklich ist, spiegelartiger Widerschein einer von Kampf und fortgesetzter Angst gequälten Seele. Seine Grimassen sind seltsam und krankhaft, doch die feinen Linien, die tiefes, echtes Leid in sein Gesicht gezeichnet hat, haben etwas Verständiges, Intelligentes, und in seinen Augen liegt ein warmer, gesunder Schimmer. Der ganze Mensch gefällt mir. Er ist höflich, hilfreich und im Umgang mit allen ungewöhnlich feinfühlig, außer mit Nikita. Wenn jemand einen Knopf oder seinen Löffel fallen läßt, springt er geschwind vom Bett und hebt ihn auf. Jeden Morgen begrüßt er seine Kameraden mit einem »guten Morgen«, und wenn er sich schlafen legt, wünscht er ihnen eine gute Nacht.
Außer durch seine beständig angespannte innere Verfassung und durch sein Grimassenschneiden äußert sich sein Irresein noch in Folgendem. An manchen Abenden hüllt er sich in seinen Kittel und beginnt, am ganzen Körper zitternd und mit klappernden Zähnen, schnell von Ecke zu Ecke und zwischen den Betten umherzugehen. Es sieht aus, als habe er hohes Fieber. Daran, wie er plötzlich stehenbleibt und seine Kameraden ansieht, ist zu erkennen, daß er ihnen etwas sehr Wichtiges mitteilen will; dann aber, da ihm offensichtlich das Bedenken kommt, ob sie ihn überhaupt hören oder verstehen werden, schüttelt er ungeduldig den Kopf und setzt seine Wanderung fort. Aber bald gewinnt der Wunsch zu sprechen über alle Bedenken die Oberhand, er legt seine Hemmungen ab und spricht feurig und voller Leidenschaft. Seine Rede ist ein Holterdipolter, irr wie eine Fieberphantasie, abgerissen und nicht immer verständlich; dafür aber vernimmt man in ihr, in den Worten wie auch im Klang, etwas unsäglich Schönes. Wenn er spricht, erkennt man in ihm sowohl den Verrückten als auch den Menschen. Es ist schwer, diese Reden des Irren schriftlich wiederzugeben. Er spricht von der Schlechtigkeit des Menschen und vom Recht, das man vergewaltigt und mit Füßen tritt, von einem herrlichen Leben, das allmählich auf der Erde beginnen wird, von den Fenstergittern,

die ihn immerzu an die Stumpfheit und Grausamkeit der Unterdrücker erinnern. Das Ganze ergibt ein verworrenes, unharmonisches Potpourri aus alten, aber noch nicht zu Ende gesungenen Liedern.

II

Vor etwa zwölf bis fünfzehn Jahren lebte in der Hauptstraße der Stadt, in seinem eigenen Haus, der Beamte Gromow, ein solider, vermögender Mann. Er hatte zwei Söhne: Ssergej und Iwan. Schon Student im achten Semester, erkrankte Ssergej an der galoppierenden Schwindsucht und starb. Es war, als habe dieser Tod den Auftakt zu einer ganzen Serie von Unglücksfällen gebildet, die plötzlich über die Familie Gromow hereinbrachen. Eine Woche nach Ssergejs Beerdigung wurde der alte Vater wegen Fälschungen und Veruntreuungen vor den Richter gebracht und starb bald darauf im Gefängnishospital an Typhus. Das Haus und alle Mobilien kamen unter den Hammer, und Iwan Dmitritsch blieb mit seiner Mutter völlig mittellos zurück. Früher, zu Lebzeiten des Vaters, erhielt Iwan Dmitritsch für das Leben in Petersburg, wo er an der Universität studierte, 60 bis 70 Rubel im Monat und hatte keine Ahnung, was Not bedeutet; jetzt war er gezwungen, seinen Lebensstil einschneidend zu verändern. Von morgens bis abends mußte er für wenig Geld Nachhilfestunden geben und sich mit Abschreibarbeiten beschäftigen, wobei er trotzdem hungerte, da er den gesamten Verdienst seiner Mutter zum Lebensunterhalt schickte. Ein solches Leben konnte Iwan Dmitritsch auf die Dauer nicht aushalten; er verlor den Mut und kam von Kräften; er gab die Universität auf und kehrte nach Hause zurück. Hier, in der Kleinstadt, erhielt er durch Protektion eine Lehrerstelle an der Kreisschule. Doch mit den Kollegen pflog er keinen Umgang, stieß bei den Schülern auf keine Sympathie, und bald gab er die Anstellung auf. Die Mutter starb. Ein halbes Jahr lang brachte er ohne Arbeit zu und ernährte sich nur von Wasser und Brot; dann wurde er Gerichtsvollzieher. Diesen Dienst versah er so lange, bis er krankheitshalber entlassen wurde.

Niemals, selbst während seiner Studentenzeit, hatte er einen gesunden Eindruck gemacht. Immer war er bleich, mager, neigte leicht zu Erkältungen, aß wenig und schlief schlecht. Ein einziges Gläschen Wein machte ihn schwindlig und hysterisch. Er fühlte sich ständig zu den Menschen hingezogen, doch wegen seiner Reizbarkeit und seines Mißtrauens stand er mit niemandem in näherem Kontakt und hatte keine Freunde. Über die Bewohner der Stadt äußerte er sich immer verächtlich; ihr grobschlächtiges Wesen, so sagte er, und ihr tierisches Dahindösen erschienen ihm ekelhaft und abstoßend. Er redete mit hoher Stentorstimme, laut und hitzig, entweder in unwilliger Empörung oder in hingerissenem Staunen, und immer aufrichtig. Gleichgültig, welches Thema man anschnitt, er lenkte das Gespräch unweigerlich in die eine Richtung: das Leben in der Stadt sei erstickend langweilig, die Gesellschaft habe keine höheren Interessen, sie führe ein trübes, sinnloses Leben, in das sie durch Unterdrückung, grobe Sittenverderbnis und Heuchelei Abwechslung zu bringen suche; die Schurken seien satt und gut gekleidet, die anständigen Menschen aber nährten sich von Brosamen; Schulen seien nötig, eine Lokalzeitung mit ehrlicher Gesinnung, ein Theater, öffentliche Leseveranstaltungen, die Zusammenfassung aller intellektuellen Kräfte; es tue not, daß die Gesellschaft sich selbst erkenne und sich entsetze. In seinen Urteilen über die Menschen trug er dick auf und malte schwarzweiß, ohne die geringsten Nuancen zuzulassen; bei ihm bestand die Menschheit nur aus Anständigen und aus Schurken, Mittelwerte gab es nicht. Über die Frauen und die Liebe sprach er immer mit leidenschaftlicher Begeisterung, verliebt war er aber kein einziges Mal.

In der Stadt war er trotz der Schärfe seines Urteils und seiner Nervosität beliebt, und hinter seinem Rücken nannte man ihn zärtlich Wanja. Sein angeborenes Zartgefühl, sein hilfreiches und ordnungsliebendes Wesen, seine moralische Sauberkeit und sein abgetragenes Röckchen, sein kränkliches Aussehen und das Unglück seiner Familie flößten einem ein gutes, warmes und melancholisches Gefühl ein. Darüber hinaus besaß er eine gute Bildung und war belesen; in der Meinung seiner Mitbürger

war er ein Alleswisser und stellte in der Stadt so etwas wie ein wandelndes Konversationslexikon dar.
Er las sehr viel. Gewöhnlich saß er im Klub, zupfte nervös an seinem Bärtchen und blätterte in Zeitschriften und Büchern; und seinem Gesicht war anzusehen, daß er nicht las, sondern geradezu schlang und sich kaum Zeit zum Kauen ließ. Die Vermutung lag nahe, daß das Lesen zu seinen krankhaften Angewohnheiten gehörte, denn mit der immer gleichen Gier stürzte er sich auf alles, was ihm in die Hände geriet, sogar auf Zeitungen und Kalender vom vergangenen Jahr. Zu Hause las er grundsätzlich im Liegen.

III

An einem Herbstmorgen machte sich Iwan Dmitritsch, mit hochgeschlagenem Kragen und durch den Schlamm watend, durch Gassen und Hinterhöfe zu einem Bürger auf, um einen Vollstreckungsbefehl durchzuführen. Wie immer morgens war seine Stimmung miserabel. In einer Seitengasse traf er auf zwei Sträflinge in Ketten, begleitet von einer vierköpfigen, bewaffneten Wachmannschaft. In der Vergangenheit war Iwan Dmitritsch schon oft auf Sträflinge gestoßen, und jedesmal hatten sie in ihm ein Gefühl von Mitleid und Peinlichkeit hervorgerufen; diesmal aber machte diese Begegnung auf ihn einen ganz besonderen, seltsamen Eindruck. Aus irgendeinem Grunde schien es ihm plötzlich, als könnte man auch ihn in Ketten legen und auf die gleiche Weise durch den Schmutz ins Gefängnis führen. Nachdem er bei dem Bürger gewesen und wieder auf dem Heimweg war, traf er beim Postamt einen ihm bekannten Polizeiaufseher. Dieser grüßte ihn und begleitete ihn ein paar Schritte die Straße entlang, und das erschien ihm verdächtig. Zu Hause wollten ihm den ganzen Tag über die Sträflinge und die Soldaten mit den Gewehren nicht aus dem Kopf, und eine unerklärliche seelische Unruhe hinderte ihn am Lesen und an der Konzentration. Am Abend zündete er bei sich kein Licht an, und in der Nacht schlief er nicht und dachte fortwährend daran, daß man ihn verhaften, in Ketten legen und ins Gefängnis stekken könnte. Er war sich keiner Verfehlung bewußt und konnte sich dafür verbürgen, auch in Zukunft niemals zu morden, zu brennen oder zu rauben; aber konnte man ein Verbrechen nicht leicht ganz unverhofft und gegen seinen Willen begehen, und lag nicht etwa auch eine Verleumdung, schließlich ein Justizirrtum im Bereich des Möglichen? Nicht umsonst spricht das seit alters gewitzte Volk davon, daß vor Bettelsack und Gefängnis niemand sicher sei. Ein Justizirrtum aber ist bei der gegenwärtigen Rechtsprechung gar nicht so unwahrscheinlich, nichts leichter als das. Menschen, die von Amts und Berufs wegen mit fremdem Leid zu tun haben, wie etwa Richter, Polizeibeamte und Ärzte, stumpfen mit der Zeit derart ab, daß sie sich zu ihren Klienten, selbst wenn sie es wollten, nicht anders als in einer äußerlich-formalen Weise verhalten können; von diesem Blickwinkel aus gesehen, unterscheiden sie sich in nichts von einem Bauern, der in den Hinterhöfen Schafe und Kälber abschlachtet und das Blut gar nicht mehr wahrnimmt. Um bei einer formalen, seelenlosen Einstellung zur Persönlichkeit einen unschuldigen Menschen aller seiner Existenzrechte zu berauben und ihn zu Zwangsarbeit zu verurteilen, braucht ein Richter nur eines: Zeit, Zeit zur Koordination irgendwelcher Formalitäten, für die man ihm ein Gehalt zahlt, und dann – erledigt. Jetzt suche Gerechtigkeit und Schutz in diesem schmutzigen Nest, zweihundert Werst von der Eisenbahnlinie entfernt! Und ist es nicht lächerlich, über Gerechtigkeit zu räsonieren, wenn die Gesellschaft auf jegliche Unterdrückung so reagiert, als sei das eine vernünftige und zweckmäßige Unumgänglichkeit, und wenn jeder beliebige Akt der Barmherzigkeit, ein Freispruch zum Beispiel, einen Sturm unbefriedigten Rachegefühls auslöst?

Am nächsten Morgen stieg Iwan Dmitritsch schreckerfüllt und mit kaltem Angstschweiß auf der Stirn aus dem Bett, schon ganz davon überzeugt, daß man ihn jeden Augenblick verhaften könne. Wenn ihn die gestrigen schweren Gedanken so lange nicht losließen, so schloß er, mußte etwas an ihnen sein. Sie konnten ihm doch wirklich nicht so ganz ohne Grund in den Kopf gekommen sein.

Gemächlichen Schritts geht ein Polizist an seinem Fenster vorüber: Das hat etwas zu bedeuten. Da sind zwei Männer vor seinem Haus schweigend stehengeblieben. Warum schweigen sie? Und für Iwan Dmitritsch begannen qualvolle Tage und Nächte. Alle Leute, die an seinen Fenstern vorbeigingen oder in seinen Hof kamen, erschienen ihm als Spione und Häscher. Gegen Mittag fuhr gewöhnlich der Kreispolizeirichter im Zweispänner durch die Straße; er begab sich von seinem Gut außerhalb der Stadt ins Amt, aber jedesmal wollte es Iwan Dmitritsch scheinen, als fahre er auffallend schnell und mit einem irgendwie besonderen Gesichtsausdruck. Es ist klar: er eilt mitzuteilen, daß ein gefährlicher Verbrecher in der Stadt aufgetaucht sei. Bei jedem Klingeln, bei jedem Schlag ans Tor fuhr er zusammen und litt Qualen, wenn er bei der Wirtin einen Unbekannten sah; begegnete er Polizisten oder Gendarmen, lächelte oder pfiff er, um gelassen zu erscheinen. In Erwartung seiner Verhaftung schlief er keine Nacht mehr, schnarchte aber laut und seufzte wie im Schlaf, um die Wirtin glauben zu machen, daß er schlafe; denn wenn er nicht schläft, so heißt das, daß er von Gewissensbissen gequält wird – was für ein Indiz! Die Fakten und der gesunde Menschenverstand sagten ihm überzeugend, daß alle diese Ängste Unsinn und Psychopathie seien, daß Arrest und Gefängnis, vorurteilslos betrachtet, im Grunde nichts Schreckliches an sich hätten – vorausgesetzt, man hat ein reines Gewissen. Aber je vernünftiger und logischer er die Sache beurteilte, desto heftiger und quälender wurde seine seelische Erregung. Es ging ihm genauso wie jenem Einsiedler, der sich im Urwald ein Plätzchen roden wollte: Je eifriger er mit der Axt dreinhieb, desto dichter und mächtiger wuchs der Wald. Schließlich, als Iwan Dmitritsch einsah, daß das Nachdenken zu nichts führte, gab er es ganz auf und überließ sich endgültig der Verzweiflung und der Angst. Er begann sich abzusondern und die Menschen zu fliehen. Der Dienst war ihm schon vorher ekelhaft gewesen, jetzt wurde er ihm unerträglich. Er befürchtete, man werde ihn auf irgendeine Weise hereinlegen, zum Beispiel ihm unbemerkt Bestechungsgelder in die Tasche schmuggeln und ihn dann überführen, oder es werde ihm in den amtlichen Schriftstücken unbeabsichtigt ein Fehler unterlaufen, der einer Fälschung gleichkommt, oder er werde fremde Gelder verlieren. Seltsam, daß seine Denkfähigkeit niemals sonst so geschmeidig und erfinderisch gewesen war wie jetzt, da er sich jeden Tag tausenderlei Gründe ausdachte, um in ernsthafte Sorge um seine Freiheit und Ehre zu geraten. Aber dafür war sein Interesse für die Außenwelt, besonders für die Bücher, entschieden gesunken, und sein Gedächtnis begann sich stark zu verändern.

Im Frühling, nach der Schneeschmelze, wurden in der Schlucht beim Friedhof die halbverfaulten Leichen einer alten Frau und eines Jungen gefunden, die Spuren eines gewaltsamen Todes trugen. Dieser Fund und die unbekannten Mörder bildeten das einzige Gesprächsthema der Stadt. Damit man nicht auf den Gedanken käme, daß er es gewesen sein könnte, ging Iwan Dmitritsch lächelnd durch die Straßen, und wenn er einen Bekannten traf, wurde er abwechselnd bleich und rot und begann zu versichern, daß es kein schändlicheres Verbrechen gäbe als den Mord an Schwachen und Wehrlosen. Aber diese Lüge ermüdete ihn bald, und nach einigem Nachdenken beschloß er, daß es in seiner Lage das Beste wäre, sich im Keller seiner Wirtin zu verstecken. Dort verbrachte er einen Tag, dann die Nacht und noch einen Tag, erstarrte fast vor Kälte und schlich sich, nachdem er die Dunkelheit abgewartet hatte, wie ein Dieb auf sein Zimmer. Die Zeit bis zur Morgendämmerung brachte er, reglos auf alles horchend, stehend zu. Frühmorgens, vor Sonnenaufgang, erschienen bei der Wirtin die Ofensetzer. Iwan Dmitritsch wußte ganz genau, daß sie zu dem Zweck kamen, den Ofen in der Küche umzusetzen; doch die Angst flüsterte ihm ein, daß es als Ofensetzer verkleidete Polizisten seien. Er stahl sich heimlich aus der Wohnung und lief, ohne Mütze und Rock, von Entsetzen ergriffen, auf die Straße. Hunde jagten ihm bellend nach, irgendwo hinter ihm rief ein Bauer etwas, die Luft pfiff in seinen Ohren, und Iwan Dmitritsch schien es, als habe sich in seinem Rücken die Gewalttätigkeit der ganzen Welt versammelt und setze ihm nach.

Man hielt ihn fest, führte ihn nach Hause und schickte die Hauswirtin zum Arzt. Dieser, Andrej Jefimytsch, auf den wir noch zu sprechen kommen werden, ordnete kalte Kopfum-

schläge an, verschrieb Lorbeer- und Kirschtropfen, schüttelte traurig den Kopf und sagte beim Weggehen zur Wirtin, daß er nicht mehr kommen werde, da man die Leute nicht daran hindern solle, den Verstand zu verlieren. Da Iwan Dmitritsch nicht die Möglichkeit hatte, zu Hause zu leben und sich pflegen zu lassen, wurde er bald darauf ins Krankenhaus gebracht und dort in die Abteilung für Geschlechtskranke eingewiesen. Nachts schlief er nicht, er war launisch und störte die Kranken, und so wurde er auf Anordnung von Andrej Jefimytsch in den Krankensaal Nr. 6 verlegt.
Nach einem Jahr hatte man Iwan Dmitritsch in der Stadt schon völlig vergessen, und seine Bücher, von der Wirtin auf einen Schlitten unter einem Vordach geworfen, waren von den Straßenjungen fortgeschleppt worden.

IV

Der Nachbar zur Linken von Iwan Dmitritsch ist, wie schon gesagt, der Jude Mojssejka, der Nachbar zur Rechten ein in Fett schwimmender, fast kugelrunder Bauer mit einem stumpfen, völlig ungeistigen Gesicht – ein träges, gefräßiges und unreinliches Tier, das die Fähigkeit des Denkens und Fühlens schon seit langem eingebüßt hat. Von ihm geht beständig ein ätzender, den Atem benehmender Gestank aus.
Nikita, der sich um ihn kümmert, schlägt ihn furchtbar, mit vollem Schwung seiner Fäuste, die er nicht schont; und das eigentlich Schreckliche dabei ist nicht, daß man ihn schlägt – daran kann man sich gewöhnen –, sondern daß dieses abgestumpfte Tier auf die Schläge weder mit einem Laut noch einer Bewegung, noch einem Ausdruck seiner Augen reagiert, sondern nur leicht hin und her schwankt wie ein schweres Faß.
Der fünfte und letzte Insasse des Krankensaals Nr. 6 ist ein Kleinbürger, der früher einmal als Sortierer auf der Post gearbeitet hat, ein kleiner, schmächtiger, blonder Mann mit einem gutmütigen, aber leicht verschlagenen Gesichtsausdruck. Seinen klugen und ruhigen Augen nach zu urteilen, die einen klar und fröhlich ansehen, scheint er seine fünf Sinne durchaus bei-

einander zu haben und ein sehr wichtiges und ihn befriedigendes Geheimnis zu besitzen. Unter seinem Kopfkissen und seiner Matratze liegt etwas, das er niemandem zeigt, aber nicht aus Furcht, man könnte es ihm wegnehmen oder stehlen, sondern aus Schamhaftigkeit. Manchmal tritt er ans Fenster und legt sich, den Leidensgenossen den Rücken zugewandt, etwas auf seine Brust und betrachtet es mit gebeugtem Kopf; nähert man sich ihm in diesem Augenblick, so gerät er in Verwirrung und reißt es weg. Doch sein Geheimnis zu erraten ist nicht schwer.
»Sie können mich beglückwünschen«, sagt er oft zu Iwan Dmitritsch, »ich bin für den Stanislaw-Orden zweiter Klasse mit Stern vorgeschlagen worden. Die zweite Klasse mit Stern wird nur Ausländern verliehen, aber bei mir will man aus irgendeinem Grunde eine Ausnahme machen«, lächelt er und zuckt in verlegenem Erstaunen mit den Schultern. »Ich muß gestehen, darauf war ich wirklich nicht gefaßt.«
»Davon verstehe ich nichts«, läßt sich Iwan Dmitritsch mürrisch vernehmen.
»Aber wissen Sie, was ich früher oder später bekommen werde?« fährt der ehemalige Sortierer fort und blinzelt verschmitzt mit den Augen. »Ich werde ohne allen Zweifel den schwedischen ›Polarstern‹ erhalten. Das ist ein Orden, der der Mühe wert ist. Ein weißes Kreuz und ein schwarzes Band. Das macht sich sehr gut.«
Es gibt wohl keinen anderen Ort, an dem das Leben so einförmig ist wie in dem Gebäudeflügel. Morgens waschen sich die Kranken, ausgenommen der Paralytiker und der dicke Bauer, im Flur an einem großen Zuber und trocknen sich mit den Schößen ihrer Kittel ab; danach trinken sie aus Zinnbechern Tee, der ihnen aus dem Hauptgebäude von Nikita gebracht wird. Jeder hat Anspruch auf einen Becher. Zu Mittag essen sie Sauerkohlsuppe mit Grütze, zum Abendbrot die Grütze, die vom Mittagessen übriggeblieben ist. Zwischen den Mahlzeiten liegen sie, schlafen, schauen zum Fenster hinaus und gehen von Ecke zu Ecke. Und so jeden Tag, sogar der ehemalige Sortierer spricht immerzu über dieselben Orden.
Unbekannte Gesichter sind im Krankensaal Nr. 6 nur selten zu

sehen. Neu verrückt Gewordene nimmt der Arzt schon lange nicht mehr auf, Liebhaber für den Besuch von Irrenhäusern aber sind auf dieser Erde spärlich gesät. Einmal in zwei Monaten kommt der Barbier Ssemjon Lasarytsch in den Anbau. Wie er die Irren schneidet und wie ihm Nikita bei diesem Geschäft an die Hand geht und in welche Aufregung die Kranken bei Erscheinen des betrunkenen lächelnden Barbiers geraten – davon schweigen wir lieber.

Außer dem Barbier schaut niemand in den Anbau. Die Kranken sind dazu verurteilt, tagein tagaus lediglich Nikita zu sehen.

Übrigens hat sich vor kurzem im Krankenhaus ein ziemlich sonderbares Gerücht verbreitet.

Es ging das Gerücht um, daß der Krankensaal Nr. 6 vom Arzt besucht werde.

V

Ein seltsames Gerücht!

Der Arzt Andrej Jefimytsch Ragin ist auf seine Art ein bemerkenswerter Mann. Es heißt, daß er in früher Jugend sehr fromm gewesen sei und sich auf die geistliche Laufbahn vorbereitet habe. Nach Beendigung des Gymnasiums im Jahre 1863 habe er die Absicht gehabt, in die Geistliche Akademie einzutreten, doch soll sich sein Vater, Doktor der Medizin und Chirurg, sehr höhnisch über ihn mokiert und kategorisch erklärt haben, ihn künftig nicht mehr als seinen Sohn zu betrachten, wenn er Pope werde. Wie weit das stimmt, weiß ich nicht, doch hat Andrej Jefimytsch selbst wiederholt gestanden, daß er sich zum Arzt, überhaupt zu einer speziell wissenschaftlichen Betätigung, niemals berufen gefühlt habe.

Wie dem auch sei: Er hat die medizinische Fakultät beendet und sich nicht die Tonsur machen lassen. Frömmigkeit legte er nicht an den Tag und ähnelte am Anfang seiner ärztlichen Tätigkeit ebensowenig einem Geistlichen wie heute.

Sein Äußeres ist schwerfällig und von einer bäurischen Ungehobeltheit; Gesicht und Bart, das anliegende Haar und die kräftige, ungelenke Gestalt erinnern an einen fetten, unbeherrschten und schroffen Schankwirt an der Großen Straße. Er hat ein strenges, über und über blau geädertes Gesicht, kleine Augen und eine rote Nase. Bei seinem hohen Wuchs und seinen breiten Schultern hat er mächtige Hände und Füße; mit einem Faustschlag kann er einem wohl das Lebenslicht ausblasen. Doch sein Schritt ist leise und sein Gang behutsam, als schleiche er; trifft man ihn im engen Korridor, so bleibt er immer als erster stehen, um Platz zu machen, und sagt, nicht etwa mit Baßstimme, sondern mit dünnem, sanftem Tenor: »Entschuldigung!« Er hat eine kleine Geschwulst am Hals, weshalb er keine rauhen, gestärkten Hemdenkragen tragen kann, und so geht er immer in einem weichen Leinen- oder Kattunhemd. Überhaupt kleidet er sich nicht wie ein Arzt. Einen Anzug trägt er bis zu zehn Jahren, und die neue Kleidung, die er gewöhnlich in einem jüdischen Laden kauft, sieht an ihm genauso abgetragen und zerknittert aus wie die alte. In ein und demselben Rock empfängt er die Kranken, ißt Mittag und geht zu Besuch; doch das geschieht nicht aus Geiz, sondern aus einer völligen Gleichgültigkeit seinem Äußeren gegenüber.

Als Andrej Jefimytsch in die Stadt kam, um seinen Dienst anzutreten, befand sich die »gottgefällige Anstalt« in einem erschreckenden Zustand. In den Sälen, in den Korridoren und auf dem Hof des Krankenhauses konnte man vor Gestank kaum atmen. Die Krankenwärter, die Pflegerinnen und deren Kinder schliefen mit den Kranken zusammen in den Sälen. Sie klagten, daß man es vor Schaben, Wanzen und Mäusen kaum aushalten könne. In der Chirurgischen war die Wundrose nicht einzudämmen. Im ganzen Krankenhaus waren nur zwei Skalpelle und kein einziges Thermometer vorhanden, in den Badewannen wurden Kartoffeln gelagert. Der Verwalter, die Beschließerin und der Feldscher bestahlen die Kranken, und von dem alten Arzt, dem Vorgänger von Andrej Jefimytsch, erzählte man sich, er habe mit dem Krankenhausspiritus einen heimlichen Handel getrieben und sich aus den Pflegerinnen und den kranken Frauen einen ganzen Harem rekrutiert. In der Stadt waren diese Zustände genau bekannt, man übertrieb sie sogar, doch aufregen tat man sich über sie keineswegs; die einen rechtfertigten sie damit, daß im Krankenhaus ohnehin Bauern und Bürger untergebracht würden, die gar nicht unzufrieden sein könnten, weil sie zu Hause weit schlechter lebten als im Krankenhaus – man könne sie ja schließlich nicht mit Haselhühnern verköstigen! Die anderen brachten zur Rechtfertigung vor, daß die Stadt allein, ohne die Hilfe des Kreises, nicht imstande sei, ein ordentliches Krankenhaus zu unterhalten; besser ein schlechtes Krankenhaus als gar keines. Die noch nicht lange existierende Kreisverwaltung aber richtete weder innerhalb noch außerhalb der Stadt Heilanstalten ein, indem sie darauf hinwies, daß die Stadt ja ein Krankenhaus habe.

Nachdem Andrej Jefimytsch das Krankenhaus inspiziert hatte, gelangte er zu dem Schluß, daß dies eine geradezu unmoralische und für die Gesundheit ihrer Insassen im höchsten Grade abträgliche Anstalt sei. Das Klügste, was man tun könne, war seiner Meinung nach, die Kranken freizulassen und das Krankenhaus zu schließen. Aber er kam zu der Erkenntnis, daß sein Wille allein dafür nicht ausreiche und daß es auch kaum von Nutzen wäre; wenn man den physischen und moralischen Schmutz von einem Ort verjagt, so wandert er an einen anderen; man muß also warten, bis er von selbst verschwindet. Außerdem: wenn die Leute dieses Krankenhaus eröffnet haben und es bei sich dulden, so werden sie es wohl brauchen; Vorurteile und all das Ekelhafte und Häßliche im Leben sind notwendig, weil sie sich im Laufe der Zeit zu etwas Nützlichem umwandeln, so wie der Dung zu Humusboden. Noch das Vollkommenste auf der Erde weist ganz zu Anfang seines Entstehens etwas Ekelhaftes auf.

Als Andrej Jefimytsch seinen Dienst antrat, verhielt er sich der Unordnung gegenüber offensichtlich ziemlich gleichgültig. Er bat lediglich die Wärter und Pflegerinnen, nicht in den Krankensälen zu übernachten, und stellte zwei Instrumentenschränke auf; der Verwalter jedoch, die Beschließerin, der Feldscher und die Wundrose hielten ihre Stellungen.

Andrej Jefimytsch liebt Vernunft und Ehrlichkeit über alles, aber für die Einführung eines vernünftigen und ehrlichen Lebens rings um ihn her hat er nicht genug Charakterstärke und

Glauben an sein Recht. Befehle erteilen, Verbote aussprechen, auf seinem Willen beharren – dazu ist er entschieden nicht in der Lage. Es ist, als habe er ein Gelübde abgelegt, niemals seine Stimme zu erheben und niemals einen Imperativ zu verwenden. »Gib« oder »bring« zu sagen fällt ihm schwer; hat er Hunger, so hüstelt er unentschlossen und sagt zur Köchin: »Wenn ich vielleicht Tee bekommen könnte« oder »Ich könnte eigentlich zu Mittag essen«. Dem Aufseher zu sagen, daß er das Stehlen bleibenlassen solle, oder ihn davonzujagen oder diese unnötige, parasitäre Stelle überhaupt aufzuheben – das geht weit über seine Kräfte. Wenn man Andrej Jefimytsch hintergeht oder ihm schmeichelt oder wenn man ihm eine offensichtlich gefälschte Rechnung zur Unterschrift vorlegt, so wird er krebsrot und fühlt sich schuldig, aber unterschreiben tut er doch; wenn sich die Kranken bei ihm über schlechte Verpflegung und über die Grobheit der Pflegerinnen beklagen, gerät er in Verwirrung und murmelt schuldbewußt:

»Schon gut, schon gut, ich werde die Sache verfolgen ... Wahrscheinlich handelt es sich um ein Mißverständnis ...«

In der ersten Zeit arbeitete Andrej Jefimytsch mit großem Eifer. Er empfing täglich von morgens bis zum Mittag, führte Operationen aus und betätigte sich sogar als Geburtshelfer. Die Damen sagten von ihm, er sei sehr aufmerksam und stelle ausgezeichnete Diagnosen, besonders bei Kindern und Frauen. Doch im Laufe der Zeit wurde er seiner Arbeit, ihrer Gleichförmigkeit und offensichtlichen Nutzlosigkeit wegen, spürbar überdrüssig. Heute empfängt man 30 Kranke, und morgen, sieh an, strömen schon 35 herbei, übermorgen 40, und so tagaus tagein, jahraus jahrein, und die Sterblichkeitsziffer in der Stadt sinkt nicht, und der Strom der Kranken reißt nicht ab. An einem Vormittag 40 Kranken wirkliche Hilfe zu leisten ist rein unmöglich – das heißt also, es kommt dabei, ob man will oder nicht, ein einziger Betrug heraus. Im Rechnungsjahr sind in der Praxis 12 000 Kranke empfangen worden, das bedeutet, man hat, grob gesprochen, 12 000 Menschen betrogen. Die ernsthaft Kranken in die Krankensäle zu legen und sich ihnen, entsprechend den Vorschriften der Wissenschaft, zu widmen ist ebenfalls unmög-

lich, weil zwar Vorschriften, nicht aber eine wirkliche Wissenschaft existiert. Läßt man aber einmal die Philosophie beiseite und folgt pedantisch den Vorschriften wie die anderen Ärzte, so ist dafür zuerst einmal Sauberkeit und frische Luft notwendig statt Schmutz, gesunde Nahrung und nicht eine Suppe aus stinkendem Sauerkraut, zuverlässiges Personal und nicht Diebe.
Und warum überhaupt die Menschen daran hindern zu sterben, wo doch der Tod das normale, naturnotwendige Ende eines jeden ist? Was ist denn dabei gewonnen, wenn irgendein Krämer oder Beamter fünf oder zehn Jahre länger lebt? Wenn man den Sinn der Medizin darin erblickt, durch Arzneien die Leiden zu mildern, so drängt sich unwillkürlich die Frage auf: Wozu sie mildern? Erstens sagt man doch, daß die Leiden den Menschen vervollkommnen; und zweitens: wenn die Menschheit es tatsächlich lernt, ihre Leiden durch Pillen und Tropfen zu lindern, so wird sie Religion und Philosophie, bei denen sie bisher nicht nur Schutz vor jeglichem Übel, sondern sogar Glück gefunden hat, gänzlich über Bord werfen. Puschkin litt vor seinem Tode schreckliche Qualen, der arme Heine lag jahrelang gelähmt; warum soll dann irgend so ein Andrej Jefimytsch oder eine Matrjona Ssawischna nicht leiden, sie, deren Leben inhaltslos ist und ohne das Leiden völlig leer wäre und wie das Leben der Amöbe?
Gelähmt von solchen Überlegungen, ließ Andrej Jefimytsch die Hände sinken und ging nicht mehr jeden Tag ins Krankenhaus.

VI

Sein Tagesablauf sieht folgendermaßen aus: Gewöhnlich steht er um acht Uhr morgens auf, zieht sich an und trinkt Tee. Dann setzt er sich in sein Arbeitszimmer zum Lesen oder geht ins Krankenhaus. Dort sitzen in einem engen, dunklen Korridor die ambulanten Patienten und warten auf den Beginn der Sprechstunde. Wärter und Pflegerinnen laufen an ihnen vorbei und schlagen mit ihren Stiefeln gegen den Steinfußboden; abgezehrte Kranke in ihren Kitteln drängen sich durch, Leichen und

Geschirr mit Abfall werden vorübergetragen; Kindergeplärr, überall zieht es. Andrej Jefimytsch weiß, daß für Fiebernde, Schwindsüchtige und überhaupt für alle empfindlichen Kranken so ein Zustand eine Qual ist, aber was kann man da machen? Im Sprechzimmer erwartet ihn der Feldscher Ssergej Ssergeitsch, ein kleiner, dicker Mensch mit glattrasiertem, sauber gewaschenem, vollem Gesicht und weichen, leichten Bewegungen; in seinem weiten neuen Anzug sieht er eher wie ein Ratsherr als wie ein Feldscher aus. Er hat in der Stadt eine große Praxis, trägt eine weiße Halsbinde und hält sich selber für sachkundiger als den Doktor, der keine Privatpraxis hat. In einer Ecke des Empfangszimmers steht ein großer Heiligenschrein mit einer schweren Öllampe, daneben ein Kirchenleuchter in weißer Hülle; an den Wänden hängen Porträts von Bischöfen, eine Ansicht des Klosters von Swjatogorsk und vertrocknete Kornblumenkränze. Ssergej Ssergeitsch ist religiös und liebt Gepränge. Das Heiligenbild ist auf seine Kosten aufgestellt worden. Sonntags liest im Empfangszimmer einer von den Kranken auf seine Anordnung hin laut den Gesang zu Ehren der Jungfrau Maria, und nach der Lesung macht er selbst, das Weihrauchfaß schwenkend, die Runde durch alle Krankensäle.

Kranke gibt es viele, aber die Zeit ist knapp, und deshalb beschränkt sich die Behandlung auf ein kurzes Befragen und die Aushändigung einer Arznei, etwa einer flüchtigen Salbe oder von Rizinusöl. Andrej Jefimytsch sitzt gedankenverloren da, die Faust gegen die Wange gestützt, und stellt mechanisch seine Fragen. Ssergej Ssergeitsch sitzt ebenfalls, reibt sich seine kleinen Hände und schaltet sich ab und zu ein. »Krankheit und Not leiden wir deshalb«, sagt er, »weil wir nicht genug zu Gott dem Barmherzigen beten. Jawohl!«

Während der Sprechstunde führt Andrej Jefimytsch keinerlei Operationen durch; schon seit langem hält er sie sich vom Leib, und der Anblick von Blut verursacht in ihm ein unangenehmes Gefühl. Wenn er einem Kind den Mund öffnen muß, um sich den Hals anzusehen, und das Kind schreit und wehrt sich mit seinen Händchen, so wird ihm vor lauter Lärm, der auf seine Ohren eindringt, ganz schwindlig, und seine Augen füllen sich mit Tränen. Eilig verschreibt er ein Medikament und winkt, daß die Mutter das Kind so schnell wie möglich hinaustrage.

Bald nach Beginn der Sprechstunde geht ihm alles auf die Nerven: die Schüchternheit und Unverständigkeit der Kranken, die Nähe des pompliebenden Ssergej Ssergeitsch, die Porträts an den Wänden und seine eigenen Fragen, die er schon seit mehr als zwanzig Jahren unverändert stellt. Und nachdem er fünf oder sechs Patienten empfangen hat, geht er fort. Die übrigen empfängt der Feldscher ohne ihn.

Mit dem angenehmen Gedanken, daß er, Gott sei Dank, schon längst keine Privatpraxis mehr hat und daß ihn niemand stören wird, läßt sich Andrej Jefimytsch, zu Hause angekommen, unverzüglich am Tisch seines Arbeitszimmers nieder und beginnt zu lesen. Er liest sehr viel und immer mit großem Vergnügen. Die Hälfte seines Gehalts verwendet er für den Kauf von Büchern, und von den sechs Zimmern seiner Wohnung sind drei vollgepfropft mit Büchern und alten Zeitschriften. Am meisten liebt er historische und philosophische Werke; in seinem Fach Medizin ist er lediglich auf den »Arzt« abonniert, mit dessen Lektüre er immer vom Ende her beginnt. Das Lesen setzt sich jedesmal ohne Unterbrechung über Stunden fort und ermüdet ihn nicht. Er liest nicht so schnell und ungestüm wie seinerzeit Iwan Dmitritsch, sondern langsam und gründlich, wobei er oft an den Stellen einhält, die ihm gefallen oder ihm unverständlich sind. Neben dem Buch steht immer eine Karaffe mit Wodka, und ohne Teller, direkt auf dem Tischtuch, liegt eine saure Gurke oder ein eingemachter Apfel. Alle halbe Stunde gießt er sich, ohne seine Augen vom Buch zu wenden, ein Gläschen Schnaps ein und leert es, dann tastet er, ohne hinzuschauen, nach der Gurke und beißt ein Stückchen ab.

Um drei Uhr nähert er sich scheu der Küchentür, hüstelt und sagt:

»Darjuschka, wie wäre es mit dem Mittagessen ...«

Nach diesem, einem ziemlich dürftigen und unappetitlichen Mahl, geht Andrej Jefimytsch, die Arme über der Brust verschränkt, durch seine Zimmer und denkt nach. Es schlägt vier Uhr, dann fünf, und er geht immer noch und denkt. Dazwischen quietscht die Küchentür, und in ihr zeigt sich das rote, verschlafene Gesicht von Darjuschka.

»Andrej Jefimytsch, wollen Sie jetzt nicht Bier trinken?« fragt sie besorgt.

»Nein, noch nicht ...«, antwortet er. »Ich warte noch ein Weilchen ...«

Gegen Abend kommt gewöhnlich der Postmeister, Michail Awerjanytsch, der einzige Mensch in der ganzen Stadt, dessen Gesellschaft Andrej Jefimytsch nicht lästig ist. Michail Awerjanytsch war einmal ein sehr reicher Gutsbesitzer gewesen und hatte in der Kavallerie gedient; er verarmte jedoch und trat, als das Alter kam, notgedrungen in den Postdienst ein. Er sieht rüstig und gesund aus, trägt einen prächtigen, grauen Backenbart, hat feine Manieren und eine starke, wohlklingende Stimme. Er ist ein guter und gefühlvoller Mensch, aber jähzornig. Wenn auf der Post ein Kunde protestiert, mit etwas nicht einverstanden ist oder auch nur zu diskutieren beginnt, wird Michail Awerjanytsch glutrot, zittert am ganzen Körper und brüllt mit Donnerstimme: »Ruhe!« Das hat dem Postbüro schon seit langem den Ruf eingetragen, ein ganz fürchterliches Amt zu sein. Michail Awerjanytsch achtet und liebt Andrej Jefimytsch wegen dessen Bildung und Seelenadel, zu den anderen Bewohnern aber verhält er sich von oben herab, wie zu seinen Untergebenen.

»Da bin ich also!« sagt er, während er bei Andrej Jefimytsch eintritt. »Seien Sie gegrüßt, mein Lieber! Vielleicht falle ich Ihnen schon lästig, was?«

»Im Gegenteil, ich bin sehr erfreut«, antwortet ihm der Doktor. »Ich freue mich immer, wenn Sie kommen.«

Die Freunde setzen sich im Arbeitszimmer auf den Diwan und rauchen eine Weile schweigend.

»Darjuschka, wie wäre es mit einem Bier?« sagt Andrej Jefimytsch.

Die erste Flasche leeren sie ebenfalls schweigend: der Doktor in Gedanken, Michail Awerjanytsch mit einem fröhlichen, lebhaften Gesichtsausdruck, wie jemand, der etwas sehr Interessantes zu erzählen hat. Die Unterhaltung wird immer vom Doktor eröffnet.

»Wie schade«, sagt er langsam und mit leiser Stimme, wobei er den Kopf hin und her wiegt und dem Gesprächspartner nicht in die Augen sieht (er sieht einem niemals in die Augen), »wie jammerschade ist es, verehrter Michail Awerjanytsch, daß es in unserer Stadt einfach keine Menschen gibt, die imstande wären und es zu schätzen wüßten, ein vernünftiges und interessantes Gespräch zu führen. Das ist ein unermeßlicher Mangel für uns. Selbst die Angehörigen der Intelligenz geben nur Abgeschmacktheiten von sich; ihr Niveau ist, ich versichere Ihnen, kein bißchen höher als das der unteren Klasse.«

»Vollkommen richtig. Einverstanden.«

»Wie Sie selber wissen«, fährt der Doktor leise und mit Unterbrechungen fort, »ist auf dieser Welt alles bedeutungslos und uninteressant, außer den höheren geistigen Seinsformen der Menschen. Der Verstand bildet eine scharfe Grenze zwischen dem Tier und dem Menschen, er weist auf die Göttlichkeit des letzteren und ersetzt ihm in gewisser Hinsicht sogar die Unsterblichkeit, die es nicht gibt. Gehen wir hiervon aus, so kommt als einzig mögliche Quelle des Genusses der Geist in Frage. Von ihm aber ist um uns herum nichts zu sehen und nichts zu hören – das heißt also, wir sind des Genusses beraubt. Zwar haben wir Bücher, doch das ist bei weitem kein Ersatz für ein lebendiges Gespräch, für den Umgang mit Menschen. Wenn Sie einen ein wenig hinkenden Vergleich gestatten: Bücher sind die Noten, das Gespräch aber ist der Gesang.«

»Vollkommen richtig.«

Es herrscht wieder Schweigen. Aus der Küche kommt Darjuschka heraus und bleibt mit dem Ausdruck dumpfer Trauer, die Wange auf die Faust gestützt, in der Tür stehen und hört zu.

»Ach!« seufzt Michail Awerjanytsch. »Von den heutigen Menschen erwarten Sie Geist!«

Und er erzählt, wie gesund, lustig und interessant das Leben früher gewesen war, was für eine kluge Intelligenz es in Rußland gegeben hatte und welcher Wertschätzung sich bei ihr Begriffe wie Ehre und Freundschaft erfreut hatten. Das Geld wurde ohne Wechsel geliehen, und es wurde als Schande angesehen, wenn man dem notleidenden Kameraden nicht eine hilfreiche Hand hinstreckte. Und was für Feldzüge, Abenteuer, Scharmützel gab es da, was für Kameraden, was für Frauen! Und der Kaukasus, welch herrliche Gegend! Die Gattin eines Bataillonskommandanten, eine sonderbare Frau, liebte es, als Offizier verkleidet abends, allein, ohne Führer, in die Berge zu reiten. Es hieß, sie habe dort oben in den Bergdörfern mit einem kleinen Fürsten eine Romanze gehabt.«

»Himmelskönigin, Mütterchen ...«, seufzt Darjuschka.

»Und wie man getrunken hat! Und gegessen! Und was für verwegene Freidenker es doch gab!«

Andrej Jefimytsch hört zu, ohne zu verstehen; er denkt über etwas nach und schlürft sein Bier.

»Ich träume oft von klugen Menschen und von Gesprächen mit ihnen«, unterbricht er unerwartet Michail Awerjanytsch. »Mein Vater ließ mir eine vorzügliche Bildung zuteil werden, doch unter dem Einfluß der Ideen der sechziger Jahre zwang er mich, Arzt zu werden. Mir scheint, wenn ich ihm damals nicht gehorcht hätte, befände ich mich heute mitten im Zentrum des geistigen Lebens. Wahrscheinlich wäre ich Mitglied einer Fakultät. Natürlich, auch der Verstand ist nicht ewig, auch er vergeht, aber Sie wissen, weshalb ich ihn so hoch schätze. Das Leben ist eine ärgerliche Falle. Wenn der denkende Mensch ins reife Alter und zu klarer Erkenntnis kommt, so fühlt er sich unwillkürlich wie in einer Falle, aus der es kein Entrinnen gibt. Und wirklich: Gegen seinen Willen ist er durch irgendwelche Zufälligkeiten aus dem Nicht-Sein ins Sein gerufen worden ... Wozu? Will er den Sinn und das Ziel seiner Existenz erfahren, so antwortet man ihm nicht, oder man sagt ihm dummes Zeug; er klopft an – ihm wird nicht aufgetan; der Tod kommt zu ihm – ebenfalls gegen seinen Willen. Und daher kommt es, daß die Menschen, so, wie sie sich im Gefängnis leichter fühlen, wenn sie, durch das allgemeine Unglück miteinander verbunden, sich zusammenscharen, auch im Leben die Falle nicht wahrnehmen, wenn sie, begabt mit einer Neigung zu klarem Denken und Urteilsvermögen, zueinanderfinden und die Zeit im Austausch stolzer, freier

Ideen verbringen. In diesem Sinn ist geistige Beschäftigung ein durch nichts zu ersetzender Genuß.«

»Vollkommen richtig.«

Ohne seinem Gesprächspartner in die Augen zu sehen, setzt Andrej Jefimytsch leise und mit Pausen seine Rede über kluge Menschen und die Gespräche mit ihnen fort, und Michail Awerjanytsch hört ihm aufmerksam zu und pflichtet ihm bei: »Vollkommen richtig.«

»Glauben Sie eigentlich an die Unsterblichkeit der Seele?« fragt der Postmeister unvermittelt.

»Nein, verehrter Michail Awerjanytsch, ich glaube nicht an sie und habe auch keinen Grund, daran zu glauben.«

»Ich muß zugeben, auch ich hege Zweifel. Und doch habe ich dessen ungeachtet so ein Gefühl, als würde ich niemals sterben. Ach ja, denke ich für mich, Zeit zu sterben, alter Knaster! Aber in der Seele spricht so ein Stimmchen: Glaube das nicht, du wirst nicht sterben ...«

Kurz vor zehn Uhr macht sich Michail Awerjanytsch auf den Heimweg. Während er im Vorzimmer den Pelz anzieht, sagt er mit einem Seufzer:

»In was für eine Wüstenei hat uns das Schicksal verschlagen! Und das Ärgerlichste dabei ist, daß man hier auch noch sterben muß. O je ...«

VII

Nachdem er den Freund hinausbegleitet hat, setzt sich Andrej Jefimytsch an den Tisch und beginnt wieder zu lesen. Die Stille des Abends und dann der Nacht wird durch keinen Laut gestört, und es scheint, als stehe die Zeit still und ersterbe mitsamt dem Doktor über dem Buch, als existiere nichts außer diesem Buch und der Lampe mit dem grünen Schirm. Das grobgeschnittene, bäuerliche Gesicht des Doktors wird angesichts der Taten des menschlichen Geistes ganz allmählich von einem Lächeln der Rührung und der Begeisterung erhellt. »Ach, warum nur ist der Mensch nicht unsterblich?« denkt er. »Wozu die Zentren und Windungen des Gehirns, wozu Sehvermögen, Sprachfähigkeit,

Gefühl des Selbst, Genie, wenn alldem beschieden ist, in den Erdboden hinabzugehen und am Ende gemeinsam mit der Erdrinde zu erkalten und dann Millionen Jahre ohne Sinn und Zweck mit der Erde um die Sonne zu fliegen? Um zu erkalten und dann durch die Gegend zu fliegen, dazu ist es ganz und gar unnötig, den Menschen mit seinem hohen, fast göttlichen Geist aus dem Nicht-Sein zu reißen und ihn dann, wie zum Spott, in Lehm zu verwandeln.

Umwandlung der Materie! Wie feige, sich mit diesem Surrogat für Unsterblichkeit zu trösten! Die in der Natur ohne jedes Bewußtsein vor sich gehenden Prozesse stehen sogar noch niedriger als die menschliche Dummheit, denn in der Dummheit ist immerhin Bewußtsein und Wille vorhanden, in den Prozessen der Natur aber von alledem nichts. Nur ein Feigling, der mehr Todesangst als Menschenwürde hat, kann sich damit trösten, daß sein Körper im Laufe der Zeit in einem Grashalm, in einem Stein, in einer Kröte weiterleben wird ... In der Umwandlung der Materie seine Unsterblichkeit zu erblicken ist genauso abwegig, wie etwa, nachdem eine wertvolle Geige zerbrochen und unbrauchbar geworden ist, dem Geigenkasten eine glänzende Zukunft zu prophezeien.«

Wenn die Uhr schlägt, lehnt sich Andrej Jefimytsch in seinem Sessel zurück und schließt die Augen, um ein wenig zu sinnieren. Und unversehens, unter dem Einfluß der schönen Gedanken, die er im Buch gelesen, wirft er einen Blick auf seine Vergangenheit und Gegenwart. Die Vergangenheit ist abstoßend, an sie erinnert man sich besser nicht. Und in der Gegenwart ist es auch nicht besser. Er weiß, daß zur selben Zeit, da seine Gedanken zusammen mit der erkalteten Erde die Sonne umkreisen, neben seiner Arztwohnung in einem großen Gebäude sich Menschen in Krankheit und physischer Unsauberkeit quälen. Der eine kann vielleicht nicht schlafen und kämpft gegen das Ungeziefer, ein anderer holt sich gerade die Wundrose oder stöhnt unter einem zu straff angelegten Verband; möglich auch, daß die Kranken mit den Pflegerinnen Karten spielen und Schnaps trinken. Im Rechnungsjahr wurden 12 000 Menschen hinters Licht geführt; nicht anders als vor zwanzig Jahren ist die ganze

Krankenbehandlung auf Dieberei, Gezänk, Tratsch, Vetternwirtschaft und grober Scharlatanerie erbaut, und das Krankenhaus stellt wie früher eine unmoralische und für die Gesundheit der Bewohner in höchstem Grade schädliche Anstalt dar. Er weiß, daß hinter den Gittern des Krankensaals Nr. 6 Nikita die Kranken prügelt und daß Mojssejka jeden Tag durch die Stadt geht und Almosen sammelt.

Andrerseits weiß er nur zu gut, daß während der letzten fünfundzwanzig Jahre in der Medizin eine märchenhaft anmutende Veränderung vor sich gegangen ist. Als er auf der Universität studierte, schien es ihm, als sollte die Medizin bald das gleiche Schicksal ereilen wie die Alchimie und die Metaphysik. Jetzt aber, bei seiner nächtlichen Lektüre, versetzt ihn die Medizin in Rührung, sie erregt Staunen in ihm, ja sogar Begeisterung. Und wirklich: was für ein unverhoffter Glanz, was für eine Revolution! Dank dem Antiseptikum werden Operationen durchgeführt, die der große Pirogow selbst in der Zukunft für unmöglich hielt. Einfache Semstwo-Ärzte entschließen sich zu einer Resektion des Kniegelenks, auf hundert Magenoperationen kommt nur ein Todesfall, und die Steinkrankheit wird als eine solche Lappalie angesehen, daß man darüber nicht einmal schreibt. Gegen die Syphilis wird mit Radikalkuren angegangen. Und die Vererbungslehre, die Hypnose, die Entdeckungen von Pasteur und Koch, die Hygiene und die Statistik, und der Stand der russischen Semstwo-Medizin? Die Psychiatrie mit ihrer jetzigen Klassifikation der Krankheiten, mit ihren Erkennungs- und Heilmethoden – das ist, verglichen mit früher, ein wahrer Elbrus. Heute läßt man den Geisteskranken nicht mehr kaltes Wasser auf den Kopf laufen, und sie werden nicht mehr in Zwangsjacken gesteckt. Man hält sie human und veranstaltet für sie, wie in den Zeitungen geschrieben wird, Theateraufführungen und Bälle. Andrej Jefimytsch weiß, daß bei den gegenwärtigen Ansichten und Einstellungen so etwas Abscheuliches wie der Krankensaal Nr. 6 gerade noch zweihundert Werst von der Eisenbahnlinie entfernt möglich ist, in einer Kleinstadt, wo das Stadtoberhaupt und alle Stadtverordneten halbanalphabetische Kleinbürger sind, für die der Arzt ein Opferpriester ist, dem

man kritiklos zu glauben hat, und wenn er einem geschmolzenes Blei in den Rachen gießt. Woanders aber hätte die öffentliche Meinung und die Presse diese kleine Bastille schon längst in Fetzen gerissen.
»Na und?« fragt sich Andrej Jefimytsch und öffnet die Augen. »Was ist dabei herausgekommen? Da ist zwar die Antisepsis und Koch und Pasteur, aber der Kern der Sache hat sich nicht im geringsten geändert. Krankheit und Sterblichkeit sind die gleichen. Für Geisteskranke werden Bälle und Theateraufführungen organisiert, freigelassen werden sie aber trotzdem nicht. Das bedeutet, daß alles Unsinn und vergeblich ist und daß zwischen der besten Klinik in Wien und meinem Krankenhaus im Grunde genommen kein Unterschied besteht.«
Doch Kummer und ein neidähnliches Gefühl hindern ihn daran, Gleichmut zu bewahren. Das kommt wohl von der Müdigkeit. Sein schwer gewordener Kopf neigt sich zum Buch, er legt das Gesicht in die Hände, damit es weicher ruhe, und denkt:
»Ich diene einer schädlichen Sache und bekomme ein Gehalt von Menschen, die ich betrüge: ich bin ehrlos. Aber andrerseits bin ich, für mich genommen, nichts, ich bin nur ein Teilchen des unvermeidlichen gesellschaftlichen Übels: alle Kreisbeamten sind schädlich und bekommen ihr Gehalt umsonst ... Folglich bin nicht ich schuld an meiner Unehrlichkeit, sondern die Zeit ... Wäre ich zweihundert Jahre später auf die Welt gekommen, wäre ich ein anderer Mensch.«
Als es drei Uhr schlägt, löscht er die Lampe und geht ins Schlafzimmer. Der Schlaf aber flieht ihn.

VIII

Vor zwei Jahren hatte die Kreisverwaltung großzügigerweise beschlossen, bis zur Errichtung eines eigenen Krankenhauses dem städtischen Krankenhaus zur Verstärkung des Personals jährlich dreihundert Rubel zukommen zu lassen, und zur Unterstützung von Andrej Jefimytsch wurde von der Stadt der Kreisarzt Jewgenij Fjodorytsch Chobotow berufen. Dieser war noch sehr jung, nicht einmal dreißig, groß und dunkelhaarig, mit breiten Backenknochen und kleinen Äuglein; seine Vorfahren gehörten wohl einem fremden Volksstamm an. Er traf in der Stadt ohne eine Kopeke ein, ein Köfferchen in der Hand und in Begleitung einer jungen, häßlich aussehenden Frau, die er seine Köchin nannte. Diese Frau hatte einen Säugling. Jewgenij Fjodorytsch trägt eine Schirmmütze und hohe Stiefel, im Winter einen Halbpelz. Er steht mit dem Feldscher Ssergej Ssergeitsch und mit dem Rechnungsführer auf vertrautem Fuß, die anderen Beamten aber bezeichnet er, unbekannt weshalb, als Aristokraten und meidet sie. In seiner ganzen Wohnung befindet sich nur ein Buch – »Die neuesten Rezepte der Wiener Klinik für das Jahr 1881«. Bei Krankenbesuchen darf dieses Buch nicht fehlen. Abends spielt er im Klub Billard, Karten zu spielen liebt er nicht. In der Unterhaltung verwendet er überaus gern Ausdrücke wie ›des langen und breiten‹, ›Quatsch mit Sauce‹, ›mach die Pferde nicht scheu‹ usw.

Im Krankenhaus taucht er zweimal pro Woche auf, macht einen Rundgang durch die Räume und hält Sprechstunde. Das Fehlen von Antiseptika und die Schröpfgläser empören ihn, doch neue Methoden führt er nicht ein, aus Angst, er könnte Andrej Jefimytsch beleidigen. Seinen Kollegen Andrej Jefimytsch hält er für einen alten Fuchs, der über große Geldsummen verfügt, und er beneidet ihn im stillen. Gerne würde er an seine Stelle treten.

IX

An einem Frühlingsabend, Ende März, als die Erde schon schneefrei war und im Spitalgarten die Stare pfiffen, begleitete der Doktor seinen Freund, den Postmeister, bis ans Tor. Gerade in diesem Augenblick trat, von einem Bettelgang heimkehrend, der Jude Mojssejka in den Hof. Er war barhäuptig, hatte niedrige Galoschen an den bloßen Füßen, und in der Hand trug er ein Säckchen mit milden Gaben.

»Gib mir eine Kopeke!« wandte er sich lächelnd und vor Kälte zitternd an den Doktor.

Andrej Jefimytsch, der niemals etwas abschlagen konnte, gab

ihm einen Zehner. »Das ist ja furchtbar«, dachte er bei einem Blick auf die bloßen Füße mit den mageren, roten Knöcheln; es ist ja noch feucht.«
Und von einem aus Mitleid und Ekel gemischten Gefühl getrieben, folgte er dem Juden in den Anbau, die Augen mal auf dessen Glatze, mal auf die Knöchel gerichtet. Beim Eintritt des Doktors sprang von einem Haufen Lumpen Nikita herab und stand stramm.
»Guten Tag, Nikita«, sagte Andrej Jefimytsch sanft. »Man sollte diesem Juden vielleicht Stiefel geben, sonst erkältet er sich.«
»Zu Befehl, Euer Hochwohlgeboren. Ich richte es dem Aufseher aus.«
»Sei so freundlich. Beruf dich auf mich. Sag, ich bitte darum.«
Die Tür vom Flur in den Krankensaal stand offen. Iwan Dmitritsch, auf dem Bett liegend, hatte sich auf einen Ellbogen gestützt und lauschte nun beunruhigt der fremden Stimme. Plötzlich erkannte er den Doktor. Vor Wut begann er zu zittern, sprang auf und lief mit rotem, bösem Gesicht und hervorquellenden Augen in die Mitte des Raumes.
»Der Doktor ist gekommen!« rief er und lachte. »Endlich mal! Meine Herren, ich gratuliere, der Doktor beehrt uns mit seinem Besuch! Verfluchtes Scheusal!« kreischte er auf und trampelte in einer Raserei, die man im Krankensaal noch nicht erlebt hatte, mit den Füßen. »Schlagt es tot, das Scheusal! Nein, was, totschlagen! Ertränken soll man ihn, in der Latrine!«
Andrej Jefimytsch, der das gehört hatte, schaute vom Flur in den Raum herein und fragte sanft:
»Wofür?«
»Wofür?« rief Iwan Dmitritsch, wobei er sich ihm mit drohender Miene näherte und seinen Kittel krampfhaft um sich schlug. »Wofür? Dieb!« sprach er voller Ekel und machte eine Bewegung mit den Lippen, als wolle er spucken. »Scharlatan! Henker!«
»Beruhigen Sie sich«, sagte Andrej Jefimytsch und lächelte schuldbewußt. »Ich versichere Ihnen, ich habe niemals etwas gestohlen. Im übrigen übertreiben Sie doch wohl allzusehr. Ich

sehe, Sie sind wütend auf mich. Fassen Sie sich, wenn es Ihnen möglich ist, ich bitte Sie, und sagen Sie ganz ruhig: Warum sind Sie böse?«

»Warum werde ich hier festgehalten?«

»Weil Sie krank sind.«

»Ja, krank. Aber Dutzende, Hunderte von Geisteskranken laufen frei herum, weil Sie in Ihrer Unwissenheit nicht fähig sind, sie von den Gesunden zu unterscheiden. Warum muß ich, müssen diese Unglücklichen hier für alle als die Sündenböcke herhalten? Sie, der Feldscher, der Aufseher und Ihr ganzes Krankenhauspack stehen, in moralischer Hinsicht, unermeßlich weit unterhalb eines jeden von uns. Warum dann setzt man uns fest und nicht euch? Wo ist da die Logik?«

»Der Gesichtspunkt der Moral und die Logik spielen hierbei keine Rolle. Alles hängt vom Zufall ab. Wen man festsetzt, der sitzt, und wen man nicht festsetzt, der spaziert umher, das ist alles. Daß ich Arzt bin, Sie aber geisteskrank sind, hat weder mit Moral noch mit Logik etwas zu tun, es ist reiner Zufall.«

»So einen Unsinn verstehe ich nicht ...«, äußerte Iwan Dmitritsch dumpf und setzte sich auf sein Bett. Mojssejka, den in Gegenwart des Doktors zu durchsuchen Nikita sich schämte, breitete bei sich auf dem Bett Brotstückchen, Papierschnitzel und Knöchelchen aus und begann, immer noch zitternd vor Kälte, hastig und in singendem Tonfall auf hebräisch etwas vor sich hinzusprechen. Wahrscheinlich eröffnete er in seiner Vorstellung gerade einen Laden.

»Lassen Sie mich frei«, sagte Iwan Dmitritsch, und seine Stimme schwankte.

»Ich kann nicht.«

»Aber warum denn nicht? Warum nicht?«

»Weil das nicht in meiner Macht steht. Und urteilen Sie doch selbst: was nützt es Ihnen, wenn ich Sie freilasse? Kaum sind Sie draußen, werden die Bürger oder die Polizei Sie wieder einfangen und zurückbringen.«

»Ja, ja, das stimmt ...«, sagte Iwan Dmitritsch und rieb sich die Stirn. »Das ist schrecklich! Aber was soll ich denn tun? Was?«

Iwan Dmitritschs Stimme und sein junges, kluges, Grimassen

schneidendes Gesicht gefielen Andrej Jefimytsch. Er verspürte das Verlangen, nett zu dem jungen Mann zu sein und ihn zu beruhigen. Er setzte sich neben ihn aufs Bett, überlegte und sagte:

»Sie fragen, was tun? Das beste in Ihrer Lage ist – von hier zu fliehen. Doch das ist leider zwecklos. Man wird Sie stellen. Wenn die Gesellschaft sich vor Verbrechern, seelisch Kranken und überhaupt vor unbequemen Menschen schützt, so ist sie unbesiegbar. Ihnen bleibt nur eins: Ruhe zu finden bei dem Gedanken, daß Ihr Aufenthalt hier unumgänglich ist.«

»Er ist niemandem von Nutzen.«

»Da es nun einmal Gefängnisse und Irrenhäuser gibt, muß in ihnen auch jemand sitzen. Wenn nicht Sie, dann ich, wenn nicht ich, dann ein Dritter. Warten Sie ab: wenn in einer fernen Zukunft die Gefängnisse und Irrenhäuser ihre Existenz beenden, wird es keine Gitter vor den Fenstern und keine Kittel geben. Und so eine Zeit wird früher oder später kommen, das ist klar.«

Iwan Dmitritsch lächelte spöttisch.

»Sie scherzen«, sagte er und kniff die Augen zusammen. »Solche Herrschaften wie Sie und wie Ihr Gehilfe Nikita haben mit der Zukunft nichts zu tun, aber Sie können versichert sein, geehrter Herr, es werden bessere Zeiten kommen! Ich drücke mich vielleicht abgeschmackt aus, lachen Sie nur, aber es wird einmal die Morgenröte eines neuen Lebens erstrahlen, die Wahrheit wird triumphieren, und Feiertag wird auf unserer Straße sein! Ich werde es nicht mehr erleben, ich krepiere vorher, aber unsere Urenkel werden es erleben. Ich grüße sie von ganzem Herzen und freue mich für sie! Vorwärts! Gott stehe euch bei, Freunde!«

Iwan Dmitritsch erhob sich mit blitzenden Augen, wies mit den Händen zum Fenster und fuhr mit bewegter Stimme fort:

»Hinter diesen Gittern hervor segne ich euch! Es lebe die Wahrheit! Ich freue mich!«

»Ich sehe keinen besonderen Anlaß zur Freude«, sagte Andrej Jefimytsch, dem die Geste Iwan Dmitritschs zwar theatralisch erschien, trotzdem aber sehr gefiel. »Gefängnisse und Irrenhäuser wird es nicht geben, und die Wahrheit wird, wie Sie sich auszudrücken beliebten, triumphieren, aber deshalb wird sich am Kern der Sache doch nichts ändern, die Naturgesetze werden ein und dieselben bleiben. Die Menschen werden leiden, alt werden und sterben, nicht anders als heute. Wie herrlich die Morgenröte auch sein mag, die Ihr Leben erleuchtet – trotzdem wird man Sie zu guter Letzt in einem Sarg vernageln und in die Grube senken.«

»Und die Unsterblichkeit?«

»Ach, verschonen Sie mich damit!«

»Sie glauben nicht, nun, aber ich glaube. Bei Dostojewskij oder bei Voltaire sagt jemand, daß, wenn es Gott nicht gäbe, die Menschen ihn erfinden würden. Und ich bin fest davon überzeugt, gäbe es die Unsterblichkeit nicht, der erhabene menschliche Geist würde sie früher oder später erfinden.«

»Gut gesagt«, äußerte Andrej Jefimytsch und lächelte vor Vergnügen. »Es ist schön, daß Sie glauben. Mit so einem Glauben kann selbst ein Eingemauerter das Leben gelassen ertragen. Wenn ich fragen darf: haben Sie eine höhere Bildung genossen?«

»Ja, ich war auf der Universität, habe sie aber nicht beendet.«

»Sie sind ein denkender, geistbegabter Mensch. Sie können in jeder Lage in sich selbst Beruhigung finden. Das freie und tiefe Denken, das das Leben zu begreifen trachtet, und die völlige Verachtung der dummen Nichtigkeit der Welt – das sind zwei Güter, wie sie wertvoller der Mensch nie gekannt hat. Und Sie können sie besitzen, selbst wenn Sie hinter drei Gittern lebten. Diogenes lebte in einer Tonne, und doch war er glücklicher als alle Herrscher dieser Welt.«

»Ihr Diogenes war ein Holzkopf«, brachte Iwan Dmitritsch mißmutig hervor. »Was erzählen Sie mir da von Diogenes und vom Verstehen des Lebens?« kam er plötzlich in Rage und sprang auf. »Ich liebe das Leben, ich liebe es leidenschaftlich! Ich leide an Verfolgungswahn, es ist eine ständige, quälende Angst, aber es gibt Augenblicke, da ergreift mich die Sehnsucht nach dem Leben, und dann fürchte ich, den Verstand zu verlieren. Leben möchte ich, leben!«

Vor Erregung ging er im Raum auf und ab und sagte, die Stimme senkend:
»Wenn ich träume, habe ich Erscheinungen. Menschen besuchen mich, ich höre Stimmen, Musik erklingt, und es ist mir, als ginge ich durch Wälder oder am Ufer des Meeres entlang, und ich empfinde eine so unbezwingbare Sehnsucht nach dem Getriebe der Welt, nach ihren Sorgen ... Sagen Sie mir, was gibt es dort Neues?« fragte er. »Was gibt es dort?«
»Möchten Sie etwas über die Stadt wissen oder allgemein?«
»Na, erzählen Sie mir zuerst von der Stadt und dann allgemein.«
»Tja, was nur? In der Stadt quält man sich vor Langeweile ... Niemand, mit dem man ein paar vernünftige Worte wechseln, niemand, dem man zuhören könnte. Neuankömmlinge gibt es nicht. Übrigens, vor nicht langer Zeit ist der junge Arzt Chobotow hierhergekommen.«
»Das war schon zu meiner Zeit. Ist er ein Flegel?«
»Ja, ein unkultivierter Mensch. Seltsam, wissen Sie ... Alles in allem genommen, gibt es in unseren Hauptstädten doch keinen geistigen Stillstand, es herrscht Bewegung – also müßte es bei ihnen doch auch wirkliche Menschen geben, aber aus unerfindlichen Gründen schickt man uns von dort solche Leute, daß man gar nicht hinsehen möchte. Eine unglückselige Stadt.«
»Ja, eine unglückselige Stadt!« seufzte Iwan Dmitritsch und lächelte. »Und allgemein? Was schreiben die Zeitungen und Zeitschriften?«
Im Krankensaal war es schon dunkel geworden. Der Doktor erhob sich und begann im Stehen zu berichten, was im Ausland gebracht wird und was in Rußland und welches die gerade herrschende Geistesströmung ist. Iwan Dmitritsch hörte aufmerksam zu und stellte Fragen; doch plötzlich, als erinnere er sich an etwas Schreckliches, griff er sich an den Kopf und legte sich, dem Doktor den Rücken zukehrend, aufs Bett.
»Was ist Ihnen?« fragte dieser.
»Sie bekommen von mir kein Wort mehr zu hören!« stieß Iwan Dmitritsch grob hervor. »Lassen Sie mich in Ruhe!«
»Aber weshalb denn?«

»Ich sage Ihnen: lassen Sie mich! Zum Teufel mit dem Ganzen!«
Andrej Jefimytsch zuckte mit den Schultern, seufzte und ging hinaus. Als er durch den Flur ging, sagte er:
»Man sollte hier aufräumen, Nikita ... Welch ein dumpfer Geruch, fürchterlich!«
»Zu Befehl, Euer Hochwohlgeboren.«
»Was für ein angenehmer junger Mann!« dachte Andrej Jefimytsch, während er seine Wohnung betrat. »Die ganze Zeit über, die ich hier lebe, ist das, wie mir scheint, der erste Mensch, mit dem man reden kann. Er hat Urteilsvermögen und interessiert sich genau für das, was des Interesses wert ist.«
Beim Lesen und später beim Schlafengehen dachte er fortwährend an Iwan Dmitritsch, und als er am nächsten Morgen erwachte, erinnerte er sich, daß er am gestrigen Tag die Bekanntschaft eines gescheiten und interessanten Menschen gemacht hatte, und er beschloß, ihn bei der nächsten Gelegenheit wieder aufzusuchen.

X

Iwan Dmitritsch lag, die Arme um den Kopf geschlungen, mit angezogenen Beinen da wie am Tag zuvor. Sein Gesicht war nicht zu sehen.
»Guten Tag, mein Freund«, sagte Andrej Jefimytsch. »Schlafen Sie?«
»Erstens bin ich nicht Ihr Freund«, brummte Iwan Dmitritsch in sein Kopfkissen, »und zweitens bemühen Sie sich vergebens: Sie bekommen kein Wort aus mir heraus.«
»Sonderbar ...«, murmelte Andrej Jefimytsch verwirrt. »Gestern hatten wir uns so friedlich unterhalten, aber plötzlich waren Sie beleidigt und brachen das Gespräch einfach ab ... Ich muß mich wohl ungeschickt ausgedrückt oder einen Gedanken geäußert haben, der mit Ihren Überzeugungen nicht übereinstimmt ...«
»Und das soll ich Ihnen glauben?« sagte Iwan Dmitritsch, erhob sich ein Stück und sah den Doktor spöttisch und beunruhigt an;

seine Augen waren gerötet. »Spionieren und aushorchen können Sie woanders, hier haben Sie nichts zu suchen. Es war mir schon gestern klar, warum Sie gekommen sind.«

»Eine seltsame Phantasie!« lächelte der Doktor. »Sie halten mich also für einen Spion?«

»Ja, dafür halte ich Sie ... Spion oder Arzt mit dem Auftrag, mich auszuhorchen – das kommt auf dasselbe heraus.«

»Ach, was sind Sie doch, entschuldigen Sie ... was sind Sie doch für ein Sonderling!«

Der Doktor setzte sich auf den Hocker neben dem Bett und schüttelte vorwurfsvoll den Kopf.

»Aber nehmen wir einmal an, Sie haben recht«, sagte er. »Nehmen wir an, daß ich tückisch eines Ihrer Worte zu Ihren Ungunsten auslege, um Sie der Polizei auszuliefern. Man verhaftet und verurteilt Sie. Aber werden Sie es bei Gericht und im Gefängnis schlechter haben als hier? Und wenn man Sie zu Zwangsansiedlung oder gar Zwangsarbeit verurteilt – ist das etwa schlimmer, als in diesem Anbau herumzusitzen? Meiner Meinung nach nicht ... Wozu also sich fürchten?«

Diese Worte verfehlten ihre Wirkung offensichtlich nicht. Iwan Dmitritsch setzte sich ruhig auf.

Es war fünf Uhr nachmittags – eine Zeit, zu der Andrej Jefimytsch gewöhnlich durch seine Zimmer ging und Darjuschka ihn fragte, ob es nicht Zeit fürs Bier sei. Draußen war es still und klar.

»Ich bin nach dem Mittagessen spazierengegangen, und da habe ich mal vorbeigeschaut, wie Sie sehen«, sagte der Doktor. »Der reinste Frühling.«

»Welchen Monat haben wir? März?« fragte Iwan Dmitritsch.

»Ja, Ende März.«

»Ist es draußen schmutzig?«

»Nein, nicht sehr. Im Garten sind die Wege schon frei.«

»Wie schön wäre es jetzt, in der Kutsche irgendwohin zur Stadt hinauszufahren«, sagte Iwan Dmitritsch und rieb sich wie schlaftrunken seine geröteten Augen. »Und dann zurückkehren in ein warmes, gemütliches Arbeitszimmer und ... sich von einem ordentlichen Arzt seine Kopfschmerzen kurieren lassen ... Schon lange habe ich nicht mehr wie ein Mensch gelebt. Und hier ist es häßlich! Unerträglich häßlich!«

Er war noch müde und schwach von der gestrigen Erregung und sprach lustlos. Seine Finger zitterten, und seinem Gesicht war anzumerken, daß er starke Kopfschmerzen hatte.

»Zwischen einem warmen, gemütlichen Arbeitszimmer und diesem Krankensaal besteht nicht der geringste Unterschied«, sagte Andrej Jefimytsch. »Ruhe und Zufriedenheit kommen dem Menschen nicht von außen, sondern von ihm selbst.«

»Wie ist das zu verstehen?«

»Der Durchschnittsmensch erwartet das Gute wie das Böse von außen, das heißt von einer Kutsche oder einem Arbeitszimmer, der denkende Mensch aber – von sich selbst.«

»Diese Ihre Philosophie können Sie in Griechenland verkünden, wo es warm ist und nach Pomeranzen duftet, hier aber harmonisiert sie nicht mit dem Klima. Mit wem habe ich doch gleich über Diogenes gesprochen? War das nicht mit Ihnen?«

»Ja, gestern, mit mir.«

»Diogenes brauchte kein Arbeitszimmer und keine warme Unterkunft; dort ist es ohnehin heiß. Dort kann man schon in einer Tonne liegen und Apfelsinen und Oliven verspeisen. Aber laß ihn mal in Rußland leben, und er wird nicht nur im Dezember, sondern auch im Mai um ein Zimmer bitten. Vielleicht würde er sich vor Kälte krümmen.«

»Nein, man kann es erreichen, die Kälte wie überhaupt jeden Schmerz nicht zu spüren. Marc Aurel hat gesagt: ›Der Schmerz ist die lebhafte Vorstellung vom Schmerz: strenge deinen Willen an, diese Vorstellung zu ändern, vertreibe sie, höre auf zu klagen, und der Schmerz wird verschwinden.‹ Genauso ist es. Der Weise oder einfach der denkende, geistbegabte Mensch zeichnet sich ebendadurch aus, daß er das Leiden verachtet; er ist immer zufrieden, und nichts kann ihn in Erstaunen versetzen.«

»Daraus folgt, daß ich ein Idiot bin, denn ich leide, bin unzufrieden und staune über die menschliche Gemeinheit.«

»Nicht doch! Wenn Sie sich in Zukunft noch tiefer in die Sache hineindenken, so werden Sie innewerden, wie nichtig all das

Äußere ist, das uns bewegt. Man muß danach streben, den Sinn des Lebens zu erkennen, darin liegt das wahre Glück.«
»Sinn des Lebens ...«, sagte Iwan Dmitritsch stirnrunzelnd. »Äußeres, Inneres ... Entschuldigen Sie, aber das verstehe ich nicht. Ich weiß nur eines«, sagte er, wobei er sich erhob und den Doktor wütend ansah, »ich weiß, daß Gott mich aus warmem Blut und aus Nerven geschaffen hat, jawohl! Und das Gewebe der Organe, wenn es lebensfähig ist, muß auf jeglichen Reiz reagieren. Und ich reagiere! Auf Schmerzen antworte ich mit Schreien und Tränen, auf Gemeinheit – mit Unwillen, auf Niedertracht – mit Abscheu. Gerade das wird, in meinem Verständnis, Leben genannt. Je niedriger der Organismus, desto fühlloser ist er und desto schwächer antwortet er auf Reize; und je höher, desto empfänglicher und energischer reagiert er auf die Wirklichkeit. Wie kann man das nicht wissen? Ist Arzt und weiß nicht mal solche Selbstverständlichkeiten! Um die Schmerzen zu verachten, um beständig zufrieden zu sein und sich über nichts zu wundern, dazu muß man jenen Zustand erreichen« – und Iwan Dmitritsch wies auf den dicken, in Fett schwimmenden Bauern – »oder sich Schmerzen gegenüber so unempfindlich machen, daß man sie einfach nicht mehr spürt, das heißt, mit anderen Worten: aufhören zu leben. Entschuldigen Sie, ich bin kein Weiser und kein Philosoph«, fuhr er gereizt fort, »und ich verstehe nichts davon. Mir steht in diesen Dingen kein Urteil zu.«
»Im Gegenteil, Ihr Urteil ist ausgezeichnet.«
»Die Stoiker, die Sie parodieren, waren bemerkenswerte Menschen, doch ihre Lehre stagnierte schon vor zweitausend Jahren, und sie ist um keinen Millimeter vorwärts gerückt und wird es auch nicht tun, weil sie praxis- und lebensfremd ist. Sie hatte nur bei einer Minderheit Erfolg, die ihr Leben im Studium und Genuß aller möglichen philosophischen Lehren zubrachte; die Mehrheit jedoch verstand sie nicht. Eine Lehre, die Gleichgültigkeit gegenüber dem Reichtum und den Annehmlichkeiten des Lebens und Leid- und Todesverachtung predigt, ist für die überwältigende Mehrzahl der Menschen völlig unverständlich, weil diese weder jemals Reichtum noch Annehmlichkeiten ken-

nengelernt hat; das Leiden aber zu verachten wäre für sie gleichbedeutend mit der Verachtung des Lebens selbst, weil das ganze Wesen des Menschen aus den Empfindungen von Hunger, Kälte, Beleidigung, Verlusten und der Hamletschen Angst vor dem Tode besteht. In diesen Empfindungen ist das ganze Leben beschlossen: man kann sich von ihm bedrückt fühlen, man kann es hassen, aber verachten kann man es nicht. Ja, also, ich wiederhole, die Lehre der Stoiker kann niemals eine Zukunft haben; was seit dem Beginn des Jahrhunderts Fortschritte macht, sind im Gegenteil Kämpfertum, Schmerzempfindlichkeit, die Fähigkeit, auf Reize zu reagieren ...«

Iwan Dmitritsch verlor plötzlich den Faden, hielt ein und rieb sich ärgerlich die Stirn.

»Ich wollte etwas Wichtiges sagen, aber ich bin aus dem Konzept gekommen«, sagte er. »Wovon sprach ich? Richtig! Das war es: ein Stoiker gab sich selbst in die Sklaverei, um seinen Nächsten loszukaufen. Sehen Sie, das bedeutet doch nichts anderes, als daß auch der Stoiker auf Reize reagierte, da für eine so großherzige Tat, wie es die Vernichtung seiner selbst zugunsten eines Nächsten darstellt, eine empörte, mitleidende Seele gehört. Ich habe hier im Gefängnis alles vergessen, was ich gelernt habe, sonst könnte ich mich noch an mancherlei erinnern. Und wie ist es denn mit Christus? Christus antwortete auf die Wirklichkeit dadurch, daß er weinte, lächelte, trauerte, zornig war, sogar Gram empfand; er begegnete den Leiden nicht mit einem Lächeln und verachtete den Tod nicht, sondern betete im Garten von Gethsemane, daß dieser Kelch an ihm vorübergehe.«

Iwan Dmitritsch lachte auf und setzte sich.

»Nehmen wir an, Ruhe und Zufriedenheit des Menschen liegen nicht außerhalb von ihm, sondern in ihm selbst«, sagte er. »Nehmen wir an, es sei angezeigt, die Leiden zu verachten und über nichts zu erstaunen. Aber womit begründen Sie die Verkündigung dieser Lehre? Sind Sie ein Weiser? Oder ein Philosoph?«

»Nein, ich bin kein Philosoph, aber verkünden muß das jeder, weil es vernünftig ist.«

»Nein, ich möchte wissen, warum Sie sich in dieser Sache mit dem Sinn des Lebens, mit der Verachtung der Leiden usw. für kompetent halten? Haben Sie etwa schon einmal gelitten? Haben Sie eine Vorstellung davon, was Leiden heißt? Erlauben Sie die Frage: hat man Sie in der Kindheit gepeitscht?«

»Nein, meine Eltern hegten eine Abscheu vor körperlicher Züchtigung.«

»Mich aber hat mein Vater grausam mit der Rute geschlagen. Mein Vater war ein strenger Beamter; er hatte Hämorrhoiden, eine lange Nase und einen gelben Hals. Aber sprechen wir von Ihnen. In Ihrem ganzen Leben hat Sie niemand auch nur mit einem Finger berührt, niemand hat Sie eingeschüchtert, niemand geschlagen; Sie sind gesund wie ein Stier. Sie sind unter den Fittichen Ihres Vaters aufgewachsen und haben von seinem Geld studiert und danach sich sofort eine Sinekure ergattert. Über zwölf Jahre haben Sie umsonst in einer Wohnung gelebt, einschließlich Heizung, Beleuchtung, Bedienung, und dabei mit der Berechtigung, so zu arbeiten, und so viel, wie Ihnen gerade paßte, und wenn Sie wollten, überhaupt nicht. Sie sind von Natur aus ein bequemer, schlaffer Mensch, und deshalb haben Sie dafür gesorgt, Ihr Leben so einzurichten, daß Sie nichts beunruhigte und von Ihrem Platz schreckte. Ihre Aufgaben haben Sie dem Feldscher und dem übrigen Gesindel übertragen, Sie selber haben sich in die Wärme und Stille zurückgezogen, Geld gehäuft, Bücher gelesen, sich an den Gedanken über allerlei höheren Blödsinn ergötzt und« – Iwan Dmitritsch schaute auf die rote Nase des Doktors – »nebenher nicht schlecht gepichelt. Mit einem Wort: vom Leben haben Sie nichts gesehen, Sie haben von ihm keinen blassen Dunst, mit der Wirklichkeit sind Sie nur theoretisch vertraut. Der Grund aber dafür, daß Sie die Leiden verachten und über nichts erstaunt sind, ist sehr einfach: Eitelkeit der Eitelkeiten, äußere und innere Verachtung des Lebens, der Leiden und des Todes, der Sinn des Lebens, das wahre Glück – all das ist eine Philosophie, wie sie dem russischen Faulenzer gelegener nicht kommen könnte. Da sehen Sie z. B., wie ein Bauer seine Frau schlägt. Warum sich einmischen? Soll er sie doch schlagen, so oder so sterben beide früher oder später, und darüber hinaus erniedrigt der Schlagende nicht den, den er schlägt, sondern sich selbst. Das Trinken ist dumm und unanständig, aber ob trinken oder nicht – sterben tut man so oder so. Es kommt ein Weib mit Zahnschmerzen zu Ihnen ... Na und? Der Schmerz ist die Vorstellung vom Schmerz, außerdem: um die Krankheiten kommt man nicht herum auf dieser Erde, wir müssen alle sterben, also hau ab, Alte, stör mich nicht in meinen Gedanken und beim Schnapstrinken. Ein junger Mann bittet um Rat, was er tun, wie er leben soll; ein anderer würde, bevor er antwortet, nachdenken, aber hier liegt die Antwort schon bereit: strebe nach dem Sinn des Lebens oder nach dem wahren Glück. Und worin besteht dieses sagenhafte ›wahre Glück‹? Darauf gibt es natürlich keine Antwort. Man hält uns hier hinter Gittern, läßt uns verkommen, mißachtet uns, aber das ist in Ordnung und vernünftig, da zwischen diesem Krankensaal und einem warmen, gemütlichen Arbeitszimmer ja keinerlei Unterschied besteht. Eine bequeme Philosophie: man kann nichts machen, das Gewissen ist rein, und man fühlt sich als Weiser ... Nein, mein Herr, das ist keine Philosophie, kein Denken, keine Weite des Horizonts, sondern Faulheit, Fakirunwesen, schläfrig machende Betäubung ... Jawohl!« Iwan Dmitritsch war wieder in Wut geraten. »Sie verachten das Leiden, aber wenn Sie sich den Finger in der Tür klemmen, brüllen Sie wie am Spieß!«

»Vielleicht brülle ich aber auch nicht«, sagte Andrej Jefimytsch sanft lächelnd.

»Und ob! Und wenn Sie gelähmt würden oder, nehmen wir an, irgendein Dummkopf und Frechling Sie unter Ausnützung seiner Stellung und seines Rangs öffentlich beleidigte und Sie wüßten, daß man ihm das ungestraft durchgehen lassen würde – nun, dann würden Sie verstehen, was das heißt, anderen Leuten ›Erkenntnis des Lebens‹ und ›wahres Glück‹ zu empfehlen.«

»Das ist originell«, sagte Andrej Jefimytsch, lachte vor Vergnügen und rieb sich die Hände. »Ich bin von Ihrer Neigung zu verallgemeinernden Schlußfolgerungen angenehm berührt, und die Charakterisierung, die Sie gerade eben von mir zu liefern die Freundlichkeit hatten, ist schlechthin glänzend. Ich muß bekennen, daß mir die Unterhaltung mit Ihnen höchsten Genuß bereitet. Nun, ich habe Ihnen zugehört, jetzt seien Sie so freundlich und hören Sie mir zu …«

XI

Dieses Gespräch setzte sich noch ungefähr eine Stunde lang fort und machte auf Andrej Jefimytsch offensichtlich einen großen Eindruck. Er begann, jeden Tag in den Anbau zu gehen. Vormittags und nachmittags ging er hin, und oft fand ihn noch das Abenddunkel im Gespräch mit Iwan Dmitritsch. In der ersten Zeit war dieser ihm gegenüber noch scheu, verdächtigte ihn einer bösen Absicht und gab seiner Feindseligkeit unverhohlen Ausdruck. Dann aber gewöhnte er sich an ihn, und sein brüskes Benehmen wandelte sich und wurde herablassend-ironisch.
Bald ging durch das Krankenhaus das Gerücht, daß der Doktor Andrej Jefimytsch den Krankensaal Nr. 6 regelmäßig besuche. Niemand, weder der Feldscher noch Nikita und die Pflegerinnen, konnte verstehen, wozu er dorthin ging, wozu er dort ganze Stunden herumsaß, worüber er sprach und warum er nicht Rezepte verschrieb. Sein Verhalten erschien seltsam. Michail Awerjanytsch traf ihn oft nicht zu Hause an, was früher nie vorgekommen war, und Darjuschka war ganz durcheinander, da der Doktor sein Bier nicht mehr zu der gewohnten Zeit trank und sich manchmal sogar zum Mittagessen verspätete.
Einmal, das war schon Ende Juni, wollte der Doktor Chobotow Andrej Jefimytsch in einer bestimmten Angelegenheit aufsuchen; als er ihn zu Hause nicht antraf, machte er sich auf, ihn im Hof zu suchen; dort wurde ihm gesagt, daß der alte Doktor zu den Geisteskranken gegangen sei. Nachdem er den Anbau betreten hatte und im Korridor stehengeblieben war, vernahm Chobotow folgendes Gespräch:
»Wir werden niemals einig werden, und mich zu Ihrer Ansicht zu bekehren wird Ihnen nicht gelingen«, sagte Iwan Dmitritsch gereizt. »Die Wirklichkeit ist für Sie ein Buch mit sieben Siegeln, und gelitten haben Sie nie, höchstens, wenn Sie betrunken waren; Sie haben sich an fremdem Leid gemästet, ich aber habe vom Tage meiner Geburt an ununterbrochen gelitten. Deshalb

sage ich auch ganz offen: ich stelle mich über Sie und halte mich in jeder Hinsicht für kompetenter. Nicht an Ihnen ist es, mir gute Ratschläge zu erteilen.«

»Ich habe nicht die geringsten Prätentionen, Sie zu meiner Ansicht zu bekehren«, äußerte Andrej Jefimytsch leise und wie bedauernd, daß man ihn nicht verstehen wollte. »Und das ist auch gar nicht der springende Punkt, mein Freund. Der springende Punkt ist nicht, daß Sie gelitten haben und ich nicht. Leiden und Freuden sind vergänglich; lassen wir sie beiseite, Gott mit ihnen. Das Entscheidende ist doch, daß wir gemeinsam denken; wir sehen ineinander Menschen, die fähig sind, zu denken und zu urteilen, und das verbindet uns, seien unsere Standpunkte im übrigen so verschieden, wie sie wollen. Wenn Sie wüßten, mein Freund, wie mir die allgemeine Verständnislosigkeit, Unbegabtheit und Stumpfsinnigkeit zum Halse heraushängt und mit welcher Freude ich mich jedesmal mit Ihnen unterhalte. Sie sind ein kluger Mensch, und Sie bereiten mir Genuß.«

Chobotow öffnete die Tür einen Spalt und warf einen Blick in den Krankensaal: Iwan Dmitritsch mit seiner Mütze und der Doktor Andrej Jefimytsch saßen nebeneinander auf dem Bett. Der Irre grimassierte, zuckte und schlug krampfhaft seinen Kittel um den Körper, während der Doktor reglos und mit gesenktem Kopf dasaß; sein Gesicht war gerötet, hilflos, traurig. Chobotow zuckte mit den Achseln, lächelte und wechselte mit Nikita einen flüchtigen Blick. Nikita zuckte ebenfalls mit den Achseln.

Am nächsten Tag betrat Chobotow zusammen mit dem Feldscher den Flügel. Sie stellten sich beide in den Flur und horchten.

»Unser Alter scheint nicht mehr ganz bei Trost zu sein!« sagte Chobotow, als sie den Flügel verließen.

»Gott sei uns Sündern gnädig!« seufzte der pompliebende Ssergej Ssergeitsch und wich aufmerksam den Pfützen aus, um seine blitzblank geputzten Schuhe nicht zu beschmutzen. »Ich muß gestehen, verehrter Jewgenij Fjodorytsch, das habe ich schon lange erwartet!«

XII

Andrej Jefimytsch begann zu bemerken, daß man ihm auf eine rätselhafte Weise begegnete. Die Wärter, Pflegerinnen und Kranken sahen ihn, wenn sie ihn trafen, fragend an und flüsterten hinter ihm her. Des Aufsehers Töchterchen, Mascha, dem er immer gerne auf dem Hof begegnet war, lief jetzt, wenn er sich ihm lächelnd näherte, um ihm den Kopf zu streicheln, aus unerfindlichen Gründen davon. Der Postmeister Michail Awerjanytsch sagte nun beim Zuhören nicht mehr: »Vollkommen richtig«, sondern murmelte seltsam konfus »ja, ja, ja ...« und sah ihn traurig und gedankenverloren an; unerklärlicherweise begann er seinem Freunde zu raten, das Schnaps- und Biertrinken aufzugeben, doch als taktvoller Mensch sagte er das nicht direkt, sondern mit Hilfe von Anspielungen, indem er mal von einem gewissen Bataillonskommandeur, einem wertvollen Menschen, mal von einem braven Militärgeistlichen erzählte, die durch den Trunk krank geworden, nachdem sie diesen aber aufgegeben hatten, vollständig wiederhergestellt waren. Zwei-, dreimal suchte Andrej Jefimytsch sein Kollege Chobotow auf; auch er riet, sich vor alkoholischen Getränken zu hüten, und empfahl ihm ohne jeden ersichtlichen Grund, Bromkalium einzunehmen.

Im August erhielt Andrej Jefimytsch vom Bürgermeister einen Brief mit der Bitte, in einer sehr wichtigen Angelegenheit vorzusprechen. Als er zur festgesetzten Zeit im Amt erschien, traf Andrej Jefimytsch dort auf den Militärchef, den Kreisschulinspektor, einen städtischen Beamten, Chobotow und einen beleibten, blonden Herrn, der ihm als Arzt vorgestellt wurde. Dieser Arzt, mit einem schwer auszusprechenden polnischen Familiennamen, lebte auf einem dreißig Werst von der Stadt entfernten Pferdegestüt und weilte gerade auf der Durchreise in der Stadt.

»Es ist uns eine Eingabe wegen des Krankenhauses zugegangen«, wandte sich der städtische Beamte an Andrej Jefimytsch, nachdem man sich begrüßt und an einem Tisch Platz genommen hatte. »Jewgenij Fjodorytsch meinen, daß es für die Apotheke im Hauptgebäude ein wenig eng sei und daß man sie in den Anbau verlegen sollte. Einer solchen Verlegung stünde natürlich nichts im Wege, nur ist die Sache so – der Anbau müßte zuerst einmal instand gesetzt werden.«

»Ja, ohne eine Instandsetzung wird es nicht gehen«, sagte Andrej Jefimytsch nach kurzem Überlegen. »Wenn man für die Apotheke zum Beispiel den Eckflügel herrichtete, so wären dafür, schätze ich, mindestens fünfhundert Rubel erforderlich, eine unnütze Ausgabe.«

Man schwieg eine Weile.

»Ich hatte schon vor zehn Jahren die Ehre, darauf hinzuweisen«, fuhr Andrej Jefimytsch mit leiser Stimme fort, »daß dieses Krankenhaus in seinem gegenwärtigen Zustand ein für die Stadt untragbarer Luxus ist. Es ist in den vierziger Jahren erbaut worden, doch damals waren die geldlichen Verhältnisse völlig anders. Die Stadt gibt viel zu viel für unnötige Bauten und überflüssige Ämter aus. Ich finde, für diese Gelder könnte man, bei einem anderen System, zwei Musterkrankenhäuser unterhalten.«

»Dann lassen Sie uns doch ein anderes System schaffen!« sagte der städtische Beamte lebhaft.

»Ich hatte schon einmal die Ehre vorzuschlagen, das Krankenhaus der Kreisverwaltung zu unterstellen.«

»Ja, übergeben wir der Kreisverwaltung das Geld, die wird's schon schlucken«, sagte lachend der blonde Arzt.

»Darauf kann man Gift nehmen«, pflichtete der städtische Beamte, ebenfalls lachend, bei.

Andrej Jefimytsch blickte müde und matt auf den blonden Arzt und sagte:

»Man muß gerecht bleiben.«

Wieder trat Schweigen ein. Es wurde Tee gereicht. Der Militärchef, als sei er verlegen, berührte Andrej Jefimytsch über den Tisch hinweg am Arm und sagte:

»Sie haben uns ganz vergessen, Doktor. Sie leben übrigens wie ein Mönch: sie spielen nicht Karten, und Frauen scheinen Sie nicht zu interessieren. Unsereins langweilt Sie wohl.«

Alle begannen davon zu sprechen, wie langweilig es für einen anständigen Menschen ist, in dieser Stadt zu leben. Kein Thea-

ter, keine Musik, und beim letzten Tanzabend im Klub kamen auf ungefähr zwanzig Damen ganze zwei Kavaliere. Die Jugend tanzt nicht, sondern drängt sich die ganze Zeit um das Büfett oder spielt Karten. Andrej Jefimytsch begann, ohne daß er jemanden ansah, langsam und leise davon zu sprechen, wie schade, wie unendlich schade es sei, daß die Bürger ihre Lebensenergie, Herz und Verstand bei Kartenspiel und Klatsch vergeudeten und weder imstande noch willens seien, die Zeit in einem interessanten Gespräch oder bei Lektüre zu verbringen, und daß sie geistigen Genüssen gegenüber unempfindlich seien. Der Geist allein sei interessant und bemerkenswert, alles übrige aber flach und gemein. Chobotow hatte seinem Kollegen aufmerksam zugehört und fragte nun unvermittelt:
»Andrej Jefimytsch, welches Datum haben wir heute?«
Nachdem er die Antwort erhalten hatte, begannen er und der blonde Arzt, im Ton von Examinatoren, die sich ihrer Ungeschicklichkeit bewußt sind, Andrej Jefimytsch zu fragen, welcher Tag heute sei, wie viele Tage das Jahr habe und ob es wahr sei, daß sich im Krankensaal Nr. 6 ein bemerkenswerter Prophet befinde.
Bei seiner Antwort auf die letzte Frage errötete Andrej Jefimytsch und sagte:
»Ja, er ist zwar krank, aber ein sehr interessanter junger Mann.«
Weitere Fragen wurden ihm nicht gestellt.
Als er im Vorraum seinen Mantel anzog, legte ihm der Militärchef die Hand auf die Schulter und sagte mit einem Seufzer:
»Wir Alten müssen uns zur Ruhe setzen!«
Beim Verlassen des Amts wurde es Andrej Jefimytsch klar, daß das eine Kommission gewesen war, die den Auftrag hatte, ihn auf seinen Geisteszustand hin zu untersuchen. Er rief sich die Fragen, die man ihm gestellt hatte, ins Gedächtnis zurück, errötete, und ohne genau zu wissen weshalb, tat ihm zum ersten Mal in seinem Leben die Medizin bitter leid.
»Mein Gott«, dachte er bei dem Gedanken daran, wie ihn gerade eben die Ärzte ihrer Prüfung unterzogen hatten, »wo sie doch noch vor gar nicht langer Zeit Vorlesungen über Psychia-

trie gehört und ihr Examen abgelegt haben – woher dann diese völlige Ignoranz? Sie haben ja keine Ahnung von Psychiatrie!«

Und zum ersten Mal in seinem Leben fühlte er sich beleidigt und war empört.

Am Abend desselben Tages war Michail Awerjanytsch bei ihm. Ohne ihn zu grüßen, ging der Postmeister auf ihn zu, faßte ihn an beiden Händen und sagte mit bewegter Stimme:

»Mein Lieber, mein Freund, beweisen Sie mir, daß Sie an mein aufrichtiges Wohlwollen glauben und daß Sie mich für Ihren Freund halten ... Mein Freund!« fuhr er, Andrej Jefimytsch am Reden hindernd, in immer stärkerer Gemütsbewegung fort: »Ich liebe Sie wegen Ihrer Bildung und Ihres Seelenadels. Hören Sie mich an, mein Lieber. Die Regeln ihrer Wissenschaft verpflichten die Ärzte dazu, Ihnen die Wahrheit zu verheimlichen, ich aber sage Ihnen als alter Soldat unumwunden die nackte Wahrheit: Sie sind krank! Verzeihen Sie, mein Lieber, aber das stimmt, das hat Ihre ganze Umgebung schon lange bemerkt. Soeben hat mir der Doktor Jewgenij Fjodorytsch gesagt, daß Sie sich im Interesse Ihrer Gesundheit unbedingt erholen und zerstreuen müssen. Vollkommen richtig! Ausgezeichnet! In diesen Tagen nehme ich Urlaub und lasse mir den Wind einer unbekannten Gegend um die Nase wehen. Beweisen Sie, daß Sie mein Freund sind: fahren wir zusammen! Fahren wir los, seien wir noch einmal jung auf unsere alten Tage.«

»Ich fühle mich völlig gesund«, sagte Andrej Jefimytsch, nachdem er überlegt hatte. »Fortfahren kann ich nicht. Geben Sie mir die Gelegenheit, Ihnen auf andere Weise einen Beweis meiner Freundschaft zu liefern.«

Wegzufahren, wer weiß wohin, ohne Bücher, ohne Darjuschka, ohne Bier, die gewohnte Lebensordnung, die sich im Verlauf von zwanzig Jahren herausgebildet hat, mit einem Mal auf den Kopf zu stellen – ein solcher Gedanke mutete ihn im ersten Augenblick sonderbar und phantastisch an. Doch als er sich an das Gespräch im Amt erinnerte und an das bedrückende Gefühl, das er empfunden hatte, als er vom Amt heimgekehrt war, bekam die Vorstellung, die Stadt, wo die dummen Leute ihn für

verrückt hielten, für eine kurze Zeit zu verlassen, durchaus etwas Verlockendes.
»Und wohin soll denn die Reise gehen?« fragte er.
»Nach Moskau, nach Petersburg, nach Warschau ... In Warschau habe ich die fünf glücklichsten Jahre meines Lebens verbracht. Was für eine wunderbare Stadt! Auf geht's, mein Lieber!«

XIII

Eine Woche später machte man Andrej Jefimytsch den Vorschlag, sich zu erholen, mit anderen Worten, seinen Abschied einzureichen. Er reagierte darauf gelassen, und nach einer weiteren Woche saßen er und Michail Awerjanytsch schon in einem Reisewagen und fuhren zur nächsten Bahnstation. Die Tage waren kühl und klar, mit einem blauen Himmel und einem weiten Horizont. Für die zweihundert Werst bis zur Station brauchten sie zwei volle Tage, zweimal mußten sie unterwegs übernachten. Wenn sie auf den Relaisstationen für den Tee schlecht gespülte Gläser bekamen oder wenn das Anspannen der Pferde zu lange dauerte, lief Michail Awerjanytsch puterrot an, erzitterte am ganzen Körper und schrie: »Ruhe! Keine Widerrede!« Und wenn sie im Reisewagen saßen, erzählte er, ohne auch nur eine Minute still zu sein, von seinen Fahrten durch den Kaukasus und das Königreich Polen. Wie viele Abenteuer hatte es doch gegeben, was für Begegnungen! Er sprach sehr laut und machte dabei so erstaunte Augen, daß man meinen konnte, er lüge. Obendrein blies er beim Erzählen Andrej Jefimytsch den Atem ins Gesicht und lachte ihm dröhnend in die Ohren. Der Doktor fühlte sich dadurch bedrängt und beim Denken und der Konzentration gestört.
Im Zug fuhren sie, um zu sparen, dritter Klasse, im Abteil für Nicht-Raucher. Das Publikum war zur Hälfte reinlich. Michail Awerjanytsch machte sich bald mit allen bekannt, und während er von Bank zu Bank ging, sagte er laut, daß man mit der Eisenbahn nur Ärger habe und besser gar nicht mit ihr fahre. Überall nur Gaunerei! Reiten, ja, das sei doch etwas ganz anderes: an

einem Tag könne man hundert Werst bewältigen, und danach fühle man sich wie neugeboren. Und unsere Mißernten kämen von der Trockenlegung der Pinsker Sümpfe. Überhaupt herrsche schreckliche Unordnung. Er kam in Fahrt, sprach mit dröhnender Stimme und ließ keinen anderen zu Wort kommen. Dieses endlose Geschwätz, nur unterbrochen von einer lauten Lache und energischen Gesten, ermüdete Andrej Jefimytsch.

»Wer von uns beiden ist nun eigentlich verrückt?« dachte er mit Verdruß. »Ich, der ich mich bemühe, durch nichts die Reisenden zu belästigen, oder dieser Egoist, der sich hier für den Gescheitesten und Interessantesten von allen hält und der deshalb niemanden in Frieden läßt?«

In Moskau zog Michail Awerjanytsch einen Waffenrock ohne Schulterstücke und eine Hose mit roten Streifen an. Auf der Straße zeigte er sich in Uniformmütze und Uniformmantel, und die Soldaten erwiesen ihm Ehrenbezeigungen. Andrej Jefimytsch sah in ihm jetzt einen Menschen, der alle Tugenden seines ehemals herrschaftlichen Wesens verloren und nur das Tadelnswerte beibehalten hatte. Er liebte es, wenn man ihn bediente, selbst dann, wenn es völlig unnötig war. Streichhölzer lagen vor ihm auf dem Tisch, und er sah sie wohl, rief aber nach dem Kellner, er solle ihm Streichhölzer geben; er genierte sich nicht, in Gegenwart des Stubenmädchens in Unterhemd und Unterhose herumzulaufen; zu den Lakaien, selbst zu alten Männern, sagte er ohne Unterschied »du« und nannte sie, in Wut geraten, Schwätzer und Dummköpfe. Mochte das auch Herrenart sein, in den Augen von Andrej Jefimytsch war es häßlich.

Zuallererst führte Michail Awerjanytsch seinen Freund in die Iwerskaja Kirche. Er betete voller Inbrunst, verneigte sich unter Tränen bis zur Erde, seufzte, als er geendet, tief auf und sagte:

»Auch wenn man nicht gläubig ist, geht vom Gebet eine beruhigende Wirkung aus. Küssen Sie die Ikone, mein Teurer.«

Andrej Jefimytsch geriet in Verlegenheit und küßte die Ikone, Michail Awerjanytsch aber spitzte die Lippen und murmelte, den Kopf wiegend, ein Gebet, und wieder traten ihm Tränen in die Augen. Dann gingen sie zum Kreml und betrachteten die

Zarenkanone und die Zarenglocke, die sie sogar mit den Fingern berührten; sie genossen den Anblick von Samoskworetschje, besuchten die Erlöserkirche und das Rumjanzew-Museum.
Zu Mittag speisten sie bei Testow. Michail Awerjanytsch ging lange die Speisekarte durch, strich sich den Backenbart und sagte endlich, mit dem Tonfall eines Feinschmeckers, der sich in Restaurants wie zu Hause fühlt:
»Wir wollen mal sehen, was Sie uns heute auftragen, mein Engel!«

XIV

Der Doktor ging, schaute, aß, trank, aber immer verfolgte ihn dieselbe Empfindung: Ärger über Michail Awerjanytsch. Wie gern hätte er sich von seinem Freunde erholt, sich einmal von ihm getrennt, sich versteckt, jener aber hielt es für seine Pflicht, keinen Schritt von seiner Seite zu weichen und ihm das Höchstmaß an Zerstreuungen zu verschaffen. Wenn es nichts zu sehen gab, trachtete er, ihn durch Gespräche zu unterhalten. Das hielt Andrej Jefimytsch zwei Tage lang aus, am dritten aber erklärte er seinem Freund, daß er sich nicht wohl fühle und den ganzen Tag zu Hause bleiben wolle. Der Freund sagte, in dem Fall bleibe auch er zu Hause. Tatsächlich, man müsse sich auch einmal ausruhen, sonst hielten es die Füße nicht mehr aus. Andrej Jefimytsch streckte sich auf dem Diwan aus, das Gesicht zur Rückenlehne, und hörte seinem Freund mit zusammengebissenen Zähnen zu, der eifrig auf ihn einredete, daß Frankreich Deutschland ohne Zweifel früher oder später zerschlagen werde, daß es in Moskau massenhaft Spitzbuben gäbe und daß man den Wert eines Pferdes niemals an seiner äußeren Gestalt messen dürfe. Beim Doktor setzten Ohrensausen und Herzklopfen ein, doch aus Feinfühligkeit konnte er sich nicht dazu entschließen, den Freund darum zu bitten, ihn zu verlassen oder zu schweigen. Zum Glück wurde Michail Awerjanytsch das Sitzen im Hotelzimmer langweilig, und er machte sich am Nachmittag zu einem Spaziergang auf.

Alleingelassen konzentrierte sich Andrej Jefimytsch ganz auf die Erholung. Wie angenehm ist es, bewegungslos auf dem Diwan zu liegen, in dem Bewußtsein, allein im Zimmer zu sein! Wahres Glück ist ohne Alleinsein nicht möglich. Der gefallene Engel wurde Gott wohl deshalb untreu, weil er das Alleinsein suchte, das die Engel nicht kennen. Andrej Jefimytsch wollte überdenken, was er in den letzten Tagen gesehen und gehört hatte, doch Michail Awerjanytsch ging ihm nicht aus dem Sinn.

»Und aus Freundschaft zu mir, aus Hochherzigkeit hat er Urlaub genommen und ist mit mir fortgefahren«, dachte er mit Verdruß. »Es gibt nichts Schlimmeres als eine solche freundschaftliche Bevormundung. Er scheint gut und großherzig und ein lustiger Patron zu sein, und doch ist er langweilig. Unerträglich langweilig. Genauso wie jene Menschen, die immer kluge und schöne Worte von sich geben, bei denen man aber fühlt, daß sie ein Brett vor dem Kopf haben.«

Während der folgenden Tage meldete sich Andrej Jefimytsch krank und verließ das Zimmer nicht. Mit dem Gesicht zur Rükkenlehne lag er da und quälte sich, wenn der Freund ihn durch Gespräche zu zerstreuen suchte, oder gab sich der Ruhe hin, wenn der andere fort war. Er ärgerte sich über sich selbst, daß er mitgefahren war, und über den Freund, der mit jedem Tag schwatzhafter und aufdringlicher wurde; seine Gedanken auf eine ernstere und höhere Tonart zu stimmen wollte ihm einfach nicht gelingen.

»Da haben wir's: jetzt rückt mir die Realität, von der Iwan Dmitritsch gesprochen hat, auf den Leib«, dachte er und ärgerte sich über seine Mutlosigkeit. »Das ist ja alles Unsinn . . . Wenn ich erst zu Hause bin, kommt alles wieder ins Gleis . . .«

Und in Petersburg genau das gleiche: ganze Tage verließ er das Hotelzimmer nicht, lag auf dem Diwan und erhob sich nur zum Biertrinken.

Michail Awerjanytsch drängte in einem fort darauf, nach Warschau zu fahren.

»Mein Lieber, was habe ich dort verloren?« sagte Andrej Jefi-

mytsch mit flehender Stimme. »Fahren Sie allein und lassen Sie mich nach Hause! Ich bitte Sie!«
»Unter gar keinen Umständen!« protestierte Michail Awerjanytsch. »Das ist eine wunderbare Stadt. In ihr habe ich die fünf glücklichsten Jahre meines Lebens verbracht.«
Andrej Jefimytsch hatte nicht genug Charakter, auf seinem Standpunkt zu beharren, und so fuhr er denn gegen seinen Willen nach Warschau. Dort verließ er das Zimmer nicht, lag auf dem Diwan und ärgerte sich über sich, über den Freund und über das Personal, das sich hartnäckig weigerte, Russisch zu verstehen; Michail Awerjanytsch dagegen war wie immer wohlauf und guten Muts und streifte von morgens bis abends durch die Stadt auf der Suche nach alten Bekannten. Ein paarmal übernachtete er auswärts. Einmal, nach einer wer weiß wo verbrachten Nacht, kehrte er früh am Morgen in sehr erregtem Zustand, mit rotem Gesicht und ungekämmt, nach Hause zurück. Er ging von einer Ecke zur anderen, murmelte etwas vor sich hin, blieb endlich stehen und sagte:
»Die Ehre geht über alles!«
Nachdem er noch eine Weile umhergegangen war, griff er sich an den Kopf und deklamierte in tragischem Tonfall:
»Jawohl, die Ehre geht über alles! Verflucht sei der Augenblick, da mir zum ersten Mal die Idee kam, in dieses Babylon zu fahren! Mein Teurer«, wandte er sich zum Doktor, »verachten Sie mich: ich habe im Spiel verloren! Geben Sie mir fünfhundert Rubel!«
Andrej Jefimytsch zählte fünfhundert Rubel ab und reichte sie wortlos seinem Freund. Der, immer noch purpurrot vor Scham und Zorn, brachte stotternd irgendeinen unnötigen und nicht recht verständlichen Schwur hervor, setzte seine Mütze auf und ging hinaus. Nach etwa zwei Stunden kehrte er zurück, ließ sich in einen Sessel fallen und sagte unter tiefem Seufzen:
»Die Ehre ist gerettet! Fahren wir, mein Freund! Nicht eine Minute länger möchte ich in dieser verfluchten Stadt bleiben. Diese Gauner! Diese österreichischen Spione!«
Als die Freunde in ihre Stadt heimkehrten, war es schon November, und auf den Straßen lag hoher Schnee. Den Platz von

Andrej Jefimytsch hatte der Doktor Chobotow eingenommen; er lebte noch in seiner alten Wohnung, um abzuwarten, bis Andrej Jefimytsch ankäme und die Dienstwohnung räume. Die häßliche Frau, die er als seine Köchin bezeichnete, hatte sich schon in einem der Flügel einquartiert. Durch die Stadt gingen neue, das Krankenhaus betreffende Gerüchte. Es hieß, die häßliche Frau sei mit dem Verwalter in Streit geraten, und dieser, so wurde behauptet, sei vor ihr auf den Knien gerutscht und habe sie um Verzeihung gebeten.

Gleich am ersten Tag nach seiner Ankunft mußte sich Andrej Jefimytsch auf die Suche nach einer Wohnung machen.

»Mein Freund«, sagte der Postmeister verlegen zu ihm, »entschuldigen Sie die unbescheidene Frage: über welche Mittel verfügen Sie?«

Andrej Jefimytsch zählte schweigend sein Geld nach und antwortete:

»Über sechsundachtzig Rubel.«

»Das meine ich nicht«, stieß Michail Awerjanytsch verwirrt hervor, da er den Doktor nicht verstanden hatte. »Ich meine, über welche Mittel verfügen Sie überhaupt?«

»Ich sage Ihnen doch: über sechsundachtzig Rubel ... mehr habe ich nicht.«

Michail Awerjanytsch hielt den Doktor für einen ehrlichen und untadeligen Menschen, hatte aber trotzdem die Vermutung gehabt, daß er im Besitz eines Kapitals von wenigstens 20 000 Rubel sei. Jetzt aber, da er erkannte, daß Andrej Jefimytsch ein Bettler sei, daß er nichts zum Leben habe, schluchzte er plötzlich auf und schloß seinen Freund in die Arme.

XV

Andrej Jefimytsch lebte in dem dreifenstrigen Häuschen der Kleinbürgerin Belowa. Dieses Häuschen bestand, ohne die Küche, nur aus drei Räumen. Zwei von ihnen, mit den Fenstern zur Straße, bewohnte der Doktor, im dritten und in der Küche lebten Darjuschka und die Kleinbürgerin mit ihren drei Kindern. Ab und zu kam der Liebhaber der Wirtin, ein betrunkener Bauer, um bei ihr zu übernachten; er randalierte in der Nacht und flößte Darjuschka und den Kindern Furcht ein. Wenn er kam, sich in der Küche breitmachte und Schnaps verlangte, wurde es allen sehr eng; dann nahm der Doktor aus Mitleid die weinenden Kinder zu sich und richtete ihnen auf dem Fußboden ein Bett, was ihm eine große Befriedigung verschaffte.

Wie früher stand er um acht Uhr auf und setzte sich nach dem Tee an seine alten Bücher und Zeitschriften. Für neue hatte er nun kein Geld mehr. Vielleicht deshalb, weil die Bücher alt waren, vielleicht aber auch wegen der veränderten Umgebung fesselte ihn die Lektüre nicht mehr so wie früher, ja sie ermüdete ihn. Um die Zeit nicht mit Nichtstun zu verbringen, legte er ein genaues Verzeichnis seiner Bücher an und klebte Schildchen auf ihre Rücken, und diese mechanische, Geduld erfordernde Arbeit erschien ihm interessanter als das Lesen. Diese einförmige Arbeit für Pedanten schläferte seine Gedanken ein, er dachte über nichts nach, und die Zeit verging wie im Fluge. Sogar in der Küche zu sitzen und mit Darjuschka Kartoffeln zu schälen oder Buchweizen auszulesen dünkte ihn interessant. Samstags und sonntags ging er in die Kirche. An die Wand gelehnt, lauschte er mit geschlossenen Augen dem Gesang, und es gingen ihm Gedanken an seinen Vater, an seine Mutter, an die Universität und über die Religionen durch den Kopf; Ruhe und Trauer erfüllte ihn, und wenn er dann die Kirche verließ, bedauerte er, daß der Gottesdienst schon so früh zu Ende war.

Zweimal war er ins Krankenhaus zu Iwan Dmitritsch gegangen, um mit ihm zu plaudern. Aber beide Male war dieser ungewöhnlich erregt und boshaft; er bat, in Ruhe gelassen zu werden, weil ihm das leere Gelaber schon lange auf die Nerven gehe, und er sagte, er wünsche sich von den verdammten, niederträchtigen Menschen für all seine Leiden nur eine einzige Belohnung: eine Einzelzelle. Werde man ihm selbst das abschlagen? Als Andrej Jefimytsch sich die beiden Male von ihm verabschiedete und ihm eine gute Nacht wünschte, bleckte der andere die Zähne und sagte:

»Gehen Sie zum Teufel!«

Und Andrej Jefimytsch wußte jetzt nicht mehr, ob er es ein

drittes Mal probieren sollte oder nicht. Gehen wollte er schon.

Früher war Andrej Jefimytsch des Nachmittags durch seine Zimmer gegangen und hatte gegrübelt, jetzt aber lag er vom Mittagessen bis zum Abendtee mit dem Gesicht zur Rückenlehne auf dem Diwan und gab sich kleinmütigen Gedanken hin, die zu bekämpfen ihm einfach nicht gelingen wollte. Es kränkte ihn, daß er für seinen mehr als zwanzig Jahre dauernden Dienst weder eine Pension noch eine einmalige Abfindung erhalten hatte. Freilich, viel Ehre hatte er sich nicht erworben, aber eine Pension bekommen schließlich alle Beamten, ob sie nun ehrenhaft waren oder nicht. Die herrschende Gerechtigkeit besteht ja gerade darin, daß mit Titeln, Orden und Pensionen nicht moralische Qualitäten und Fähigkeiten belohnt werden, sondern der Dienst im allgemeinen, gleichgültig, ob er gut oder schlecht gewesen ist. Warum sollte er allein eine Ausnahme machen? Geld hatte er überhaupt keines mehr. Er schämte sich, am Laden vorbeizugehen und die Wirtin anzusehen. Er hatte schon zweiunddreißig Rubel Bierschulden. Auch der Kleinbürgerin Belowa schuldete er Geld. Darjuschka verkaufte heimlich alte Kleider und Bücher und log der Wirtin vor, daß der Doktor bald sehr viel Geld bekäme.

Er ärgerte sich über sich selbst, daß er auf der Reise die tausend ersparten Rubel zum Fenster hinausgeworfen hatte. Wie würde ihm jetzt eine solche Summe zustatten kommen! Es verdroß ihn, daß ihn die Leute nicht in Ruhe ließen. Chobotow hielt es für seine Pflicht, dem kranken Kollegen ab und zu einen Besuch abzustatten. Alles an ihm war Andrej Jefimytsch widerlich: das wohlgenährte Gesicht, der häßliche, herablassende Tonfall, das Wort ›Kollege‹, die hohen Stiefel; das Widerlichste aber war, daß er sich dazu verpflichtet fühlte, Andrej Jefimytsch zu pflegen, und daß er glaubte, das tue er auch. Bei jedem seiner Besuche brachte er ein Fläschchen mit Bromkalium und Rhabarberpillen mit.

Und auch Michail Awerjanytsch hielt es für seine Pflicht, den Freund zu besuchen und ihn zu unterhalten. Jedesmal trug er Andrej Jefimytsch gegenüber eine gekünstelte Ausgelassenheit zur Schau, brach in ein unnatürliches Gelächter aus und begann zu beteuern, er sehe heute glänzend aus und befinde sich auf dem Wege der Besserung, woraus man schließen konnte, daß er den Zustand seines Freundes für hoffnungslos hielt. Seine Schulden von Warschau hatte er noch nicht beglichen, und eine brennende Scham lastete auf ihm; er war innerlich verkrampft und bemühte sich deshalb, immer lauter zu lachen und komischer zu erzählen. Seine Anekdoten und Geschichten schienen jetzt gar nicht mehr enden zu wollen und waren nicht nur für Andrej Jefimytsch, sondern auch für ihn selbst eine Qual.

In seiner Gegenwart legte sich Andrej Jefimytsch gewöhnlich mit dem Gesicht zur Wand auf den Diwan und hörte mit zusammengebissenen Zähnen zu, seine Seele setzte schichtweise sozusagen Kesselstein an, und nach jedem Besuch des Freundes spürte er, daß dieser Kesselstein immer höher stieg und bald die Kehle erreicht haben würde.

Um die Stimme der Mutlosigkeit zu übertönen, stellte er sich schnell vor, daß er und Chobotow und Michail Awerjanytsch früher oder später zugrunde gehen würden, ohne auch nur eine Spur auf der Erde hinterlassen zu haben. Wenn man sich vorstellt, daß in einer Million von Jahren im Raum irgendein Geist um den Erdball herumfliegt, so wird er nur Lehm und nackte Felsen erblicken. Alles – die Kultur und auch die ethischen Gesetze – wird vergehen, und nicht einmal eine Klette wird darauf wachsen. Was hat das schon für eine Bedeutung: das Schamgefühl gegenüber dem Ladeninhaber, der Wicht Chobotow, die schwer drückende Freundschaft von Michail Awerjanytsch? All das sind unsinnige Lappalien.

Aber solche Überlegungen halfen bereits nicht mehr. Kaum hatte er sich die Erdkugel in einer Million von Jahren vorgestellt, so trat schon Chobotow in seinen hohen Stiefeln hinter einem kahlen Felsen hervor oder der angestrengt lachende Michail Awerjanytsch, und er hörte sogar das schamerfüllte Flüstern: »Die Schuld von Warschau, mein Teurer, werde ich in den nächsten Tagen begleichen . . . Ganz bestimmt.«

XVI

Einmal kam Michail Awerjanytsch am Nachmittag, als Andrej Jefimytsch gerade auf dem Diwan lag. Es traf sich, daß zur selben Zeit auch Chobotow mit seinem Bromkalium erschien. Andrej Jefimytsch erhob sich mühsam, setzte sich auf und stützte sich mit beiden Armen auf den Diwan.

»Sie haben heute eine viel gesündere Gesichtsfarbe als gestern«, begann Michail Awerjanytsch. »Prächtig schauen Sie aus! Bei Gott, Sie schauen prächtig aus.«

»Es ist Zeit, daß Sie wiederhergestellt werden, Kollege«, sagte Chobotow gähnend. »Diese langwierige Sache muß Ihnen doch selber schon zum Halse heraushängen.«

»Und wir werden auch wiederhergestellt!« flötete Michail Awerjanytsch. »Hundert Jahre werden wir noch leben! Jawohl!«

»Hundert Jahre sind hundert Jahre, aber für zwanzig wird es schon reichen«, tröstete Chobotow. »Macht nichts, Kollege, macht nichts, verlieren Sie nicht den Mut ... Nur nicht die Pferde scheu machen.«

»Wir werden's ihnen schon zeigen!« lachte Michail Awerjanytsch los und schlug dem Freund aufs Knie. »Wir werden's ihnen schon zeigen! Wenn Gott will, machen wir nächsten Sommer einen Sprung in den Kaukasus und nehmen ihn uns mal vor, zu Pferd – hopp, hopp, hopp! Und kaum sind wir vom Kaukasus zurück – hast du nicht gesehen, verlustieren wir uns auf einer Hochzeit.« Michail Awerjanytsch zwinkerte listig. »Wir verheiraten Sie, Freundchen ... wir verheiraten Sie ...«

Andrej Jefimytsch spürte plötzlich, daß besagter Kesselstein seine Kehle erreichte; sein Herz begann furchtbar zu schlagen.

»Wie abgeschmackt das ist!« sagte er, sich rasch erhebend, und trat zum Fenster. »Merken Sie denn nicht, daß Sie abgeschmacktes Zeug reden?«

Er wollte sanft und höflich weitersprechen, doch gegen seinen Willen ballte er die Fäuste und schwang sie über seinem Kopf. »Lassen Sie mich in Ruhe!« schrie er, seiner Stimme nicht mehr

mächtig, wobei er rot anlief und am ganzen Körper zitterte. »Raus! Beide raus, beide!«
Michail Awerjanytsch und Chobotow standen auf und starrten ihn zuerst verständnislos, dann angsterfüllt an.
»Beide raus!« schrie Andrej Jefimytsch weiter. »Ihr stumpfsinnigen Menschen ihr, ihr dummen Menschen! Ich brauche weder Freundschaft noch deine Arznei, stumpfsinniger Mensch! Wie abgeschmackt! Wie ekelhaft!«
Chobotow und Michail Awerjanytsch warfen sich einen fassungslosen Blick zu, wichen zur Tür zurück und schlüpften in den Flur. Andrej Jefimytsch packte das Gläschen mit Bromkalium und schleuderte es ihnen hinterher; das Gläschen zersprang mit einem klingenden Ton an der Schwelle.
»Schert euch zum Teufel!« schrie er mit tränenerstickter Stimme und lief in den Flur. »Zum Teufel!«
Nach dem Verschwinden seiner Gäste legte sich Andrej Jefimytsch zitternd, als habe er Schüttelfrost, auf den Diwan und wiederholte noch längere Zeit:
»Stumpfsinnige Menschen! Dumme Menschen!«
Als er sich beruhigt hatte, kam ihm als erstes in den Sinn, daß es dem armen Michail Awerjanytsch jetzt sicher furchtbar peinlich und schwer ums Herz sein müsse und daß das alles schrecklich ist. Niemals zuvor war etwas Ähnliches vorgefallen. Wo war nur sein Verstand und sein Taktgefühl geblieben? Wo die Erkenntnis der Dinge und seine philosophische Gelassenheit?
Der Doktor konnte die ganze Nacht nicht schlafen vor lauter Schamgefühl und Ärger über sich selbst und am nächsten Morgen machte er sich gegen zehn Uhr zum Postbüro auf und entschuldigte sich beim Postmeister.
»Vergessen wir, was geschehen ist«, sagte Michail Awerjanytsch seufzend und gerührt und drückte ihm fest die Hand. »Wer das Vergangene erwähnt, dem soll ein Auge herausfallen. Ljubawkin!« brüllte er unvermittelt so laut, daß alle Briefträger und Kunden erzitterten. »Einen Stuhl her. Und du warte!« herrschte er ein Weib an, das ihm durchs Gitter einen Einschreibebrief entgegenstreckte. »Siehst du etwa nicht, daß ich beschäftigt bin? Schwamm drüber«, fuhr er, zu Andrej Jefimytsch

gewandt, fort. »Ich bitte Sie, mein Lieber, setzen Sie sich doch.«

Er strich sich eine Weile über die Knie, dann sagte er:

»Es ist mir gar nicht in den Sinn gekommen, böse auf Sie zu sein. Bei so einer Krankheit muß man auf der Hut sein, das verstehe ich. Ihr Anfall gestern hat den Doktor und mich erschreckt, und wir haben danach lange über Sie gesprochen. Mein Teurer, warum wollen Sie nicht ernsthaft etwas gegen Ihre Krankheit unternehmen? Wie kann man sich denn so verhalten? Verzeihen Sie die Offenheit eines Freundes«, flüsterte Michail Awerjanytsch nun, »Sie leben unter denkbar ungünstigen Bedingungen: Enge, Unsauberkeit, keine Pflege; um sich zu kurieren, fehlen Ihnen die Mittel . . . Mein lieber Freund, der Doktor und ich flehen Sie an: gehen Sie ins Krankenhaus! Dort ist für alles gesorgt: für gesunde Nahrung, Pflege, Heilbehandlung. Jewgenij Fjodorytsch vergreift sich zwar, unter uns gesagt, öfters im Ton, aber erfahren ist er, auf ihn kann man sich völlig verlassen. Er hat mir sein Wort gegeben, daß er sich Ihrer annehmen wird.«

Andrej Jefimytsch war von der aufrichtigen Teilnahme und von den Tränen, die plötzlich auf den Wangen des Postmeisters glänzten, gerührt.

»Verehrtester, glauben Sie ihnen nicht!« flüsterte er und legte seine Hand aufs Herz. »Glauben Sie ihnen nicht! Es handelt sich um eine Täuschung! Meine Krankheit besteht lediglich darin, daß ich im Verlauf von zwanzig Jahren in der ganzen Stadt nur einen einzigen klugen Menschen gefunden habe, und das ist ein Irrer. Es gibt gar keine Krankheit, ich bin nur in einen Teufelskreis geraten, aus dem es kein Entrinnen gibt. Mir ist alles gleich, ich bin zu allem bereit.«

»Gehen Sie ins Krankenhaus, mein Lieber.«

»Mir ist alles gleich, von mir aus in die Grube.«

»Geben Sie mir Ihr Wort, Teuerster, daß Sie in allem Jewgenij Fjodorytsch Folge leisten werden.«

»Bitte schön, ich gebe mein Wort. Aber, ich wiederhole, Verehrtester, ich bin in einen Teufelskreis geraten. Jetzt wirkt alles, selbst die aufrichtige Teilnahme meiner Freunde, nur in einer

Richtung – in Richtung auf mein Ende. Ich gehe zugrunde, und ich habe den Mut, es zu bekennen.«

»Teuerster, Sie werden wieder gesund.«

»Wozu solche Reden?« sagte Andrej Jefimytsch gereizt. »Wohl so ziemlich jeder Mensch wird gegen Ende seines Lebens dasselbe empfinden wie ich. Wenn man Ihnen sagt, mit Ihren Nieren ist etwas nicht in Ordnung, oder Sie haben Herzerweiterung, und Sie fangen an sich zu pflegen, oder wenn man Ihnen sagt, daß Sie geisteskrank oder ein Verbrecher sind, das heißt, mit einem Wort, wenn die Menschen Ihnen plötzlich ihre Aufmerksamkeit zuwenden, dann wissen Sie, daß Sie in einen Teufelskreis geraten sind, aus dem es kein Entrinnen gibt. Sie versuchen zu entkommen, verheddern sich aber nur noch mehr. ›Ergeben Sie sich, da keine menschliche Macht Sie mehr retten kann.‹ So sehe ich das.«

Unterdessen drängte sich das Publikum am Gitter. Um nicht länger zu stören, erhob sich Andrej Jefimytsch und begann sich zu verabschieden. Michail Awerjanytsch nahm ihm noch einmal sein Ehrenwort ab und geleitete ihn bis zur Außentür.

Am selben Tag, vor Abend, erschien bei Andrej Jefimytsch unerwartet Chobotow in Halbpelz und hohen Stiefeln und sagte in einem Ton, als ob gestern nichts vorgefallen wäre:

»Ich komme in einer Angelegenheit zu Ihnen, Kollege. Ich möchte Sie zu einem Konsilium einladen.«

In der Meinung, Chobotow wolle ihn durch einen Spaziergang zerstreuen oder ihm tatsächlich einen Verdienst vermitteln, kleidete sich Andrej Jefimytsch an und trat mit ihm auf die Straße. Er war froh, bei der Gelegenheit seine gestrige Verfehlung wiedergutmachen und sich versöhnen zu können, und war Chobotow in seiner Seele dankbar, daß er über das Gestrige kein Sterbenswörtchen verlor und ihn offensichtlich schonte. Ein solches Taktgefühl war von diesem unkultivierten Menschen kaum zu erwarten gewesen.

»Und wo befindet sich Ihr Kranker?« fragte Andrej Jefimytsch.

»Bei mir im Krankenhaus. Den wollte ich Ihnen schon längst zeigen . . . Ein höchst interessanter Fall.«

Sie betraten den Krankenhaushof und näherten sich, nachdem sie den Haupttrakt umgangen hatten, dem Flügel, wo die Geistesgestörten untergebracht waren. Und die ganze Zeit über wechselten sie kein Wort miteinander. Als sie den Flügel betraten, sprang Nikita, seiner Gewohnheit folgend, hoch und nahm Haltung an.

»Hier ist bei einem eine Lungenkomplikation eingetreten«, sagte Chobotow halblaut, während er mit Andrej Jefimytsch den Krankensaal betrat. »Warten Sie hier, ich bin gleich zurück. Ich hole nur das Stethoskop.«

Und er ging hinaus.

XVII

Es wurde schon dunkel. Iwan Dmitritsch lag auf seinem Bett, das Gesicht im Kissen vergraben; der Paralytiker saß reglos da, weinte leise und bewegte die Lippen. Der dicke Bauer und der ehemalige Sortierer schliefen. Es war still.

Andrej Jefimytsch saß auf Iwan Dmitritschs Bett und wartete. Aber eine halbe Stunde war vergangen, und statt Chobotow trat Nikita in den Raum, in beiden Händen einen Kittel, etwas Wäsche und Pantoffeln.

»Bitte sich umzuziehen, Euer Hochwohlgeboren«, sagte er leise. »Hier ist Ihr Bett, bitte, hier«, fügte er hinzu und zeigte auf ein leerstehendes, augenscheinlich erst kurz zuvor aufgestelltes Bett. »Nehmen Sie's nicht tragisch, Gott ist gnädig, Sie werden schon wieder gesund . . .«

Andrej Jefimytsch begriff alles. Wortlos ging er zum Bett hinüber, auf das Nikita gedeutet hatte, und setzte sich; als er sah, daß Nikita wartend dastand, zog er sich splitternackt aus, und dabei schämte er sich. Dann zog er die Krankenhauskleidung an; die Unterhosen waren sehr kurz, das Hemd war zu lang, und der Kittel roch nach geräuchertem Fisch.

»Sie werden schon wieder gesund, Gott ist gnädig«, wiederholte Nikita.

Er lud sich Andrej Jefimytschs Wäsche auf die Arme, ging hinaus und schloß hinter sich die Tür.

»Es ist alles gleich . . .«, dachte Andrej Jefimytsch, während er sich schamhaft in den Kittel hüllte, in dem Gefühl, in seiner neuen Aufmachung wie ein Sträfling auszusehen. »Es ist alles gleich . . . Alles gleich, Frack, Uniform, dieser Kittel . . .«
Aber was ist mit der Uhr? Und das Notizbuch in der Seitentasche? Und die Zigaretten? Wo hat Nikita seine Kleider hingetragen? Jetzt würde er vielleicht bis zu seinem Tode nicht mehr seine Hosen, seine Weste und die Stiefel anziehen. All das ist in der ersten Zeit recht sonderbar, man kann es sich kaum vorstellen. Andrej Jefimytsch war auch jetzt noch der Überzeugung, daß zwischen dem Haus der Kleinbürgerin Belowa und dem Krankensaal Nr. 6 keinerlei Unterschied bestehe, daß alles auf dieser Welt Unsinn und von der letzten Nichtigkeit sei; dabei zitterten ihm aber die Hände, die Füße wurden ihm kalt, und es graute ihm bei dem Gedanken, daß bald Iwan Dmitritsch aufstehen und ihn im Kittel erblicken würde. Er erhob sich, ging umher und setzte sich wieder.
Da war er schon eine halbe Stunde gesessen, eine ganze, und eine immer größere Bangigkeit befiel ihn; kann man hier etwa einen Tag, eine Woche und sogar Jahre zubringen wie diese Menschen? Nun, er war gesessen, umhergegangen und hatte sich wieder hingesetzt; man kann zum Fenster gehen und hinausschauen und wieder von einer Ecke zur anderen gehen. Und dann? Die ganze Zeit so dahocken wie ein Ölgötze und nachdenken? Nein, das ist kaum möglich.
Andrej Jefimytsch legte sich hin, stand aber sofort wieder auf, wischte sich mit dem Ärmel den kalten Schweiß von der Stirn und fühlte, daß sein ganzes Gesicht nach geräuchertem Fisch roch. Er ging wieder umher.
»Das muß ein Mißverständnis sein . . .«, sprach er vor sich hin und machte eine ratlose Handbewegung. »Ein Mißverständnis, ich muß es erklären . . .«
Zu diesem Zeitpunkt erwachte Iwan Dmitritsch. Er setzte sich auf und stützte seine Fäuste gegen die Wangen. Spuckte aus. Dann blickte er träge auf den Doktor und verstand im ersten Augenblick sichtbar nichts; aber bald bekam sein verschlafenes Gesicht einen bösen und spöttischen Ausdruck.

»Aha, auch Sie hat man hier festgesetzt, mein Bester!« stieß er mit heiserer, schlaftrunkener Stimme hervor und kniff ein Auge zu. »Sehr erfreut. Vorher haben Sie den Leuten das Blut ausgesaugt, jetzt wird man es Ihnen aussaugen. Ausgezeichnet!«

»Es muß sich um ein Mißverständnis handeln ...«, sagte Andrej Jefimytsch, erschrocken über Iwan Dmitritschs Worte; er zuckte mit den Schultern und wiederholte: »Ja, ein Mißverständnis . . .«

Iwan Dmitritsch spuckte noch einmal aus und legte sich hin.

»Verfluchtes Leben!« knurrte er. »Und das Bittere und Kränkende daran ist, daß dieses Leben nicht mit der Belohnung für die Leiden, nicht mit einer Apotheose endet wie in der Oper, sondern mit dem Tod; dann kommen die Wärter und schleifen den Toten an Händen und Füßen in den Keller. Brr! Na, sei's drum . . . Dafür wird in jener Welt für uns Feiertag sein . . . Ich werde von jener Welt hier als Schatten auftauchen und diesen Scheusalen einen Schrecken einjagen. Ich werde dafür sorgen, daß sie graue Haare bekommen.«

Mojssejka kehrte zurück und streckte, als er den Doktor erblickte, die Hand aus: »Gib mir eine Kopeke!« sagte er.

XVIII

Andrej Jefimytsch ging zum Fenster und schaute ins Freie. Es war schon dunkel geworden, und rechts am Horizont ging der Mond auf, kalt und blutrot. Unweit vom Zaun des Krankenhauses, in einer Entfernung von ungefähr zweihundert Schritt, stand ein hohes weißes, von einer Mauer umgebenes Haus. Das war das Gefängnis.

»Das also ist die Wirklichkeit!« dachte Andrej Jefimytsch mit Schrecken.

Schrecklich war der Mond und das Gefängnis und die Nägel auf dem Zaun und der ferne Feuerschein einer Knochenfabrik. Er vernahm einen Seufzer in seinem Rücken. Als er hinter sich sah, gewahrte er einen Menschen mit blitzenden Sternen und mit Orden auf der Brust; der Mensch lächelte und zwinkerte listig mit einem Auge. Auch das erschien ihm schrecklich.

Andrej Jefimytsch kam zu der Einsicht, daß am Mond und am Gefängnis nichts Außergewöhnliches ist, daß auch psychisch gesunde Menschen Orden tragen und daß mit der Zeit alles verfault und zu Staub zerfällt. Doch plötzlich packte ihn die Verzweiflung, er faßte mit beiden Händen nach dem Gitter und rüttelte daran mit aller Gewalt. Die starken Stäbe gaben nicht nach.

Hierauf ging er, um den Schrecken zu besänftigen, zu Iwan Dmitritschs Bett und setzte sich.

»Ich bin ganz verzagt, mein Lieber«, murmelte er zitternd und wischte sich den kalten Schweiß ab. »Ich bin ganz verzagt.«

»Dann philosophieren Sie doch ein wenig«, spottete Iwan Dmitritsch.

»O Gott, o Gott ... Ja, ja ... Sie sagten einmal ganz richtig, daß es in Rußland keine Philosophie gäbe, daß aber alle, selbst die Nullen, philosophierten. Aber durch das Philosophieren schaden die Nullen doch keinem Menschen«, sagte Andrej Jefimytsch mit einem Ton, als fange er gleich an zu weinen und bitte um Mitleid. »Warum also, mein Lieber, dies schadenfrohe Lachen? Und warum sollen die Nullen nicht philosophieren, da alles andere sie nicht befriedigt? Einem intelligenten, gebildeten, stolzen, freiheitsliebenden Menschen, einem Ebenbild Gottes, hat man nur die Möglichkeit gegeben, als Arzt in eine dreckige, dumme Kleinstadt zu gehen, und dann sein ganzes Leben lang nichts als Schröpfgläser, Blutegel, Senfpflaster! Mein Gott, was für ein Schwindel, welche Borniertheit und Gemeinheit!«

»Sie schwatzen dummes Zeug. Wenn Sie der Arztberuf so abstieß, warum sind Sie dann nicht Minister geworden?«

»Nichts hätte man werden sollen, gar nichts. Schwächlinge sind wir, mein Lieber ... Ich besaß einmal Gelassenheit, ich hatte einen klaren, gesunden Menschenverstand, aber kaum hat das Leben mich ein bißchen hart angefaßt, gleich habe ich allen Mut verloren ... körperliche und seelische Erschöpfung ... Schwächlinge sind wir, zu nichts zu gebrauchen ... Auch Sie gehören dazu, mein Lieber. Sie sind ein intelligenter, hochanständiger Mensch und haben mit der Muttermilch den edlen Drang nach Höherem eingesogen, aber kaum traten Sie ins Leben, da ermatteten und kränkelten Sie schon ... Schwach sind wir, schwach!«

Außer den Empfindungen von Angst und Erniedrigung war da noch etwas, das Andrej Jefimytsch quälte und das er seit dem Dunkelwerden nicht mehr loswurde. Schließlich kam er darauf, daß es das Verlangen nach Bier und Rauchwaren war.

»Ich gehe hinaus, mein Lieber«, sagte er, »ich bitte, daß man hier Licht macht ... Ich halte es so nicht aus ... ich kann einfach nicht mehr ...«

Andrej Jefimytsch ging zur Tür und öffnete sie, doch sofort sprang Nikita herzu und versperrte ihm den Weg.

»Wohin wollen Sie? Nichts da, nichts da!« sagte er. »Zeit, schlafen zu gehen!«

»Nur ganz kurz, nur im Hof ein bißchen hin und her gehen!« bat Andrej Jefimytsch verwirrt.

»Nichts da, nichts da, nicht erlaubt. Das wissen Sie selbst.«

Nikita schlug die Tür zu und stemmte sich mit dem Rücken dagegen.

»Aber wenn ich den Raum verlasse, wem tut das was?« fragte Andrej Jefimytsch und zog die Schultern hoch. »Das verstehe ich nicht! Nikita, ich muß hinaus!« sagte er mit zitternder Stimme. »Ich muß!«

»Stören Sie die Ordnung nicht, das ist nicht gut!« sagte Nikita belehrend.

»Weiß der Teufel, was das ist!« schrie Iwan Dmitritsch plötzlich und sprang auf. »Was für ein Recht hat er, einen nicht hinauszulassen? Wie wagen sie es, uns hier festzuhalten? Das Gesetz sagt eindeutig, daß ohne Gerichtsverhandlung niemand seiner Freiheit beraubt werden darf! Das ist Vergewaltigung! Das ist Willkür!«

»Natürlich, das ist Willkür!« sagte Andrej Jefimytsch, ermutigt durch Iwan Dmitritschs Schrei. »Ich muß hinaus, ich muß. Er hat kein Recht. Laß mich hinaus, verstanden!«

»Hast du gehört, du stumpfes Vieh?« brüllte Iwan Dmitritsch und hieb mit der Faust gegen die Tür. »Mach auf, sonst renne ich die Tür ein! Menschenschinder!«

»Mach auf!« schrie Andrej Jefimytsch, am ganzen Körper zitternd. »Ich verlange es!«
»Sprich du nur noch!« antwortete hinter der Tür Nikita. »Sprich du nur noch!«
»Geh und hol wenigstens Jewgenij Fjodorytsch! Sag, ich bitte um sein Kommen . . . nur für einen Augenblick!«
»Morgen kommt er sowieso.«
»Niemals wird man uns hinauslassen!« fuhr unterdessen Iwan Dmitritsch fort. »Verkommen lassen sie einen hier! O Gott, sollte es möglich sein, daß es in jener Welt keine Hölle gibt und daß diese Schufte Vergebung erlangen? Wo bleibt da die Gerechtigkeit? Mach auf, du Schurke, ich ersticke!« schrie er mit heiserer Stimme und warf sich gegen die Tür. »Ich renne mir den Schädel ein! Ihr Mörder!«
Nikita öffnete flink die Tür, stieß Andrej Jefimytsch mit beiden Händen und mit dem Knie brutal zur Seite, holte aus und schlug ihm mit der Faust ins Gesicht. Andrej Jefimytsch war es, als schlage eine salzige Riesenwelle über seinem Kopf zusammen und hebe ihn zum Bett; und tatsächlich, er spürte einen Salzgeschmack im Mund: wahrscheinlich bluteten die Zähne. Er vollführte mit den Armen eine Schwimmbewegung und faßte nach irgendeinem Bett, und dabei spürte er, daß Nikita ihn zweimal in den Rücken schlug.
Iwan Dmitritsch schrie laut auf. Also schlug man wohl auch ihn.
Dann kehrte Ruhe ein. Spärliches Mondlicht drang durch die Gitter, und auf dem Fußboden lagen Schatten, die aussahen wie Netze. Es war entsetzlich. Andrej Jefimytsch streckte sich aus und hielt den Atem an; er wartete angsterfüllt auf weitere Schläge. Es war, als habe ihm jemand eine Sichel in den Leib gebohrt und sie ein paarmal herumgedreht. Vor Schmerzen biß er ins Kissen und preßte die Zähne zusammen, und plötzlich schoß durch seinen Kopf, mitten durch das Chaos, blendend hell der furchtbare, unerträgliche Gedanke, daß denselben Schmerz Jahre hindurch, Tag für Tag, diese Menschen hier erdulden mußten, die jetzt, beim Mondschein, schwarzen Schatten glichen. Wie konnte es geschehen, daß er im Verlauf von über

zwanzig Jahren davon nichts wußte und nichts wissen wollte? Er hatte es nicht gewußt, hatte keine Ahnung vom Schmerz gehabt, also war er unschuldig. Aber das Gewissen, ebenso unerbittlich und grob wie Nikita, jagte ihm vom Nacken bis zu den Fersen einen Kälteschauer über den Körper. Er sprang auf, wollte aus Leibeskräften schreien und losrasen, um Nikita umzubringen, danach Chobotow, den Aufseher und den Feldscher, schließlich sich selbst, aber aus seiner Brust drang kein Laut, und die Beine versagten ihm den Dienst; keuchend riß er an Kittel und Hemd, zerriß sie über der Brust und stürzte ohnmächtig aufs Bett.

XIX

Am nächsten Morgen hatte er Kopfschmerzen, Ohrensausen und fühlte sich wie zerschlagen. Er schämte sich nicht, sich seiner gestrigen Schwäche zu erinnern. Er war gestern verzagt gewesen, hatte sich sogar vor dem Mond gefürchtet und ohne Scheu Gefühle und Gedanken offenbart, von deren Existenz er früher nicht einmal etwas geahnt hatte, wie z. B. die Gedanken über das Unbefriedigtsein der philosophierenden Nullen. Aber jetzt war ihm alles gleich.

Er aß nicht, er trank nicht, er lag regungslos da und schwieg.

»Mir ist alles gleich«, dachte er, wenn man ihn etwas fragte. »Ich antworte nicht . . . Mir ist alles gleich.«

Am Nachmittag erschien Michail Awerjanytsch und brachte ihm ein Viertelpfund Tee und ein Pfund Marmelade mit. Auch Darjuschka kam und stand eine ganze Stunde lang mit dem Ausdruck dumpfer Trauer auf dem Gesicht neben seinem Bett. Und auch der Doktor Chobotow besuchte ihn. Er hatte ein Fläschchen Bromkalium mitgebracht und befahl Nikita, im Krankensaal zu räuchern.

Gegen Abend starb Andrej Jefimytsch am Schlaganfall. Zuerst befiel ihn Schüttelfrost und Übelkeit; es schien, als habe etwas Ekelerregendes seinen Körper bis zu den Fingerspitzen durchdrungen, ziehe sich vom Magen zum Kopf hinauf und quelle in Augen und Ohren. Es wurde ihm schwarz vor Augen. Andrej Jefimytsch begriff, daß das Ende nahte, und er erinnerte sich, daß Iwan Dmitritsch, Michail Awerjanytsch und Millionen Menschen an die Unsterblichkeit glaubten. Und wenn es sie doch gibt? Aber er wollte die Unsterblichkeit nicht und dachte nur einen Augenblick über sie nach. Ein Rudel außerordentlich schöner und anmutiger Hirsche, von denen er gestern gelesen hatte, lief an ihm vorüber; dann streckte ihm ein Weib ihre Hand mit einem Einschreibebrief entgegen ... Er hörte, wie Michail Awerjanytsch etwas sagte. Dann versank alles, und Andrej Jefimytsch verlor für immer das Bewußtsein.

Die Wärter kamen, ergriffen ihn an Händen und Füßen und trugen ihn in die Kapelle. Dort lag er mit offenstehenden Augen auf dem Tisch, und in der Nacht beschien ihn der Mond. Am Morgen kam Ssergej Ssergeitsch, betete andächtig vor dem Kruzifix und drückte seinem einstigen Vorgesetzten die Augen zu.

Am nächsten Tag wurde Andrej Jefimytsch begraben. Die einzigen Anwesenden bei der Beerdigung waren Michail Awerjanytsch und Darjuschka.

Der Student

Anfangs war es schönes Wetter und windstill. Die Drosseln sangen, und in den nahen Sümpfen gab etwas Lebendiges einen so kläglichen Ton von sich, als blase jemand in eine leere Flasche. Eine Waldschnepfe strich vorüber, und der sie verfolgende Schuß krachte fröhlich donnernd in der Frühlingsluft. Doch als es im Wald dunkel geworden war, begann von Osten her unverhofft ein kalter, schneidender Wind zu wehen, und alles verstummte. Die Wasserlachen überzogen sich mit Eisnadeln, und im Wald wurde es ungemütlich, öd und leer. Es roch nach Winter.

Iwan Welikopolski, Student der Geistlichen Akademie und Sohn eines Küsters, der sich auf dem Heimweg vom Schnepfenstrich befand, folgte die ganze Zeit einem Pfad, der durch eine überschwemmte Wiese führte. Seine Finger begannen steif zu werden, und sein Gesicht brannte immer stärker im Wind. Es schien ihm, als habe diese plötzlich einbrechende Kälte in allem die Ordnung und die Harmonie gestört, als sei es der Natur selbst bang zumute und als habe sich deshalb das Abenddunkel schneller als sonst verdichtet. Ringsum war es wüst und ungewöhnlich finster. Nur in den Witwengärten am Fluß leuchtete ein Licht; sonst aber versank alles weit und breit und auch die Gegend, wo das ungefähr vier Werst entfernte Dorf lag, im kalten Abendnebel. Der Student erinnerte sich, daß, als er das Haus verließ, seine Mutter barfuß im Flur gesessen und mit dem Reinigen des Ssamowars beschäftigt war und daß sein Vater hustend auf der Ofenbank gelegen hatte; weil Karfreitag war, wurde zu Hause nichts gekocht, und der Hunger quälte einen. Und jetzt, die Schultern eingezogen vor Kälte, mußte der Student daran denken, daß genau der gleiche Wind schon zur Zeit Rjuriks, zur Zeit Iwans des Schrecklichen und zur Zeit Peters des Großen geweht und daß unter jedem von ihnen genau die gleiche bittere Armut und der gleiche Hunger geherrscht hatten; die löcherigen Strohdächer, die Unwissenheit und Trübsal, dieselbe Wüstenei ringsum, die Finsternis und das Gefühl der

Unterdrückung – all diese Schrecken gab es, gibt es und wird es immer geben, und davon, daß noch einmal tausend Jahre vorübergehen, wird das Leben nicht besser werden. Und er wollte nicht mehr nach Hause.

Die Witwengärten hießen deshalb so, weil sie von zwei Witwen, Mutter und Tochter, bebaut wurden. Ein Holzstoß brannte lichterloh und beleuchtete knisternd weit in der Runde das gepflügte Land. Neben ihm stand die Witwe Wassilissa, eine hochgewachsene beleibte Alte in einer Männerpelzjacke, und starrte gedankenverloren ins Feuer; ihre Tochter Lukerja, klein, pokkennarbig und mit einem dümmlichen Gesichtsausdruck, saß auf der Erde und wusch einen Kessel und Löffel. Augenscheinlich hatten sie gerade eben ihr Abendbrot beendet. Männerstimmen wurden hörbar; das waren hiesige Arbeiter, die am Fluß die Pferde tränkten.

»Da ist nun wieder der Winter zurückgekehrt«, sagte, an das Feuer herantretend, der Student. »Guten Abend.«

Wassilissa schrak zusammen, erkannte ihn aber gleich und lächelte freundlich.

»Hab dich gar nicht erkannt, Gott mit dir«, sagte sie. »Wird dir Reichtum bringen.«

Sie plauderten. Wassilissa, eine erfahrene Frau, die einmal bei Herrschaften als Amme, danach als Kindermädchen gedient hatte, drückte sich kultiviert aus, und die ganze Zeit über wich ein sanftes, würdevolles Lächeln nicht von ihrem Gesicht; ihre Tochter Lukerja hingegen, ein Bauernweib, abgestumpft unter der Kuratel ihres Mannes, schaute nur blinzelnd auf den Studenten und schwieg, und dabei hatte ihr Gesichtsausdruck etwas Eigentümliches, wie bei einer Taubstummen.

»Genauso hat sich in einer kalten Nacht an einem Feuer der Apostel Petrus gewärmt«, sagte der Student, während er seine Hände den Flammen entgegenstreckte. »Auch damals also war es kalt. Ach, was war das für eine schreckliche Nacht, Mütterchen! Eine unbeschreiblich trostlose, nicht enden wollende Nacht!«

Er blickte um sich in die Abenddämmerung, zuckte krampfhaft mit dem Kopf und fragte:

»Warst heute vielleicht zu den zwölf Evangelien?«
»Ja«, antwortete Wassilissa.
»Du erinnerst dich doch: Beim Heiligen Abendmahl sagte Petrus zu Jesus: ›Herr, ich bin bereit, mit dir ins Gefängnis und in den Tod zu gehen.‹ Der Herr aber antwortete ihm: ›Petrus, ich sage dir: Der Hahn wird heute nicht krähen, ehe denn du dreimal verleugnet hast, daß du mich kennst.‹ Nach dem Abendmahl war Jesus im Garten betrübt bis auf den Tod, und er betete, der arme Petrus aber ermattete in seiner Seele, er wurde schwach, seine Augenlider wurden schwer, und er konnte sich des Schlafs nicht mehr erwehren. Er schlief. Dann gab, wie du gehört hast, Judas in derselben Nacht Jesus den Kuß und verriet ihn an seine Peiniger. Sie führten ihn gebunden zum Hohenpriester, und sie schlugen ihn, Petrus aber, völlig erschöpft, gequält von Unruhe und Gram, und unausgeschlafen, verstehst du, spürte, daß auf der Erde jeden Augenblick etwas Furchtbares geschehen würde, und er folgte ihnen . . . Er liebte Jesus leidenschaftlich und voll Hingabe, und jetzt sah er von weitem, wie sie ihn schlugen . . .«
Lukerja ließ die Löffel sein und fixierte den Studenten.
»Sie kamen zum Hohenpriester«, fuhr er fort, »und begannen Jesus zu verhören, und die Arbeiter machten unterdessen im Hof ein Feuer, denn es war kalt, und sie wärmten sich. Unter ihnen stand Petrus am Feuer und wärmte sich auch, geradeso wie ich jetzt. Eine Frau, die ihn erblickt hatte, sagte: ›Dieser war auch mit ihm‹, was heißen sollte: Auch ihn muß man zum Verhör führen. Und die Arbeiter, die sich am Feuer befanden, mußten ihn wohl alle argwöhnisch und böse angesehen haben, denn er geriet in Verwirrung und sagte: ›Ich kenne ihn nicht.‹ Kurze Zeit später erkannte wieder jemand in ihm einen Jünger Jesu und sagte: ›Du bist auch deren einer.‹ Aber er leugnete abermals. Und zum dritten Mal wandte sich jemand an ihn: ›Sah ich dich nicht im Garten bei ihm?‹ Und er leugnete zum dritten Mal. Und gleich darauf krähte der Hahn, und Petrus, da er aus der Ferne auf Jesus schaute, erinnerte sich der Worte, die jener beim Abendmahl zu ihm gesagt hatte . . . Er erinnerte sich, kam zu sich, ging vom Hof und weinte bitter, sehr bitter. Im Evange-

lium heißt es: ›Und Petrus ging hinaus und weinte bitterlich.‹ Ich kann es mir gut vorstellen: Ein ganz stiller, ganz dunkler Garten, und in der Stille, kaum hörbar, unterdrücktes Schluchzen ...«

Der Student seufzte und begann zu grübeln. Wassilissa, die nicht aufgehört hatte zu lächeln, schluchzte plötzlich, große Tränen liefen ihr in Strömen über die Wangen, und, als schäme sie sich dessen, verhüllte sie mit dem Ärmel vor dem Feuerschein ihr Gesicht; Lukerja aber, die den Studenten unverwandt ansah, wurde rot, und ihre Miene bekam etwas Schweres, Gepreßtes, wie bei einem Menschen, der einen starken Schmerz unterdrückt.

Die Arbeiter kehrten vom Fluß zurück, und einer von ihnen war reitend schon nahe herangekommen, und der Feuerschein zitterte auf ihm. Der Student wünschte den Witwen eine gute Nacht und ging weiter. Und wieder wurde es finster, und die Hände begannen zu frieren. Es wehte ein scharfer Wind, der Winter kehrte tatsächlich zurück, und es war kaum zu glauben, daß übermorgen Ostern sein sollte.

Der Student dachte nun an Wassilissa: Wenn sie zu weinen begonnen hatte, so mußte doch all das, was sich in jener schrecklichen Nacht mit Petrus ereignet hatte, eine Beziehung zu ihr haben ...

Er sah sich um. Ruhig flammte in der Dunkelheit das einsame Feuer, und die Menschen neben ihm waren schon nicht mehr zu erkennen. Der Student dachte wieder daran, daß, wenn Wassilissa in Weinen ausgebrochen und ihre Tochter betroffen war, seine Erzählung von vorhin über das, was vor neunzehn Jahrhunderten geschehen war, offensichtlich in einem Bezug zur Gegenwart stehen mußte – zu den beiden Frauen und wohl auch zu diesem wüsten Land, zu ihm selber, zu allen Menschen. Wenn die alte Frau geweint hatte, dann nicht, weil er es verstanden hatte, ergreifend zu erzählen, sondern deshalb, weil Petrus ihr nahe war und weil sie sich mit ihrem ganzen Wesen in das hineinversetzt hatte, was in Petri Seele vor sich gegangen war.

Und plötzlich regte sich Freude in seinem Herzen, und er mußte für einen Augenblick stehenbleiben, um Luft zu holen. »Die

Vergangenheit«, so überlegte er, »ist mit der Gegenwart durch eine ununterbrochene Kette von Ereignissen verbunden, von denen eins aus dem anderen hervorgeht.« Und er hatte das Gefühl, als habe er gerade vorhin die beiden Endglieder dieser Kette geschaut: Er hatte den Anfang berührt, da erbebte das Ende.

Und als er auf der Fähre den Fluß überquerte und nachher, als er den Berg hinaufstieg und auf sein heimatliches Land sah und gegen Westen, wo als schmaler Streifen das purpurne Abendrot leuchtete, da dachte er daran, daß die Wahrheit und die Schönheit, die das menschliche Leben dort, im Garten und im Hof des Hohenpriesters gelenkt hatten, ununterbrochen bis zu diesem Tag währten und, allem Anschein nach, immer das Wesentliche im menschlichen Leben und überhaupt auf der Erde darstellten; und das Gefühl von Jugend, Gesundheit, Kraft – er war erst zweiundzwanzig Jahre alt – und eine unaussprechlich süße Glückserwartung, die Erwartung eines unbekannten, verborgenen Glücks, überwältigte ihn allmählich, und das Leben erschien ihm zauberhaft, wunderbar und voll eines hohen Sinnes.

Anna am Halse

I

Nach der Trauung gab es nicht einmal ein Gabelfrühstück; die Jungvermählten tranken ein Glas Wein, zogen sich um und fuhren zum Bahnhof. Statt eines lustigen Hochzeitsballes und eines Abendessens, statt Musik und Tanz – eine Pilgerfahrt an einen zwanzig Werst weit entfernten Ort. Viele billigten das; sie sagten, Modest Alekseitsch habe schon einen hohen Dienstrang inne und sei kein Junger mehr; auch könne ein rauschendes Hochzeitsfest womöglich nicht ganz schicklich erscheinen, und zudem würde es nicht unbedingt heiter stimmen, Musik zu hören, wenn ein zweiundfünfzigjähriger Beamter ein Mädchen heiratet, das gerade erst achtzehn geworden ist. Es wurde außerdem gesagt, daß Modest Alekseitsch, ein Mann mit Prinzipien, diese Reise ins Kloster hauptsächlich deshalb ersonnen habe, um seiner jungen Frau zu verstehen zu geben, daß auch in der Ehe Religion und Sittlichkeit den ersten Platz einnehmen würden.

Man begleitete die Jungvermählten. Die Menge der Kollegen und Verwandten stand mit Gläsern in den Händen da und wartete auf die Abfahrt des Zuges, um »Hurra« zu rufen, und Pjotr Leontjitsch, ihr Vater, in Zylinder und Lehrerfrack, schon betrunken und sehr bleich, drängte sich mit seinem Weinglas in einem fort zum Fenster des Abteils und sagte flehentlich:

»Anjuta! Anja! Anja, nur ein Wort!«

Anja beugte sich aus dem Fenster zu ihm herab, und er flüsterte ihr etwas zu, wobei er sie mit einer Alkoholfahne einhüllte, blies ihr ins Ohr – zu verstehen war nichts – und bekreuzigte ihr Gesicht, ihre Brust und ihre Hände; sein Atem ging unregelmäßig, und Tränen glänzten in seinen Augen. Anjas Brüder, die Gymnasiasten Petja und Andrjuscha, zupften ihn hinten am Frack und flüsterten verlegen:

»Papachen, laß doch . . . Papachen, nicht doch . . .«

Als der Zug sich in Bewegung setzte, sah Anja, wie ihr Vater, taumelnd und seinen Wein verschüttend, ein Stück weit hinter dem Waggon herlief und was für ein klägliches, gutes, schuldbewußtes Gesicht er hatte ...

»Hurraaaaa!« rief er.

Das junge Paar blieb allein. Modest Alekseitsch sah sich im Abteil um, verstaute die Sachen in den Gepäcknetzen und setzte sich lächelnd seiner Frau gegenüber. Er war ein Beamter von mittelgroßem Wuchs, ziemlich füllig, rundlich und wohlgenährt; er hatte einen langen Backenbart, jedoch keinen Schnurrbart, und sein glattrasiertes, rundes, deutlich ausgeprägtes Kinn ähnelte einer Ferse. Besonders charakteristisch an seinem Gesicht war das Fehlen eines Schnurrbarts, diese frischrasierte, kahle Stelle, die allmählich in fette, wie Gelee wabbelnde Wangen überging. Seine Bewegungen waren würdevoll und gemessen, seine Umgangsformen gepflegt.

»Ich kann nicht umhin, mich eines bestimmten Vorfalls zu erinnern«, sagte er lächelnd. »Vor fünf Jahren, als Kossorotow den Orden der heiligen Anna zweiter Klasse erhalten hatte und seinen Dankesbesuch abstattete, da ließ sich Seine Erlaucht folgendermaßen vernehmen: ›Sie haben also jetzt drei Annen: eine im Knopfloch und zwei am Halse.‹ Dazu muß man wissen, daß zu der Zeit gerade Kossorotows Frau zu ihm zurückgekehrt war, eine zänkische und leichtsinnige Person mit Namen Anna. Ich hoffe, daß Seine Erlaucht, wenn *ich* den Annenorden zweiter Klasse erhalte, keinen Anlaß haben wird, zu mir das gleiche zu sagen.«

In seinen kleinen Äuglein schimmerte ein Lächeln. Und auch sie lächelte, beunruhigt von dem Gedanken, daß dieser Mensch sie jeden Augenblick mit seinen vollen, feuchten Lippen küssen könnte und daß sie keinerlei Recht mehr habe, es ihm zu verweigern. Die weichen Bewegungen seines rundlichen Körpers flößten ihr Furcht ein, sie verspürte Angst und Ekel in einem. Er erhob sich, nahm ohne Eile den Orden vom Hals, entledigte sich seines Fracks und seiner Weste und zog seinen Morgenrock an.

»So«, sagte er und setzte sich neben Anna.

Sie erinnerte sich, wie qualvoll die Trauung gewesen war, als sie zu bemerken glaubte, sie werde sowohl vom Priester als auch von den Gästen und von allen in der Kirche traurig angesehen: Warum nur, warum heiratete sie, ein so hübsches und gutes Mädchen, diesen bejahrten und uninteressanten Mann? Heute morgen noch war sie ganz entzückt gewesen, daß die Sache sich so gut angelassen hatte, während der Trauung aber und jetzt im Zug fühlte sie sich schuldig, betrogen und lächerlich. Sie hatte einen Reichen geheiratet, Geld aber hatte sie trotzdem keines, das Hochzeitskleid hatte man auf Schulden nähen müssen, und als sie heute vom Vater und von den Brüdern auf den Bahnhof begleitet wurde, konnte sie auf ihren Gesichtern lesen, daß sie keine Kopeke besaßen. Würden sie heute etwas zum Abendessen haben? Und morgen? Und ihr trat das Bild vor die Augen, wie der Vater und die Jungen jetzt ohne sie hungrig dasitzen und genau den gleichen Gram empfinden wie damals am ersten Abend nach dem Begräbnis der Mutter.

»Ach, wie unglücklich bin ich!« dachte sie. »Warum bin ich so unglücklich?«

Mit der Unbeholfenheit des würdevollen Mannes, der im Umgang mit Damen ungeübt ist, berührte Modest Alekseitsch ihre Taille oder gab ihr einen Klaps auf die Schulter, sie aber dachte an Geld, an ihre Mutter und an deren Tod. Als die Mutter gestorben war, hatte der Vater, Pjotr Leontjitsch, der im Gymnasium Schönschreiben und Zeichnen gab, zu trinken angefangen, und die Not hatte ihren Einzug bei ihnen gehalten; die Jungen besaßen weder Stiefel noch Galoschen, der Vater wurde vor den Friedensrichter geschleppt, der Gerichtsvollzieher erschien und pfändete die Möbel ... Was für eine Schande! Anja mußte für den betrunkenen Vater sorgen, den Brüdern die Strümpfe stopfen, auf den Markt gehen, und als man ihre Schönheit lobte, ihre Jugend und ihre glänzenden Manieren, da schien es ihr, als sehe alle Welt ihren billigen Hut und die mit Tinte übermalten Löcher in den Stiefeln. Und in der Nacht Tränen und der unabweisbare, beunruhigende Gedanke, daß man den Vater wegen seiner Schwäche in Bälde aus dem Gymnasialdienst entlassen werde und daß er diesen Schlag nicht verwinden und ebenfalls, wie die Mutter, sterben würde. In dieser Situation aber begannen die Damen, die Anja kannten, sich um sie zu kümmern und einen guten Mann für sie zu suchen. Und bald war auch einer gefunden, ebendieser Modest Alekseitsch, der zwar weder jung noch hübsch war, dafür aber Geld besaß. Er hatte auf der Bank hunderttausend und außerdem ein Erbgut, das er verpachtete. Er war ein Mensch mit Prinzipien und hatte bei Seiner Erlaucht einen Stein im Brett; wie man Anja versicherte, wäre es für ihn eine Kleinigkeit, von Seiner Erlaucht ein Schreiben an den Direktor des Gymnasiums und sogar an den Schulrat zu erhalten, Pjotr Leontjitsch nicht zu entlassen . . .

Während ihr diese Einzelheiten durch den Kopf schwirrten, drang plötzlich, vermischt mit Stimmengewirr, Musik durchs Fenster. Der Zug hatte auf einer Zwischenstation haltgemacht. In der Nähe des Bahnsteigs, in der Menge, wurde flink auf einer Ziehharmonika und einer billigen, quietschenden Geige gespielt, und hinter den Birken und Pappeln und den vom Mondschein überfluteten Landhäusern hervor drangen die Klänge eines Militärorchesters: in den Häusern fand wahrscheinlich eine Tanzveranstaltung statt. Auf dem Bahnsteig promenierten die Bewohner der Landhäuser und Städter, die bei dem schönen Wetter hierhergekommen waren, um die reine Landluft zu genießen. Auch Artynow war da, der steinreiche Besitzer dieses großen Wohnplatzes, hochgewachsen, füllig, brünett, im Gesicht einem Armenier ähnlich, mit hervorquellenden Augen und in einem seltsamen Aufzug: Er trug ein über der Brust offenstehendes Hemd, hohe Stiefel mit Sporen, und von seinen Schultern hing ein schwarzer Mantel herab, der wie eine Schleppe über den Boden schleifte. Hinter ihm gingen, ihre spitzen Schnauzen gesenkt, zwei Windhunde.

Noch glänzten Tränen in Anjas Augen, aber sie dachte nicht mehr an ihre Mutter, nicht an das Geld, nicht an ihre Hochzeit, sondern drückte Bekannten unter den Gymnasiasten und Offizieren fröhlich lächelnd die Hände und sagte hastig:

»Guten Tag! Wie geht es Ihnen?«

Sie trat auf die Plattform hinaus, ins Mondlicht, und postierte sich so, daß sie in ihrem prächtigen neuen Kleid und ihrem Hut gut zu sehen war.

»Warum halten wir hier?« fragte sie.

»Das ist eine Ausweichstelle«, erhielt sie zur Antwort, »man wartet auf den Postzug.«
Als sie bemerkte, daß sie von Artynow betrachtet wurde, kniff sie kokett die Augen zusammen und begann laut französisch zu sprechen, und weil ihre Stimme einen so schönen Klang hatte und weil die Musik spielte und der Mond sich im Teich spiegelte und weil Artynow, dieser bekannte Don Juan und Bonvivant, sie so begehrlich und neugierig ansah und weil alles in fröhlicher Stimmung war, erfüllte sie plötzlich ein freudiges Gefühl, und als der Zug sich in Bewegung setzte und die ihr bekannten Offiziere die Hand an die Mützen legten, da summte sie schon die Polka mit, deren Klänge das dort hinter den Bäumen dröhnende Militärorchester ihr hinterhersandte; und sie kehrte mit dem Gefühl ins Abteil zurück, als habe man sie auf dieser Station davon überzeugt, daß sie auf jeden Fall und trotz allem glücklich sein werde.
Das junge Paar verbrachte zwei Tage im Kloster, dann kehrte es in die Stadt zurück. Sie lebten in einer Dienstwohnung. Wenn Modest Alekseitsch zum Dienst ging, spielte Anja Klavier oder weinte vor Langeweile, oder sie legte sich auf die Couch und las Romane oder besah eine Modezeitschrift. Beim Mittagessen aß Modest Alekseitsch sehr viel und sprach über Politik, von Ernennungen, Versetzungen und Auszeichnungen, davon, daß man sich anstrengen müsse, daß das Familienleben kein Vergnügen, sondern eine Pflicht sei, und: wer den Pfennig nicht ehrt, ist des Talers nicht wert, und am höchsten auf der Welt stelle er Religion und Sittlichkeit. Und während er sein Messer wie ein Schwert in der Faust hielt, sagte er:
»Jeder Mensch muß seine Pflichten kennen!«
Anja hörte ihm zu und fürchtete sich, sie konnte nicht essen und ging gewöhnlich hungrig vom Tisch. Nach dem Essen, wenn ihr Mann laut schnarchend ruhte, ging sie zu den Ihren. Im Blick des Vaters und der Jungen war etwas Eigentümliches, als hätten sie sie vor ihrer Ankunft noch dafür verurteilt, daß sie des Geldes wegen einen ungeliebten Mann geheiratet hatte, der fad war bis dorthinaus; ihr raschelndes Kleid, ihre Armbänder und überhaupt ihr damenhaftes Aussehen genierte und beleidigte sie; sie

wurden in ihrer Gegenwart verlegen und wußten nicht, worüber sie mit ihr sprechen sollten; und doch liebten sie sie wie zuvor und hatten sich noch nicht daran gewöhnt, ohne sie zu Mittag zu essen. Sie setzte sich und aß mit ihnen Kohlsuppe, Grütze und Kartoffeln, die in einem nach Wachskerzen riechenden Hammelfett gebraten worden waren. Pjotr Leontjitsch schenkte sich mit zitternden Händen aus einer Karaffe ein und trank hastig, gierig und voller Widerwillen, trank darauf ein zweites Gläschen, dann ein drittes ... Petja und Andrjuscha, magere, bleichgesichtige Jungchen mit großen Augen, nahmen die Karaffe und sagten verwirrt:

»Nicht doch, Papachen ... Das genügt, Papachen ...«

Und auch Anja beunruhigte sich und flehte ihn an aufzuhören, doch er brauste plötzlich auf und hieb mit der Faust auf den Tisch.

»Ich erlaube niemandem, mich zu beaufsichtigen!« schrie er. »Ihr Jüngelchen! Du Göre! Ich jage euch alle aus dem Haus!«

Aber in seiner Stimme schwang Schwäche und Güte mit, und niemand fürchtete ihn. Nach dem Mittagessen machte er gewöhnlich große Toilette; blaß, das Kinn vom Rasieren zerschnitten, den dünnen Hals vorgestreckt, stand er eine geschlagene halbe Stunde vor dem Spiegel und machte sich fein: bald kämmte er sich, bald zwirbelte er seinen schwarzen Schnurrbart, dann besprühte er sich mit Parfüm und band sich den Schlips; schließlich zog er seine Handschuhe an, setzte den Zylinder auf und ging Privatstunden geben. Wenn Feiertag war, blieb er zu Hause und malte Ölbilder oder spielte auf dem fauchenden und brummenden Harmonium; er bemühte sich, ihm deutliche, harmonische Töne zu entlocken, und sang dazu oder schimpfte auf die Jungen:

»Ihr Schurken! Ihr Taugenichtse! Ihr habt das Instrument verdorben!«

Abends spielte Anjas Mann mit seinen Kollegen, die mit ihm unter einem Dach wohnten und ebenfalls Dienstwohnungen hatten, Karten. An den Kartenabenden kamen die Frauen der Beamten zusammen; sie waren häßlich, geschmacklos gekleidet und grob wie Köchinnen, und in der Wohnung setzte ein Getrat-

sche ein, das ebenso häßlich und geschmacklos war wie die Beamtenfrauen selbst. Es kam vor, daß Modest Alekseitsch mit Anja ins Theater ging. In den Pausen wich er keinen Schritt von ihrer Seite, sondern ging untergehakt mit ihr durch die Gänge und durch das Foyer. Hatte er jemanden gegrüßt, so flüsterte er Anja sogleich zu: »Ein Staatsrat . . . verkehrt im Hause von Seiner Erlaucht . . .« oder: »Der hat Vermögen . . . ein eigenes Haus . . .«. Als sie am Büfett vorbeikamen, bekam Anja großen Appetit auf etwas Süßes; sie liebte Schokolade und Apfelkuchen, aber sie hatte kein Geld, und ihren Mann um welches zu bitten, schämte sie sich. Er nahm eine Birne, knetete sie zwischen den Fingern und fragte unentschlossen:
»Wieviel kostet sie?«
»25 Kopeken.«
»Allerhand!« sagte er und legte die Birne wieder an ihren Platz; aber da es peinlich war, vom Büfett wegzugehen, ohne etwas gekauft zu haben, verlangte er Selterswasser und trank die ganze Flasche allein aus; dabei traten ihm Tränen in die Augen, und in diesem Augenblick haßte ihn Anja.
Oder er wurde plötzlich ganz rot und sagte hastig zu ihr:
»Grüß die alte Dame dort!«
»Aber ich bin mit ihr nicht bekannt.«
»Egal. Das ist die Gattin des Vorstehers des Gouvernementssteueramts! Grüß sie schon, hörst du nicht!« knurrte er hartnäkkig. »Davon wird dir schon nicht der Kopf abfallen.«
Anja verbeugte sich, und der Kopf fiel ihr tatsächlich nicht ab, aber quälend war es. Sie tat alles, was ihr Mann verlangte, und sie ärgerte sich über sich selbst, weil sie sich von ihm hatte betrügen lassen wie ein Dummchen. Sie hatte ihn nur des Geldes wegen geheiratet, und dabei hatte sie jetzt weniger Geld als vor der Heirat. Früher hatte ihr der Vater wenigstens einmal ein Zwanzigkopekenstück gegeben, doch jetzt besaß sie keinen Heller. Sich heimlich etwas nehmen oder bitten, das konnte sie nicht; sie fürchtete ihren Mann und zitterte vor ihm. Sie hatte das Gefühl, als trage sie die Angst vor diesem Menschen schon lange in ihrer Seele. Früher, in der Kindheit, war ihr als die größte und schrecklichste Macht, die sich wie eine Wolke oder Lokomotive

heranbewegte, bereit, alles zu zermalmen, immer der Direktor des Gymnasiums erschienen; eine andere, ebensolche Macht, von der in der Familie beständig gesprochen wurde und die man aus unerfindlichen Gründen fürchtete, war Seine Erlaucht; und dann gab es noch ein Dutzend kleiner Mächte, unter ihnen die Lehrer des Gymnasiums, schnurrbartlos, streng, unerbittlich, und nun noch, zu guter Letzt, Modest Alekseitsch, ein Mensch mit Prinzipien, der dem Direktor sogar ähnlich sah. Und in Anjas Vorstellung flossen all diese Mächte zu einer einzigen zusammen und gingen in der Gestalt eines schrecklichen, riesigen Eisbären auf die Schwachen und Schuldigen los, auf solche wie ihr Vater, und sie hatte Angst, etwas gegen sie zu sagen, und sie lächelte gezwungen und heuchelte Zufriedenheit unter seinen groben Liebkosungen und den sie beschmutzenden Umarmungen, vor denen sie sich fürchtete.

Einmal nur hatte Pjotr Leontjitsch es gewagt, ihn um fünfzig Rubel anzugehen, um eine sehr peinliche Schuld begleichen zu können, aber was war das für eine Qual gewesen!

»Gut, ich gebe sie Ihnen«, hatte Modest Alekseitsch nach einigem Nachdenken gesagt, »aber ich mache Sie im voraus darauf aufmerksam, daß ich Ihnen hinfort nicht mehr helfen werde, wenn Sie nicht das Trinken aufgeben. Für einen Menschen, der im Staatsdienst steht, ist eine derartige Schwäche eine Schande. Ich sehe mich genötigt, Sie an die allgemein bekannte Tatsache zu erinnern, daß dieses Laster schon viele fähige Menschen zugrunde gerichtet hat, die bei Enthaltsamkeit mit der Zeit womöglich hochgestellte Persönlichkeiten geworden wären.«

Und daran schlossen sich lange Satzperioden, eingeleitet von einem »in dem Maße, wie . . .«, »von dieser Sachlage ausgehend . . .«, »in Anbetracht des soeben Gesagten . . .«, und der arme Pjotr Leontjitsch litt unter der Erniedrigung und verspürte einen starken Durst.

Und wenn die Jungen Anja besuchten, gewöhnlich in zerrissenen Stiefeln und abgetragenen Hosen, so mußten auch sie Belehrungen über sich ergehen lassen. »Jeder Mensch muß seine Pflicht kennen!« sagte Modest Alekseitsch zu ihnen.

Geld gab er aber keines. Dafür schenkte er Anja Ringe, Armbänder und Broschen und sagte, es sei gut, wenn man so etwas habe, wenn einmal schlimme Zeiten kämen. Und oft schloß er ihre Kommode auf und nahm eine Revision vor, ob auch noch alle Sachen da seien.

II

Unterdessen war der Winter gekommen. Schon lange vor Weihnachten war in der Lokalzeitung angekündigt worden, daß am 29. Dezember in der Adelsversammlung der übliche Winterball »stattzufinden sich anzeige«. Jeden Abend, nach dem Kartenspiel, flüsterte Modest Alekseitsch, Anja beunruhigt musternd, aufgeregt mit den Beamtenfrauen und ging später lange von einer Ecke zur andern und überlegte etwas. Einmal schließlich, spät am Abend, blieb er vor Anja stehen und sagte:

»Du solltest dir ein Ballkleid nähen. Verstehst du? Nur, berate dich bitte mit Marja Grigorjewna und Natalja Kusminischna.«

Und händigte ihr hundert Rubel aus. Sie nahm sie; doch als sie sich das Ballkleid bestellte, beriet sie sich mit niemandem, sondern sprach nur mit dem Vater und versuchte sich vorzustellen, wie sich ihre Mutter für den Ball angezogen hätte. Ihre verstorbene Mutter hatte sich immer nach der letzten Mode gekleidet und sich beständig um Anja gekümmert, sie herausgeputzt wie eine Puppe, ihr französische Konversation beigebracht und sie vorzüglich Mazurka tanzen gelehrt (vor ihrer Verheiratung war sie fünf Jahre Gouvernante gewesen). Wie ihre Mutter war Anja darin geschickt, ein altes Kleid in ein neues zu verwandeln, Handschuhe in Benzin zu waschen und gegen Bezahlung Schmuck zu leihen, und wie ihre Mutter verstand sie sich darauf, die Augen zusammenzukneifen, das R nicht zu rollen, eine gefällige Körperhaltung einzunehmen, im rechten Augenblick in Begeisterung zu geraten und traurig oder sphinxhaft dreinzublicken. Von des Vaters Seite her hatte sie die dunkle Farbe ihrer Haare und Augen, eine nervöse Anlage und die Angewohnheit, sich ständig zu putzen.

Als eine halbe Stunde vor der Abfahrt zum Ball Modest Alekseitsch ohne Jackett zu ihr ins Zimmer trat, um sich vor ihrem

Pfeilerspiegel seinen Orden um den Hals zu legen, da strich er sich, bezaubert von ihrer Schönheit und von dem Glanz ihres leuchtenden, duftigen Kleides, selbstzufrieden den Backenbart und sagte:
»Sieh mal einer an . . . sieh mal einer an! Anjuta!« und fuhr plötzlich in einem feierlichen Tonfall fort: »Ich habe dich glücklich gemacht, heute aber kannst du mich glücklich machen. Ich bitte dich, laß dich der Gattin Seiner Erlaucht vorstellen! Bei Gott! Durch sie könnte ich den Posten eines Ersten Referenten bekommen!«
Sie fuhren zum Ball. Da war schon das Gebäude der Adelsversammlung und die Auffahrt mit dem Portier. Der Vorraum mit den Kleiderständern, Pelze, vorüberhuschende Lakaien und dekolletierte Damen, die mit ihren Fächern den Zugwind abzuhalten suchten; es roch nach Leuchtgas und nach Soldaten. Als Anja am Arm ihres Mannes die Treppe hinaufging, die Musik vernahm und sich, angestrahlt von unzähligen Lichtern, in voller Größe in einem überdimensionalen Spiegel erblickte, da regte sich Freude in ihrer Seele und dasselbe Vorgefühl des Glücks, das sie an jenem mondhellen Abend auf der kleinen Eisenbahnstation empfunden hatte. Ihr Gang war stolz und selbstsicher, und zum ersten Mal fühlte sie sich nicht als Mädchen, sondern als Dame, und in ihren Bewegungen und Manieren ahmte sie unwillkürlich ihre verstorbene Mutter nach. Und zum ersten Mal in ihrem Leben fühlte sie sich reich und frei. Nicht einmal die Gegenwart ihres Mannes konnte sie beengen, weil sie, als sie die Schwelle des Saales überschritt, instinktiv erahnte, daß der alte Ehemann an ihrer Seite ihr keineswegs schadete, sondern im Gegenteil die Aura eines pikanten Geheimnisses, das den Männern so gefällt, um sie breitete. Im großen Saal dröhnte schon das Orchester, und der Tanz begann. Nach der Dienstwohnung nun wie betäubt von den Wirkungen des Lichts, von all der Buntheit, der Musik und dem Trubel, warf Anja einen Blick in die Runde und dachte: »Ach, wie schön!« – und sie erkannte in der Menge sofort alle ihre Bekannten, alle, die sie früher auf Festen oder Spaziergängen getroffen hatte, all diese Offiziere, Lehrer, Rechtsanwälte, Beamten, Gutsbesitzer, Seine Erlaucht,

Artynow und die Damen der höheren Gesellschaft, herausgeputzt und tief dekolletiert, schöne und häßliche, die in den kleinen Ständen und Pavillons des Wohltätigkeitsbasars ihre Plätze eingenommen hatten, um den Verkauf zugunsten der Armen zu beginnen. Ein hünenhafter Offizier mit Epauletten – sie hatte ihn auf der Alt-Kiewer Straße kennengelernt, als sie noch eine Gymnasiastin war, und konnte sich jetzt nicht mehr an seinen Nachnamen erinnern – stand plötzlich wie aus dem Boden gewachsen vor ihr und forderte sie zum Walzer auf; sie flog ihrem Mann davon, und sie hatte schon das Gefühl, als führe sie bei starkem Sturm in einem Segelboot und ihr Mann sei fern am Ufer zurückgeblieben . . . Sie tanzte leidenschaftlich und begeistert einen Walzer und dann eine Polka und dann eine Quadrille, sie wurde von einem zum andern gereicht und war berauscht von der Musik und vom lärmenden Treiben; sie mischte die russische mit der französischen Sprache, milderte das rollende R, war in einem Lachen, dachte nicht an ihren Mann und an niemanden und an nichts auf der Welt. Sie hatte Erfolg bei den Männern, das stand fest, aber anders konnte es auch gar nicht sein; sie kam außer Atem vor Erregung, preßte krampfhaft den Fächer in ihren Händen zusammen und wollte etwas trinken. Ihr Vater, Pjotr Leontjitsch, in zerknittertem Frack, der nach Benzin roch, trat zu ihr und streckte ihr ein Schälchen mit rotem Eis entgegen.

»Du siehst heute bezaubernd aus«, sagte er, indem er sie hingerissen ansah, »und noch niemals habe ich es so bedauert, daß du so überstürzt geheiratest hast . . . Warum? Ich weiß, du hast es unseretwegen getan, aber . . .« Er zog mit zitternden Händen ein Bündel Scheine hervor und sagte: »Ich habe heute das Geld für die Nachhilfestunden bekommen und kann deinem Mann die Schulden bezahlen.«

Sie schob ihm das Schälchen in die Hände, glitt in jemandes Arm weit fort und sah flüchtig über der Schulter ihres Kavaliers, wie der Vater, leicht auf dem Parkett ausrutschend, eine Dame umfing und mit ihr durch den Saal wirbelte

»Wie gut ist er doch, wenn er nüchtern ist!« dachte sie.

Die Mazurka tanzte sie wieder mit jenem hünenhaften Offizier;

würdevoll und schwerfällig, wie ein abgehäutetes und ausgeweidetes Schlachttier in Uniform, machte er seine Schritte, bewegte die Schultern und die Brust und stampfte kaum mit den Füßen – er hatte nicht die geringste Lust zu tanzen, sie aber flatterte um ihn herum und reizte ihn mit ihrer Schönheit und ihrem entblößten Hals; ihre Augen glänzten verführerisch, und ihre Bewegungen waren voller Leidenschaft, er dagegen wurde immer lustloser und reichte ihr gnädig die Hand wie ein König.

»Bravo, bravo!« erscholl es aus dem Publikum.

Doch allmählich riß es auch ihn fort; er kam in Schwung, er geriet in Wallung und bewegte sich, endgültig der Bezauberung erlegen und von der Leidenschaft fortgerissen, leicht und jugendlich; sie hingegen zuckte nur mit den Schultern und machte ein schelmisches Gesicht, als wäre sie schon die Königin und er der Sklave; und währenddessen schien es ihr, als sähe ihnen der ganze Saal zu, als hielten vor Begeisterung alle den Atem an und beneideten sie. Kaum hatte sich der hünenhafte Offizier bei ihr bedankt, da bildete sich plötzlich in der Menge eine Gasse, und die Männer reckten sich alle irgendwie seltsam in die Höhe und ließen die Hände herabsinken ... Es näherte sich ihr Seine Erlaucht, im Frack, mit zwei Sternen. Ja, Seine Erlaucht kam zu niemand anderem als zu ihr, denn er schaute sie unverwandt an, lächelte süßlich und bewegte kauend die Lippen, was er immer tat, wenn hübsche Frauen in sein Blickfeld gerieten.

»Sehr erfreut, sehr erfreut ...«, begann er. »Ich werde anordnen, daß Ihr Mann ins Gefängnis gesteckt wird dafür, daß er bis jetzt einen solchen Schatz vor uns verborgen hat. Ich habe Ihnen von meiner Frau etwas auszurichten«, fuhr er fort und reichte ihr den Arm. »Sie müssen uns helfen ... Hm, ja ... Sie müßten einen Schönheitspreis erhalten ... wie in Amerika ... Hm, ja ... Die Amerikaner ... Meine Frau erwartet Sie schon voller Ungeduld.«

Er führte sie zu einem der Verkaufsstände, zu einer bejahrten Dame, deren untere Gesichtshälfte unverhältnismäßig groß war, so daß man hätte annehmen können, sie habe einen großen Stein im Mund.

»Helfen Sie uns«, sprach sie durch die Nase und in singendem Tonfall. »Alle hübschen Frauen arbeiten im Wohltätigkeitsbasar, nur Sie vergnügen sich. Warum wollen Sie uns nicht helfen?«
Sie ging fort, und Anja nahm ihren Platz neben dem silbernen Ssamowar und den Tassen ein. Sofort begann ein reger Verkauf. Für eine Tasse Tee nahm Anja nicht weniger als einen Rubel, und den hünenhaften Offizier zwang sie, drei Tassen zu trinken. Es kam der an Atemnot leidende reiche Artynow mit den hervorquellenden Augen, diesmal aber nicht in jenem seltsamen Aufzug, in dem sie ihn im Sommer gesehen hatte, sondern im Frack wie alle. Ohne die Augen von ihr zu wenden, trank er ein Glas Champagner und zahlte hundert Rubel, danach trank er Tee und gab noch einmal hundert – und all das ohne ein Wort, mit dem Keuchen eines Asthmatikers ... Anja lockte die Käufer an und zog ihnen das Geld aus der Tasche, und sie war zutiefst davon überzeugt, daß ihr Lächeln und ihre Blicke den Leuten das größte Vergnügen bereiteten. Sie hatte schon begriffen, daß sie ausschließlich für dieses lärmende, glänzende, lachende Leben mit Musik, Tanz und Verehrern geschaffen war, und ihre einstige Angst vor einer sich auf sie zubewegenden Macht, die sie zu zermalmen drohte, erschien ihr lächerlich; sie fürchtete nun niemanden mehr, und sie bedauerte nur, daß die Mutter nicht mehr war, die sich jetzt mit ihr gemeinsam über ihre Erfolge gefreut hätte.
Pjotr Leontjitsch, der schon blaß war, sich aber noch fest auf den Füßen hielt, näherte sich dem Verkaufsstand und verlangte ein Glas Kognak. Anja errötete, in der Erwartung, er werde etwas Unpassendes sagen (sie schämte sich schon, einen so armen, so gewöhnlichen Vater zu haben), doch er trank, warf aus seinem Bündel einen Zehnrubelschein hin und entfernte sich würdevoll, ohne dabei ein Wort verloren zu haben. Ein wenig später sah sie, wie er sich mit seiner Partnerin in der grand rond bewegte, und diesmal schwankte er schon und schrie etwas, zur großen Verwirrung seiner Dame, und Anja erinnerte sich, wie er vor ungefähr drei Jahren auf einem Ball ebenso geschwankt und geschrien hatte wie jetzt – und daß es damit geendet hatte, daß der

Aufseher des Polizeireviers ihn nach Hause ins Bett brachte und daß am nächsten Tag der Direktor drohte, ihn aus dem Dienst zu entlassen. Wie unerwünscht war ihr diese Erinnerung!

Als in den Verkaufsständen die Ssamoware ausgegangen waren und die ermüdeten Verkäuferinnen der bejahrten Dame mit dem Stein im Mund ihre Einnahmen abgeliefert hatten, wurde Anja von Artynow am Arm in den Saal geführt, wo für alle Teilnehmer des Wohltätigkeitsbasars ein Abendessen serviert war. Die Zahl der Esser betrug ungefähr zwanzig, nicht mehr, es ging aber ziemlich geräuschvoll zu. Seine Erlaucht brachte einen Toast aus: »Dieser prächtige Speisesaal ist der richtige Ort, auf das Aufblühen jener billigen Speisesäle zu trinken, deretwegen der heutige Basar stattgefunden hat.« Der Brigadegeneral schlug vor, das Glas »auf die Macht, vor der sogar die Artillerie passen muß«, zu erheben, und alle kehrten sich den Damen zu, um mit ihnen anzustoßen. Es war sehr, sehr lustig!

Als Anja nach Hause begleitet wurde, begann es schon hell zu werden, und die Köchinnen gingen auf den Markt. Fröhlich, beschwipst, voll von neuen Eindrücken und völlig ermattet, zog sie sich aus, ließ sich ins Bett fallen und war im Nu eingeschlafen . . .

Um zwei Uhr nachmittags weckte sie das Stubenmädchen und meldete, Herr Artynow sei zur Visite gekommen. Sie zog sich schnell an und ging in den Salon. Kaum war Artynow fort, erschien Seine Erlaucht, um ihr für die Teilnahme am Wohltätigkeitsbasar zu danken. Er betrachtete sie mit einem zuckersüßen Blick und bewegte kauend die Lippen, küßte ihr die Hand und bat um Erlaubnis, wiederkommen zu dürfen; als er weg war, stand sie erstaunt, ja wie gebannt mitten im Salon, unfähig zu glauben, daß der Umschwung in ihrem Leben, dieser erstaunliche Umschwung, so schnell vor sich gegangen war; und gerade in diesem Augenblick kam ihr Mann herein, Modest Alekseitsch . . . Und auch er stand jetzt mit jenem gleichen schmeichlerischen, süßlichen, sklavisch-ehrfurchtsvollen Ausdruck vor ihr, den sie in Gegenwart der Mächtigen und Angesehenen an ihm zu beobachten gewohnt war; und wie in Ekstase, in einem ungehaltenen, verächtlichen Ton und ganz sicher, daß

ihr dafür nichts passieren würde, sagte sie, jedes Wort deutlich aussprechend:
»Hinaus mit Ihnen, Sie Dummkopf!«
Nach diesem Ereignis hatte Anja keinen einzigen freien Tag mehr, da sie bald an einem Picknick, bald an einem Ausflug, bald an einer Aufführung teilnahm. Jeden Tag kam sie erst gegen Morgen nach Hause und legte sich im Salon auf den Fußboden, und später erzählte sie allen in rührender Weise, wie sie unter Blumen schlafe. Sie brauchte viel Geld, aber sie fürchtete Modest Alekseitsch nicht mehr und gab sein Geld aus, als wäre es ihr eigenes; und sie bat nicht, sie forderte auch nicht, sondern schickte ihm Rechnungen oder Zettel, des Inhalts: »Dem Überbringer 200 Rubel geben« oder »Sofort 100 Rubel auszahlen«.
Zu Ostern erhielt Modest Alekseitsch den Annenorden zweiter Klasse. Als er seinen Dankesbesuch abstattete, legte Seine Erlaucht die Zeitung beiseite und setzte sich tiefer in seinen Sessel.
»Sie haben jetzt also drei Annen«, sagte er, während er seine weißen Hände mit den rosigen Fingernägeln musterte, »eine im Knopfloch und zwei am Halse.«
Modest Alekseitsch preßte zwei Finger gegen die Lippen, um nicht loszuprusten, und sagte:
»Jetzt bleibt nur noch die Geburt eines kleinen Wladimir abzuwarten. Ich erkühne mich, Euer Erlaucht zum Paten zu bitten.«
Damit spielte er auf den Wladimirorden vierter Klasse an, und er stellte sich schon vor, wie er überall dieses gleicherweise einfallsreiche wie kühne Wortspiel zum besten geben würde, und er wollte noch irgend etwas so Gelungenes anbringen, doch Seine Erlaucht hatte sich wieder in seine Zeitung vertieft und nickte mit dem Kopf . . .
Anja aber fuhr ständig in der Troika umher, ging mit Artynow auf die Jagd, spielte in Einaktern, nahm an Abendessen teil und kam immer seltener zu den Ihren. Die aßen nun alleine zu Mittag. Pjotr Leontjitsch war dem Trunk noch stärker ergeben als zuvor, Geld war keines da, und das Harmonium hatten sie schon längst wegen Schulden verkauft. Die Jungen ließen ihn jetzt

nicht mehr allein auf die Straße und paßten auf, daß er nicht hinfiel; und wenn Anja ihnen bei ihren Spazierfahrten auf der Alt-Kiewer Straße begegnete, in einem Zweispänner mit Beipferd und mit Artynow als Kutscher auf dem Bock, zog Pjotr Leontjitsch seinen Zylinder und wollte etwas schreien, aber Petja und Andrjuscha faßten ihn an den Armen und sagten flehentlich:

»Nicht doch, Papachen . . . Laß doch, Papachen . . .«

Das Haus mit dem Mezzanin

Die Erzählung eines Künstlers

I

Es war vor sechs oder sieben Jahren, als ich in einem der Kreise des Gouvernements T. auf dem Hof des Gutsbesitzers Belokurow lebte, eines jungen Mannes, der sehr früh aufstand, ein Wams trug, abends Bier trank und mir ständig klagte, daß er nirgends und bei niemandem auf Verständnis stoße. Er hatte sich in einem Anbau im Garten einquartiert, ich dagegen wohnte in dem alten herrschaftlichen Hause, in einem weiträumigen Saal mit Säulen, der außer einem breiten Diwan, auf dem ich schlief, sowie einem Tisch, auf dem ich Patience zu legen pflegte, keinerlei Mobiliar aufwies. Selbst bei windstillem Wetter hörte man hier in den alten Amossow-Öfen ein nie verstummendes Summen, bei Gewitter aber erbebte das ganze Haus und schien in tausend Stücke zerspringen zu wollen und es war ein wenig unheimlich, vor allem nachts, wenn die zehn großen Fenster mit einem Schlag vom Blitz erleuchtet wurden.
Vom Schicksal zu ständigem Müßiggang verurteilt, tat ich buchstäblich nichts. Ganze Stunden betrachtete ich durch meine Fenster den Himmel, die Vögel, die Alleen, las alles, was mir von der Post gebracht wurde, oder schlief. Ab und zu ging ich aus und streifte bis zum späten Abend durch die Gegend.
Einmal, auf dem Nachhauseweg, geriet ich unverhofft auf ein mir unbekanntes Gehöft. Die Sonne hatte sich schon versteckt, und über dem blühenden Roggen breiteten sich abendliche Schatten aus. Zwei Reihen alter, eng gepflanzter, sehr hoher Tannen, zwei dichten Wänden gleich, bildeten eine schöne, düstere Allee. Im Nu war ich über den Staketenzaun geklettert und ging durch die Allee, über die Tannennadeln gleitend, die in einer Schicht von einigen Zentimetern den Boden bedeckten. Es war dunkel und still, und nur hier und da, hoch oben über den Wipfeln, zitterte ein heller goldener Strahl und erglänzte regenbogenfarben in den Netzen einer Spinne. Der Nadelduft war

stark, benahm fast den Atem. Darauf gelangte ich in eine lange Lindenallee. Und auch hier Verwilderung und Alter; das vorjährige Laub raschelte traurig unter den Füßen, und in den dämmrigen Zwischenräumen der Bäume verbargen sich Schatten. Rechts, in einem alten Obstgarten, sang lustlos und mit schwacher Stimme eine Goldamsel; wahrscheinlich war auch sie alt. Aber da endeten die Linden, und ich kam an einem weißen Haus mit einer Terrasse und einem Mezzanin* vorbei; und dann eröffnete sich mir überraschend der Ausblick auf einen herrschaftlichen Hof und einen großen Teich mit einem Badehaus, einer Gruppe grüner Weiden und einem Dorf auf dem jenseitigen Ufer, mit einem hohen, schlanken Glockenturm, auf dem das Kreuz die letzten Strahlen der Sonne glühend widerspiegelte. Für einen Augenblick verspürte ich den Zauberhauch von etwas mir ganz Bekanntem, innig Vertrautem, und es war mir, als habe ich dieses Panorama in der fernen Kindheit schon einmal gesehen.

An dem weißen, steinernen Tor aber, das vom Hof ins Freie führte, an diesem altertümlichen, starken, von Löwen bewachten Tor, standen zwei Mädchen. Die eine von ihnen, die ältere, schlank, blaß und von großer Schönheit, mit dichtem, kastanienbraunem Haar und einem kleinen, eigenwilligen Mund, hatte einen strengen Gesichtsausdruck und beachtete mich kaum; die andere dagegen, noch sehr jung – sie war siebzehn oder achtzehn, nicht älter –, ebenfalls schlank und blaß, mit einem großen Mund und großen Augen, schaute mich, als ich vorüberging, verwundert an, sagte etwas auf englisch und wurde verlegen; und es schien mir, als seien mir auch diese beiden Gesichter voller Liebreiz schon von alters her bekannt. Und ich kehrte mit dem Gefühl nach Hause zurück, als hätte ich einen schönen Traum gehabt.

Nicht lange nach diesem Erlebnis, um die Mittagszeit, als ich mit Belokurow in der Nähe des Hauses spazierenging, fuhr, durch das Gras rauschend, unerwartet eine gefederte Kalesche in den Hof, und in ihr saß das eine der beiden Mädchen. Es war die äl-

*Mezzanin: Halb- oder niedriges Zwischengeschoß (besonders in der Baukunst der Renaissance und des Barock).

tere. Sie kam mit einer Unterschriftenliste zugunsten Brandgeschädigter. Ohne uns anzusehen, erzählte sie uns ausführlich und mit großem Ernst, wie viele Häuser in dem Dorf Ssijanowo abgebrannt und wie viele Männer, Frauen und Kinder obdachlos geworden seien und was das Brandgeschädigtenkomitee, als dessen Mitglied sie komme, fürs erste zu unternehmen gedenke. Nachdem sie uns hatte unterschreiben lassen, steckte sie das Blatt ein und begann sich sofort zu verabschieden.

»Sie haben uns ganz vergessen, Pjotr Petrowitsch«, sagte sie zu Belokurow, als sie ihm die Hand gab. »Kommen Sie doch einmal zu uns, und wenn Monsieur N.« – sie nannte meinen Familiennamen – »sehen möchte, was für ein Leben die Verehrer seines Talents führen, und er uns besucht, so werden Mama und ich uns sehr freuen.«

Ich verneigte mich.

Als sie fort war, begann Pjotr Petrowitsch zu erzählen. Seinen Worten zufolge stammte dieses Mädchen aus guter Familie; ihr Name war Lidija Woltschaninowa, und das Gut, auf dem sie mit Mutter und Schwester lebte, hieß, ebenso wie das Dorf auf dem jenseitigen Ufer des Teichs, Schelkowka. Ihr Vater hatte in Moskau eine bedeutende Position innegehabt und war im Rang eines Geheimrats gestorben. Obwohl sie sehr begütert waren, lebten die Woltschaninows, winters wie sommers, ständig auf dem Lande, und Lidija war Lehrerin in der Semstwo-Schule in ihrem Schelkowka und erhielt fünfundzwanzig Rubel im Monat. Sie verbrauchte nicht mehr für sich als diese Summe und war stolz darauf, sich selbst zu ernähren.

»Eine interessante Familie«, sagte Belokurow. »Bitte, gehen wir doch mal zu ihnen. Sie werden sich sehr über Sie freuen.«

Eines Nachmittags, an einem Feiertag, erinnerten wir uns an die Woltschaninows und machten uns auf den Weg zu ihnen nach Schelkowka. Sie, die Mutter und die beiden Töchter, waren zu Hause. Die Mutter, Jekaterina Pawlowna, der man ihre einstige Schönheit noch ansah, die jetzt aber vor der Zeit wohlbeleibt und träge geworden war, an Atemnot litt und grämlich und zerstreut war, bemühte sich, mich durch ein Gespräch über Malerei zu unterhalten. Als sie von ihrer Tochter gehört hatte, daß ich eventuell nach Schelkowka kommen würde, hatte sie sich in Eile zwei, drei meiner Landschaftsbilder, die sie auf Ausstellungen in Moskau gesehen hatte, ins Gedächtnis gerufen und fragte mich jetzt beharrlich, was ich mit ihnen hatte ausdrücken wollen. Lidija, oder, wie sie zu Hause genannt wurde, Lida, sprach mehr mit Belokurow als mit mir. Ernst und ohne zu lächeln, fragte sie ihn, warum er nicht im Semstwo mitarbeite und warum er bisher auf keiner Semstwo-Versammlung gewesen sei.

»Das ist nicht schön, Pjotr Petrowitsch«, sagte sie vorwurfsvoll. »Das ist nicht schön. Schämen Sie sich.«

»Stimmt, Lida, stimmt«, pflichtete ihre Mutter bei. »Das ist nicht schön.«

»Unser ganzer Kreis befindet sich in der Hand von Balagin«, fuhr Lida, zu mir gewandt, fort. »Er selbst ist Vorsitzender der Verwaltung und hat alle Posten im Kreis unter seine Neffen und Schwiegersöhne verteilt und macht, was er will. Man muß dagegen kämpfen. Die Jugend muß aus ihrer Mitte eine starke Partei bilden, aber Sie sehen ja, was für eine Jugend das bei uns ist. Schämen Sie sich, Pjotr Petrowitsch.«

Die jüngere Schwester, Shenja, hatte, während wir über den Semstwo sprachen, geschwiegen. An ernsthaften Gesprächen nahm sie nicht teil, sie wurde in der Familie noch nicht als erwachsen angesehen und wie ein kleines Mädchen Missjus gerufen, weil sie in der Kindheit ihre Gouvernante, die *Miss,* so genannt hatte. Die ganze Zeit über hatte sie mich neugierig betrachtet, und als ich im Album Fotografien ansah, erklärte sie mir »Das ist der Onkel . . . Das ist der Taufpate« und fuhr mit ihren zarten Fingern über die Porträts und berührte mich dabei auf kindliche Art mit der Schulter, und ich sah ganz nah ihre schwache, unentwickelte Brust, die zarten Schultern, den Zopf und den schmächtigen, von einem Gürtel straff umspannten Körper.

Wir spielten Krocket und Lawn-Tennis, machten einen Spaziergang im Garten, tranken Tee und speisten dann lange zu Abend. Nach dem riesenhaften, öden Saal mit den Säulen fand ich mich in diesem nicht zu großen, gemütlichen Hause, in dem keine Öldrucke an den Wänden hingen und wo man zu den Bediensteten

›Sie‹ sagte, in einer ganz anderen Stimmung, und alles schien mir, dank der Gegenwart von Lida und Missjus, jung und rein zu sein und machte auf mich den Eindruck von Rechtschaffenheit. Beim Abendessen sprach Lida mit Belokurow wieder über den Semstwo, über Balagin, über die Schulbibliotheken. Sie war ein aufgewecktes, aufrichtiges, von ihren Ansichten überzeugtes Mädchen, und es war interessant, ihr zuzuhören, obwohl sie viel und laut sprach – vielleicht deshalb, weil sie gewohnt war, in der Schule zu reden. Mein Pjotr Petrowitsch hingegen, der noch von der Studentenzeit her die Angewohnheit hatte, jedes beliebige Gespräch in ein Wortgefecht münden zu lassen, sprach langweilig, endlos und ohne Saft und Kraft, in dem nur allzu deutlichen Bestreben, als ein gescheiter und progressiver Mensch zu erscheinen. Bei seinem Herumfuchteln stieß er mit dem Ärmel die Soßenschüssel um, und auf dem Tischtuch bildete sich eine große Pfütze, die aber außer mir scheinbar niemand bemerkte.

Als wir heimkehrten, war es dunkel und still.

»Gute Erziehung besteht nicht darin, keine Soße auf dem Tischtuch zu verschütten, sondern darin, es nicht zu bemerken, wenn das einem anderen passiert«, sagte Belokurow und seufzte. »Ja, eine prächtige, intelligente Familie. Ich habe keinen Kontakt mehr mit vernünftigen Leuten, ja, keinen Kontakt. Immer Arbeit, Arbeit, Arbeit!«

Er sprach davon, wieviel man arbeiten müsse, wenn man ein vorbildlicher Landwirt werden wolle. Ich aber dachte: Was ist das für ein schwerfälliger, fauler Kerl! Wenn er ein ernstes Thema anschnitt, dehnte er angestrengt das »ä-ä-ä-ä«, und wie er sprach, so arbeitete er auch: langsam, immer mit Verspätung und die Termine nicht einhaltend. Seine Geschäftstüchtigkeit nahm ich ihm schon deshalb nicht ab, weil er die Briefe, die ich ihm für die Post anvertraute, wochenlang in seiner Tasche mit sich herumschleppte.

»Das Schwerste«, murmelte er neben mir hergehend, »das Schwerste ist, daß man arbeiten kann, soviel man will, aber bei niemandem auf Verständnis stößt. Auf keinerlei Verständnis!«

II

Ich fing an, bei den Woltschaninows zu verkehren. Gewöhnlich saß ich auf der untersten Stufe der Terrasse; die Unzufriedenheit mit mir selbst quälte mich, ich trauerte um mein Leben, das so schnell und uninteressant dahinfloß, und ich dachte fortwährend daran, wie wohltuend es wäre, sich das Herz, das mir so schwer geworden war, aus der Brust zu reißen. Und unterdessen wurde auf der Terrasse gesprochen, man hörte das Rascheln von Kleidern, und Buchseiten wurden umgeblättert. Ich hatte mich bald daran gewöhnt, daß Lida tagsüber Kranke empfing, Bücher verteilte, oft ohne Kopfbedeckung mit einem Sonnenschirm ins Dorf ging und abends laut über den Semstwo und über Schulen sprach. Dieses schlanke, schöne, unverändert strenge Mädchen mit dem kleinen, herrlich geschwungenen Mund sagte jedesmal, wenn das Gespräch auf ihre Themen kam, trocken zu mir: »Das interessiert Sie ja nicht.«

Ich war ihr unsympathisch. Sie konnte mich nicht leiden, weil ich Landschaftsmaler war und in meinen Bildern nicht die Not des Volks darstellte und weil mir, wie ihr schien, das, woran sie unerschütterlich glaubte, gleichgültig war. Ich erinnere mich, wie ich einmal am Ufer des Bajkalsees einem Mädchen aus dem Volk der Burjaten begegnete, die ein Hemd und eine Hose aus blauer chinesischer Baumwolle trug und zu Pferd war; ich fragte sie, ob sie mir nicht ihre Pfeife überlassen wolle, und während wir sprachen, schaute sie voller Verachtung auf mein europäisches Gesicht und auf meinen Hut, und mit einem Mal hatte sie genug davon, mit mir zu reden, stieß einen Schrei aus und galoppierte davon. Genauso verachtete Lida in mir den Fremden. Äußerlich ließ sie sich von ihrer Abneigung mir gegenüber nichts anmerken, aber ich spürte sie, und wenn ich da unten auf der Stufe der Terrasse saß, war ich gereizt und sagte, man betrüge die Bauern nur, wenn man sie heilen wolle, ohne Arzt zu sein, und daß es leicht sei, den Wohltäter zu spielen, wenn man zweitausend Desjatinen Land sein eigen nenne.

Ihre Schwester Missjus hingegen hatte keinerlei Sorgen und brachte ihr Leben, wie ich, in völligem Müßiggang zu. Wenn sie morgens aufgestanden war, nahm sie sich gleich ein Buch vor und setzte sich mit ihm auf der Terrasse in einen tiefen Sessel, so daß ihre zarten Füße kaum den Boden berührten, oder sie verbarg sich mit ihrem Buch in der Lindenallee, oder sie ging durch das Tor ins Freie. Sie las den ganzen Tag und verschlang die Bücher förmlich mit den Augen, und nur daran, daß ihr Blick manchmal müde und geistesabwesend und ihr Gesicht sehr bleich wurde, konnte man erkennen, wie anstrengend diese Lektüre für ihr Gehirn war. Wenn ich kam und sie mich erblickte, errötete sie leicht, legte ihr Buch zur Seite und erzählte mir, mich mit ihren großen Augen voll ansehend, was sich unterdessen ereignet hatte: zum Beispiel, daß sich in der Gesindestube der Ruß entzündet oder daß ein Arbeiter im Teich einen riesigen Fisch gefangen habe. Werktags hatte sie gewöhnlich eine helle Bluse und einen dunkelblauen Rock an. Wir machten gemeinsame Spaziergänge, pflückten Kirschen zum Einmachen oder fuhren Boot, und wenn sie in die Höhe sprang, um eine Kirsche zu erreichen, oder wenn sie mit den Rudern arbeitete, leuchteten durch ihre bauschigen Ärmel ihre dünnen, schwachen Arme hindurch. Oder ich malte eine Studie, und sie stand daneben und schaute entzückt zu.

Eines Sonntags, es war Ende Juli, kam ich am Morgen gegen neun Uhr zu den Woltschaninows. Ich ging in einiger Entfernung vom Hause im Park umher und suchte nach Steinpilzen, von denen es in jenem Sommer wimmelte, und markierte die Fundstellen, um sie nachher gemeinsam mit Shenja einzusammeln. Es wehte ein warmer Wind. Ich sah, wie Shenja und ihre Mutter, beide in hellen Sonntagskleidern, von der Kirche nach Hause kamen und wie Shenja wegen des Windes ihren Hut festhielt. Dann hörte ich, wie auf der Terrasse Tee getrunken wurde.

Für mich als sorgenfreien Menschen, der nach einer Rechtfertigung für sein ständiges Nichtstun suchte, hatten diese feiertäglichen Sommermorgenstunden auf unseren Gütern immer einen ganz besonderen Reiz. Wenn der grüne, noch taufrische Garten unter den Strahlen der Sonne ein einziges Glitzern ist und glücklich zu sein scheint, wenn es um das Haus herum nach Reseda und Oleander duftet, wenn die Jugend gerade von der Kirche zurückgekehrt ist und im Garten Tee trinkt, wenn alles so nett angezogen und so fröhlich ist und man weiß, daß alle diese gesunden, satten, schönen Menschen den lieben langen Tag nichts tun werden, dann möchte man gerne, daß das ganze Leben so wäre. Und auch jetzt dachte ich genau das gleiche und ging durch den Garten, bereit, tatenlos und ohne Ziel den ganzen Tag, den ganzen Sommer so vor mich hin zu gehen.

Shenja kam mit einem Korb; in ihrem Gesichtsausdruck war etwas, als habe sie gewußt oder geahnt, daß sie mich im Garten finden würde. Wir sammelten die Pilze ein und unterhielten uns, und wenn sie etwas fragte, ging sie vor mir her, um mein Gesicht zu sehen.

»Gestern ist bei uns im Dorf ein Wunder geschehen«, sagte sie. »Die lahme Pelageja ist seit einem Jahr krank, keine Ärzte und keine Arzneien können ihr helfen, und gestern hat sie eine Alte besprochen, und sie ist gesund geworden.«

»Das ist nichts Besonderes«, sagte ich. »Wunder muß man nicht nur bei Kranken und Alten suchen. Ist die Gesundheit nicht auch ein Wunder? Und das Leben selbst? Alles Unerklärliche ist ein Wunder.«

»Und Sie haben keine Angst vor dem Unerklärlichen?«

»Nein. Den mir unverständlichen Phänomenen nähere ich mich furchtlos und ohne mich ihnen zu unterwerfen. Ich stehe über ihnen. Der Mensch muß erkennen, daß er höher steht als Löwen, Tiger und Sterne, höher als alles in der Natur, sogar höher als das, was unbegreiflich ist und so aussieht wie ein Wunder, sonst ist er kein Mensch, sondern eine Maus, die sich vor allem fürchtet.«

Shenja dachte, daß ich als Künstler sehr viel wisse und das, was ich nicht weiß, zuverlässig ergründen könne. Sie wünschte, daß ich sie in die Welt des Ewigen und Schönen einführe, in jene höhere Welt, in der ich, ihrer Meinung nach, zu Hause war, und sie sprach mit mir über Gott, über das ewige Leben, über das Wunderbare. Und ich, der ich nicht zugeben wollte, daß ich und meine Vorstellungskraft nach dem Tode für immer untergehen würden, antwortete: »Ja, die Menschen sind unsterblich.« »Ja,

uns erwartet das ewige Leben.« Und sie hörte zu, glaubte es und verlangte keine Beweise.
Als wir uns dem Hause näherten, blieb sie plötzlich stehen und sagte:
»Unsere Lida ist ein ungewöhnlicher Mensch. Nicht wahr? Ich liebe sie heiß und könnte mich in jedem Augenblick für sie opfern. Aber sagen Sie« – Shenja berührte mit dem Finger meinen Ärmel – »sagen Sie, warum streiten Sie immer mit ihr? Warum sind Sie in ihrer Gegenwart so gereizt?«
»Weil sie unrecht hat.«
Shenja schüttelte ablehnend den Kopf, und Tränen traten ihr in die Augen.
»Wie unbegreiflich ist das!« sagte sie.
Unterdessen war Lida gerade von irgendwoher zurückgekehrt; sie stand mit der Reitpeitsche in der Hand an der Vortreppe, wohlgestalt, schön und von der Sonne beschienen, und gab einem Arbeiter einen Befehl. In Eile und laut mit ihnen redend, empfing sie zwei oder drei Kranke, ging mit einem geschäftigen und besorgten Gesichtsausdruck durch die Zimmer, öffnete mal hier einen Schrank, mal dort einen und zog sich schließlich in das Mezzanin zurück; zum Mittagessen mußte man sie lange suchen und rufen, und sie erschien erst, als wir schon die Suppe gegessen hatten. All diese unbedeutenden Einzelheiten kommen mir aus irgendeinem Grunde in den Sinn, und ich liebe sie, und ich erinnere mich lebhaft jenes ganzen Tages, obwohl sich an ihm gar nichts Außergewöhnliches ereignet hatte. Nach dem Mittagessen legte sich Shenja in ihren tiefen Sessel und las, und ich saß auf der untersten Stufe der Terrasse. Wir schwiegen. Der ganze Himmel hatte sich mit Wolken bezogen, und ein feiner Nieselregen setzte ein. Es war heiß, der Wind hatte sich schon lange gelegt, und es schien, als wolle dieser Tag niemals enden. Zu uns auf die Terrasse trat, verschlafen und mit einem Fächer in der Hand, Jekaterina Pawlowna.
»Aber Mama«, sagte Shenja und küßte ihr die Hand, »das Schlafen am Tag ist doch schädlich für dich.«
Sie vergötterten einander. Ging die eine in den Garten, so stand die andere schon auf der Terrasse und rief, zu den Bäumen hin-

überblickend: »Hallo, Shenja!« oder »Mamachen, wo bist du?« Sie beteten immer gemeinsam, beide glaubten dasselbe, und sie verstanden einander ausgezeichnet, auch wenn sie schwiegen. Zu anderen Menschen verhielten sie sich ebenfalls auf die gleiche Weise. Auch Jekaterina Pawlowna hatte sich bald an mich gewöhnt und Zuneigung zu mir gefaßt, und wenn ich zwei, drei Tage nicht erschien, ließ sie fragen, ob ich auch gesund sei. Meine Studien betrachtete sie gleichfalls mit Entzücken, und mit dem gleichen Hang fürs Plaudern und genauso offenherzig wie Missjus erzählte sie mir die neuesten Ereignisse und vertraute mir oft ihre häuslichen Geheimnisse an.

Vor ihrer älteren Tochter hatte sie Respekt. Lida war niemals zärtlich und sprach nur über ernste Dinge; sie lebte ihr eigenes Leben, und für Mutter und Schwester war sie ein genauso heiliges, ein wenig rätselhaftes Wesen wie für die Matrosen der Admiral, der immer in seiner Kajüte sitzt.

»Unsere Lida ist ein ungewöhnlicher Mensch«, sagte die Mutter oft. »Finden Sie nicht?«

Auch jetzt, unter dem Nieselregen, sprachen wir über Lida.

»Sie ist ein ungewöhnlicher Mensch«, sagte die Mutter und fügte, sich ängstlich umblickend, im Ton einer Verschwörerin halblaut hinzu: »Solche wie sie kann man am hellen Tag mit der Laterne suchen, obwohl, wissen Sie, ich fange an, mir ein wenig Sorgen zu machen. Die Schule, die Apotheken, die Bücher – alles schön und gut, aber warum so übertreiben? Sie ist doch schon vierundzwanzig, Zeit, ernsthaft über sich nachzudenken. Immer bei den Büchern und in Apotheken, da sieht man nicht, wie das Leben vergeht . . . Heiraten sollte sie.«

Shenja, bleich vom Lesen und mit zerzauster Frisur, hob ihren Kopf und sagte wie für sich, die Mutter ansehend:

»Mamachen, alles hängt von Gottes Willen ab!«

Und vertiefte sich wieder in ihre Lektüre.

Belokurow kam in seinem Wams und in einem gestickten Hemd. Wir spielten Krocket und Lawn-Tennis, und als es dunkel wurde, aßen wir lange zu Abend, und Lida sprach wieder über Schulen und über Balagin, der den ganzen Kreis in seine Hand genommen habe. Als ich an diesem Abend die Woltschaninows verließ, nahm ich den Eindruck eines unendlich langen, müßig verbrachten Tages mit, in dem traurigen Bewußtsein, daß alles auf der Welt, wie lange es auch währen mag, einmal zu Ende geht. Shenja begleitete uns bis ans Tor, und vielleicht, weil sie den ganzen Tag vom Morgen bis zum Abend mit mir verbracht hatte, überkam mich plötzlich das Gefühl, als würde es mir ohne sie langweilig werden und als stünde mir diese ganze sympathische Familie sehr nahe; und zum ersten Mal in diesem Sommer bekam ich Lust zu malen.

»Sagen Sie, warum führen Sie ein so langweiliges, ein so farbloses Leben?« fragte ich Belokurow, als ich mit ihm nach Hause ging. »*Mein* Leben ist langweilig, schwer und einförmig, weil ich ein Künstler bin, ich bin ein seltsamer Mensch, ich werde von Jugend auf von Neid, von Unzufriedenheit mit mir selbst, von Zweifel an meinem Tun geplagt, ich bin immer arm, ich bin ein Landstreicher, aber Sie, wo Sie doch ein gesunder, normaler Mensch sind, ein Gutsbesitzer, ein Herr – warum leben Sie so uninteressant, warum nehmen Sie sich so wenig vom Leben? Warum zum Beispiel haben Sie sich bis jetzt noch nicht in Lida oder in Shenja verliebt?«

»Sie vergessen, daß ich eine andere Frau liebe«, antwortete Belokurow.

Damit meinte er seine Freundin, Ljubow Iwanowna, die mit ihm zusammen im Anbau wohnte. Ich sah jeden Tag, wie diese sehr füllige, aufgedunsene, wichtigtuerische Dame, die einer Mastgans ähnelte, in einem russischen Trachtenkostüm, perlenbehängt und immer unter einem Sonnenschirm, sich im Garten erging und wie das Dienstmädchen sie beständig zum Essen oder zum Teetrinken rief. Vor ungefähr drei Jahren hatte sie sich einen der Flügel als Sommerhaus gemietet und zu guter Letzt bei Belokurow Wohnung genommen, augenscheinlich für immer. Sie war vielleicht zehn Jahre älter als er und führte ein strenges Regiment: wenn er sich aus dem Hause entfernen wollte, mußte er zuerst ihre Erlaubnis einholen. Sie weinte oft mit einer männlich klingenden Stimme, und dann ließ ich ihr ausrichten, daß ich, falls sie nicht aufhöre, die Wohnung aufgeben würde; und sie hörte auf.

Als wir zu Hause angekommen waren, setzte sich Belokurow auf den Diwan und zog nachdenklich die Stirn kraus, und ich begann im Saal auf und ab zu gehen, wobei ich eine leise Erregung verspürte, so, als sei ich verliebt. Es überkam mich das Verlangen, von den Woltschaninows zu sprechen.

»Lida kann sich nur in einen Verfechter der Semstwo-Selbstverwaltung verlieben, in einen, der sich der Schul- und Krankenhausfrage genauso verschrieben hat wie sie«, sagte ich.

»Ach, wegen eines solchen Mädchens kann man nicht nur ein Semstwo-Anhänger werden, sondern sogar, wie im Märchen, eiserne Schuhe abtragen. Und Missjus? Was für ein prächtiges Mädel, diese Missjus!«

Belokurow sprach lange und das »ä-ä-ä-ä« dehnend über die Krankheit des Jahrhunderts – den Pessimismus. Er sprach überzeugt und in einem Ton, als streite ich mit ihm. Hunderte von Werst einer öden und verbrannten Steppe ohne die geringste Abwechslung können einen nicht so mutlos machen wie ein einziger Mensch, wenn er dasitzt, redet und redet und man nicht weiß, wann er geht.

»Es handelt sich nicht um Pessimismus oder Optimismus«, sagte ich gereizt, »sondern darum, daß neunundneunzig Prozent der Menschen keinen Verstand haben.«

Belokurow bezog das auf sich und ging beleidigt hinaus.

III

»In Malosjomow ist der Fürst auf Besuch, er läßt dich grüßen«, sagte Lida zu ihrer Mutter und zog sich, gerade heimgekehrt, die Handschuhe aus. »Er hat allerlei Interessantes erzählt . . . Er hat versprochen, in der Gouvernementsversammlung wieder die Frage wegen einer ärztlichen Station in Malosjomow vorzubringen, aber er sagte, die Aussichten seien gering.« Und zu mir gewandt: »Entschuldigen Sie, ich vergesse immer, daß Sie so etwas nicht interessieren kann.«

Ich fühlte Ärger in mir hochsteigen.

»Warum sollte es mich nicht interessieren?« fragte ich und zuckte mit den Schultern. »Es liegt Ihnen ja nichts daran, meine

Meinung zu hören, aber ich versichere Ihnen, daß die Frage mich lebhaft interessiert.«

»So?«

»Ja. Meiner Meinung nach ist eine ärztliche Station in Malosjomow völlig unnötig.«

Meine Gereiztheit übertrug sich auf sie; sie musterte mich mit zusammengekniffenen Augen und fragte:

»Und was ist nötig? Landschaftsbilder?«

»Auch Landschaftsbilder sind unnötig. Nichts ist nötig.«

Sie hatte sich vollends die Handschuhe von den Fingern gestreift und schlug nun die Zeitung auf, die sie gerade von der Post mitgebracht hatte; nach einer Weile sagte sie leise und sich offensichtlich beherrschend:

»Letzte Woche ist Anna am Kindbettfieber gestorben, wenn aber eine ärztliche Station in der Nähe gewesen wäre, hätte sie am Leben bleiben können. Auch die Herren Landschaftsmaler sollten, so scheint mir, in dieser Sache irgendwelche Überzeugungen haben.«

»Ich habe in dieser Sache sogar eine klare Überzeugung, glauben Sie mir«, antwortete ich, sie aber verschanzte sich hinter ihrer Zeitung, als wollte sie mich nicht anhören. »Meiner Meinung nach dienen alle diese ärztlichen Stationen, Schulen, Bibliotheken, Apotheken unter den herrschenden Umständen nur der Versklavung. Das Volk ist durch eine riesige Kette gefesselt, und Sie zerschlagen diese Kette nicht, sondern fügen nur noch neue Kettenglieder hinzu – da haben Sie meine Meinung.«

Sie richtete ihre Augen auf mich und lächelte spöttisch, und ich sprach weiter und bemühte mich, meinen Grundgedanken klar herauszukristallisieren:

»Der springende Punkt ist nicht, daß Anna am Kindbettfieber gestorben ist, sondern daß alle diese Annas, Mawras und Pelagejas vom frühen Morgen bis zum späten Abend ihren Rücken krümmen, unter einer über ihre Kräfte gehenden Arbeit leiden, ihr ganzes Leben lang um ihre hungrigen und kranken Kinder bangen, ihr ganzes Leben lang Angst vor Tod und Krankheit haben, sich ihr ganzes Leben lang kurieren, früh verbraucht sind, früh altern und in Schmutz und Gestank sterben; bei ihren heranwachsenden Kindern geht wieder dieselbe Leier los, und so verlaufen Hunderte von Jahren, und Milliarden von Menschen leben schlimmer als die Tiere – in ständiger Angst um eines Stückchen Brotes willen. Das Furchtbarste an ihrer Lage aber ist, daß sie keine Zeit haben, an ihre Seele zu denken, keine Zeit haben, sich des Bildes zu erinnern, nach dem sie geschaffen worden sind; Hunger, Kälte, tierische Angst und Arbeit von lawinenartigen Ausmaßen haben ihnen jeglichen Zugang zu geistiger Tätigkeit versperrt, ausgerechnet zu dem, was den Menschen vom Tier unterscheidet und was das einzige ist, wodurch das Leben lebenswert wird. Sie kommen ihnen mit Krankenhäusern und Schulen zu Hilfe, aber damit befreien Sie sie nicht von ihren Fesseln, im Gegenteil, Sie versklaven sie nur noch mehr, weil Sie neue Vorurteile in ihr Leben hineintragen und dadurch die Zahl ihrer Bedürfnisse erhöhen, ganz zu schweigen davon, daß sie für die Pflästerchen und Bücherchen dem Semstwo zahlen und also ihren Rücken noch tiefer beugen müssen.«

»Ich lasse mich mit Ihnen auf keinen Streit ein«, sagte Lida und ließ die Zeitung sinken. »Was Sie da sagen, ist mir nicht neu. Nur soviel: Man kann nicht dasitzen und die Hände in den Schoß legen. Es stimmt, wir werden die Menschheit nicht erretten, und möglicherweise irren wir in vielem, aber wir tun, was wir können – und deshalb sind wir im Recht. Die höchste und heiligste Aufgabe eines kultivierten Menschen besteht darin, dem Nächsten zu dienen, und wir versuchen zu dienen, so gut wir können. Das paßt Ihnen nicht, aber allen kann man es nie recht machen.«

»Das stimmt, Lida, das stimmt«, sagte die Mutter.

In Lidas Gegenwart war sie ständig eingeschüchtert, und wenn sie sprach, blickte sie in Unruhe auf sie, voller Angst, etwas Überflüssiges oder Deplaziertes zu sagen; und niemals widersprach sie ihr, sondern pflichtete immer bei: Das stimmt, Lida, das stimmt.

»Die Beseitigung des Analphabetentums unter den Bauern, die Bücher mit billigen Moralpredigten und schönen Redensarten und die ärztlichen Stationen können weder die Unwissenheit noch die Sterblichkeitsziffer vermindern, genauso wenig, wie

das Licht aus Ihren Fenstern diesen riesigen Garten erleuchten kann«, sagte ich. »Sie geben nichts; dadurch, daß Sie sich in das Leben dieser Menschen einmischen, erzeugen Sie nur neue Bedürfnisse – Anlaß zu noch mehr Arbeit.«
»Du meine Güte, aber irgend etwas muß man doch tun!« sagte Lida ärgerlich, und ihrem Ton war anzumerken, daß sie meine Überlegungen für armselig hielt und sie verachtete.
»Man muß die Menschen von schwerer körperlicher Arbeit befreien«, sagte ich. »Man muß ihr Joch erleichtern, sie zu Atem kommen lassen, damit sie nicht ihr ganzes Leben an Öfen, Trögen und auf dem Feld zubringen, sondern auch die Möglichkeit haben, an ihre Seele und an Gott zu denken und ihren geistigen Fähigkeiten mehr zum Durchbruch zu verhelfen. Die Berufung eines jeden Menschen besteht in geistiger Betätigung – in der ständigen Suche nach der Wahrheit und dem Sinn des Lebens. Ersparen Sie ihnen die grobe, tierische Arbeit, geben Sie ihnen das Gefühl von Freiheit, und Sie werden sehen, was für ein Witz im Grunde genommen all diese Bücher und Apotheken sind. Hat der Mensch einmal seine wahre Berufung erkannt, so können ihn nur noch Religion, Wissenschaft und Kunst befriedigen, und nicht diese Kinkerlitzchen.«
»Von der Arbeit befreien!« lächelte Lida. »Ist das etwa möglich?«
»Jawohl. Nehmen Sie einen Teil ihrer Arbeit auf sich. Wenn wir alle, Städter und Landbewohner, alle ohne Ausnahme, einverstanden wären, die Arbeit, die von der Menschheit insgesamt für die Befriedigung der physischen Bedürfnisse aufgewandt wird, unter uns aufzuteilen, so würden auf jeden von uns vielleicht nicht mehr als zwei, drei Stunden am Tag kommen. Stellen Sie sich vor, daß wir alle, Reiche und Arme, nur drei Stunden am Tag arbeiten, die übrige Zeit aber frei haben. Stellen Sie sich ferner vor, daß wir, um noch weniger von unserem Körper abhängig zu sein und uns noch weniger abplagen zu müssen, arbeitsparende Maschinen erfinden und versuchen, die Zahl unserer Bedürfnisse auf ein Minimum zu beschränken. Härteten wir uns ab und unsere Kinder, damit sie weder Hunger noch Kälte fürchten, so müßten wir nicht mehr beständig um ihre Gesund-

heit bangen wie jene Annas, Mawras und Pelagejas. Stellen Sie sich vor, wir brauchten uns nicht zu kurieren, unterhielten keine Apotheken, Tabakfabriken, Schnapsbrennereien – wieviel freie Zeit würde da für uns herausspringen! Alle gemeinsam würden wir diese Mußestunden den Wissenschaften und den Künsten widmen. So, wie die Bauern gelegentlich eine Straße im Kollektiv ausbessern, so würden auch wir uns alle gemeinsam, im Kollektiv, auf die Suche nach der Wahrheit und dem Sinn des Lebens machen, und – davon bin ich überzeugt – die Wahrheit wäre sehr bald gefunden, und der Mensch würde sich befreien von dieser unaufhörlichen, quälenden, bedrückenden Angst, ja sogar vom Tode.«

»Sie widersprechen sich aber selbst«, sagte Lida. »Sie sagen – Wissenschaft, Wissenschaft, lehnen aber gleichzeitig die Kenntnis des Lesens und Schreibens ab.«

»Wenn der Mensch lediglich die Möglichkeit hat, die Wirtshausschilder zu lesen und alle Jubeljahre ein Buch, das er nicht versteht – eine solche Kenntnis des Lesens und Schreibens besteht bei uns schon seit Rjuriks Zeiten, Gogols Romanfigur Petruschka liest schon längst, trotzdem ist das Dorf so, wie es unter Rjurik war, bis auf den heutigen Tag geblieben. Nicht Lesen und Schreiben tut not, sondern Freiheit für die allseitige Entfaltung der geistigen Fähigkeiten. Nicht Schulen sind notwendig, sondern Universitäten.«

»Sie sind aber auch gegen die Medizin?«

»Ja. Sie wäre nur notwendig für die Erforschung der Krankheiten als Naturerscheinungen, nicht aber für deren Heilung. Wenn schon heilen, dann nicht die Krankheiten, sondern deren Ursachen. Beseitigen Sie die Hauptursache, die körperliche Arbeit, und es wird auch keine Krankheiten mehr geben. Die Wissenschaft, die heilt, kann ich nicht anerkennen«, fuhr ich erregt fort. »Wahre Wissenschaft und Kunst haben niemals zeitlich begrenzte und partielle Ziele, sondern sind auf das Ewige und Allgemeine ausgerichtet – sie suchen nach der Wahrheit und dem Sinn des Lebens, sie suchen Gott, die Seele, wenn man sie aber den Nöten und der Aktualität des Tages dienstbar machen will und sie für Apothekchen und Bibliothekchen einspannt, erschweren und verbauen sie nur das Leben. Bei uns sind viele Ärzte, Pharmazeuten und Juristen vorhanden, und des Lesens und Schreibens Kundige gibt es in großer Zahl, Biologen, Mathematiker, Philosophen und Dichter aber gibt es überhaupt keine. Die ganze Geisteskraft und die ganze Seelenenergie sind für die Befriedigung zeitlich begrenzter, vorübergehender Nöte verbraucht worden ... Bei den Gelehrten, Schriftstellern und Künstlern läuft die Arbeit auf Hochtouren, dank ihrer wachsen die Annehmlichkeiten des Lebens mit jedem Tage an, die Bedürfnisse des Körpers vervielfachen sich, bis zur Wahrheit aber ist es noch weit, und der Mensch bleibt wie ehedem das gierigste und unsauberste Tier, und alles läuft darauf hinaus, daß die Menschheit in ihrer Mehrheit entartet und jeglicher Lebensfähigkeit für immer verlustig geht. Unter solchen Bedingungen hat die Existenz des Künstlers keinen Sinn, und je begabter er ist, desto sonderbarer und unverständlicher ist seine Rolle, denn bei näherer Prüfung stellt sich heraus, daß er für das Vergnügen eines gierigen und unsauberen Tieres arbeitet, das die bestehende Ordnung unterstützt. Ich will aber nicht arbeiten und ich werde nicht arbeiten ... Nichts ist notwendig, mag doch die ganze Welt zum Teufel gehen!«

»Missjuska, geh hinaus«, sagte Lida zu ihrer Schwester, da ihr meine Worte für ein so junges Mädchen wohl verderblich erschienen.

Shenja sah die Schwester und die Mutter traurig an und ging hinaus.

»So nette Dinge sagt man gewöhnlich dann, wenn man seine Gleichgültigkeit rechtfertigen will«, versetzte Lida. »Krankenhäuser und Schulen abzulehnen ist leichter als zu heilen und zu unterrichten.«

»Das stimmt, Lida, das stimmt«, pflichtete ihre Mutter bei.

»Sie drohen, nicht arbeiten zu wollen«, sprach Lida weiter. »Sie schätzen Ihre Arbeiten offenbar hoch ein. Aber hören wir auf zu streiten, wir kommen sowieso auf keinen gemeinsamen Nenner, denn noch die unvollkommenste aller Bibliotheken oder Apotheken, über die Sie sich gerade so verächtlich geäußert haben, stelle ich höher als alle Landschaftsbilder der ganzen Welt.«

Und gleich darauf, zur Mutter gewandt, sagte sie in einem völlig anderen Ton: »Der Fürst ist sehr abgemagert und hat sich stark verändert, seit er bei uns gewesen ist. Die Ärzte schicken ihn nach Vichy.«

Damit sie nicht mit mir zu sprechen brauchte, erzählte sie der Mutter vom Fürsten. Ihr Gesicht glühte, und um ihre Erregung zu verbergen, beugte sie sich, als sei sie kurzsichtig, dicht über den Tisch und tat so, als läse sie die Zeitung. Meine Gegenwart war unerwünscht. Ich verabschiedete mich und ging nach Hause.

IV

Draußen war es still; das Dorf auf dem jenseitigen Ufer des Teiches schlief schon, kein einziges Licht war zu sehen, und nur auf dem Teich spiegelte sich, vergehend und blaß, der Schimmer der Sterne. Am Tor mit den Löwen stand reglos Shenja; sie wartete auf mich, um mich zu begleiten.

»Im Dorf schläft alles«, sagte ich zu ihr und versuchte, in der Dunkelheit ihr Gesicht zu erkennen, und ich sah ihre dunklen Augen, die voll Trauer auf mich gerichtet waren. »Sogar der Schankwirt und die Pferdediebe schlafen, nur wir, die anständigen Leute, ärgern einander und streiten.«

Es war eine wehmutsvolle Augustnacht, wehmutsvoll, weil schon ein herbstlicher Hauch in der Luft lag; von einer purpurnen Wolke verdeckt, ging der Mond auf und beleuchtete kaum merklich den Weg und zu seinen beiden Seiten die dunklen Felder mit der Wintersaat. Immer wieder fiel eine Sternschnuppe. Shenja ging neben mir und bemühte sich, nicht zum Himmel hinaufzublicken, um die Sternschnuppen nicht zu sehen, die sie, warum, wußte sie nicht, erschreckten.

»Mir scheint, Sie haben recht«, sagte sie und zitterte wegen der nächtlichen Feuchtigkeit. »Wenn sich die Menschen, alle zusammen, geistiger Tätigkeit hingeben könnten, so würden sie bald alles erkennen.«

»Natürlich. Wir sind höhere Wesen, und wenn wir uns wirklich der ganzen Kraft des menschlichen Genius bewußt würden und

nur für höhere Ziele lebten, würden wir am Ende wie Götter werden. Aber das wird nie eintreten – die Menschheit wird entarten, und von ihrem Genius wird keine Spur übrigbleiben.«
Als das Tor nicht mehr zu sehen war, blieb Shenja stehen und drückte mir hastig die Hand.
»Gute Nacht«, sagte sie zitternd; ihre Schultern waren nur von einer Bluse bedeckt, und sie schauerte vor Kälte zusammen. »Kommen Sie morgen zu uns.«
Mir wurde bang bei dem Gedanken, daß ich allein bleiben sollte, gereizt und unzufrieden mit mir und den anderen Menschen; und auch ich bemühte mich schon, nicht zu den Sternschnuppen zu sehen.
»Bleiben Sie noch einen Augenblick bei mir«, sagte ich. »Bitte!«
Ich liebte Shenja. Ich liebte sie wohl deshalb, weil sie mir entgegenkam und mich begleitete, deshalb, weil sie mich zärtlich und entzückt ansah. Wie rührend schön war ihr blasses Gesicht, ihr feiner Hals, die dünnen Arme, ihr schwaches Wesen, ihr Nichtstun, ihre Bücher! Und ihr Verstand? Ich vermutete bei ihr einen überdurchschnittlichen Verstand, ich war begeistert von ihrem weiten Horizont, vielleicht darum, weil sie anders dachte als die strenge, schöne Lida, die mich nicht leiden konnte. Ich gefiel Shenja, weil ich Künstler war, mein Talent hatte ihr Herz erobert, und es verlangte mich leidenschaftlich, nur für sie zu malen; und ich träumte von ihr als meiner kleinen Königin, die zusammen mit mir über diese Bäume und Felder, über den Nebel und die Morgenröte, über diese ganze wunderbare, zauberhafte Natur herrschen würde, in der ich mich aber bis jetzt hoffnungslos einsam und unnütz gefühlt hatte.
»Bleiben Sie noch ein bißchen«, bat ich. »Tun Sie mir den Gefallen.«
Ich zog meinen Mantel aus und legte ihn ihr über die fröstelnden Schultern; aus Angst, in einem Männermantel lächerlich und unschön zu erscheinen, warf sie ihn auflachend ab, und während sie das tat, umarmte ich sie und bedeckte ihr Gesicht, ihre Schultern und ihre Hände mit Küssen.
»Bis morgen!« flüsterte sie und umarmte mich so vorsichtig, als

fürchte sie, die nächtliche Stille zu stören. »Wir haben keine Geheimnisse voreinander, ich muß gleich alles Mama und meiner Schwester sagen . . . Ach, ist das schrecklich! Mama, das ist nicht schlimm, Mama mag Sie; aber Lida!«

Sie lief zum Tor.

»Leben Sie wohl!« rief sie.

Und dann hörte ich vielleicht noch zwei Minuten lang, wie sie lief. Es zog mich nicht nach Hause, was sollte ich auch dort. Ich stand eine Weile in Gedanken versunken da und ging dann langsam zurück, um noch einmal einen Blick auf das Haus zu werfen, in dem sie lebte, dieses mir liebgewordene, naive, alte Haus, das mich mit den Fenstern seines Mezzanin wie mit Augen anzusehen und alles zu verstehen schien. Ich ging an der Terrasse vorbei, setzte mich im Dunkel der alten Ulme auf die Bank neben dem Tennisplatz und schaute von hier auf das Haus. In den Fenstern des Mezzanin, wo Missjus wohnte, strahlte grelles Licht auf, das kurz danach in ein ruhiges Grün überging – die Birne war mit einem Lampenschirm verdeckt worden. Schatten begannen sich zu bewegen . . . Zärtlichkeit, Stille und Zufriedenheit erfüllten mich, Zufriedenheit damit, daß ich fähig gewesen war, mich hinreißen zu lassen und mich zu verlieben, und gleichzeitig berührte mich unangenehm der Gedanke, daß zu dieser selben Stunde, nur wenige Schritte von mir entfernt, in einem der Zimmer dieses Hauses Lida wohnte, die mich nicht mochte, vielleicht sogar haßte. Ich saß da, in der Erwartung, ob nicht Shenja heraustreten würde, ich lauschte, und es kam mir so vor, als werde im Mezzanin gesprochen.

Es war ungefähr eine Stunde verflossen. Das grüne Licht erlosch, und die Schatten verschwanden. Der Mond stand schon hoch über dem Haus und beleuchtete den schlafenden Garten und die Wege; die Georginen und Rosen im Blumenbeet vor dem Haus waren deutlich sichtbar und schienen alle von derselben Farbe zu sein. Es wurde empfindlich kalt. Ich verließ den Garten, hob meinen Mantel von der Straße auf und schlenderte gemächlich nach Hause.

Als ich am Nachmittag des folgenden Tages zu den Woltschaninows kam, stand die Glastür, die zum Garten führte, sperrangelweit offen. Ich saß ein Weilchen auf der Terrasse und erwartete, daß hinter dem Blumenbeet auf dem Vorplatz oder in einer der beiden Alleen jeden Augenblick Shenja erscheinen würde oder daß aus einem der Zimmer ihre Stimme herüberklinge; dann ging ich in den Salon, ins Eßzimmer. Keine Menschenseele. Aus dem Eßzimmer ging ich durch einen langen Korridor bis zum Vorzimmer und dann wieder zurück. Hier im Korridor waren einige Türen, und hinter einer von ihnen ertönte Lidas Stimme.

»Der Rabe hatte irgendwo . . .«, sagte sie laut und gedehnt, wahrscheinlich gab sie ein Diktat, »ein Käsestück gefunden . . . Der Rabe hatte . . . Wer ist da?« rief sie plötzlich, als sie meine Schritte gehört hatte.

»Ich bin's.«

»Ah! Entschuldigen Sie, ich kann im Moment nicht zu Ihnen herauskommen, ich lerne gerade mit Dascha.«

»Ist Jekaterina Pawlowna im Garten?«

»Nein, sie ist heute morgen mit meiner Schwester zu einer Tante ins Pensaer Gouvernement gefahren. Und im Winter werden sie wahrscheinlich ins Ausland reisen . . .«, fügte sie nach kurzem Schweigen hinzu. »Der Rabe hatte irgendwo . . . ein Käsestück gefunden . . . Hast du's?«

Ich ging in das Vorzimmer, stand dort, ohne etwas zu denken, und sah auf den Teich hinaus und auf das Dorf, und an mein Ohr drang:

»Ein Käsestück . . . Der Rabe hatte irgendwo ein Käsestück gefunden . . .«

Und ich verließ das Gut auf demselben Wege, auf dem ich zum ersten Mal hierhergekommen war, nur in der umgekehrten Richtung: zuerst vom Hof in den Garten, dann am Haus vorbei, durch die Lindenallee . . . Hier holte mich ein kleiner Junge ein und übergab mir ein Briefchen. »Ich habe der Schwester alles gesagt, und sie verlangt, daß ich mich von Ihnen trenne«, las ich. »Ich hätte nicht die Kraft gehabt, ihr durch meinen Ungehorsam Kummer zu bereiten. Gott wird Ihnen Glück schicken, verzeihen Sie mir. Wenn Sie wüßten, wie bitterlich wir weinen, Mama und ich!«

Dann die dunkle Tannenallee, der verfallene Staketenzaun ... Über das Feld, wo damals der Roggen blühte und die Wachteln schlugen, schleppten sich jetzt träge die Kühe und gefesselte Pferde. Hier und da auf den Hügeln leuchtete die Wintersaat. Nüchterne Alltagsstimmung ergriff Besitz von mir, und ich begann mich all dessen, was ich bei den Woltschaninows gesagt hatte, zu schämen, und von neuem stellte sich der Lebensüberdruß ein. Zu Hause angekommen, packte ich und reiste am Abend nach Petersburg.

Ich habe die Woltschaninows nicht mehr gesehen. Kürzlich traf ich, unterwegs zur Krim, im Zug Belokurow. Wie früher trug er ein Wams und ein gesticktes Hemd, und als ich mich nach seinem Befinden erkundigte, antwortete er: »Dank Ihren Gebeten nicht schlecht.« Wir kamen ins Gespräch. Er hatte seinen Hof verkauft und einen anderen, kleineren erworben, und zwar auf den Namen von Ljubow Iwanowna. Über die Woltschaninows wußte er wenig zu berichten. Lida lebe wie eh und je in Schelkowka und unterrichte die Kinder in der Schule; allmählich sei es ihr gelungen, einen Kreis ihr sympathischer Leute um sich zu scharen, die aus ihrer Mitte eine starke Partei gebildet und auf den letzten Semstwo-Wahlen Balagin, der bis dahin den ganzen Kreis in seiner Hand gehabt habe, »gestürzt« hätten. Von Shenja wußte Belokurow nur zu berichten, daß sie nicht zu Hause wohne und sich an einem unbekannten Ort aufhalte.
Ich fange schon an, das Haus mit dem Mezzanin zu vergessen, und nur manchmal, wenn ich male oder lese, kommt mir plötzlich, ganz unvermittelt, bald das grüne Licht im Fenster in den Sinn, bald das Geräusch meiner Schritte, wie sie in jener Nacht auf dem Felde hallten, als ich, verliebt, nach Hause zurückkehrte und mir vor Kälte die Hände rieb. Und noch seltener, in den Augenblicken, in denen mich Einsamkeit und Schwermut quälen, tauchen verschwommen die Bilder der Erinnerung auf, und ich habe das Gefühl, als denke man auch an mich, als werde ich erwartet und als würden wir uns begegnen ...
Missjus, wo bist du?

Der Mensch im Futteral

Am Dorfausgang von Mironossizkoje, in der Scheuer des Dorfältesten Prokofi, hatten sich verspätete Jäger ihr Nachtlager hergerichtet. Es waren nur zwei: der Tierarzt Iwan Iwanytsch und der Gymnasiallehrer Burkin. Iwan Iwanytsch hatte einen recht seltsamen doppelten Familiennamen: Tschimscha-Himalajski, der überhaupt nicht zu ihm paßte, und im ganzen Gouvernement nannte man ihn einfach beim Vor- und Vatersnamen; er lebte in der Nähe der Stadt auf einem Pferdegestüt und war jetzt auf die Jagd gegangen, um ein wenig frische Luft zu atmen. Der Gymnasiallehrer Burkin hingegen war jeden Sommer zu Gast bei den Grafen P. und kannte die Gegend schon lange und so gut wie seine Westentasche.

Sie schliefen nicht. Iwan Iwanytsch, ein großer, hagerer Alter mit langem Schnurrbart, saß draußen am Eingang und rauchte Pfeife; der Mond beleuchtete ihn. Burkin lag drinnen im Heu und war im Abenddunkel nicht zu erkennen.

Sie erzählten sich allerlei Geschichten. Unter anderem sprachen sie davon, daß die Frau des Dorfältesten, Mawra, eine gesunde und gar nicht dumme Frau, in ihrem ganzen Leben nie aus ihrem heimatlichen Dorf hinausgekommen sei, niemals weder die Stadt noch die Eisenbahn gesehen habe und die letzten zehn Jahre ständig hinter dem Ofen sitze und nur nachts auf die Straße gehe.

»Was ist daran so Besonderes!« sagte Burkin. »Solche Menschen, von Natur aus einsam, die danach streben, sich wie ein Einsiedlerkrebs in sein Gehäuse oder wie eine Schnecke in ihr Schneckenhaus zurückzuziehen, sind auf dieser Welt gar nicht so selten. Möglicherweise haben wir es hier mit dem Phänomen des Atavismus zu tun, der Rückwendung zu jener Zeit, da der Vorfahre des Menschen noch kein Gemeinschaftswesen war und abgesondert in seiner Höhle lebte; vielleicht aber ist das auch nur eine Spielart des menschlichen Charakters – wer weiß? Ich bin kein Naturwissenschaftler, und ich bin nicht kompetent genug, Themen dieser Art anzuschneiden; ich will nur sagen, daß Menschen wie Mawra gar nicht etwas so Seltenes sind. Wir brauchen da übrigens nicht weit zu suchen: vor ungefähr zwei Monaten ist bei uns in der Stadt ein gewisser Belikow gestorben; er war Lehrer der griechischen Sprache und ein Kollege von mir. Sie haben sicher von ihm gehört. Er fiel dadurch auf, daß er immer, selbst bei herrlichstem Wetter, in Galoschen und mit einem Schirm ausging und seinen obligaten warmen, wattierten Mantel trug. Und sein Schirm stak in einem Überzug und seine Uhr in einer grauen, sämischledernen Hülle, und wenn er sein Federmesser hervorholte, um einen Bleistift anzuspitzen, so lag auch das Messer in einem kleinen Etui; sogar sein Gesicht schien in einem Futteral zu stecken, denn er verbarg es ständig hinter seinem hochgestellten Mantelkragen. Er trug eine dunkle Brille, eine gestrickte Unterjacke, die Ohren verstopfte er sich mit Watte, und wenn er mit der Droschke fuhr, befahl er, das Verdeck hochzuklappen. Mit einem Wort: an diesem Menschen war die beständige und unbezwingbare Neigung zu beobachten, sich mit einer Schicht zu umgeben, sich sozusagen ein Futteral zu schaffen, das ihn absondern und vor äußeren Einflüssen schützen sollte. Die Wirklichkeit regte ihn auf, jagte ihm Angst ein und hielt ihn in unaufhörlicher Unruhe, und wohl zu dem Zweck, diese seine Furchtsamkeit und seinen Ekel vor der Gegenwart zu rechtfertigen, lobte er immerfort die Vergangenheit und das, was es niemals gegeben hat; und auch die alten Sprachen, die er unterrichtete, waren für ihn im Grunde genommen so etwas wie Galoschen und Schirm, in denen er sich vor dem tatsächlichen Leben verbarg.

›Oh, wie klangvoll, wie schön ist die griechische Sprache!‹ sagte er gerne mit süßlicher Miene; und zum Beweis seiner Worte kniff er die Augen zusammen, hob den Finger und sagte: ›Anthropos!‹

Und auch sein Denken bemühte er sich, in einem Futteral zu verstecken. Für ihn waren nur diejenigen Rundschreiben und Zeitungsartikel klar, in denen ein Verbot enthalten war. Wenn in einem Rundschreiben den Schülern untersagt wurde, nach neun Uhr abends auf die Straße zu gehen, oder wenn in einem Zeitungsartikel die fleischliche Liebe verboten wurde, dann war

das für ihn etwas Klares, das Hand und Fuß hatte; verboten – und basta. In einer Genehmigung aber und einer Erlaubnis verbarg sich für ihn immer ein verdächtiges Element, etwas Unausgesprochenes und Unklares. Wenn in der Stadt ein Theaterzirkel zugelassen, ein Lesesaal oder eine Teestube eröffnet wurde, so schüttelte er den Kopf und sagte leise:
›Dagegen ist natürlich nichts einzuwenden, alles schön und gut, wenn sich daraus nur nichts entwickelt.‹
Jede Art von Übertretung, Verletzung und Abweichung von Vorschriften machte ihn tief betrübt, obwohl es ihn, so hätte man meinen sollen, doch gar nichts anging. Wenn einer seiner Kollegen sich zum Morgengottesdienst verspätete oder wenn Gerüchte über einen Schülerstreich umgingen oder wenn eine Klassenlehrerin spät abends mit einem Offizier gesehen worden war, so erregte er sich und wiederholte in einem fort: Wenn sich daraus nur nichts entwickelt. Und bei den Lehrerkonferenzen wirkte er geradezu bedrückend auf uns mit seiner Vorsicht, seinem Argwohn und seinen durch und durch futteralartigen Erwägungen, zum Beispiel, daß sich im Mädchen- und im Knabengymnasium die Jugend, wie er sagte, schlecht aufführe, in den Klassen herumkrakeele – ach, daß es nur nicht dem Schulamt zu Ohren kommt, ach, wenn sich daraus nur nichts enwickelt – und daß es sehr gut wäre, wenn man aus der zweiten Klasse Petrow und aus der vierten Jegorow ausschließen würde. Und was glauben Sie? Mit seinem Geseufze und Gejammere, mit seinen dunklen Brillengläsern in seinem bleichen, kleinen Gesicht – ein Gesicht, wissen Sie, so klein wie bei einem Iltis – jagte er uns alle ins Bockshorn, und wir gaben nach, indem wir Petrow und Jegorow jeweils die Note wegen schlechten Betragens herabsetzten, ihnen Arrest gaben und zu guter Letzt beide relegierten. Er hatte eine seltsame Angewohnheit: er besuchte uns zu Hause in der Wohnung. Er kommt also zu einem Lehrer, setzt sich und schweigt, und es hat den Anschein, als spioniere er. So sitzt er da, eine Stunde, zwei Stunden, und schweigt sich aus, und dann geht er wieder. Das nannte sich bei ihm ›gute Beziehungen zu den Kollegen unterhalten‹, wobei ihm diese Besucherei und das Herumsitzen ganz offensichtlich eine Last war, und er kam nur

deshalb zu uns, weil er es den Kollegen gegenüber für seine Pflicht hielt. Wir, die Lehrer, fürchteten ihn. Sogar der Direktor fürchtete ihn. Nota bene, unsere Lehrer haben durchaus eine eigene Meinung, sie sind hochanständig und im Geiste Turgenjews und Schtschedrins erzogen worden. Und doch hatte dieser Mensch, der von seinen Galoschen und seinem Schirm unzertrennlich war, ganze fünfzehn Jahre lang das gesamte Gymnasium in seiner Hand! Was sage ich, das Gymnasium – die ganze Stadt! Unsere Damen organisierten Samstag abends keine Liebhaberaufführungen aus Angst, daß er es erfahren könnte, und unsere Geistlichkeit genierte sich, während der Fastenzeit in seiner Gegenwart verbotene Speisen zu essen und Karten zu spielen. Unter dem Einfluß solcher Leute wie Belikow begann man in den letzten zehn oder fünfzehn Jahren in unserer Stadt vor allem Angst zu bekommen. Man bekam Angst, laut zu sprechen, Briefe zu schreiben, Bekanntschaften zu machen, Bücher zu lesen, man bekam Angst, den Armen zu helfen, Lesen und Schreiben zu lehren ...«

Iwan Iwanytsch, der etwas sagen wollte, räusperte sich, setzte aber zuerst seine Pfeife in Brand, blickte zum Mond hinauf und sagte schließlich bedächtig:

»Ja, haben eine Meinung, sind anständig, lesen Schtschedrin und Turgenjew und andere, wie Buckle und so, und haben sich doch geduckt, haben gekuscht ... Das ist es ja gerade.«

»Belikow lebte im selben Hause wie ich«, erzählte Burkin weiter, »auf derselben Etage, Tür gegen Tür, wir sahen uns oft, und ich kannte sein häusliches Leben. Und auch hier dieselbe Geschichte: Schlafrock, Nachtmütze, Fensterläden, Riegel, eine ganze Reihe aller möglichen Verbote und Einschränkungen und – ach, wenn sich daraus nur nichts entwickelt! Das Fastenessen ist unbekömmlich, andererseits kommen die verbotenen Speisen in der Fastenzeit nicht in Frage, weil es dann vielleicht heißen könnte: Belikow hält die Fastenbestimmungen nicht ein. Also ißt man in Butter gebratenen Zander, zwar keine ausgesprochene Fastenspeise, aber daß sie gegen die Vorschriften verstößt, kann man auch nicht sagen. Eine weibliche Hilfe hielt er sich nicht, aus Angst, er könnte ins Gerede kommen, sondern er hielt sich den Koch Afanassi, einen niemals nüchternen, schwachsinnigen Alten von vielleicht sechzig Jahren, der einmal Offiziersbursche gewesen war und recht und schlecht Essen zubereiten konnte. Dieser Afanassi stand gewöhnlich mit verschränkten Armen in der Tür und brummelte unaufhörlich ein und dasselbe unter Seufzern vor sich hin:

›Wie *die* sich heute vermehren!‹

Belikows Schlafzimmer war klein, es sah aus wie eine Schachtel, und das Bett hatte einen Baldachin. Wenn er sich schlafen legte, zog er sich die Decke bis über die Ohren; es war heiß und schwül, der Wind stürmte gegen die versperrten Türen, im Ofen summte es; aus der Küche drangen Seufzer, unheilverkündende Seufzer . . .

Und er hatte Angst unter seiner Decke. Er fürchtete, es könnte sich etwas entwickeln, Afanassi könnte ihm die Kehle durchschneiden, Einbrecher könnten kommen, und die ganze Nacht hatte er dann Alpträume. Wenn wir morgens zusammen ins Gymnasium gingen, war er bleich und ungenießbar, und man merkte, daß ihm das von Menschen wimmelnde Gymnasium, zu dem er sich begab, etwas Schreckliches war und seinem ganzen Wesen widerstrebte und daß meine Begleitung ihm, einem von Natur aus einsamen Menschen, lästig war.

›Der Lärm bei uns in den Klassen geht entschieden zu weit‹, sagte er, als suche er nach einer Erklärung für seine Niedergeschlagenheit. ›Das ist unerhört.‹

Und können Sie sich vorstellen: dieser Lehrer der griechischen Sprache, dieser Mensch im Futteral, hätte beinahe geheiratet.«

Iwan Iwanytsch warf einen kurzen Blick in die Scheuer hinein und sagte:

»Sie machen Witze!«

»Nein, er hätte beinahe geheiratet, so seltsam das klingt. Wir bekamen einen neuen Lehrer für Geschichte und Geographie, einen gewissen Kowalenko, Michail Ssawwitsch, ein Chocholl*.

* Spitzname für den Ukrainer.

Er kam nicht allein, sondern brachte seine Schwester Warenka mit. Er war jung, groß, hatte einen dunklen Teint, seine Hände waren Pranken, und seinem Gesicht war anzusehen, daß er einen Baß hatte, und wirklich, seine Stimme klang wie aus einem Faß herauf: bu bu bu ... Und sie, sie war nicht mehr ganz jung, so um die dreißig, aber ebenfalls groß und schlank, hatte schwarze Brauen und rote Wangen – mit einem Wort: ein Bonbon, und so ungezwungen, so temperamentvoll; sie sang fortwährend ukrainische Romanzen und lachte. Beim geringsten Anlaß brach sie in ein lautes Gelächter aus: ha ha ha! Die erste richtige Bekanntschaft mit den Kowalenkos machten wir, wie ich mich erinnere, beim Namenstag des Direktors. Mitten unter all diesen strengen, verkrampften und langweiligen Pädagogen, die noch zu Namenstagen aus Pflichtgefühl gehen, sahen wir plötzlich eine neue schaumgeborene Aphrodite: sie geht umher, die Arme in die Hüften gestemmt, sie lacht laut, sie singt und tanzt ... Sie gab gefühlvoll ›Es wehen die Winde‹ zum besten, dann noch eine Romanze und noch eine, und sie bezauberte uns alle – alle, sogar Belikow. Er setzte sich zu ihr und sagte süßlich lächelnd:

›Die ukrainische Sprache erinnert mit ihrer Weichheit und ihrem Wohlklang an die altgriechische.‹

Das schmeichelte ihr, und sie begann ihm mit Gefühl und Überzeugungskraft zu erzählen, daß sie im Kreis Gadjatsch einen Hof habe und daß auf diesem Hof ihr Mamachen wohne und daß es dort *solche* Birnen, *solche* Melonen, *solche* Kürbisse gäbe. Das Wort, womit man in Rußland die Kneipe bezeichnet, verwende man in der Ukraine für den Kürbis, die Kneipen aber nenne man dort ›schinki‹, und einen Borschtsch koche man bei ihnen, mit roten Tomaten und blauen Auberginen, ›der schmeckt, der schmeckt – unwahrscheinlich!‹.

Wir hörten zu, und wie wir so zuhörten, blitzte plötzlich in uns allen derselbe Gedanke auf.

›Es wäre gar keine schlechte Idee, die beiden miteinander zu verheiraten‹, sagte die Frau Direktor leise zu mir.

Es kam uns jetzt erst zum Bewußtsein, daß unser Belikow unverheiratet war, und wir wunderten uns, wie wir einen so wichtigen Faktor in seinem Leben bisher völlig außer acht hatten lassen können. Wie sieht überhaupt sein Verhältnis zu den Frauen aus, wie löst er für sich diese Antwort heischende Frage? Früher hatte uns das nicht im geringsten interessiert; möglich, daß wir nicht einmal den Gedanken zugelassen hätten, daß ein Mensch, der bei jedem Wetter Galoschen trägt und in einem Bett mit Baldachin schläft, überhaupt lieben könne.

›Er ist weit über vierzig, und sie ist dreißig‹, erläuterte die Frau Direktor ihren Gedanken. ›Ich habe den Eindruck, sie würde ihn nehmen.‹

Was tut man in unserer Provinz nicht alles aus Langeweile, wieviel Unnützes und Unsinniges! Und zwar deshalb, weil eben das, was nötig wäre, nicht getan wird. Was trieb uns nur dazu, diesen Belikow zu verheiraten, wo doch schon der bloße Gedanke, er könnte beweibt sein, völlig absurd erschien. Die Frau Direktor, die Frau des Inspektors und alle unsere Damen vom Gymnasium lebten förmlich auf, sie wurden richtig schön, als hätten sie mit einem Mal das Ziel des Lebens erkannt. Die Frau Direktor mietet eine Theaterloge, und was sehen wir? In der Loge sitzt Warenka mit so einem Fächer, strahlend und glücklich, und neben ihr Belikow, klein und geduckt, als habe man ihn mit Zangen von zu Hause fortgeschleppt. Ich gebe eine Abendgesellschaft, und gleich fordern die Damen, ich müsse unbedingt Belikow und Warenka einladen. Kurz: die Maschine hatte sich in Gang gesetzt. Es stellte sich heraus, daß Warenka einer Heirat nicht ablehnend gegenüberstand. Das Zusammenleben mit ihrem Bruder machte ihr wenig Freude. Ganze Tage taten sie nichts anderes, als miteinander zu streiten und sich zu beschimpfen. Stellen Sie sich folgende Szene vor: Kowalenko geht die Straße entlang, ein großer, gesunder Bär in einem gestickten Hemd, unter der Mütze hervor fällt ihm ein Haarschopf in die Stirn; in der einen Hand hat er einen Packen Bücher, in der anderen einen dicken Knotenstock. Hinter ihm geht seine Schwester, ebenfalls mit Büchern.

›Du hast es aber nicht gelesen, Michajlik‹, streitet sie laut. ›Ich sage dir doch, ich schwör's dir, nicht so viel hast du davon gelesen!‹

›Und ich sage dir, ich hab's gelesen!‹ schreit Kowalenko und stößt krachend den Stock gegen das Trottoir.
›Ach du meine Güte, Mintschik? Warum ärgerst du dich denn so? Wir reden doch nur ganz grundsätzlich darüber.‹
›Und ich sage dir, ich hab's gelesen!‹ schreit Kowalenko noch lauter.
Und zu Hause: kommt ein Fremder – gleich Zank und Streit. Von so einem Leben kann man mit der Zeit schon genug kriegen, man möchte seinen Winkel haben, und das Alter muß man auch in Betracht ziehen; zum Wählen ist da nicht mehr viel Zeit, man heiratet den ersten besten, selbst einen Lehrer der griechischen Sprache. Und außerdem gilt für die Mehrzahl unserer jungen Damen die Devise: egal wen, Hauptsache überhaupt einen. Wie dem auch sei, Warenka machte ganz deutlich unserem Belikow Avancen. Und Belikow? Er besuchte Kowalenko auf die gleiche Art wie uns. Er kam zu ihm, setzte sich und schwieg. Er schwieg, und Warenka trug ihm ›Es wehen die Winde‹ vor oder schaute ihn mit ihren dunklen Augen nachdenklich an oder lachte plötzlich auf:
›Hahaha!‹
In Liebesdingen, und besonders, wenn es sich um eine Heirat dreht, spielen Einflüsterungen eine große Rolle. Sämtliche Kollegen und die Damen setzten alles daran, Belikow zu überzeugen, daß er heiraten müsse, daß ihm nichts mehr im Leben zu tun übrigbleibe, als zu heiraten; alle beglückwünschten wir ihn und gaben mit ernsthaften Gesichtern allerhand abgeschmacktes Zeug von uns wie zum Beispiel, daß die Heirat ein Schritt sei, der überlegt werden wolle. Außerdem sah Warenka nicht schlecht aus; sie war eine interessante Frau, besaß einen Hof und war die Tochter eines Staatsrats. Und das Wichtigste: sie war die erste Frau, die nett und herzlich zu ihm war. Der Kopf begann sich ihm zu drehen, und er beschloß, daß in der Tat geheiratet werden müsse.«
»Zeit, ihm die Galoschen und den Schirm abzunehmen«, äußerte Iwan Iwanytsch.
»Sie werden's nicht glauben, aber das erwies sich als gänzlich unmöglich. Er stellte bei sich zu Hause ein Porträt von Warenka

auf den Tisch, kam ständig zu mir herein und sprach von Warenka, vom Familienleben und davon, daß die Heirat ein Schritt sei, der überlegt werden wolle, war oft bei den Kowalenkos, seinen Lebensstil aber änderte er nicht im geringsten. Ja im Gegenteil, der Entschluß zu heiraten hatte eine schädliche Wirkung auf ihn: er magerte ab, wurde bleich und zog sich, so hatte man den Eindruck, noch tiefer in sein Futteral zurück.

›Warwara Ssawwischna gefällt mir‹, sagte er mit einem schwachen, schiefen Lächeln, ›und ich weiß, um das Heiraten kommt kein Mensch herum, aber . . . wissen Sie, das kommt alles so plötzlich . . . die Sache will bedacht sein.‹

›Was gibt es da zu bedenken?‹ sagte ich zu ihm. ›Heiraten Sie, und fertig ist die Schose.‹

›Nein, die Heirat ist ein Schritt, der überlegt sein will, zuerst muß man die Verpflichtungen und Verantwortungen abwägen, die auf einen zukommen, damit sich hinterher nichts entwickelt. Das Ganze beunruhigt mich dermaßen, daß ich keine Nacht mehr schlafe. Und offen gestanden, ich befürchte eines: sie und ihr Bruder haben eine so sonderbare Denkweise, ihr Urteil erscheint mir irgendwie seltsam, und es sind so lebhafte Charaktere. Da heiratet man, und hinterher gerät man womöglich in irgend so eine Geschichte.‹

Und er verschob seinen Antrag immer wieder, zum großen Verdruß der Frau Direktor und aller unserer Damen; ständig wog er die auf einen zukommenden Verpflichtungen und Verantwortungen ab, ging dabei aber jeden Tag mit Warenka spazieren. Wahrscheinlich glaubte er, daß sich das in seiner Situation so gehöre, und er kam zu mir, um über das Familienleben zu sprechen. Und aller Voraussicht nach hätte er zu guter Letzt einen Antrag gemacht und wäre eine jener unnötigen, dummen Heiraten eingegangen, die bei uns aus Langeweile und lauter Nichtstun zu Tausenden geschlossen werden, wenn sich nicht unverhofft ein ›*kolossalischer Skandal*‹* ereignet hätte. Ich muß vorausschicken, daß Warenkas Bruder, Kowalenko, Belikow vom ersten Tage der Bekanntschaft mit ihm haßte und ihn nicht riechen konnte.

*Auch im Original auf deutsch.

›Ich verstehe nicht‹, so pflegte er achselzuckend zu uns zu sagen, ›ich verstehe nicht, daß euch dieser Denunziant, diese widerliche Visage, nicht anekelt. Ach, Herrschaften, wie könnt ihr hier nur leben! Was für eine erstickende, vergiftete Atmosphäre das bei euch ist. Und ihr wollt Pädagogen, Lehrer sein? Pöstchenjäger seid ihr; das ist hier kein Tempel der Wissenschaft, sondern eine Polizeiverwaltung, und stinken tut es hier so säuerlich wie in dem Schilderhäuschen eines Polizisten. Nein, meine Lieben, eine Weile bleibe ich noch bei euch, dann aber fahre ich auf meinen Hof und fange dort Krebse und erziehe kleine Ukrainer. Ich fahre, bleibt nur ruhig hier mit eurem Judas, platzen soll er.‹

Oder er lachte schallend und bis ihm die Tränen kamen, bald im Baß, bald mit hoher, sich überschlagender, dünner Stimme, und mit ausgebreiteten Armen fragte er mich in seiner Sprache:

›Was sitzt er bei mir herum? Was will er überhaupt? Sitzt da und glotzt.‹

Er gab Belikow sogar einen Spitznamen: ›Fadenzieher oder Spinne‹. Und wir vermieden es, versteht sich, mit ihm darüber zu sprechen, daß seine Schwester Warenka im Begriffe war, die ›Spinne‹ zu heiraten. Und als die Frau des Direktors ihm gegenüber einmal eine Anspielung machte, daß es eine gute Idee wäre, seine Schwester bei einem so soliden und von allen geachteten Mann wie Belikow unter die Haube zu bringen, da verfinsterte sich sein Gesicht, und er knurrte:

›Das geht mich nichts an. Von mir aus kann sie eine Viper heiraten, ich liebe es nicht, mich in fremde Angelegenheiten einzumischen.‹

Hören Sie, wie es weiterging. Irgend so ein Schelm zeichnete eine Karikatur: Belikow, wie er in Galoschen und mit hochgekrempelten Hosen unter einem Schirm daherkommt und Warenka am Arm führt; Unterschrift: ›Der verliebte Anthropos‹. Das Vorbild war, wissen Sie, erstaunlich gut getroffen. Der Künstler mußte mehr als eine Nacht am Werk gewesen sein, denn alle Lehrer des Knaben- und des Mädchengymnasiums, die Lehrer vom Seminar und die Beamten – alle hatten ein Exemplar erhalten. Und auch Belikow hatte eins bekommen. Die

Karikatur machte auf ihn einen niederschmetternden Eindruck.
Wir gingen zusammen aus dem Haus – es war gerade erster Mai, Feiertag, und wir hatten besprochen, uns alle, Lehrer und Schüler, am Gymnasium zu treffen und gemeinsam zu Fuß einen Ausflug vor die Stadt in den Wald zu machen –, wir gingen also aus dem Haus, und sein Gesicht war grün und finsterer als eine Gewitterwolke.
›Was es doch für häßliche, übelwollende Menschen gibt!‹ sagte er, und seine Lippen zitterten.
Er begann mir beinahe leid zu tun. Und wie wir so gehen, kommt doch, stellen Sie sich vor, auf einem Fahrrad Kowalenko daher und hinter ihm Warenka, ebenfalls auf einem Fahrrad, mit gerötetem Gesicht, abgehetzt, aber lustig und glücklich.
›Wir fahren schon voraus!‹ ruft sie. ›Das Wetter ist einfach zu schön, unwahrscheinlich schön!‹
Und fort sind sie. Mein Belikow war nicht mehr grün, sondern weiß geworden und förmlich erstarrt. Er blieb stehen und sah mich an . . .
›Gestatten Sie, was soll das bedeuten?‹ fragte er. ›Darf ich meinen Augen trauen? Schickt es sich denn für die Lehrer des Gymnasiums und für Frauen, Fahrrad zu fahren?‹
›Was ist daran denn unschicklich?‹ sagte ich, ›lassen Sie sie doch fahren, solange es ihnen Spaß macht.‹
›Ist das Ihr Ernst?‹ rief er, erstaunt über meine Ruhe. ›Was sagen Sie da?‹
Und er war so mitgenommen, daß er nicht mehr weitergehen wollte und nach Hause zurückkehrte.
Am nächsten Tag rieb er sich die ganze Zeit nervös die Hände und fuhr immer wieder zusammen, und sein Gesicht verriet, daß mit ihm etwas nicht in Ordnung war. Außerdem ging er mitten im Unterricht nach Hause, was in seinem Leben zum ersten Mal geschah. Und zu Mittag aß er auch nicht. Gegen Abend aber mummte er sich dick ein, obwohl draußen normales Sommerwetter herrschte, und schleppte sich zu den Kowalenkos. Warenka war nicht zu Hause, er traf nur den Bruder an.
›Setzen Sie sich, bitte sehr‹, sagte Kowalenko kühl und runzelte

die Stirn; er hatte ein verschlafenes Gesicht – nach seinem soeben gehaltenen Mittagsschläfchen war er sehr übel gelaunt. Belikow saß ungefähr zehn Minuten schweigend da, dann begann er:

›Ich bin zu Ihnen gekommen, um meinem Herzen Luft zu machen. Ein übelwollender Mensch hat in verspottender Absicht von mir und einer weiteren Person, die uns beiden nahesteht, eine Zeichnung angefertigt. Ich halte es für meine Pflicht, Ihnen zu versichern, daß ich mit der Sache nichts zu tun habe . . . Ich habe zu einer derartigen Verspottung nicht den geringsten Anlaß gegeben – im Gegenteil, die ganze Zeit über habe ich ein untadeliges Verhalten an den Tag gelegt.‹

Kowalenko kochte innerlich und saß schweigend da. Belikow wartete ein wenig, dann fuhr er mit gedämpfter und trauriger Stimme fort:

›Und dann muß ich Ihnen noch etwas sagen. Ich bin altgedient, Sie dagegen haben Ihren Dienst gerade erst angetreten, daher halte ich es als älterer Kollege für meine Pflicht, Sie zu warnen. Sie fahren mit dem Fahrrad spazieren, ein solches Amüsement ist aber für einen Erzieher der Jugend etwas gänzlich Ungehöriges.‹

›Und weshalb?‹ fragte Kowalenko mit Baßstimme.

›Braucht es denn da noch eine Erklärung, Michail Ssawwitsch, ist das denn nicht unmittelbar einleuchtend? Wenn schon die Lehrer radfahren, was werden denn erst die Schüler tun? Ihnen bleibt ja nur noch übrig, auf dem Kopf zu gehen! Und außerdem: solange es nicht durch ein Rundschreiben gestattet wird, so lange ist es zu unterlassen. Ich war gestern entgeistert! Als ich Ihre liebe Schwester sah, wurde es mir schwarz vor den Augen. Eine Frau oder ein Mädchen auf dem Fahrrad – das ist ja schrecklich!‹

›Was wollen Sie eigentlich?‹

›Ich will nur eins – Sie warnen, Michail Ssawwitsch. Sie sind ein junger Mensch, Sie haben die Zukunft noch vor sich, da müssen Sie in Ihrem Benehmen sehr, sehr vorsichtig sein. Und Sie begehen einen Fauxpas nach dem anderen! Sie tragen ein gesticktes Hemd, lassen sich auf der Straße beständig mit irgendwelchen

Büchern sehen, und jetzt auch noch die Sache mit dem Fahrrad. Daß Sie und Ihre liebe Schwester radfahren, davon wird noch der Direktor erfahren, und dann geht es bis zum Kurator ... Möchten Sie das denn?‹

›Daß ich und meine Schwester radfahren, geht niemanden etwas an!‹ sagte Kowalenko und wurde glutrot. ›Und wer sich in die Angelegenheiten meines Hauses und meiner Familie einmischt, den schicke ich zu allen Höllenhunden.‹

Belikow erbleichte und stand auf.

›Wenn Sie in einem solchen Ton mit mir reden, ist die Unterhaltung für mich beendet‹, sagte er. ›Und ich ersuche Sie, sich fürderhin in meiner Gegenwart nicht in dieser Art und Weise über die Vorgesetzten zu äußern. Sie sollten der Obrigkeit mehr Respekt entgegenbringen.‹

›Habe ich in bezug auf die Obrigkeit vielleicht etwas Abfälliges geäußert?‹ fragte Kowalenko und sah ihn wütend an. ›Bitte lassen Sie mich in Frieden. Ich bin ein ehrenhafter Mensch und wünsche es nicht, mich mit einem Herrn wie Ihnen zu unterhalten. Ich liebe Denunzianten nicht.‹

Belikow lief nervös hin und her und begann sich mit schreckerfüllter Miene hastig anzuziehen. Solche Grobheiten hörte er zum ersten Mal in seinem Leben.

›Sie können reden, was Sie wollen‹, sagte er, während er aus dem Vorzimmer auf den Treppenabsatz hinaustrat. ›Ich möchte Sie aber warnen: möglicherweise hat uns jemand gehört, und damit unser Gespräch nicht entstellt wird und sich nicht etwas daraus entwickelt, sehe ich mich gezwungen, den Herrn Direktor vom Inhalt unseres Gesprächs in Kenntnis zu setzen ... in groben Zügen. Dazu bin ich verpflichtet.‹

›In Kenntnis setzen? Dann geh und setz ihn in Kenntnis!‹

Damit packte ihn Kowalenko am Kragen und versetzte ihm einen Stoß, und Belikow fiel, mit seinen Galoschen polternd, die Treppe hinab. Diese war hoch und steil, aber er kam wohlbehalten unten an, stand auf und faßte sich an die Nase, ob die Brille noch heil war. Doch ausgerechnet in dem Augenblick, als er die Treppe hinabstürzte, trat Warenka, von zwei Damen begleitet, ins Haus; sie standen unten und schauten zu – und das war für

Belikow das Schlimmste. Besser, sich den Hals oder beide Beine zu brechen, als zum Gegenstand des Gespötts zu werden: jetzt würde es ja die ganze Stadt erfahren, es würde zum Direktor, zum Kurator gelangen – ach, wenn sich daraus nur nichts entwickelt! –, man wird eine zweite Karikatur zeichnen, und das Ganze wird damit enden, daß man ihm befiehlt, sich pensionieren zu lassen . . .

Als er sich aufgerappelt hatte, erkannte ihn Warenka, und als sie sein komisches Gesicht, seinen zerknüllten Mantel und seine Galoschen sah, ohne dabei zu wissen, worum es sich handelte, und in der Annahme, er sei von selber versehentlich gestürzt, da konnte sie sich nicht halten und lachte los, daß es durchs ganze Haus schallte:

›Ha ha ha!‹

Und mit diesem schallenden, aus ihr hervorbrechenden ›Ha ha ha‹ war alles zu Ende: nicht nur die Brautwerbung, sondern auch Belikows irdische Existenz. Er hörte schon nicht mehr, was Warenka sagte, und er sah auch nichts mehr. Nach Hause zurückgekehrt, entfernte er zuallererst das Porträt vom Tisch, und dann legte er sich hin, um nicht mehr aufzustehen.

Etwa drei Tage später kam Afanassi zu mir und fragte, ob man nicht den Doktor holen sollte, weil, wie er sich ausdrückte, mit dem Herrn etwas geschehe. Ich ging zu Belikow. Er lag in seinem Bett mit dem Baldachin, unter der Decke, und schwieg; fragte man ihn etwas, so erhielt man nur ein Ja oder ein Nein – und sonst kein Ton. Er lag da, und um ihn herum schlurfte Afanassi, finster, mit gerunzelter Stirn und tief seufzend, und nach Wodka roch er wie eine ganze Kneipe.

Einen Monat später starb Belikow. Wir gingen alle zu seiner Beerdigung, das heißt, die beiden Gymnasien und das Seminar. Jetzt, da er im Sarg lag, zeigte sein Gesicht einen sanften, angenehmen, ja sogar fröhlichen Ausdruck, so, als freue er sich darüber, daß man ihn endlich in ein Futteral gelegt hatte, das er niemals mehr verlassen würde. Ja, er hatte sein Ideal erreicht! Und wie, um ihm die Ehre zu geben, herrschte während der Beerdigung trübes, regnerisches Wetter, und alle trugen wir Galoschen und hatten Schirme dabei. Warenka war auch bei der Beerdigung, und als der Sarg ins Grab gesenkt wurde, weinte sie leise. Ich habe die Erfahrung gemacht, daß die Ukrainer entweder lachen oder weinen, eine mittlere Stimmung kennen sie nicht.

Ich muß zugeben, Menschen wie Belikow zu begraben bereitet eine große Befriedigung. Als wir vom Friedhof zurückkamen, trugen wir bescheidene, in uns gekehrte Mienen zur Schau; niemand wollte dieses befriedigende Gefühl nach außen dringen lassen, ein Gefühl, das dem glich, das wir, lang, lang ist's her, in der Kindheit einmal verspürten, wenn die Erwachsenen aus dem Haus gegangen waren und wir ein, zwei Stunden im Garten umherspringen konnten und volle Freiheit genossen. Ach, Freiheit, Freiheit! Selbst die Andeutung ihrer Möglichkeit, selbst eine schwache Hoffnung, sie zu erringen, verleiht unserer Seele Flügel, nicht wahr?

Wir waren in guter Stimmung vom Friedhof zurückgekehrt. Aber es brauchte nicht mehr als eine Woche zu vergehen, und das Leben lief wieder in den alten Bahnen weiter, genauso rauh, quälend und sinnlos, ein Leben, das zwar nicht durch Rundschreiben verboten, aber auch nicht in vollem Umfang erlaubt war; es war nicht besser geworden. Und wirklich, Belikow hatte man begraben, aber wie viele solcher Menschen im Futteral sind noch übriggeblieben, wie viele wird es noch geben!«

»Das ist es ja gerade«, sagte Iwan Iwanytsch und zündete seine Pfeife an.

»Wie viele wird es noch geben!« wiederholte Burkin.

Der Gymnasiallehrer trat aus der Scheuer. Er war mittelgroß, dick, hatte eine Vollglatze und einen schwarzen Bart, der ihm beinahe bis zum Gürtel reichte; und mit ihm kamen zwei Hunde hervor.

»Was für ein Mond das ist, was für ein Mond!« sagte er, zum Himmel blickend.

Es war schon Mitternacht. Rechter Hand lag das ganze Dorf deutlich vor ihnen, und die lange Straße zog sich an die fünf Werst weit in die Ferne. Alles war in stillen, tiefen Schlaf gesunken; keine Bewegung, kein Laut, man möchte es gar nicht für möglich halten, daß es in der Natur so still sein kann. Wenn man in einer Mondnacht die breite Dorfstraße mit ihren Hütten, Heuschobern und schlafenden Weidenbäumen sieht, so zieht Stille in die Seele ein; in dieser ihrer Ruhe, in den nächtlichen Schatten, geschützt vor Mühsal, Sorgen und Bitterkeit, ist sie von einer sanften, trauervollen Schönheit, und es scheint, als blickten auch die Sterne zärtlich und gerührt auf sie herab und als sei alles Böse in der Welt getilgt und als werde alles gut. Links vom Dorfausgang begann das Feld; es war weit sichtbar, bis zum Horizont, und auf der ganzen Weite dieses vom Mondlicht übergossenen Feldes war gleichfalls keine Bewegung, kein Laut.

»Das ist es ja gerade«, wiederholte Iwan Iwanytsch. »Und daß wir in der Schwüle und Enge der Stadt leben, unnötige Papiere vollschreiben und Wint spielen – ist das etwa kein Futteral? Und daß wir unser Leben unter Nichtstuern, Prozeßhanseln, dummen und müßigen Frauen zubringen, allen möglichen Unsinn anhören und von uns geben – ist das etwa kein Futteral? Wenn Sie möchten, erzähle ich Ihnen hierzu eine sehr lehrreiche Geschichte.«

»Nein, es ist Zeit, daß wir schlafen«, sagte Burkin. »Bis morgen.«

Sie gingen beide in die Scheuer und legten sich ins Heu. Und sie hatten sich schon zugedeckt und waren eingeschlummert, als plötzlich leise Schritte hörbar wurden: tapp, tapp . . . Unweit der Scheuer war jemand; er ging ein Stück weit, blieb stehen, und bald darauf wieder: tapp, tapp . . . Die Hunde fingen an zu knurren.

»Das ist Mawra, die da geht«, sagte Burkin.

Die Schritte verstummten.

»Anzusehen und zu hören, wie sie lügen«, stieß Iwan Iwanytsch hervor und drehte sich auf die andere Seite, »und dann selber noch Dummkopf genannt werden, weil man dieses Lügen duldet; Beleidigungen und Erniedrigungen ertragen, es nicht wagen, öffentlich zu bekennen, daß man auf der Seite der ehrlichen, freiheitsliebenden Menschen steht, und selber lügen und lächeln, und all das wegen eines Stückchen Brotes, wegen eines warmen Winkels, wegen so eines idiotischen Pöstchens, das kei-

nen Pfifferling wert ist – nein, so kann es nicht weitergehen!«
»Lassen Sie's gut sein, Iwan Iwanytsch, das steht auf einem anderen Blatt«, sagte der Lehrer. »Schlafen wir lieber.«
Und zehn Minuten später schlief Burkin schon. Iwan Iwanytsch hingegen wälzte sich unter Seufzern fortwährend von einer Seite auf die andere, stand schließlich auf, trat wieder ins Freie und zündete, nachdem er sich am Eingang niedergelassen hatte, sein Pfeifchen an.

Stachelbeeren

Schon seit dem frühen Morgen bedeckten Regenwolken den ganzen Himmel; es war still, nicht sehr heiß und so langweilig, wie es an grauen, trüben Tagen eben ist, wenn die Wolken schon lange tief über dem Land hängen, der Regen aber auf sich warten läßt. Der Tierarzt Iwan Iwanytsch und der Gymnasiallehrer Burkin waren schon müde vom Gehen, und die Ebene schien nicht enden zu wollen. Weit vor ihnen waren die Windmühlen des Dorfes Mironossizkoje sichtbar, rechts zog sich eine Hügelkette hin und verschwand fern hinter dem Dorf, und beide wußten, daß dort das Flußufer war, daß es da Wiesen, grüne Weidenbäume und Gutshöfe gab und daß man von einem jeden Hügel aus eine ebenso endlose Ebene vor sich sah, mit Telegrafenmasten und mit dem Zug, der aus der Ferne einer kriechenden Raupe glich, und daß man an klaren Tagen von dort aus gewöhnlich sogar die Stadt ausmachen konnte. Jetzt, bei dem stillen Wetter, da die ganze Natur sanftmütig und nachdenklich schien, waren Iwan Iwanytsch und Burkin von einer tiefen Liebe zu dieser Ebene erfüllt, und beide dachten daran, wie groß und herrlich doch dieses Land sei.

»Das letzte Mal, als wir in der Scheuer beim Dorfältesten Prokofi waren«, sagte Burkin, »wollten Sie eine Geschichte erzählen.«

»Ja, ich wollte Ihnen damals von meinem Bruder erzählen.«

Iwan Iwanytsch stieß einen tiefen Seufzer aus und setzte, als Vorbereitung zu seiner Erzählung, sein Pfeifchen in Brand, aber ausgerechnet in diesem Augenblick begann es zu regnen, und fünf Minuten später goß es schon in Strömen, und es war schwer vorauszusehen, wann diese Regenflut wieder aufhören würde. Iwan Iwanytsch und Burkin blieben nachdenklich stehen; die Hunde, schon ganz naß, standen mit eingezogenen Schwänzen da und sahen sie ergeben an.

»Wir müssen uns irgendwo unterstellen«, sagte Burkin. »Gehen wir zu Aljochin. Das ist ganz nah.«

»Also, gehen wir.«

Sie änderten die Richtung und gingen über ein abgemähtes Feld, zuerst geradeaus, dann rechts, bis sie auf die Landstraße kamen. Bald zeigten sich Pappeln, ein Garten, dann die roten Dächer von Speichern; der Fluß glänzte, und es bot sich ihnen der Blick auf den Wehrteich mit einer Mühle und einem weißen Badehaus. Das war Ssofino, wo Aljochin wohnte.

Die Mühle war in Betrieb und übertönte das Rauschen des Regens; das Wehr bebte. Dort standen neben den Bauernwagen mit hängenden Köpfen nasse Pferde, und Leute, die sich Säcke übergehängt hatten, gingen hin und her. Es war feucht, schmutzig, ungemütlich, und das Wasser sah kalt und abweisend aus. Iwan Iwanytsch und Burkin spürten schon, wie das unbehagliche Gefühl von Nässe und Unsauberkeit von ihrem Körper Besitz ergriff, ihre Schuhe waren schwer von dem Schlamm, und als sie über das Wehr gegangen waren und zu den herrschaftlichen Speichern emporstiegen, taten sie es schweigend, als seien sie böse aufeinander.

In einem der Speicher ratterte eine Worfelmaschine; das Tor stand offen, und Staub quoll aus ihm hervor. Auf der Schwelle stand Aljochin selbst, ein Mann um die vierzig, groß, korpulent, mit langen Haaren, der eher einem Professor oder einem Künstler glich als einem Gutsbesitzer. Er trug ein weißes, schon lange nicht mehr gewaschenes Hemd mit einem Strick als Gürtel, statt Hosen hatte er Unterhosen an, und an seinen Stiefeln klebten Dreck und Stroh. Nase und Augen waren staubgeschwärzt. Er erkannte Iwan Iwanytsch und Burkin, und er freute sich offensichtlich.

»Bitte, meine Herren, gehen Sie doch ins Haus«, sagte er lächelnd. »Ich komme gleich nach.«

Das Haus war groß und zweistöckig. Aljochin lebte unten, in zwei Zimmern mit gewölbter Decke und kleinen Fenstern, wo früher die Verwalter gewohnt hatten; die Einrichtung war einfach, und es roch nach Roggenbrot, billigem Wodka und Pferdegeschirr. Oben in den Paradezimmern hielt er sich selten auf und nur, wenn Gäste kamen. Iwan Iwanytsch und Burkin wurden im Haus vom Stubenmädchen, einer jungen Frau, empfangen, die so schön war, daß beide gleichzeitig stehenblieben und sich ansahen.

»Sie können sich nicht vorstellen, wie ich mich freue, Sie zu sehen, meine Herren!« sagte Aljochin, der hinter ihnen in den Flur getreten war. »Das ist eine Überraschung! – Pelageja«, wandte er sich an das Stubenmädchen, »geben Sie den Gästen etwas zum Umziehen. Apropos, ich werde mich auch umziehen. Nur muß ich mich erst waschen gehen, ich glaube beinahe, das habe ich seit dem Frühjahr nicht mehr getan. Kommen Sie doch mit ins Badehaus, unterdessen wird hier alles gerichtet.«

Die schöne Pelageja, die so zart war und den Eindruck großer Sanftheit machte, brachte Badetücher und Seife, und Aljochin ging mit seinen Gästen zum Badehaus.

»Ja, schon lange habe ich mich nicht mehr gewaschen«, sagte er beim Ausziehen. »Ich habe ein schönes Badehaus, wie Sie sehen, mein Vater hat es noch gebaut, nur daß ich nie zum Waschen komme.«

Er setzte sich auf eine Stufe und seifte seine langen Haare und seinen Hals ein, und das Wasser, das an ihm herablief, färbte sich braun.

»Ja, den Eindruck habe ich auch . . .«, äußerte Iwan Iwanytsch und richtete auf Aljochins Kopf einen vielsagenden Blick.

»Schon lange habe ich mich nicht mehr gewaschen . . .«, wiederholte Aljochin verlegen und seifte sich noch einmal ein, und das Wasser wurde dunkelblau wie Tinte.

Iwan Iwanytsch ging ins Freie, warf sich geräuschvoll ins Wasser und schwamm mit weit ausholenden Armen unter dem Regen dahin, und Wellen gingen von ihm aus, auf denen Wasserrosen schaukelten; er schwamm bis zur Mitte des Flusses und tauchte, kam eine Minute später woanders wieder hervor, schwamm weiter und tauchte fortwährend, um den Grund zu erreichen. »Ach, mein Gott . . .«, wiederholte er ein um das andere Mal voller Genuß. »Ach, mein Gott . . .« Er schwamm zur Mühle, unterhielt sich dort über irgend etwas mit den Bauern, und auf dem Rückweg legte er sich in der Mitte des Flusses auf den Rücken und kehrte sein Gesicht dem Regen zu. Burkin und Aljochin hatten sich schon angezogen und wollten gehen, er aber schwamm und tauchte unaufhörlich.

»Ach, mein Gott . . .«, sagte er. »Herr, erbarme dich.«

»Jetzt genügt's aber!« rief Burkin ihm zu.

Sie kehrten ins Haus zurück. Und erst, als oben im großen Salon die Lampe angezündet wurde und Burkin und Iwan Iwanytsch, in seidene Schlafröcke gehüllt und mit warmen Pantoffeln an den Füßen, in ihren Lehnstühlen saßen und Aljochin selbst, gewaschen und frisiert, in einer neuen Jacke durch den Salon ging und mit sichtlichem Behagen die Wärme und die Sauberkeit, die trockenen Kleider und das leichte Schuhwerk genoß und als die schöne Pelageja geräuschlos und sanft lächelnd über den Teppich schritt und auf einem Tablett Tee und Eingemachtes reichte – erst da nahm Iwan Iwanytsch seine Erzählung in Angriff, und es schien, als lauschten ihr nicht nur Burkin und Aljochin, sondern auch die alten und jungen Damen und die Militärs, die friedlich und streng aus ihren goldenen Rahmen blickten.

»Wir sind zwei Brüder«, begann er, »ich, Iwan Iwanytsch, und der andere, Nikolaj Iwanytsch, ungefähr zwei Jahre jünger als ich. Ich studierte und wurde Tierarzt, Nikolaj dagegen saß schon mit neunzehn Jahren im Steueramt. Unser Vater, Tschimscha-Himalajski, war Wehrpflichtiger gewesen, hinterließ uns aber, nachdem er sich zum Offizier hochgedient hatte, den erblichen Adel und ein kleines Gut. Nach seinem Tode wurde uns das Gut schuldenhalber durch einen Prozeß enteignet, doch dessenungeachtet verbrachten wir auf dem Lande eine Kindheit in völliger Ungebundenheit. Nicht anders als die Bauernkinder brachten wir Tag und Nacht in Feld und Wald zu, hüteten Pferde, schälten Bast, fingen Fische und so weiter . . . Sie wissen ja: wer auch nur ein Mal in seinem Leben einen Barsch gefangen hat oder im Herbst mit dem Auge den Schwärmen der davonfliegenden Drosseln gefolgt ist, wenn sie an klaren, kühlen Tagen über das Land ziehen – wer das erlebt hat, der taugt nicht mehr zum Städter, den wird es immer, bis zu seinem Tode, in die Freiheit ziehen. Mein Bruder verging in seinem Steueramt vor Sehnsucht. Die Jahre schwanden ihm dahin, und er saß immer am gleichen Fleck, bearbeitete die ewig gleichen Schriftstücke und war ständig von dem einen Gedanken erfüllt, wie er nur fortkäme aufs Land. Und diese Sehnsucht wandelte sich allmählich zu einem bestimmten Wunsch, zu dem Traum, sich irgendwo, am Ufer eines Flusses oder an einem See, ein kleines, nettes Gut zu kaufen.

Er war ein gutherziger, sanftmütiger Mensch, und ich hatte ihn gern, seine Begeisterung für ein lebenslanges Einsiedlertum auf einem eigenen Gut konnte ich jedoch nicht teilen. Es gibt zwar die Redensart, der Mensch brauche zum Leben nur drei Arschin Erde. Aber das genügt für einen Leichnam, nicht für einen Menschen. Und dann sagt man heute auch, es sei ein gutes Zeichen, wenn es unsere Intelligenz aufs Land ziehe und sie sich für Gutshöfe interessiere. Aber diese Gutshöfe sind doch gerade jene drei Arschin Erde. Die Stadt, den Kampf, das Getümmel des Lebens verlassen, sich einfach davonmachen und sich auf seinem Gut vergraben – das ist kein Leben, sondern Egoismus und Bequemlichkeit, das ist eine besondere Art von Mönchtum, aber ein Mönchtum ohne Heldenhaftigkeit. Der Mensch braucht nicht drei Arschin Erde, keinen Gutshof, sondern den ganzen Erdkreis, die ganze Natur, damit sich die Eigenschaften und Besonderheiten seines freien Geistes ungehindert entfalten können.

Mein Bruder Nikolaj saß in seiner Kanzlei und malte sich aus, wie er seine eigene Kohlsuppe essen würde, von deren appetitanregendem Duft der ganze Hof erfüllt wäre; wie er seine Mahlzeiten draußen im Grünen halten würde, in der Sonne schlafen, stundenlang vor dem Tor auf einem Bänkchen sitzen und Feld und Wald betrachten würde. Bücher über Landwirtschaft und die bekannten Bauernregeln in den Kalendern machten seine ganze Freude und geistige Lieblingsnahrung aus; auch Zeitungen las er gerne, las in ihnen aber nur die Anzeigen, durch die etwa so und so viel Desjatinen Ackerland und Wiesen samt Gutshof, Fluß, Garten, Mühle und Abflußteichen zum Verkauf angeboten wurden. Und in seinem Kopf tauchten Bilder von Gartenwegen und Blumen auf, von Obstbäumen, Starenkästen, Teichen mit Karauschen und dieses ganze Zeug, Sie wissen ja selber. Diese in seiner Phantasie existierenden Bilder waren, entsprechend den Anzeigen, auf die er stieß, untereinander ganz verschieden, aber aus unerfindlichen Gründen kamen in jedem von ihnen unweigerlich Stachelbeeren vor. Er konnte sich keinen Gutshof, keinen idyllischen Winkel vorstellen, ohne daß es da nicht Stachelbeeren gab.

›Das Landleben hat seine Annehmlichkeiten‹, pflegte er zu sagen. ›Man sitzt auf dem Balkon und trinkt Tee, und auf dem Teich schwimmen deine Entchen, es duftet so herrlich, und . . . und die Stachelbeeren wachsen.‹

Er fertigte Pläne für sein Gut an, und jedesmal kam bei ihnen ein und dasselbe heraus: a) das Herrenhaus, b) das Gesindehaus, c) der Gemüsegarten, d) die Stachelbeeren. Er lebte übermäßig sparsam: er aß sich nicht satt und trank sich nicht satt, ging herum wie ein Bettler, daß Gott erbarm', und was er erspart hatte, trug er auf die Bank. Er war schrecklich geizig. Es gab mir einen Stich ins Herz, wenn ich ihn so sah, und an Feiertagen brachte ich ihm dieses und jenes oder schickte ihm etwas, aber er tat auch das auf die Seite. Wenn ein Mensch erst einmal von einer Idee besessen ist, kann man nichts mehr machen.

Die Jahre vergingen, und er wurde in ein anderes Gouvernement versetzt; er war schon über vierzig, las aber immer noch die Zeitungsannoncen und sparte. Dann erfuhr ich, daß er geheiratet habe. Beharrlich jenes selbe Ziel im Auge, sich ein Gut mit Stachelbeeren zu erwerben, hatte er eine alte, häßliche Witwe geheiratet, ohne die geringste Neigung, nur deshalb, weil sie ein bißchen Geld hatte. Auch mit ihr lebte er sparsam bis zum Geiz, ließ sie am Hungertuch nagen und trug ihr Geld unter seinem Namen auf die Bank. Früher war sie mit einem Postmeister verheiratet gewesen und gewöhnt, daß man ihr Pasteten und Fruchtlikör vorsetzte, bei ihrem zweiten Mann aber sah sie nicht einmal genug Schwarzbrot; bei einem solchen Leben ging es beständig abwärts mit ihr, und nach drei Jahren befahl sie Gott ihre Seele. Und versteht sich: meinem Bruder kam es auch nicht eine Sekunde in den Sinn, er könnte die Schuld an ihrem Tod tragen. Wie der Schnaps macht auch das Geld den Menschen zum Sonderling. Bei uns in der Stadt lag ein Kaufmann im Sterben. Vor seinem Tode ließ er sich einen Teller Honig kommen und aß all sein Geld und seine Wertpapiere zusammen mit dem Honig auf, damit es niemandem zufalle. Auf einem Bahnhof hatte ich einmal Viehherden zu untersuchen, und da gerät ein Aufkäufer unter die Lokomotive, und es wird ihm ein Bein abgefahren. Wir tragen ihn in den Wartesaal, das Blut fließt in Strömen, es ist furchtbar anzusehen – und er bittet in einem fort, man solle sein Bein suchen, und er kann sich gar nicht beruhigen: in dem Stiefel des abgerissenen Beines seien zwanzig Rubel, daß sie nur nicht verlorengingen.«

»Das steht auf einem anderen Blatt«, sagte Burkin.

»Als seine Frau gestorben war«, fuhr Iwan Iwanytsch nach kurzem Besinnen fort, »machte sich mein Bruder auf, sich ein Gut auszusuchen. Natürlich, da kann man fünf Jahre lang aussuchen, und trotzdem macht man am Ende einen Fehler und kauft nicht im entferntesten das, wovon man geträumt hat. Über einen Kommissionär kaufte mein Bruder, unter Übernahme der Hypotheken*, hundertzwölf Desjatinen Land mit Herrenhaus, Gesindehaus und Park, aber ohne Obstgarten, ohne Stachelbeeren und ohne Teiche mit Entchen darauf; zwar war ein Fluß vorhanden, doch war die Farbe seines Wassers kaffeebraun, weil auf der einen Seite des Gutes eine Ziegelfabrik stand und auf der anderen eine Knochenbrennerei. Aber meinen Nikolaj Iwanytsch focht das wenig an; er bestellte zwanzig Stachelbeersträucher, pflanzte sie ein und begann sein Leben als Gutsbesitzer.

Im vergangenen Jahr machte ich mich auf, ihn zu besuchen. Fährst mal hin, dachte ich, und siehst dir an, wie's dort läuft. In seinen Briefen nannte mein Bruder sein Gut folgendermaßen: Tschumbaroklow- oder auch Himalajski-Einöde. Ich kam auf der ›Himalajski-Einöde‹ an einem Nachmittag an. Es war heiß. Überall Gräben, Holz- und Flechtzäune, in Reihen gepflanzte Fichten, und man weiß nicht, wie man auf den Hof gelangt und wo man sein Pferd lassen soll. Ich gehe aufs Haus zu, da kommt mir ein fuchsroter, fetter Hund entgegen, sieht aus wie ein Schwein. Will bellen, ist zu faul. Aus der Küche kommt die Köchin, barfuß, dick, auch sie ähnelt einem Schwein und sagt, der

Herr halte Mittagsruhe. Ich gehe zum Bruder hinein, er sitzt auf dem Bett, eine Decke über den Knien; er ist alt geworden, aufgedunsen, dick und schlaff; Wangen, Nase und Lippen stehen irgendwie vor – fehlt nur noch, daß er in die Bettdecke grunzt.
Wir umarmten uns und weinten leise vor Freude und aus Schmerz, daß wir einmal jung gewesen und jetzt beide grau waren und auf den Tod zugingen. Er zog sich an und nahm mich mit, mir seinen Hof zu zeigen.
›Nun, wie lebt es sich hier?‹ fragte ich.
›Ich kann nicht klagen, Gott sei Dank, ich lebe gut.‹
Das war nicht mehr der frühere schüchterne Habenichts von einem Beamten, das war ein richtiger Gutsbesitzer, ein Herr. Er hatte sich hier schon eingelebt, sich an alles gewöhnt und war auf den Geschmack gekommen; er aß reichlich, wusch sich im Dampfbad, setzte Speck an, prozessierte bereits mit der Gemeinde und den beiden Fabriken und war tief gekränkt, wenn die Bauern ihn nicht mit ›Euer Hochwohlgeboren‹ anredeten. Und auch um sein Seelenheil sorgte er sich, solide, wie ein echter Herr, und gute Taten tat er nicht einfach so, sondern mit Würde. Und was für gute Taten? Er behandelte sämtliche Krankheiten seiner Bauern mit Soda- und Rizinusöl, und an seinem Namenstag ließ er im Dorf einen Dankgottesdienst abhalten, und danach stellte er den Leuten einen halben Eimer Wodka hin, weil er glaubte, das sei notwendig. Ach, diese schrecklichen halben Eimer! Heute schleppt ein dicker Gutsbesitzer seine Bauern wegen eines Flurschadens vor den Landeshauptmann, und morgen läßt er, bei einem festlichen Anlaß, einen halben Eimer springen, und sie trinken und brüllen ›hurra‹ und verneigen sich, betrunken, wie sie sind, vor ihm bis zum Boden. Eine Wende zum Besseren in seinem Leben, Sattheit und Müßiggang lassen im russichen Menschen den unverschämtesten Dünkel aufkommen. Nikolaj Iwanytsch, der früher in seinem Steueramt Angst gehabt hatte, selbst in bezug auf seine eigene Person eine feste Meinung zu haben, gab jetzt nur noch höchste Erkenntnisse von sich, und das in einem Ton, als wäre er Minister: ›Bildung ist notwendig, aber fürs Volks ist sie noch zu früh‹, ›Im all-

gemeinen sind Körperstrafen schädlich, aber in bestimmten Fällen sind sie nützlich und unentbehrlich‹.
›Ich kenne das Volk und weiß, wie man es nehmen muß‹, sagte er. ›Das Volk liebt mich. Ich brauche nur mit den Fingern zu schnalzen, und das Volk tut für mich alles, was ich will.‹
Und das sagte er, wohlgemerkt, mit einem klugen, gütigen Lächeln. An die zwanzig Mal wiederholte er: ›Wir Adligen‹, ›ich als Adliger‹; augenscheinlich hatte er schon vergessen, daß unser Großvater Bauer und unser Vater Soldat gewesen war. Selbst so etwas Ungereimtes wie unser Familienname Tschimscha-Himalajski schien ihm nun klangvoll, vornehm und etwas sehr Angenehmes zu sein.
Aber nicht um ihn geht es, sondern um mich selbst. Ich möchte Ihnen erzählen, was für eine Wandlung ich in diesen wenigen Stunden, die ich auf seinem Hof war, durchgemacht habe. Am Abend, beim Teetrinken, stellte die Köchin einen bis oben gefüllten Teller mit Stachelbeeren auf den Tisch. Es waren keine gekauften, sondern seine eigenen, die erste Ernte, seit die Sträucher gepflanzt worden waren. Nikolaj Iwanytsch lachte und schaute wohl eine Minute lang schweigend – vor Rührung konnte er nicht sprechen – und mit Tränen in den Augen auf die Beeren, dann nahm er eine von ihnen in den Mund, blickte mich mit dem triumphierenden Gesichtsausdruck eines Kindes, das endlich sein Lieblingsspielzeug bekommen hat, an und sagte:
›Wie schmackhaft!‹
Und er aß gierig und wiederholte in einem fort:
›Ach, wie schmackhaft! Probier mal!‹
Sie waren hart und sauer, aber, wie Puschkin sagt: ›Lieber als die Masse der Wahrheiten ist uns der uns erhebende Wahn.‹*
Ich sah einen glücklichen Menschen, dessen heiligster Traum völlige Wirklichkeit geworden war, der das Ziel seines Lebens erreicht und das, was er gewollt, bekommen hatte und der mit seinem Schicksal und mit sich selbst zufrieden war. Meinen Gedanken über das menschliche Glück hat sich schon immer, ich

* Genau lautet die von Tschechow gemeinte Stelle bei Puschkin: »Lieber als die Masse der niedrigen Wahrheiten ist mir der uns erhebende Wahn.« (Dies sagt der ›Dichter‹ im Gespräch mit dem ›Freund‹ in dem Gedicht »Der Held« von 1830.)

weiß nicht warum, so etwas wie Niedergeschlagenheit beigemischt, jetzt aber, beim Anblick dieses glücklichen Menschen, befiel mich ein Gefühl, das tiefer Verzweiflung nahekam. Besonders schlimm war es in der Nacht. Man hatte mir das Bett neben dem Schlafzimmer meines Bruders hergerichtet, und ich hörte, daß er nicht schlief, immer wieder aufstand und zu dem Teller mit den Stachelbeeren ging und eine Beere herausnahm. Ich überlegte, wie viele zufriedene, glückliche Menschen es im Grunde genommen gibt! Was für eine überwältigende Macht das ist! Sehen Sie sich doch einmal dieses Leben an: Anmaßung und Müßiggang der Starken, Unwissenheit und viehisches Leben der Schwachen, ringsum unglaubliche Armut, Enge, Degeneration, Trunksucht, Heuchelei, Lüge . . . Und trotzdem in allen Häusern und auf den Straßen tiefe Stille und Ruhe; unter den fünfzigtausend Einwohnern der Stadt ist kein einziger, der aufschreit, der sich empört. Wir sehen die, die auf den Markt einkaufen gehen, am Tage essen und nachts schlafen, die ihren Unsinn verzapfen, heiraten, alt werden und gutgelaunt ihre Toten auf den Friedhof schleppen; jene aber, die leiden, sehen und hören wir nicht, und das, was schrecklich ist im Leben, spielt sich irgendwo hinter den Kulissen ab. Alles ist still und ruhig, und nur die stumme Statistik protestiert: so und so viele sind verrückt geworden, so und so viele Eimer wurden leergetrunken, so und so viele Kinder sind an Unterernährung gestorben . . . Und eine solche Ordnung ist offenbar notwendig; offenbar fühlt sich der Glückliche nur deshalb wohl, weil die Unglücklichen ihre Bürde schweigend tragen und weil ohne dieses Schweigen das Glück nicht möglich wäre. Das ist eine allgemeine Hypnose. Es wäre gut, wenn vor der Tür eines jeden zufriedenen und glücklichen Menschen jemand mit einem Hämmerchen stünde und ihn durch ein Klopfen ständig daran erinnerte, daß es Unglückliche gibt, daß ihm das Leben, so glücklich er auch sein mag, früher oder später seine Krallen zeigen, daß sich ein Unglück ereignen wird – Krankheit, Armut, Verluste – und daß ihn niemand sehen und hören wird, so wie er jetzt die anderen nicht sieht und nicht hört. Aber so einen Menschen mit einem Hämmerchen gibt es nicht, der Glückliche lebt nur sich selbst, und die kleinen Sorgen

des Alltags berühren ihn höchstens so leicht wie der Wind die Blätter der Espe, und alles steht zum besten.
In jener Nacht ist mir klar geworden, wie auch ich zufrieden und glücklich war«, sprach Iwan Iwanytsch weiter und stand auf. »Auch ich belehrte beim Essen und auf der Jagd die anderen, wie man leben, wie man glauben und wie man das Volk leiten müsse. Auch ich sagte: Wissen bringt Licht, Bildung ist unumgänglich, aber für die einfachen Menschen genügt vorläufig Lesen und Schreiben. Die Freiheit ist ein Segen, sagte ich, sie ist zum Leben so notwendig wie die Luft, nur muß man noch ein Weilchen warten. Ja, so redete ich, und jetzt stelle ich die Frage: Mit welcher Begründung warten?« fragte Iwan Iwanytsch und sah Burkin zornig an. »Mit welcher Begründung warten, frage ich Sie? Auf Grund welcher Überlegungen? Man antwortet mir immer: nicht alles auf einmal, im Leben verwirklicht sich jede Idee nur stufenweise und zur gegebenen Zeit. Aber wer sagt das? Wo sind die Beweise, daß das stimmt? Sie berufen sich auf die natürliche Ordnung der Dinge, auf die Gesetzmäßigkeit der Erscheinungen, aber hat das etwas mit Ordnung und Gesetzmäßigkeit zu tun, wenn ich, ein lebendiger, denkender Mensch, an einem Graben stehe und warte, bis er von selbst zugewachsen oder versandet ist, wo ich doch vielleicht hinüberspringen oder eine Brücke über ihn bauen könnte? Und noch einmal: mit welcher Begründung warten? Warten, wenn man keine Kraft mehr zum Leben hat, und dabei muß man und will man leben!
Ich verließ damals meinen Bruder früh am Morgen, und seit der Zeit ist mir das Leben in der Stadt unerträglich geworden. Die Stille und Ruhe bedrücken mich, ich habe Angst, in fremde Fenster zu schauen, weil es für mich jetzt keinen deprimierenderen Anblick gibt als eine glückliche Familie, die um den Tisch herumsitzt und Tee trinkt. Ich bin schon alt und tauge nicht für den Kampf, nicht einmal für den Haß bin ich geschaffen. Ich trauere nur in meinem Herzen, ich gerate in Verdruß und Zorn, nachts glüht mir der Kopf unter dem Andrang der Gedanken, und ich kann nicht schlafen ... Ach, wenn ich jung wäre!«
Iwan Iwanytsch ging erregt von Ecke zu Ecke und wiederholte:

»Wenn ich jung wäre!«

Plötzlich trat er auf Aljochin zu und drückte ihm mal die eine, mal die andere Hand. »Pawel Konstantinytsch!« beschwor er ihn, »werden Sie nicht schwach, lassen Sie sich nicht einschläfern! Werden Sie nicht müde, Gutes zu tun, solange Sie noch jung und stark sind und Courage haben! Es gibt kein Glück, und es darf auch keines geben, und wenn das Leben einen Sinn und ein Ziel hat, dann besteht dieser Sinn und dieses Ziel ganz und gar nicht in unserem Glück, sondern in etwas Vernünftigerem und Höherem. Tun Sie Gutes!«

Und das alles sagte Iwan Iwanytsch mit einem hilflosen, flehenden Lächeln, als bitte er für sich persönlich.

Dann saßen sie alle drei an verschiedenen Ecken des Salons in ihren Sesseln und schwiegen. Iwan Iwanytschs Erzählung hatte weder Burkin noch Aljochin befriedigt. Angesichts von Generälen und Damen, die im Dämmerlicht aus ihren goldenen Rahmen blickten, als seien sie lebendig, machte es wenig Vergnügen, eine Erzählung über einen armen Teufel von Beamten anzuhören, der Stachelbeeren aß. Lieber hätte man sich über elegante Menschen, über Frauen unterhalten oder sich etwas über sie erzählen lassen. Und allein die Tatsache, daß sie in einem Salon saßen, wo alles – der Kronleuchter in seinem Überzug, die Sessel, die Teppiche unter den Füßen – davon sprach, daß hier einmal ebenjene Menschen, die jetzt aus den Rahmen hervorsahen, hin- und hergegangen waren, gesessen und Tee getrunken hatten, und ferner, daß hier jetzt die schöne Pelageja geräuschlos umherging – allein das war schon besser als alle Geschichten.

Aljochin hatte große Lust schlafen zu gehen; er war wegen der Wirtschaft früh aufgestanden, in der dritten Morgenstunde, und jetzt fielen ihm die Augen zu; aber er befürchtete, die Gäste könnten, wenn er nicht dabei wäre, etwas Interessantes erzählen, und so blieb er. Ob das, was Iwan Iwanytsch soeben gesagt hatte, vernünftig und richtig war, konnte er nicht ermessen; seine Gäste sprachen nicht über Grütze, Heu oder Teer, sondern über etwas, das zu seinem Leben in keiner unmittelbaren

Beziehung stand; das war ihm ganz recht, und er wollte, daß sie weitersprachen . . .

»Nun ist es aber Zeit, schlafen zu gehen«, sagte Burkin und erhob sich. »Gestatten Sie, daß ich Ihnen eine gute Nacht wünsche.«

Aljochin verabschiedete sich und begab sich einen Stock tiefer in seine Wohnung, während die Gäste oben blieben. Man hatte den beiden für die Nacht ein geräumiges Zimmer zugewiesen, in dem zwei alte, mit Schnitzereien verzierte Holzbetten standen und wo in der Ecke ein Kruzifix aus Elfenbein hing; von ihren breiten, kühlen Betten, die die schöne Pelageja bezogen hatte, roch es angenehm nach frischem Linnen.

Iwan Iwanytsch zog sich schweigend aus und legte sich hin.

»Herr, vergib uns Sündern!« stieß er hervor und zog sich die Decke über den Kopf.

Von seinem Pfeifchen, das auf dem Tisch lag, roch es stark nach Tabaksud, und Burkin schlief lange nicht und konnte sich einfach nicht erklären, woher dieser schwere Geruch kam.

Der Regen trommelte die ganze Nacht gegen die Fensterscheiben.

Von der Liebe

Am nächsten Tag wurden zum Frühstück äußerst schmackhafte Piroggen, Krebse und Hammelkoteletts aufgetragen; und während des Essens kam der Koch Nikanor nach oben, um sich zu erkundigen, was die Gäste zu Mittag wünschten. Er war von mittelgroßem Wuchs, hatte ein schwammiges Gesicht mit kleinen Augen und glattrasierten Wangen, und sein Schnurrbart sah aus, als sei er nicht abrasiert, sondern ausgezupft.

Aljochin erzählte, daß die schöne Pelageja in diesen Koch verliebt sei. Weil er ein Trinker und ein Wüterich war, wollte sie ihn nicht heiraten, willigte aber ein, mit ihm so zu leben. Er aber war sehr fromm, und seine religiösen Überzeugungen erlaubten es ihm nicht, ›so‹ zu leben; er verlangte, sie solle ihn heiraten, etwas anderes komme nicht in Frage, und wenn er betrunken war, schalt er sie und schlug sie sogar. War er betrunken, so verbarg sie sich im oberen Stockwerk und schluchzte, und dann gingen Aljochin und die Dienstboten nicht aus dem Haus, um ihr im Notfall beizustehen.

Das Gespräch kam auf die Liebe.

»Auf welche Weise die Liebe entsteht«, sagte Aljochin, »warum Pelageja sich nicht in einen anderen verliebt hat, der ihren inneren und äußeren Qualitäten besser entsprochen hätte, sondern ausgerechnet in Nikanor, in diese Fresse – hier nennen ihn alle nur die ›Fresse‹ –, inwieweit in der Liebe Fragen des persönlichen Glücks von Wichtigkeit sind – all das ist unbekannt, und man kann darüber völlig beliebige Mutmaßungen anstellen. Bis zum heutigen Tag ist über die Liebe nur eine einzige richtige Behauptung aufgestellt worden, nämlich, daß ›dieses Geheimnis sehr groß ist‹, und alles andere, was man über die Liebe geschrieben und gesagt hat, war keine Lösung, sondern nur ein Stellen von noch immer ungelösten Fragen. Eine Erklärung, die für einen bestimmten Fall zu taugen scheint, taugt für zehn andere schon nicht mehr, und das beste ist, meiner Meinung nach, jeden Fall gesondert zu erklären und auf Verallgemeinerungen zu verzichten. Man muß, wie die Ärzte sagen, jeden einzelnen Fall individualisieren.«

»Vollkommen richtig«, pflichtete Burkin bei.

»Wir als anständige Russen haben eine Vorliebe für diese Fragen, die ohne Lösung bleiben. Gewöhnlich poetisiert man die Liebe und schmückt sie mit Rosen und Nachtigallen, wir Russen aber, wir schmücken unsere Liebe mit jenen schicksalhaften Fragen, und noch dazu wählen wir aus ihnen die alleruninteressantesten aus. In Moskau, als ich noch Student war, hatte ich eine Freundin, eine liebenswerte Dame, die jedesmal, wenn ich sie in meinen Armen hielt, daran dachte, wieviel ich ihr im Monat geben würde und wie teuer jetzt das Pfund Rindfleisch war. Und auch wir, wenn wir lieben, hören nicht auf, uns Fragen zu stellen: ist das ehrenhaft oder nicht, ist es klug oder dumm, wohin wird diese Liebe führen und so weiter. Ob das gut ist oder nicht, weiß ich nicht, aber daß das stört, einen nicht befriedigt und an den Nerven zerrt, das weiß ich.«

Es schien, als wollte er etwas erzählen. Einsam lebende Menschen haben immer etwas auf dem Herzen, das sie gern erzählen möchten. In der Stadt gehen die Junggesellen nur mit der Absicht ins Bad oder ins Restaurant, um eine Unterhaltung anzuknüpfen, und gelegentlich erzählen sie den Badewärtern oder den Kellnern sehr interessante Geschichten; auf dem Lande hingegen schütten sie gewöhnlich den Gästen ihr Herz aus. Durch das Fenster sah man jetzt den grauen Himmel und die regennassen Bäume, bei einem solchen Wetter konnte man nirgends hin, und es blieb nichts Besseres zu tun, als zu erzählen und zuzuhören.

»Ich lebe schon lange in Sofjino und beschäftige mich mit der Landwirtschaft, seit ich die Universität beendet habe«, begann Aljochin. »Von meiner Erziehung her kam ich mit grober Arbeit nicht in Berührung, ich neige eher zu geistiger Tätigkeit, aber als ich hierher kam, war das Gut stark verschuldet, und weil mein Vater die Schulden zu einem Teil deshalb gemacht hatte, weil er viel für meine Bildung aufwendete, entschloß ich mich, hierzubleiben und so lange zu arbeiten, bis ich diese Schulden abgetragen hätte. Die Sache war beschlossen, und ich nahm die

Arbeit auf, nicht gerade mit Begeisterung, das muß ich gestehen. Die Erde hier gibt nicht viel her, und damit ein landwirtschaftliches Unternehmen nicht zu einem Zuschußbetrieb wird, muß man sich der Arbeit von Leibeigenen oder von Tagelöhnern bedienen, was so ziemlich auf dasselbe herauskommt, oder man führt seine Wirtschaft, wie die Bauern es tun, das heißt: selber auf dem Feld arbeiten, mit seiner Familie. Eine Zwischenlösung gibt es da nicht. Aber für solche Feinheiten hatte ich damals keinen Sinn. Ich ließ keine Scholle ungewendet, ich trieb alle Bauern und Weiber aus den benachbarten Dörfern zusammen, und die Arbeit lief bei mir auf Hochtouren; ich selbst pflügte, säte und mähte, und dabei langweilte ich mich und verzog geringschätzig das Gesicht wie eine Katze auf dem Lande, die im Garten vor Hunger Gurken frißt; ich fühlte mich wie zerschlagen und schlief im Gehen. Anfangs schien es mir, als könnte ich dieses von der Arbeit bestimmte Leben mit meinen kultivierten Gewohnheiten leicht in Einklang bringen; dazu, so dachte ich, war nichts weiter erforderlich, als in meinem Leben eine gewisse äußere Ordnung einzuhalten. Ich zog hier nach oben, in die Paradezimmer, und ich richtete es so ein, daß mir nach dem Frühstück und dem Mittagessen Kaffee und Liköre gereicht wurden, und am Abend, wenn ich mich schlafen legte, las ich den ›Westnik Jewropy‹*. Einmal aber kam unser Batjuschka, der Priester, Vater Iwan, und leerte auf einen Sitz alle meine Liköre; und der ›Westnik Jewropy‹ landete ebenfalls bei den Popenfrauen, weil ich es im Sommer, besonders während der Mahd, nicht einmal bis zu meinem Bett schaffte, sondern in der Scheune, in einem Schlitten oder irgendwo in einer Waldhütte einschlief – was bleibt da noch für die Lektüre? Allmählich verlegte ich meine Wohnung nach unten; ich begann in der Gesindeküche zu Mittag zu essen, und von dem früheren Luxus behielt ich nur die Dienstboten, die schon meinem Vater gedient haben und die zu entlassen mir schmerzlich wäre.

In den ersten Jahren hatte man mich hier zum ehrenamtlichen Friedensrichter gewählt. Gelegentlich mußte ich in die Stadt

*»Bote Europas«.

fahren und an den Sitzungen des Friedensrichterplenums und des Kreisgerichts teilnehmen, und das brachte mich auf andere Gedanken. Wenn man hier so zwei, drei Monate vor sich hin lebt, besonders im Winter, ohne fortzukommen, dann beginnt man sich schließlich nach einem schwarzen Gehrock zu sehnen. Und im Kreisgericht gab es sowohl Gehröcke als auch Uniformen und Fracks, alle waren Juristen, Akademiker; man konnte mit jemandem reden. Nach dem Schlafen im Schlitten, nach der Gesindeküche in einem Sessel sitzen, in sauberer Wäsche, leichten Schuhen und mit einer Kette auf der Brust – welch ein Hochgenuß!

In der Stadt nahm man mich freundlich auf, ich machte gern Bekanntschaften. Die beständigste und, um die Wahrheit zu sagen, mir angenehmste Bekanntschaft war die mit Luganowitsch, dem stellvertretenden Präsidenten des Kreisgerichts. Sie kennen ihn beide; eine sehr angenehme Persönlichkeit. Es war gerade nach dem berühmten Brandstifterprozeß; die Untersuchung zog sich über zwei Tage hin, und wir waren erschöpft. Luganowitsch sah mich an und sagte:

›Wissen Sie was? Essen wir doch bei mir zu Mittag.‹

Das kam recht unerwartet, denn mit Luganowitsch war ich nur flüchtig, eben dienstlich, bekannt, und ich war noch kein einziges Mal bei ihm gewesen. Ich ging nur für einen Augenblick in mein Hotelzimmer, um mich umzuziehen, und machte mich dann zum Mittagessen auf. Bei der Gelegenheit lernte ich Anna Aleksejewna kennen, Luganowitschs Frau. Sie war damals noch sehr jung, nicht älter als zweiundzwanzig, und hatte ein halbes Jahr zuvor ihr erstes Kind geboren. Die Sache gehört der Vergangenheit an, und heute würde es mir schwerfallen herauszufinden, was an ihr eigentlich so ungewöhnlich war, was mir an ihr so gefiel; damals aber, bei Tisch, war mir alles unwiderlegbar klar. Ich sah eine junge, schöne, gütige, intelligente und bezaubernde Frau, eine Frau, wie ich sie noch nie getroffen hatte; und sofort spürte ich in ihr ein mir nahes, ja bekanntes Wesen, so, als hätte ich dieses Gesicht, diese freundlichen, klugen Augen schon einmal in der Kindheit gesehen, in dem Album, das auf der Kommode meiner Mutter lag.

Die Angeklagten in dem Brandstifterprozeß waren vier Juden; sie wurden der Bandenbildung beschuldigt, was meines Erachtens völlig unbegründet war. Bei Tisch regte ich mich sehr auf, die Angelegenheit lastete auf mir, und ich erinnere mich nicht mehr, was ich sagte, Anna Aleksejewna jedenfalls schüttelte beständig den Kopf und fragte ihren Mann:
›Dmitri, wie ist das nun?‹
Luganowitsch war ein guter Kerl, einer jener biederen Menschen, die von ihrer Meinung nicht abzubringen sind, daß jemand, der vor Gericht gekommen ist, auch schuldig ist und daß man einen Zweifel an der Richtigkeit des Urteils ausschließlich in der gesetzlichen Form, nämlich schriftlich, auf keinen Fall aber beim Mittagessen und in einem privaten Gespräch, äußern dürfe.
›Sie und ich haben keinen Brand gelegt‹, sagte er sanft, ›und so verurteilt man uns auch nicht und steckt uns nicht ins Gefängnis.‹
Und beide, Mann und Frau, nötigten mich, tüchtig zuzugreifen; aus gewissen Kleinigkeiten, etwa, wie sie zusammen den Kaffee kochten und wie für sie Andeutungen genügten, um einander zu verstehen, konnte ich schließen, daß sie friedlich und glücklich lebten und daß sie sich über einen Gast freuten. Nach dem Mittagessen spielten sie vierhändig Klavier, dann wurde es dunkel, und ich verließ sie. Das war zu Beginn des Frühlings. Danach brachte ich den ganzen Sommer, ohne herauszukommen, in Sofjino zu, und ich hatte nicht einmal Zeit, an die Stadt zu denken, doch die Erinnerung war die ganzen Tage über in mir vorhanden; ich dachte nicht an sie, aber es war, als schwebte ihr Bild als leichter Schatten über meiner Seele.
Im Spätherbst wurde in der Stadt ein Theaterstück zu wohltätigen Zwecken gegeben. Ich betrat die Gouverneursloge (man hatte mich in der Pause dorthin eingeladen), und vor mir sah ich, neben der Frau des Gouverneurs, Anna Aleksejewna sitzen, und wieder stellte sich jener völlig klare und überwältigende Eindruck ihrer Schönheit und ihrer lieben, zärtlichen Augen ein und jenes Gefühl der Nähe.
Wir saßen nebeneinander, dann gingen wir ins Foyer.

›Sie sind schmal geworden‹, sagte sie. ›Waren Sie krank?‹
›Ja. Ich habe Rheuma in der Schulter, und bei Regenwetter schlafe ich schlecht.‹
›Sie sehen heute abgespannt aus. Damals, im Frühling, als Sie zum Mittagessen kamen, waren Sie jünger und hatten Schwung. Sie waren damals von Enthusiasmus erfüllt und sprachen viel, Sie waren sehr interessant, und ich gestehe, ich ließ mich von Ihnen sogar ein klein wenig fortreißen. Unerklärlicherweise kamen Sie mir den ganzen Sommer über oft in den Sinn, und heute, als ich mich fürs Theater fertigmachte, hatte ich das Gefühl, daß ich Ihnen begegnen würde.‹
Und sie lachte.
›Aber Sie sehen heute abgespannt aus‹, wiederholte sie. ›Das macht Sie älter.‹
Am nächsten Tag frühstückte ich bei den Luganowitschs; nach dem Frühstück fuhren sie hinaus auf ihr Landhaus, um dort die Vorbereitungen für den Winter zu treffen, und ich fuhr mit. Ich kehrte mit ihnen auch wieder in die Stadt zurück, und um Mitternacht, am brennenden Kamin, trank ich bei ihnen, in der intimen Atmosphäre der Familie, Tee, während die junge Mutter beständig aufsprang, um nachzusehen, ob ihr Töchterchen auch schlief. Von da an hielt ich mich bei jedem meiner Besuche in der Stadt unbedingt bei den Luganowitschs auf. Sie gewöhnten sich an mich und ich mich an sie. Im Normalfall kam ich unangemeldet, so, als sei ich hier zu Hause.
›Wer ist da?‹, ertönte aus den hinteren Zimmern eine gedehnte Stimme, die mir so überaus schön erschien.
›Es ist Pawel Konstantinytsch‹, antwortete das Zimmermädchen oder die Kinderfrau.
Anna Aleksejewna kam mit besorgtem Gesichtsausdruck zu mir heraus und fragte jedesmal:
›Warum haben Sie sich so lange nicht sehen lassen? Ist etwas passiert?‹
Ihr Blick, die schöne, vornehme Hand, die sie mir reichte, das Hauskleid, die Frisur, ihre Stimme, ihre Schritte riefen in mir jedesmal denselben Eindruck von etwas Neuem, etwas Ungewöhnlichem und für mein Leben Wichtigem hervor. Wir plau-

derten lange, und wir schwiegen lange, wobei jeder seinen Gedanken nachhing, oder sie spielte mir etwas auf dem Klavier vor. War niemand zu Hause, so blieb ich und wartete, unterhielt mich mit der Kinderfrau, spielte mit der Kleinen oder legte mich im Kabinett auf den türkischen Diwan und las Zeitung; und wenn Anna Aleksejewna zurückkehrte, begrüßte ich sie im Vorzimmer, nahm ihr die Einkäufe ab, und unerklärlicherweise trug ich jedesmal diese Einkäufe so liebevoll, so feierlich davon wie ein kleiner Junge.

Es gibt ein Sprichwort: Ein Weib hatte keine Sorgen, so kaufte sie sich ein Ferkel. Die Luganowitschs hatten keine Sorgen, also freundeten sie sich mit mir an. Wenn ich längere Zeit nicht in die Stadt kam, so konnte das nur bedeuten, daß ich krank war oder daß mir etwas zugestoßen sei, und beide beunruhigten sich sehr. Sie beunruhigten sich darüber, daß ich, ein gebildeter Mensch, der Fremdsprachen beherrscht, statt mich mit der Wissenschaft oder mit einer literarischen Arbeit zu beschäftigen, auf dem Lande lebte, mich im Kreis drehte wie das Eichhörnchen im Rad, viel arbeitete, dabei aber immer ohne einen Pfennig Geld war. Es schien ihnen, daß ich unter all dem litt, und wenn ich sprach, lachte und aß, dann sicher nur deshalb, um meine Leiden zu verbergen, und selbst in frohen Augenblicken, wenn es mir wohl war, fühlte ich ihre forschenden Blicke auf mich gerichtet. Sie waren besonders rührend, wenn es mir tatsächlich schlecht ging, wenn mich ein Gläubiger bedrängte oder wenn mir das Geld für eine termingerechte Zahlung fehlte; in einem solchen Fall flüsterten sie beide, Mann und Frau, miteinander am Fenster, dann trat er auf mich zu und sagte mit ernster Miene:

›Wenn Sie, Pawel Konstantinytsch, derzeit in Geldschwierigkeiten sind, so bitten meine Frau und ich Sie, sich nicht zu genieren und von uns etwas anzunehmen.‹

Und vor Aufregung bekam er rote Ohren Es kam auch vor, daß er, nachdem sie ebenfalls wieder am Fenster miteinander geflüstert hatten, mit roten Ohren auf mich zutrat und sagte:

›Meine Frau und ich bitten Sie inständig, dieses Geschenk von uns anzunehmen.‹

Und er überreichte mir Manschettenknöpfe, ein Zigarettenetui oder eine Lampe; und ich schickte ihnen dafür vom Land Schlachtgeflügel, Butter und Blumen. Übrigens waren beide wohlhabend. Anfangs lieh ich oft und war nicht besonders wählerisch, ich lieh, wo sich nur eine Gelegenheit bot, aber keine Macht der Welt hätte es vermocht, mich dazu zu bringen, eine Anleihe bei den Luganowitschs zu machen. Aber was rede ich davon!

Ich war unglücklich. Zu Hause, auf dem Feld, in der Scheune – ich dachte nur an sie, ich bemühte mich, das Geheimnis dieser jungen, schönen und klugen Frau zu ergründen, die einen uninteressanten Mann, fast einen Greis (ihr Mann war über vierzig) geheiratet und Kinder von ihm hatte – und das Geheimnis dieses uninteressanten Mannes zu ergründen, dieses gutmütigen, einfachen Menschen, der mit einem so langweiligen, gesunden Menschenverstand urteilte, der sich auf Bällen und Abendgesellschaften an die soliden Leute hielt, ein entschlußloser und unnützer Mensch mit einem demütigen, teilnahmslosen Gesichtsausdruck, so, als habe man ihn hier als Verkäufer hergeschickt, und der trotzdem an sein Recht auf Glück glaubte und daran, Kinder von ihr haben zu dürfen; und ich bemühte mich unablässig zu verstehen, weshalb sie ausgerechnet ihm und nicht mir begegnet war und wem damit gedient war, daß sich in unserem Leben ein so schrecklicher Irrtum ereignet hatte.

Wenn ich in die Stadt kam, erkannte ich jedesmal an ihren Augen, daß sie mich erwartet hatte; und sie selbst bekannte mir, daß sie schon seit dem Morgen so ein seltsames Gefühl gehabt habe, das ihr verriet, daß ich kommen würde. Wir sprachen lange, wir schwiegen, aber wir gestanden uns nicht unsere Liebe, sondern hüteten sie ängstlich und eifersüchtig. Wir fürchteten alles, was uns selbst unser Geheimnis hätte enthüllen können. Ich liebte zärtlich und tief, aber ich überlegte und fragte mich, wohin unsere Liebe führen würde, wenn wir nicht genug Kraft hätten, sie niederzuhalten; es erschien mir unvorstellbar, daß diese meine stille, traurige Liebe das glücklich dahinfließende Leben ihres Mannes und ihrer Kinder, dieses ganzen Hauses, wo man mich so liebte und mir so vertraute, plötzlich und schroff unterbrechen könnte. Wäre das ehrenhaft? Sie würde mit mir gehen, aber wohin? Wohin könnte ich sie bringen? Etwas anderes wäre es, wenn ich ein schönes und interessantes Leben zu bieten hätte, wenn ich, beispielsweise, für die Befreiung des Vaterlandes kämpfte oder ein berühmter Gelehrter, Künstler oder Maler wäre; so aber würde es darauf hinauslaufen, sie aus der einen gewöhnlichen, alltäglichen Umgebung in eine ebensolche oder noch alltäglichere andere zu verpflanzen. Und wie lange würde unser Glück dauern? Was würde aus ihr, falls ich erkrankte oder stürbe oder, wenn wir ganz einfach aufhörten, uns zu lieben?

Ihre Gedanken gingen offensichtlich in die gleiche Richtung. Sie dachte an ihren Mann, an die Kinder, an ihre Mutter, die ihren Schwiegersohn wie ihren eigenen liebte. Wenn sie sich ihrem Gefühl überlassen würde, so müßte sie lügen oder die Wahrheit sagen, in ihrer Lage aber wäre das eine wie das andere gleichermaßen furchtbar und peinlich. Auch sie quälte die Frage: würde mir ihre Liebe Glück bringen, würde sie mein Leben, das auch so schon schwer und voller Widrigkeiten war, nicht noch komplizierter machen? Sie glaubte, für mich nicht mehr jung genug zu sein und zu wenig Arbeitseifer und Energie zu haben, um ein neues Leben anzufangen; und sie sprach oft mit ihrem Mann darüber, daß ich ein kluges, meiner würdiges Mädchen heiraten müßte, die mir als gute Hausfrau zur Seite stünde – um sofort hinzuzufügen, daß sich ein solches Mädchen wohl in der ganzen Stadt nicht finden ließe.

Unterdessen gingen die Jahre dahin. Anna Aleksejewna hatte schon zwei Kinder. Wenn ich zu den Luganowitschs kam, lächelte das Dienstmädchen freundlich, die Kinder schrieen ›Onkel Pawel Konstantinytsch ist da‹ und hängten sich mir an den Hals; alle freuten sich. Sie begriffen nicht, was in meiner Seele vorging, und glaubten, daß auch ich mich freue. Alle sahen in mir ein edles Wesen. Die Erwachsenen und die Kinder hatten das Gefühl, als gehe ein edles Wesen durchs Zimmer, und das verlieh ihren Beziehungen zu mir einen besonderen Zauber, so, als wäre in meiner Gegenwart auch ihr Leben reiner und schöner.

Anna Aleksejewna und ich gingen gemeinsam ins Theater, jedesmal zu Fuß; wir hatten unsere Plätze nebeneinander, unsere Schultern berührten sich, schweigend nahm ich das Opernglas aus ihrer Hand, und die ganze Zeit über fühlte ich, daß sie mir nahe, daß sie mein war, daß wir ohne einander nicht leben konnten. Aber welch ein seltsames Mißverständnis: jedesmal, wenn wir aus dem Theater kamen, sagten wir uns Lebewohl und gingen auseinander wie Fremde. In der Stadt redete man über uns schon Gott weiß was, aber an dem ganzen Gerede war kein einziges wahres Wort.

In den letzten Jahren fuhr Anna Aleksejewna häufiger mal zu ihrer Mutter, mal zu ihrer Schwester; sie war jetzt öfters schlechter Laune, und wenn sie weder ihren Mann noch die Kinder sehen wollte, dann deshalb, weil sich das Bewußtsein eines unerfüllten, verpfuschten Lebens nicht abweisen ließ. Sie mußte sich wegen ihrer zerrütteten Nerven bereits in ärztliche Behandlung begeben.

Wir schwiegen, wir schwiegen immer, in Gegenwart von Fremden aber empfand sie mir gegenüber eine eigentümliche Gereiztheit; was ich auch sagte, niemals war sie meiner Meinung, und wenn ich ein Streitgespräch führte, so ergriff sie immer die Partei meines Gegners. Ließ ich etwas fallen, bemerkte sie kalt:

›Gratuliere.‹

Wenn wir ins Theater gingen und ich das Opernglas vergessen hatte, sagte sie:

›Ich wußte ja, daß Sie es vergessen würden.‹

Zum Glück oder zum Unglück gibt es in unserem Leben nichts, was nicht früher oder später zu Ende geht. Die Zeit der Trennung nahte, denn Luganowitsch war in einem der westlichen Gouvernements zum Gerichtspräsidenten ernannt worden. Man mußte die Möbel verkaufen, die Pferde, das Landhaus. Als wir zum Landhaus fuhren und uns auf dem Rückweg umwandten, um zum letzten Mal einen Blick auf den Garten und das grüne Dach zu werfen, da wurde es allen traurig zumute, und ich begriff, daß es galt, von mehr als nur vom Landhaus Abschied zu nehmen. Es war beschlossen, daß Anna Aleksejewna Ende August in die Krim reisen sollte, wohin die Ärzte sie schickten, und kurz danach würde Luganowitsch mit den Kindern in sein westliches Gouvernement fahren.

Wir brachten Anna Alekseje wna in großer Begleitung zum Bahnhof. Als sie sich schon von Mann und Kindern verabschiedet hatte und als bis zum dritten Glockenzeichen nur noch ein Augenblick blieb, stürzte ich zu ihr ins Abteil, um ihr eines der Körbchen, das sie beinahe vergessen hätte, ins Gepäcknetz zu legen; und es hieß Abschied nehmen. Als sich hier, im Abteil, unsere Blicke trafen, wurden wir beide von unseren seelischen Kräften im Stich gelassen: ich umarmte sie, sie drückte ihr Gesicht an meine Brust, und die Tränen flossen ihr aus den Augen; während ich ihr Gesicht, ihre Schultern und die von Tränen benetzten Hände küßte – oh, wie unglücklich waren wir beide! – gestand ich ihr meine Liebe, und mit einem brennenden Weh im Herzen erkannte ich, wie unberechtigt, wie seicht und trügerisch all das war, was uns gehindert hatte zu lieben. Wenn man liebt, so erkannte ich, muß man sich in der eigenen Beurteilung dieser Liebe von etwas Höherem, von etwas Wichtigerem leiten lassen als von dem, was Glück oder Unglück, Sünde oder Tugend in ihrem landläufigen Sinn bedeuten, sonst kann man überhaupt auf jegliche Beurteilung verzichten.

Ich küßte sie zum letzten Mal, drückte ihr die Hand, und wir schieden voneinander – auf immer. Der Zug war schon angefahren. Ich setzte mich ins benachbarte Abteil, das leer war, und bis zur nächsten Station blieb ich dort sitzen und weinte. Dann ging ich zu Fuß heim nach Sofjino . . .«

Während Aljochins Erzählung hatte der Regen aufgehört, und die Sonne schaute hervor. Burkin und Iwan Iwanytsch traten auf den Balkon; von hier aus hatte man einen herrlichen Blick auf den Garten und den Wehrteich, der jetzt in der Sonne glänzte wie ein Spiegel. Sie genossen den Anblick, und gleichzeitig bedauerten sie, daß sich dieser Mensch mit den gütigen, klugen Augen, der ihnen mit einer solchen Offenherzigkeit seine Geschichte erzählt hatte, hier, auf diesem riesigen Gut, tatsächlich wie ein Eichhörnchen im Rad drehte, statt sich mit der Wissenschaft zu beschäftigen oder mit irgend etwas anderem, das sein Leben angenehmer gemacht hätte; und sie dachten daran, wie traurig wohl das Gesicht der jungen Dame gewesen war, als er sich im Abteil von ihr verabschiedete und ihr Gesicht und Schultern küßte. Beide waren ihr in der Stadt begegnet, Burkin war sogar mit ihr bekannt und fand sie schön.

Ein Fall aus der Praxis

Der Professor hatte ein Telegramm von der Ljalikowschen Fabrik erhalten, worin man ihn bat, so schnell wie möglich zu kommen. Die Tochter der Frau Ljalikowa, offenbar der Eigentümerin der Fabrik, war krank, mehr konnte man aus dem langen und unverständlich abgefaßten Telegramm nicht herauslesen. Der Professor fuhr nicht selbst, sondern schickte den Stationsarzt Koroljow.
Von Moskau aus mußte man zwei Haltestellen mit dem Zug fahren und dann mit dem Pferdewagen noch ungefähr vier Werst. Koroljow wurde mit einer Troika vom Bahnhof abgeholt; der Kutscher hatte einen Hut mit einer Pfauenfeder auf und beantwortete alle Fragen laut und militärisch: »Nein!« »Jawohl!« Es war Samstagabend, die Sonne ging unter. Die Arbeiter strömten in Scharen von der Fabrik zum Bahnhof und grüßten die Kutsche, in der Koroljow fuhr. Und er war ganz bezaubert von dem Abend, von den Gehöften, den Landhäusern am Weg, den Birken und von dieser stillen Stimmung ringsum, zu einer Stunde, da sich, am Vorabend des Feiertages, zusammen mit den Arbeitern auch Feld und Wald und Sonne zur Ruhe zu begeben schienen – zur Ruhe und vielleicht auch zum Gebet . . .
Er war in Moskau geboren und aufgewachsen, kannte das Land nicht, hatte sich nie für Fabriken interessiert und war noch niemals in einer gewesen. Gelesen hatte er allerdings öfters über Fabriken, war schon bei Fabrikanten zu Besuch gewesen und hatte sich mit ihnen unterhalten; und wenn er aus der Ferne oder von nahem eine Fabrik sah, mußte er immer denken, daß von außen alles schön ruhig und friedlich aussah, das Innere aber sicherlich von der unüberbietbaren Ignoranz und dem sturen Egoismus der Herren, von der langweiligen und ungesunden Plackerei der Arbeiter, von Streitigkeiten, Wodka und Ungeziefer erfüllt war. Und jetzt, als die Arbeiter vor der Kalesche ehrerbietig und schüchtern zur Seite traten, verrieten ihm ihre Gesichter mit den Schirmmützen und ihr Gang körperliche Unsauberkeit, Trunksucht, Gereiztheit und Verstörtheit.

Sie passierten das Fabriktor. Zu beiden Seiten tauchten die Häuschen der Arbeiter auf, Gesichter von Frauen, auf den Außentreppen Wäsche und Decken. »Achtung«, schrie der Kutscher, ohne die Pferde zu zügeln. Dann kam ein weiter, grasloser Hof. Hier standen, in einer gewissen Entfernung voneinander, fünf riesige Fabrikgebäude mit Schornsteinen, Warenlager und Baracken, und auf allem lag eine graue Schicht wie von Staub. Da und dort sah man, wie Oasen in der Wüste, klägliche Gärtchen und die grünen oder roten Dächer der Häuser, in denen das Verwaltungspersonal lebte. Der Kutscher brachte ruckartig die Pferde zum Stehen, und die Kalesche hielt vor einem Haus, das einen neuen, grauen Verputz bekommen hatte; hier gab es einen eingezäunten Vorgarten mit staubbedecktem Flieder, auf der gelben Außentreppe roch es penetrant nach Farbe.

»Bitte sehr, Herr Doktor!« sagten im Flur und im Vorzimmer weibliche Stimmen, begleitet von Seufzern und Geflüster. »Bitte, wir haben Sie schon erwartet . . . was für ein Unglück. Hier herein bitte.«

Frau Ljalikowa, eine beleibte, nicht mehr junge Dame in einem schwarzen Seidenkleid mit modischen Ärmeln, ihrem Gesicht nach zu urteilen aber einfach und ungebildet, sah den Arzt beunruhigt an und konnte sich nicht entschließen, ihm die Hand zu geben, sie wagte es nicht. Neben ihr stand eine Person mit kurzen Haaren und einem Kneifer; sie trug eine bunt geblümte Jakke, war hager und schon bei Jahren. Das Dienstmädchen nannte sie Christina Dmitrijewna, und Koroljow vermutete, daß dies die Gouvernante sei. Wahrscheinlich hatte sie, als die Gebildetste im Hause, die Anweisung erhalten, die Begrüßung und den Empfang des Arztes zu übernehmen, denn sie begann sofort in überstürzter und lästiger Weise die Krankheitsgründe mit allen, auch den unwichtigsten Einzelheiten darzulegen, ohne jedoch zu sagen, wer der Kranke war und um was es sich handelte.

Der Arzt und die Gouvernante saßen da und sprachen, unterdessen stand die Hausfrau reglos wartend an der Tür. Aus der Unterhaltung erfuhr Koroljow, daß die Kranke Lisa sei, ein

Mädchen von zwanzig Jahren, die einzige Tochter der Frau Ljalikowa und Erbin des Ganzen: sie war schon seit langem krank und bei verschiedenen Ärzten in Behandlung, in der letzten Nacht aber hatte sie vom Abend bis zum Morgen solches Herzklopfen gehabt, daß alles im Hause wach geblieben war; man befürchtete, sie könnte sterben.

»Sie hat schon, kann man wohl sagen, von Kindheit an gekränkelt«, berichtete Christina Dmitrijewna mit singender Stimme und fuhr sich andauernd mit der Hand über die Lippen. »Die Ärzte sagen, es seien die Nerven, aber als sie noch klein war, haben die Ärzte ihr die Skrofeln nach innen getrieben, ich glaube, davon ist es gekommen.«

Sie gingen zur Kranken. Diese war ganz erwachsen, groß und von gutem Wuchs, aber nicht schön und hatte die gleichen kleinen Äuglein und eine ebenso große, unverhältnismäßig stark entwickelte untere Gesichtspartie wie ihre Mutter; unfrisiert und bis zum Kinn zugedeckt, machte sie im ersten Augenblick auf Koroljow den Eindruck eines unglücklichen, armseligen Wesens, dem hier aus Mitleid Wärme und Schutz gewährt wurde, und es war kaum zu glauben, daß so etwas die Erbin der fünf riesigen Gebäude sein sollte.

»Wir sind zu Ihnen gekommen«, begann Koroljow, »um Sie zu behandeln. Guten Tag.«

Er stellte sich vor und drückte ihr die Hand – eine große, kalte, unschöne Hand. Sie setzte sich auf und ließ sich untersuchen, offenbar schon längst an die Ärzte gewöhnt und gleichgültig dagegen, daß Schultern und Brust entblößt waren.

»Ich habe Herzklopfen«, sagte sie. »Die ganze Nacht hatte ich solche Angst . . . ich wäre vor Angst fast gestorben! Geben Sie mir irgend etwas.«

»Tue ich, tue ich! Beruhigen Sie sich.«

Koroljow untersuchte sie und zuckte mit den Achseln.

»Das Herz ist normal«, sagte er, »es steht alles zum besten, es ist alles in Ordnung. Die Nerven sind zwar ein bißchen strapaziert, aber das ist nichts Außergewöhnliches. Der Anfall scheint vorüber zu sein. Legen Sie sich schlafen.«

In diesem Augenblick wurde eine Lampe ins Schlafzimmer gebracht. Die Kranke blinzelte gegen das Licht, umfaßte plötzlich mit den Händen ihren Kopf und begann zu schluchzen. Der Eindruck eines armseligen, unschönen Wesens verschwand, und Koroljow bemerkte nicht mehr die kleinen Äuglein und auch nicht die grob entwickelte untere Gesichtshälfte; er nahm einen sanften, leidenden, so verständigen und rührenden Ausdruck an ihr wahr, sie erschien ihm nun schlank, fraulich, schlicht, und er wollte sie nicht mehr durch Arzneien oder Ratschläge beruhigen, sondern durch ein einfaches, zärtliches Wort. Ihre Mutter umfaßte ihren Kopf und drückte ihn an sich. Wieviel Verzweiflung, wieviel Gram sprach aus dem Gesicht der alten Frau! Sie, die Mutter, hatte die Tochter ernährt und aufgezogen, nichts war ihr zu schade für sie gewesen, ihr ganzes Leben hatte sie dafür hingegeben, daß man sie in der französischen Sprache, in Tanz und Musik unterrichtete, sie hatte ein Dutzend Lehrer und die besten Ärzte für sie herangezogen und eine Gouvernante gehalten, und jetzt begriff sie nicht, woher diese Tränen, weshalb so viele Qualen, sie begriff es nicht und verlor den Mut; auf ihrem schuldbewußten Gesicht lagen Unruhe und Verzweiflung, so, als habe sie etwas sehr Wichtiges versäumt, etwas unversucht gelassen, jemanden noch nicht herangeholt, aber wen, das wußte sie nicht.

»Lisanka, schon wieder ... schon wieder«, sagte sie und drückte ihre Tochter an sich. »Mein Kleines, mein Liebes, mein Kind, sag, was hast du? Sag es, mir zuliebe.«

Beide weinten heftig. Koroljow setzte sich auf den Bettrand und ergriff Lisas Hand.

»Nicht doch, wozu denn weinen?« sagte er freundlich. »Wo es doch nichts auf der Welt gibt, das solche Tränen verdient. Na, wir wollen doch nicht weinen, ist doch nicht nötig ...«

Bei sich aber dachte er:

»Zeit, daß sie heiratet ...«

»Unser Werkarzt hat ihr Bromkalium gegeben«, sagte die Gouvernante, »aber das hat ihr, wie ich sehe, nur geschadet. Ich finde, wenn etwas gegen Herzbeschwerden, dann Tropfen ... Ich habe vergessen, wie sie heißen ... Maiglöckchen, glaube ich.«

Und wieder folgten alle möglichen Details. Sie fiel dem Doktor andauernd ins Wort und hinderte ihn am Sprechen, und ihr Gesicht hatte einen so beflissenen Ausdruck, als glaubte sie, daß sie als die gebildetste Frau im Hause dazu verpflichtet sei, mit dem Doktor ein ununterbrochenes Gespräch zu führen, und zwar unbedingt über Medizin.
Koroljow begann das lästig zu werden.
»Ich kann nichts Besonderes finden«, sagte er, während er sich beim Verlassen des Schlafzimmers an die Mutter wandte. »Wenn Ihre Tochter bis jetzt vom Werkarzt behandelt worden ist, so soll er die Behandlung ruhig fortsetzen. An der Behandlung ist nichts zu beanstanden, und ich sehe keine Notwendigkeit, den Arzt zu wechseln. Wozu ein Wechsel? Es ist eine ganz gewöhnliche Krankheit, nichts Ernstes . . .«
Er sprach ohne Eile und zog sich dabei die Handschuhe an, während Frau Ljalikowa reglos dastand und ihn mit verweinten Augen ansah.
»Bis zum Zehn-Uhr-Zug ist noch eine halbe Stunde Zeit«, sagte er, »ich hoffe, ich komme noch hin.«
»Könnten Sie nicht bei uns bleiben?« fragte sie, und wieder flossen Tränen über ihre Wangen. »Es ist mir peinlich, Sie zu belästigen, aber seien Sie so gut . . . um Christi willen«, fuhr sie halblaut und sich zur Tür umblickend fort, »übernachten Sie bei uns. Ich habe nur sie . . . sie ist mein einziges Kind . . . Sie hat mich letzte Nacht so erschreckt, ich habe mich noch gar nicht davon erholt . . . Fahren Sie nicht weg, um Christi willen . . .«
Er wollte ihr antworten, daß er in Moskau viel Arbeit habe, daß ihn zu Hause seine Familie erwarte; es fiel ihm schwer, in einem fremden Haus ohne zwingenden Grund den ganzen Abend und die ganze Nacht zu verbringen, aber als er ihr Gesicht sah, seufzte er und begann schweigend, die Handschuhe auszuziehen.
Im Saal und im Salon hatte man für ihn alle Lampen und Kerzen angezündet. Er saß am Klavier und blätterte in den Noten, dann betrachtete er die Bilder und Porträts an den Wänden. Die ersteren, Ölbilder in goldenen Rahmen, zeigten Ansichten von der Krim, das stürmische Meer mit einem Schiffchen, einen ka-

tholischen Mönch mit einem Weinglas, und all das war phantasielos, glatt und unbegabt ... Unter den Porträts war nicht ein einziges schönes, interessantes Gesicht, überall breite Backenknochen und erstaunte Augen; Ljalikow, Lisas Vater, hatte eine niedrige Stirn und einen selbstzufriedenen Gesichtsausdruck, die Uniform saß wie ein Sack auf seinem großen Körper ohne eine Spur von Rasse, auf der Brust trug er eine Medaille und das Ehrenzeichen des Roten Kreuzes. Eine ärmliche Kultur, ein zufälliger Luxus ohne Sinn und Verstand, ohne Geschmack, wie die Uniform. Die Fußböden reizten ihn mit ihrem Glanz, ebenso der Kronleuchter, und ganz ohne Zusammenhang kam ihm die Geschichte von jenem Kaufmann in den Sinn, der mit der Medaille um den Hals in die Badestube ging ...

Aus dem Vorzimmer kam Flüstern, jemand schnarchte leise. Und plötzlich hallten vom Hof scharfe, abgehackte, metallische Töne herüber, wie sie Koroljow noch nie gehört hatte und die er sich jetzt nicht erklären konnte; sonderbar und unangenehm klangen sie in seinem Innern.

»Ich glaube, hier würde ich um keinen Preis leben wollen ...«, überlegte er und nahm sich wieder die Noten vor.

»Herr Doktor, bitte zu einem Imbiß!« rief die Gouvernante mit gedämpfter Stimme.

Er ging zum Abendessen. Der Tisch war groß, es gab viele Sakuski und Weine, doch es aßen nur zwei; er und Christina Dmitrijewna. Sie trank Madeira, aß hastig und sagte, den Kneifer auf ihn gerichtet:

»Die Arbeiter sind sehr zufrieden mit uns. Jeden Winter gibt es in unserer Fabrik Theatervorstellungen, die Arbeiter spielen selbst, außerdem gibt es Lichtbildervorträge, eine herrliche Teestube – was will man mehr? Sie sind uns sehr ergeben, und als sie erfuhren, daß es Lisanka schlechter gehe, ließen sie einen Bittgottesdienst abhalten. Sie sind ungebildet, haben aber Gefühl.«

»Man könnte meinen, in diesem Hause gäbe es keinen einzigen Mann«, sagte Koroljow.

»Keinen einzigen. Pjotr Nikanorytsch starb vor anderthalb Jahren, und wir blieben allein. So leben wir zu dritt. Im Sommer

hier, im Winter in Moskau auf der Poljanka. Ich lebe schon elf Jahre bei ihnen. Es ist, als gehörte ich zur Familie.«
Zum Abendessen gab es Sterlett, Hühnerkoteletts und Kompott; die Weine waren teuer, französische Sorten.
»Bitte, Doktor, lassen Sie sich nicht nötigen«, sagte Christina Dmitrijewna beim Kauen und wischte sich mit der Faust den Mund ab – man sah, sie lebte hier wie Gott in Frankreich. »Bitte langen Sie zu.«
Nach dem Abendessen wurde der Arzt in das Zimmer geführt, wo ein Bett für ihn gerichtet war. Er wollte aber noch nicht schlafen gehen, es war schwül und roch nach Farbe; er zog den Mantel an und ging hinaus.
Draußen war es kühl; es dämmerte schon, und in der feuchten Luft zeichneten sich deutlich die Umrisse der fünf Fabrikgebäude mit ihren Schornsteinen ab, die Baracken und Warenlager. Wegen des Feiertags wurde nicht gearbeitet, in den Fenstern war es dunkel, und nur in einem der Gebäude brannte noch ein Ofen, zwei Fenster leuchteten purpurrot, und aus dem Schornstein schlug zwischen dem Rauch hin und wieder eine Flamme. Weit hinter dem Hof quakten die Frösche und sang eine Nachtigall.
Als sein Blick auf die Fabrikgebäude fiel und auf die Baracken, wo die Arbeiter schliefen, dachte er wieder an das, woran er immer dachte, wenn er Fabriken sah. Mag es für die Arbeiter Theatervorstellungen, Lichtbildervorträge, Werkärzte und verschiedene Verbesserungen geben, gleichwohl unterschieden sich die Arbeiter, die er heute auf dem Weg vom Bahnhof getroffen hatte, äußerlich in nichts von denen, die er vor langer Zeit in seiner Kindheit gesehen hatte, als es noch kein Werktheater und keine Verbesserungen gab. Er, der als Mediziner chronische Leiden, deren tiefere Ursache unverständlich und unheilbar war, richtig beurteilte, betrachtete auch die Fabriken als ein Mißverständnis, dessen Ursache ebenfalls unklar und nicht zu beheben war, und alle Verbesserungen im Leben der Fabrikarbeiter hielt er zwar nicht für überflüssig, stellte sie aber auf eine Stufe mit der Behandlung unheilbarer Krankheiten.
»Hier liegt das Mißverständnis, natürlich ...«, dachte er, wäh-

rend er zu den purpurroten Fenstern sah. »Anderthalb- oder zweitausend Fabrikarbeiter schuften ohne Ruhepause, unter ungesunden Bedingungen, verfertigen schlechten Kattun, nagen am Hungertuch, und nur ab und zu, in der Kneipe, erwachen sie von diesem Alptraum; Hunderte von Menschen beaufsichtigen die Arbeit, und ihr ganzes Leben vergeht mit Verhängen von Strafen, mit Schimpfen und Ungerechtigkeiten, und nur zwei oder drei Menschen, die sogenannten Besitzer, haben die Vorteile davon, obwohl sie überhaupt nicht arbeiten und den schlechten Kattun geringschätzen. Aber was sind das für Vorteile, was für einen Gebrauch machen sie davon? Die Ljalikowa und ihre Tochter sind unglücklich, es ist ein Jammer, sie anzusehen, einzig und allein Christina Dmitrijewna, die bejahrte, leicht dümmliche alte Jungfer mit dem Zwicker, kommt auf ihre Rechnung. Das heißt also, der einzige Zweck, warum in allen diesen fünf Fabrikgebäuden gearbeitet und warum auf den östlichen Märkten schlechter Kattun verkauft wird, besteht darin, daß Christina Dmitrijewna Sterlett essen und Madeira trinken kann.«

Plötzlich erklangen seltsame Töne, dieselben, die Koroljow vor dem Abendessen gehört hatte. Bei einem der Gebäude schlug jemand gegen eine Metallplatte, ließ die Töne aber nicht ausschwingen, so daß sie kurz, scharf und unrein klangen, wie ein »därr . . . därr . . . därr . . .«. Dann eine halbe Minute Stille, und bei einem anderen Gebäude die gleichen Töne, abgehackt und unangenehm, nur tiefer, in der Baßlage: »dryn . . . dryn . . . dryn . . .«. Elfmal. Es war klar – die Nachtwächter zeigten die elfte Stunde an.

Beim dritten Gebäude tönte es: »schak . . . schak . . . schak . . .«. Und so an allen Gebäuden, und danach hinter den Baracken und dem Tor. Und es war, als würden diese Töne mitten in der nächtlichen Stille von einem Ungeheuer mit glutroten Augen, ja vom Teufel selbst hervorgebracht, der hier sowohl über die Arbeiter als auch über die Besitzer herrschte und die einen wie die anderen hinters Licht führte.

Koroljow ging vom Hof ins Freie.

»Wer da?« rief ihn beim Tor eine grobe Stimme an.

»Wie im Gefängnis . . .«, dachte er, ohne zu antworten.
Hier waren die Nachtigallen und die Frösche deutlicher zu hören, man spürte die Mainacht. Vom Bahnhof kam das Geräusch eines Zuges; Hähne krähten schlaftrunken, und doch war die Nacht still, die Welt lag in ruhigem Schlaf. Auf dem Stück Land unweit der Fabrik stand ein Schuppen, in dem Baumaterial lagerte. Koroljow ließ sich auf den Brettern nieder und setzte seine Überlegungen fort:
»Die einzige, die sich hier wohlfühlt, ist die Gouvernante, und die Fabrik arbeitet, um sie zufriedenzustellen. So scheint es, in Wirklichkeit aber ist sie nur ein Strohmann. Die Hauptperson, für die hier alles geschieht, ist der Teufel.«
Und er dachte über den Teufel nach, an den er nicht glaubte, und sah zu den beiden Fenstern hinüber, in denen Feuer schimmerte. Es schien ihm, als blicke ihn mit solchen glutroten Augen der Teufel selbst an, jene unbekannte Macht, die die Beziehungen zwischen den Starken und den Schwachen geschaffen hat, diesen groben Fehler, der sich jetzt durch nichts mehr korrigieren läßt. Der Starke muß den Schwachen am Leben hindern, so lautet das Naturgesetz, aber das ist nur verständlich, das will einem nur in den Kopf, wenn man es in einem Zeitungsartikel oder in einem Lehrbuch liest; in jenem Wirrwarr aber, den das tägliche Leben darstellt, in der Verfilzung all jener Nichtigkeiten, aus denen die menschlichen Beziehungen gewoben sind, ist es kein Gesetz, sondern ein logischer Widerspruch, wenn der Starke und der Schwache gleichermaßen als Opfer ihrer gegenseitigen Beziehungen fallen, wenn sie sich einer unbekannten, sie lenkenden Macht unterwerfen, die außerhalb des Lebens steht und dem Menschen fremd ist. So dachte Koroljow, während er auf den Brettern saß, und allmählich überkam ihn das Gefühl, als sei jene unbekannte, geheimnisvolle Macht tatsächlich in der Nähe und sähe ihn an. Unterdessen wurde der Horizont im Osten immer blasser, die Zeit schritt rasch voran. Die fünf Gebäude und die Schornsteine auf dem grauen Hintergrund der Morgendämmerung boten jetzt, da ringsum keine Menschenseele und alles wie ausgestorben war, einen ganz besonderen Anblick, nicht jenen vom Tage; die Erinnerung daran,

daß es dort drinnen Dampfmotoren, Elektrizität und Telefone gab, war wie weggeblasen, fortwährend drängten sich Gedanken an Pfahlbauten und an die Steinzeit auf, und man spürte die Gegenwart einer rohen, unbewußten Kraft ...

Und wieder hörte man:

»Därr ... därr ... därr ... därr ...«

Zwölfmal. Dann herrschte eine halbe Minute lang tiefes Schweigen, danach auf dem anderen Ende des Hofs:

»Dryn ... dryn ... dryn ...«

»Schrecklich unangenehm!« dachte Koroljow.

»Schak ... schak ...« erklang es an einem dritten Ort abgehackt, scharf, gleichsam ärgerlich, »schak ... schak ...«.

Um die zwölfte Stunde anzuzeigen, waren an die vier Minuten notwendig. Dann wurde es still; und wieder der Eindruck, alles ringsum sei ausgestorben. Koroljow blieb noch eine Weile sitzen, dann kehrte er ins Haus zurück, legte sich aber noch lange nicht schlafen. In den benachbarten Zimmern wurde geflüstert, man hörte das Schlurfen von Pantoffeln und bloßen Füßen.

»Vielleicht hat sie wieder einen Anfall?« dachte Koroljow.

Er ging hinaus, um nach der Kranken zu sehen. In den Zimmern war es schon ganz hell und im Saal zitterte an der Wand und auf dem Fußboden schwaches Sonnenlicht, das durch den Morgennebel hier eingedrungen war. Die Tür zu Lisas Zimmer stand offen, und sie selbst saß in einem Sessel neben dem Bett, im Morgenrock, in einen Schal gehüllt und unfrisiert. Die Vorhänge an den Fenstern waren heruntergelassen.

»Wie ist das Befinden?« fragte Koroljow.

»Ich danke.«

Er fühlte ihr den Puls, dann strich er ihr die Haare aus der Stirn.

»Sie schlafen nicht«, sagte er. »Draußen ist herrliches Wetter, Frühling, die Nachtigallen singen, und Sie sitzen im Dunkeln und grübeln.«

Sie hörte zu und sah ihm ins Gesicht; ihre Augen blickten traurig und klug, es war zu erkennen, daß sie ihm etwas sagen wollte.

»Geschieht das oft mit Ihnen?« fragte er.

Sie bewegte die Lippen und antwortete:

»Ja, oft. Mir ist fast jede Nacht schwer ums Herz.«
In diesem Augenblick schlugen die Wächter im Hof die zweite Stunde. Es dröhnte »därr . . . därr . . .«, und sie zuckte zusammen.
»Beunruhigen Sie diese Schläge?« fragte er.
»Ich weiß nicht. Mich beunruhigt alles hier«, antwortete sie und verfiel in Nachdenken. »Alles beunruhigt mich. In Ihrer Stimme höre ich Anteilnahme, gleich, als ich Sie sah, hatte ich das Gefühl, als könnte man mit Ihnen über alles reden.«
»So reden Sie, ich bitte Sie darum.«
»Ich möchte Ihnen meine Meinung sagen. Ich habe den Eindruck, daß ich nicht krank bin, sondern daß das Unruhe ist, und ich habe Angst, weil das so sein muß und nicht anders sein kann. Selbst der gesündeste Mensch kann sich der Unruhe nicht erwehren, wenn unter seinem Fenster ein Räuber geht. Ich werde oft behandelt«, sagte sie, den Blick auf die Knie geheftet, mit einem schüchternen Lächeln, »und ich bin natürlich sehr dankbar und will den Nutzen einer Behandlung nicht leugnen, nur möchte ich mich gerne aussprechen, aber nicht mit einem Arzt, sondern mit einem nahen Menschen, mit einem Freund, der mich versteht und mich davon überzeugen könnte, daß ich recht oder unrecht habe.«
»Haben Sie denn keine Freunde?« fragte Koroljow.
»Ich bin einsam. Ich habe meine Mutter, ich liebe sie, aber trotzdem bin ich einsam. So ist mein Leben nun einmal . . . Die Einsamen lesen viel, aber sie sprechen wenig, und sie hören wenig, das Leben ist für sie ein Geheimnis; sie sind Mystiker und sehen oft einen Teufel, wo es gar keinen gibt. Lermontows Tamara war einsam und sah den Teufel.«
»Und Sie lesen viel?«
»Ja. Mir steht ja die ganze Zeit zur freien Verfügung, vom Morgen bis zum Abend. Tagsüber lese ich, aber nachts ist mein Kopf leer, statt Gedanken sind nur Schatten darin.«
»Sehen Sie in der Nacht etwas?« fragte Koroljow.
»Nein, aber ich fühle . . .«
Sie lächelte wieder, richtete ihren Blick auf den Doktor und sah so traurig aus, so klug; und er hatte den Eindruck, sie habe Ver-

trauen zu ihm, sie wolle aufrichtig mit ihm sprechen und denke genauso wie er. Aber sie schwieg, vielleicht wartete sie, daß er beginne.
Und er wußte, was er ihr zu sagen hatte; es war ihm klar, daß sie so schnell wie möglich die fünf Fabrikgebäude und die Million, wenn sie sie bekommen würde, aufgeben, diesen Teufel, der in der Nacht immer auf sie schaut, verlassen müßte; und es war ihm auch klar, daß sie selber genauso dachte und nur darauf wartete, daß jemand, zu dem sie Vertrauen hatte, sie darin bestätigte.
Aber er wußte nicht, wie er das sagen sollte. Wie? Verurteilten gegenüber schämt man sich zu fragen, weshalb sie verurteilt worden sind; ebenso peinlich ist es, sehr reiche Leute zu fragen, wozu sie soviel Geld haben, warum sie mit ihrem Reichtum so erschreckend wenig anzufangen wissen und warum sie sich nicht von ihm trennen, selbst dann nicht, wenn sie in ihm ihr Unglück erkennen; und wenn man darüber ein Gespräch beginnt, so wird es gewöhnlich peinlich, qualvoll und lang.
»Wie sag ich es nur?« überlegte Koroljow. »Ja, soll man überhaupt darüber reden?«
Und er sagte das, was er sagen wollte, nicht direkt, sondern auf Umwegen: »Als Fabrikbesitzerin und reiche Erbin sind Sie unzufrieden. Sie glauben nicht an ihr Recht, und daher können Sie auch nicht schlafen, was natürlich besser ist, als wenn Sie zufrieden wären, einen festen Schlaf hätten und dächten, es stünde alles zum besten. Hochachtung vor Ihrer Schlaflosigkeit; sei es, wie es wolle, sie ist ein gutes Zeichen. Wirklich, zwischen unseren Eltern wäre ein solches Gespräch, wie wir es eben führen, undenkbar gewesen; nachts unterhielten sie sich nicht, sondern schliefen fest, wir hingegen, unsere Generation, wir schlafen schlecht, quälen uns, sprechen viel und suchen fortwährend zu entscheiden, ob wir recht oder unrecht haben. Für unsere Kinder oder Enkel aber wird diese Frage – ob sie recht oder unrecht haben – schon entschieden sein. Sie werden klarer sehen als wir. Schön wird das Leben in fünfzig Jahren sein, schade nur, daß wir es nicht mehr erleben. Es wäre interessant, einen Blick darauf zu werfen.«
»Und was werden die Kinder und Enkel tun?« fragte Lisa.

»Ich weiß nicht . . . Möglich, daß sie alles hinwerfen und fortgehen.«
»Wo werden sie denn hingehen?«
»Wohin? . . . Wohin sie wollen«, sagte Koroljow und lachte. »Ein guter, kluger Mensch kann in alle möglichen Richtungen gehen.«
Er sah auf die Uhr.
»Aber die Sonne ist ja schon aufgegangen«, sagte er. »Es ist Zeit, daß Sie schlafen. Ziehen Sie sich aus und schlafen Sie sich gesund. Es hat mich sehr gefreut, Ihre Bekanntschaft gemacht zu haben«, sprach er weiter und drückte ihre Hand. »Sie sind ein prächtiger, interessanter Mensch. Gute Nacht!«
Er ging auf sein Zimmer und legte sich schlafen.
Am nächsten Tag, als die Equipage vorfuhr, traten alle auf die Freitreppe, um ihn zu verabschieden. Lisa hatte ein weißes, sonntägliches Kleid an und Blumen im Haar, sie sah bleich und angegriffen aus; wie gestern blickte sie ihn traurig und klug an, sie lächelte, sie sprach, und das alles mit einem Ausdruck, als wolle sie ihm etwas Besonderes, etwas Wichtiges anvertrauen – nur ihm allein. Man hörte die Lerchen trillern und die Kirchenglocken läuten. Die Fabrikfenster blitzten lustig, und als Koroljow über den Hof und dann den Weg zum Bahnhof entlangfuhr, erinnerte er sich weder an die Arbeiter noch an Pfahlbauten, noch an den Teufel, sondern dachte an jene vielleicht schon nahe Zeit, da das Leben ebenso hell und fröhlich sein würde wie dieser stille Sonntagmorgen; und er dachte daran, wie angenehm es sei, an einem solchen Frühlingsmorgen in einer schönen dreispännigen Kutsche zu fahren und sich von der Sonne wärmen zu lassen.

Herzchen

Olenka, die Tochter des pensionierten Kollegienassessors Plemjannikow, saß gedankenverloren auf dem Treppchen ihres Hofes. Es war heiß, die lästigen Fliegen ließen sie nicht in Ruhe, und es war so angenehm, daran zu denken, daß schon bald Abend wäre. Von Osten her näherten sich dunkle Regenwolken, und ab und zu wehte von dort ein feuchter Lufthauch herüber.

Mitten im Hof stand Kukin, Unternehmer und Inhaber des Vergnügungsparks »Tivoli«, der hier auf dem Hof, in einem Anbau, seine Wohnung hatte, und schaute zum Himmel.

»Schon wieder!« sagte er verzweifelt. »Schon wieder gibt es Regen! Jeden Tag Regen, jeden Tag Regen – wie zum Trotz! Ich kann mich aufhängen! Das ist mein Ruin! Jeden Tag schreckliche Verluste!«

Er schlug die Hände zusammen und fuhr, zu Olenka gewandt, fort:

»Sehen Sie, Olga Ssemjonowna, das ist unser Leben. Es ist zum Heulen! Da arbeitet man, müht sich und quält sich ab, schläft ganze Nächte nicht und überlegt krampfhaft, wie man es besser machen könnte – und was kommt dabei heraus? Einmal ist da das Publikum, ungebildet und unkultiviert. Ich biete ihm die beste Operette, ein Märchenspiel mit großer Ausstattung, erstrangige Coupletsänger, aber braucht es das etwa? Versteht es denn von all dem etwas? Nein, eine Gauklerbude braucht es! Abgeschmacktes Zeug muß man ihm geben! Und dann, sehen Sie sich das Wetter an. Fast jeden Abend Regen. Am 10. Mai hat es sich eingeregnet, und jetzt geht das so den ganzen Mai und Juni, einfach schrecklich! Das Publikum bleibt aus, aber ich muß doch die Pacht bezahlen, die Künstler bezahlen!«

Am nächsten Tag näherten sich wieder Wolken, und Kukin sagte unter hysterischem Gelächter:

»Na und? Soll es doch! Soll es doch den ganzen Park überschwemmen und mich dazu! Ich pfeife auf das Glück, hier und in jener Welt! Sollen mich die Künstler doch aufs Gericht schleppen! Was, Gericht. Von mir aus zur Zwangsarbeit nach Sibirien! Von mir aus aufs Schafott! Ha ha ha!‹

Und am dritten Tag dasselbe ...

Olenka hörte Kukin schweigend und ernst zu, und dazwischen traten ihr Tränen in die Augen. Am Ende rührte sie Kukins Leid, und sie verliebte sich in ihn. Er war klein von Wuchs, hager, hatte ein gelbliches Gesicht, kämmte sich das Haar an den Schläfen zurück, hatte ein dünnes Tenörchen, beim Sprechen verzog er den Mund, und immer stand ihm die Verzweiflung im Gesicht geschrieben, aber trotz allem weckte er in ihr ein echtes, tiefes Gefühl. Sie liebte ständig jemanden, anders konnte sie einfach nicht. Früher hatte sie ihr Papachen geliebt, der jetzt krank im dunklen Zimmer in einem Sessel saß und Atembeschwerden hatte; sie liebte ihre Tante, die manchmal, alle zwei Jahre, aus Brjansk zu ihnen kam; und noch früher, als sie ins Progymnasium ging, hatte sie ihren Französisch-Lehrer geliebt. Sie war ein stilles, gutherziges und mitfühlendes Fräulein mit einem bescheidenen, sanften Blick und sah aus wie das blühende Leben. Wenn die Männer ihre vollen, rosigen Wangen und den zarten, weißen Hals mit dem dunklen Muttermal betrachteten und ihr gutes, naives Lächeln sahen, das sich auf ihrem Gesicht zeigte, wenn sie etwas Angenehmes hörte, so sagten sie »Oho, gar nicht übel ...« und lächelten ebenfalls, und wenn sie Damen besuchten, konnten sie es sich nicht verkneifen, mitten im Gespräch plötzlich ihre Hand zu ergreifen und in höchstem Entzücken auszurufen:

»Herzchen!«

Das Haus, in dem sie seit ihrer Kindheit lebte und das im Testament auf ihren Namen überschrieben war, stand am Rande der Stadt, in der Zigeuner-Vorstadt, unweit des »Tivoli«. Abends und nachts hörte sie im Vergnügungspark die Musik spielen und die Raketen krachend explodieren, und da schien es ihr, als ob Kukin mit seinem Schicksal kämpfe und gegen die Festung seines größten Feindes anrenne – gegen die Gleichgültigkeit des Publikums; ihr Herz erstarb in süßem Erschauern, sie dachte nicht im mindesten ans Schlafen, und wenn er gegen Morgen heimkehrte, klopfte sie leicht gegen ihr Schlafzimmerfenster,

und während sie ihm durch die Vorhänge nur ihr Gesicht und eine Schulter zeigte, lächelte sie zärtlich . . .
Er machte ihr einen Antrag, und sie ließen sich trauen. Und als er, wie es sich gehört, ihren Hals und die vollen, gesunden Schultern sah, schlug er die Hände zusammen und rief:
»Herzchen!«
Er war glücklich, aber da es am Tage der Hochzeit und in der Nacht regnete, wich der Ausdruck der Verzweiflung nicht von seinem Gesicht. Nach der Hochzeit lebten sie gut zusammen. Sie saß bei ihm an der Kasse, achtete auf die Ordnung im Park, führte die Bücher, zahlte die Gagen aus, und ihre rosigen Wangen und ihr nettes, naives Lächeln, das an Heiligenbilder erinnerte, tauchten bald im Fensterchen der Kasse, bald hinter den Kulissen, bald am Büfett auf. Und sie sagte bereits zu ihren Bekannten, daß das Bemerkenswerteste, Wichtigste und Nützlichste auf der Welt das Theater sei und daß nur das Theater wahren Genuß verschaffe und einen zum gebildeten und humanen Menschen machen könne. »Aber versteht das Publikum das etwa?« sagte sie. »Nein, eine Gauklerbude braucht es! Gestern lief bei uns ›Faust verkehrt‹, und fast alle Logen blieben leer, aber wenn Wanetschka und ich irgend so ein abgeschmacktes Zeug gegeben hätten, dann wäre das Theater gesteckt voll gewesen, verlassen Sie sich darauf. Morgen bringen Wanetschka und ich ›Orpheus in der Unterwelt‹, kommen Sie.«
Alles, was Kukin über das Theater und über die Schauspieler sagte, wiederholte sie. Wie er verachtete sie das Publikum wegen seiner Gleichgültigkeit der Kunst gegenüber und seiner Ignoranz, sie mischte sich in die Proben ein, korrigierte die Schauspieler, gab auf das Betragen der Musiker acht, und wenn das Lokalblatt sich negativ über das Theater äußerte, weinte sie und ging dann in die Redaktion, um eine Aussprache herbeizuführen.
Die Schauspieler mochten sie und nannten sie »Wanetschka und ich« und »Herzchen«; und sie hatte Mitleid mit ihnen und gab ihnen kleine Summen auf Borg, und wenn sie, wie es bisweilen vorkam, von ihnen hintergangen wurde, weinte sie nur heimlich, beklagte sich aber nicht bei ihrem Mann.

Auch im Winter lebten sie zufrieden. Sie mieteten für die Wintermonate das städtische Theater und überließen es kurzfristig mal einer ukrainischen Truppe, mal einem Taschenspieler, mal den örtlichen Vereinen. Olenka wurde rundlich und strahlte vor Zufriedenheit, Kukin dagegen magerte ab, wurde immer gelber und klagte über schreckliche Verluste, obwohl das Geschäft den ganzen Winter über nicht schlecht lief. Nachts hustete er, und sie flößte ihm Himbeersaft und Lindenblütentee ein, massierte ihn mit Eau de Cologne und hüllte ihn in ihre weichen Schals.

»Was bist du doch für ein Guter, Lieber!« sagte sie völlig aufrichtig und strich ihm die Haare glatt. »Du mein kleiner Hübscher!«

Während der großen Fasten reiste er nach Moskau, um eine Truppe zusammenzustellen, und sie konnte ohne ihn nicht schlafen und saß die ganze Zeit am Fenster und blickte zu den Sternen. Dann verglich sie sich mit den Hühnern, die auch die ganze Nacht nicht schlafen und unruhig sind, wenn der Hahn nicht im Hühnerstall ist. Kukin wurde in Moskau aufgehalten und schrieb, er würde zu Ostern zurückkommen, und gab in seinen Briefen schon Anweisungen wegen des »Tivoli«. Doch in der Karwoche, am Montag, ertönte spät abends am Tor ein unheilverkündendes Klopfen; jemand schlug gegen das Gartentor wie gegen ein Faß: bum! bum! bum! Die verschlafene Köchin, mit bloßen Füßen durch die Pfützen platschend, lief zum Aufmachen.

»Öffnen Sie, seien Sie so freundlich!« sagte hinter dem Tor eine tiefe Baßstimme. »Ein Telegramm für Sie!«

Olenka hatte auch schon früher Telegramme von ihrem Mann erhalten, aber diesmal wurde sie fast ohnmächtig. Mit zitternden Händen entsiegelte sie es und las folgendes:

»Iwan Petrowitsch heute plötzlich verstorben hierangs erwarten Anordnungen Beehrung Dienstag.«

So stand es im Telegramm: »Beehrung« und noch das unverständliche Wort »hierangs«; die Unterschrift stammte vom Regisseur der Operettentruppe.

»Mein Täubchen!« schluchzte Olenka auf. »Wanetschka, mein

Lieber, mein Täubchen! Warum bin ich dir begegnet? Warum habe ich dich kennengelernt und dich liebgewonnen! Was tut deine arme Olenka ohne dich, deine arme, unglückliche Olenka? . . .«

Kukin wurde am Dienstag in Moskau auf dem Wagankow-Friedhof beerdigt; Olenka kehrte am Mittwoch nach Hause zurück, und kaum war sie in ihrem Zimmer, warf sie sich aufs Bett und weinte so laut, daß es auf der Straße und den umliegenden Höfen zu hören war.

»Herzchen!« sagten die Nachbarinnen und bekreuzigten sich. »Herzchen, Olga Ssemjonowna, Mütterchen, die Verzweiflung bringt sie ja noch um!«

Drei Monate danach kehrte Olenka einmal von der Messe zurück, traurig und ganz in Schwarz. Es fügte sich, daß neben ihr, ebenfalls von der Kirche heimkehrend, einer ihrer Nachbarn ging, Wassili Andreitsch Pustowalow, der Verwalter des Holzlagers des Kaufmanns Babakajew. Er trug einen Strohhut und eine weiße Weste mit einer goldenen Kette und sah eher wie ein Gutsbesitzer aus als wie ein Händler.

»Ein jedes Ding muß seine Ordnung haben, Olga Ssemjonowna«, sagte er bedächtig und mit Mitgefühl in der Stimme, »und wenn einer unserer Nächsten stirbt, so hat es Gott so gefallen, vergessen wir das nicht und tragen es, ohne zu hadern.«

Er begleitete sie bis zur Pforte, verabschiedete sich und ging weiter. Nach dieser Begegnung klang ihr den ganzen Tag seine bedächtige Stimme in den Ohren, und kaum schloß sie die Augen, da erschien ihr sein dunkler Bart. Er hatte ihr sehr gefallen. Und auch sie hatte augenscheinlich Eindruck auf ihn gemacht, denn nicht lange danach kam eine bejahrte Dame, die sie kaum kannte, zu ihr zum Kaffee, die, kaum, daß sie am Tisch saß, unverzüglich über Pustowalow zu sprechen begann, darüber, daß er ein guter, solider Mann sei und daß ihn jedes heiratsfähige Mädchen mit Handkuß nehmen würde. Drei Tage später machte Pustowalow selbst seine Aufwartung; er blieb kaum länger als zehn Minuten und sprach wenig, aber Olenka gewann ihn lieb, so lieb, daß sie die ganze Nacht nicht schlafen konnte und wie im Fieber glühte und am Morgen nach der bejahrten Dame schickte. Bald waren sie verliebt, und dann kam die Hochzeit.

Nach der Heirat lebten Pustowalow und Olenka gut zusammen. Er saß gewöhnlich bis zum Mittagessen im Holzlager und ging dann seinen Geschäften nach, und seine Stelle nahm Olenka ein, die bis zum Abend im Kontor blieb, Rechnungen schrieb und die Ware ausgab.

»Das Holz wird heute mit jedem Jahr um zwanzig Prozent teurer«, sagte sie zu Käufern und Bekannten. »Bedenken Sie nur: zuerst haben wir mit hiesigem Holz gehandelt, jetzt aber muß Wassetschka jedes Jahr wegen Holz ins Mogiljowsche Gouvernement fahren. Und die Tarife!« sagte sie und schlug vor Schreck die Hände vors Gesicht. »Die Tarife!«

Sie hatte das Gefühl, als handle sie schon seit eh und je mit Holz, als sei das Wichtigste und Nützlichste im Leben das Holz, und es lag für sie so etwas Anheimelndes und Rührendes in Bezeichnungen wie: Balken, Rundholz, Bretter, Schalbrett, Sperrholz, Dachlatte, Lafette, Schwartenbrett . . . Nachts, wenn sie schlief, sah sie im Traum ganze Berge von Bohlen und Brettern und endlos lange Schlangen von Fuhren, die das Holz weit aus der Stadt hinaustransportierten; sie träumte, wie ein ganzes Regiment von zwölf Arschin hohen und fünf Werschok dicken Balken aufrecht stehend gegen das Holzlager Krieg führte, wie die verschiedenen Balken und Rundhölzer mit dem dröhnenden Klang von trockenem Holz gegeneinanderschlugen, wie alles umfiel, sich wieder hochrappelte und sich wirr übereinandertürmte. Olenka schrie im Schlaf auf, und Pustowalow sagte zärtlich zu ihr:

»Olenka, Liebes, was hast du? Bekreuzige dich!«

Was ihr Mann meinte, das meinte auch sie. Wenn er meinte, im Zimmer sei es heiß oder im Geschäft sei eine Flaute eingetreten, so meinte sie genau dasselbe. Ihr Mann konnte Vergnügungen nicht leiden und saß feiertags zu Hause, und sie auch.

»Immer sitzen Sie zu Hause oder im Kontor«, sagten ihre Bekannten. »Sie sollten einmal ins Theater gehen, Herzchen, oder in den Zirkus.«

»Wassetschka und ich haben keine Zeit, ins Theater zu gehen«, antwortete sie bedächtig. »Wir sind Menschen der Arbeit, wir haben keine Zeit für Narrenpossen. Was kommt denn heraus bei diesen Theatern?«

Samstags besuchten Pustowalow und sie die Abendmesse, an Feiertagen die Frühmesse, und nach der Kirche gingen sie einträchtig und mit gerührten Gesichtern nebeneinander her nach Hause; beide verbreiteten Wohlgeruch, und ihr Seidenkleid rauschte angenehm; daheim tranken sie Tee und aßen Weißbrot mit verschiedenen Marmeladen und dann Kuchen. Jeden Tag um die Mittagszeit duftete es auf dem Hof und jenseits des Tores verführerisch nach Borschtsch und Hammel- oder Entenbraten und während der Fastentage nach Fisch, so daß einem, wenn man am Tor vorbeikam, unweigerlich das Wasser im Munde zusammenlief. Im Kontor summte ständig der Ssamowar, und die Kaufleute wurden von ihr mit Tee und Kringeln traktiert. Einmal pro Woche gingen die Eheleute ins Dampfbad, von dem sie mit geröteter Haut einträchtig nebeneinander wieder heimkehrten.

»Wir leben gut, wir können nicht klagen«, sagte Olenka zu ihren Bekannten, »Gott sei Dank. Gebe Gott, daß jeder so lebe wie Wassetschka und ich.«

Wenn Pustowalow wegen Holz ins Gouvernement von Mogiljow fuhr, fühlte sie sich sehr einsam und schlief nachts nicht und weinte. Ab und zu bekam sie Besuch vom Regimentstierarzt Smirnin, einem jungen Mann, der im Anbau ihres Hauses wohnte. Er erzählte ihr etwas oder spielte Karten mit ihr, und das lenkte sie ab. Besonders interessierte sie sich für die Berichte über sein Familienleben. Er war verheiratet und hatte einen Sohn, lebte aber mit seiner Frau in Trennung, weil sie ihn betrogen hatte, und nun haßte er sie und schickte ihr monatlich vierzig Rubel für den Unterhalt des Sohnes. Und wenn sie das hörte, seufzte Olenka und schüttelte den Kopf, und sie verspürte Mitleid mit ihm.

»Nun, Gott schütze Sie«, sagte sie, wenn sie sich von ihm verabschiedete und ihn mit einer Kerze bis zur Treppe begleitete. »Ich danke Ihnen, daß Sie mir die Langeweile vertrieben haben, Gott gebe Ihnen Gesundheit, die Himmelskönigin . . .«

Und immer drückte sie sich, ihren Mann nachahmend, so bedächtig, so vernünftig aus; der Tierarzt verschwand schon unten in der Tür, sie aber rief ihm noch nach:

»Wissen Sie, Wladimir Platonytsch, Sie sollten sich mit Ihrer Frau versöhnen. Verzeihen Sie ihr wenigstens des Sohnes wegen! . . . Das Jungchen versteht ja womöglich schon alles.«

Und wenn Pustowalow zurückkam, erzählte sie ihm halblaut vom Tierarzt und seinem unglücklichen Familienleben, und beide seufzten sie und sprachen kopfschüttelnd von dem Jungen, der sich sicherlich nach dem Vater sehnte. Und dann, wie durch Gedankenübertragung, stellten sie sich zusammen vor die Heiligenbilder, verneigten sich bis zur Erde und beteten, daß Gott ihnen Kinder schenken möge.

Und so lebten die Pustowalows sechs Jahre lang still und friedlich, in Liebe und voller Harmonie. Einmal aber, im Winter, ging Wassili Andreitsch in seinem Lager, nachdem er heißen Tee getrunken hatte, ohne Mütze hinaus, um Holz auszuliefern, erkältete sich und wurde krank. Er wurde von den besten Ärzten gepflegt, die Krankheit aber behielt die Oberhand, und nach vier Monate dauerndem Leiden starb er. Und Olenka war wieder verwitwet.

»Was tue ich jetzt ohne dich, mein Täubchen?« weinte sie, als sie ihren Mann begraben hatte. »Wie werde ich jetzt ohne dich leben, ich Leidgeprüfte, ich Unglückliche? Ihr guten Leute, habt Mitleid mit einer Waise . . .«

Sie trug ein schwarzes Kleid mit Pleureusen, und auf Hut und Handschuhe hatte sie endgültig Verzicht getan. Das Haus verließ sie nur, um in die Kirche zu gehen oder das Grab ihres Mannes zu besuchen, und daheim lebte sie wie eine Nonne. Und erst nach Ablauf von einem halben Jahr entfernte sie die Pleureusen und öffnete die Fensterläden. Man sah sie schon ab und zu mit ihrer Köchin morgens auf den Markt einkaufen gehen; darüber aber, was sie jetzt für ein Leben führte und was sich bei ihr im Hause tat, konnte man nur Vermutungen anstellen. Anhaltspunkte lieferte beispielsweise die Tatsache, daß man sah, wie sie in ihrem Gärtchen mit dem Tierarzt Tee trank und sich von ihm laut die Zeitung vorlesen ließ, und ferner, daß sie einer Dame ih-

res Bekanntenkreises bei einer zufälligen Begegnung auf dem Postamt sagte:
»In unserer Stadt gibt es keine ordentliche Veterinäraufsicht, und daher rühren viele Krankheiten. Immer wieder hört man, daß die Leute durch die Milch erkranken und von Pferden und Kühen angesteckt werden. Über die Gesundheit der Haustiere muß man im Grunde genommen genauso wachen wie über die Gesundheit der Menschen.«
Sie wiederholte die Gedanken des Tierarztes und war jetzt über alles der gleichen Meinung wie er. Es war klar, daß sie ohne Anschluß auch nicht ein Jahr leben konnte, und sie fand ihr neues Glück in ihrem Anbau. Eine andere hätte man dafür verurteilt, von Olenka aber konnte man einfach nichts Schlechtes denken, und alles in ihrem Leben war so verständlich. Sie und der Tierarzt erzählten niemandem von der Veränderung in ihren Beziehungen, doch das ließ sich auf die Dauer nicht durchhalten, weil Olenka keine Geheimnisse haben konnte. Wenn er von seinen Regimentskameraden Besuch bekam, begann sie beim Tee-Eingießen oder beim Auftragen des Abendessens von der Rinderpest zu erzählen, von der Perlsucht und vom städtischen Schlachthof, was ihn in schreckliche Verlegenheit brachte; und wenn die Gäste fort waren, ergriff er ihren Arm und zischte sie wütend an:
»Wo ich dich doch gebeten hatte, nicht über Dinge zu sprechen, von denen du nichts verstehst! Wenn wir Tierärzte uns unterhalten, so misch dich gefälligst nicht ein. Das kann einem ja auf die Nerven gehen!«
Sie aber sah ihn erstaunt und beunruhigt an und fragte:
»Aber Wolodetschka, worüber soll ich denn sprechen?«
Und sie umarmte ihn unter Tränen, flehte ihn an, nicht böse zu sein, und beide waren glücklich.
Jedoch, dieses Glück währte nicht lange. Der Tierarzt fuhr mit dem Regiment davon, für immer, weil das Regiment an einen sehr entfernten Ort verlegt wurde, bald bis nach Sibirien. Und Olenka blieb allein.
Jetzt war sie vollkommen allein. Ihr Vater war schon lange tot, und sein Sessel lag in der Bodenkammer herum, verstaubt und ohne

einen einzigen Fuß. Sie wurde mager und unansehnlich, und die Leute auf der Straße sahen sie nicht mehr so an wie früher und lächelten ihr nicht mehr zu. Es war deutlich, daß ihre besten Jahre dahin waren und in die Vergangenheit entschwanden und daß jetzt ein neues, unbekanntes Leben begann, über das man besser nicht nachdachte. Abends saß Olenka auf dem Treppchen und hörte, wie im »Tivoli« die Musik spielte und die Raketen zerplatzten, aber das weckte keinerlei Gedanken in ihr. Sie blickte teilnahmslos auf ihren öden Hof, dachte über nichts nach, war ohne jeden Willen, und wenn dann die Nacht hereinbrach, ging sie schlafen und sah im Traum ihren öden Hof. Und auch zum Essen und Trinken mußte sie sich zwingen.

Das Wichtigste aber, das Schlimmste von allem war, daß sie keinerlei Meinung mehr hatte. Sie sah die Gegenstände um sich her und verstand alles, was ringsum geschah, konnte sich aber über nichts eine Meinung bilden und wußte nicht, worüber sie sprechen sollte. Wie furchtbar das ist, wenn man keinerlei Meinungen hat! Da sieht man zum Beispiel eine Flasche, oder der Regen fällt, oder ein Bauer fährt auf seinem Leiterwagen, aber wozu diese Flasche da ist oder der Regen oder der Bauer, was für einen Sinn sie haben, das kann man nicht sagen und könnte es auch um tausend Rubel nicht. Zu Kukins oder Pustowalows Zeiten und dann beim Tierarzt konnte Olenka alles erklären und hätte über jeden beliebigen Gegenstand ihre Meinung abgegeben, jetzt aber herrschte zwischen ihren Gedanken und auch in ihrem Herzen genau so eine Leere wie auf dem Hof. Und es war ihr so bang und traurig zumute, als habe sie zuviel Wermut geschluckt.

Die Stadt dehnte sich allmählich nach allen Seiten aus; die Zigeuner-Vorstadt wurde bereits Straße genannt, und dort, wo der Vergnügungspark »Tivoli« und die Holzlager standen, wuchsen schon Häuser empor, und es bildete sich eine Reihe von Querstraßen. Wie schnell die Zeit verflog! Olenkas Haus war dunkel geworden und das Dach verrostet, der Schuppen hatte sich zur Seite geneigt, und der ganze Hof war von Unkraut und Brennesseln überwuchert. Olenka selbst war alt und häßlich geworden. Sommers saß sie auf ihrem Treppchen, leer und bitter war's in ihrer gleichsam wermutdurchtränkten Seele; im Winter saß sie am Fenster und schaute auf den Schnee. Ein Frühlingshauch, ein Glockenklang, vom Winde hergeweht – und plötzlich stiegen die Erinnerungen an das Vergangene empor, süß zog sich das Herz zusammen, und die Tränen strömten ihr nur so aus den Augen; doch das dauerte nur eine Minute, dann war es da drinnen wieder öd und leer, und sie wußte nicht, wozu sie lebte. Bryska, das schwarze Kätzchen, schmiegte sich an und schnurrte behaglich, aber Olenka ließen diese Katzenzärtlichkeiten kalt. Was sollte sie auch damit anfangen? Was sie brauchte, war eine Liebe, die ihr ganzes Wesen, Seele und Verstand, ergriffen und ihr Gedanken und eine Richtung im Leben gegeben hätte und von der ihr alterndes Blut wieder warm geworden wäre. Sie schüttelte die schwarze Bryska von ihrem Rockschoß und sagte ärgerlich:

»Weg da, weg . . . Hast hier nichts verloren!«

Und so vergingen die Tage, so vergingen die Jahre – und keine einzige Freude, keine einzige Meinung. Was die Köchin Mawra sagte, galt.

An einem heißen Juliabend, als die Herde der Stadt durch die Straße getrieben wurde und sich der ganze Hof mit Staubwolken füllte, klopfte plötzlich jemand ans Tor. Olenka ging selber aufmachen, und als sie hinsah, traf sie fast der Schlag: vor dem Tor stand der Tierarzt Smirnin, ein ergrauter Mann nun und in Zivil. Mit einem Mal stand alles wieder vor ihr, sie konnte nicht an sich halten, brach in Schluchzen aus und legte wortlos ihren Kopf auf seine Brust; und die starke Erregung ließ sie gar nicht bemerken, wie sie zusammen ins Haus gingen und wie sie sich zum Tee setzten.

»Mein Täubchen!« stammelte sie zitternd vor Freude. »Wladimir Platonytsch! Welcher gute Geist hat Sie geschickt?«

»Ich möchte mich hier endgültig niederlassen«, erzählte er. »Ich habe meinen Abschied genommen und mich aufgemacht, um hier das Glück in der Freiheit zu kosten und ein seßhaftes Leben zu führen. Und dann wird es auch Zeit, meinen Sohn aufs Gymnasium zu bringen. Er ist herangewachsen. Ich habe mich übrigens mit meiner Frau versöhnt.«

»Und wo ist sie?« fragte Olenka.

»Sie lebt mit dem Sohn im Gasthaus, ich bin gerade unterwegs auf Wohnungssuche.«

»Gott, mein Lieber, so nehmen Sie doch mein Haus! Oder ist Ihnen das zu schlecht? Ach, Herrje, und keine Kopeke werde ich von Ihnen nehmen«, geriet Olenka in Aufregung und fing wieder an zu weinen. »Sie können hier leben, mir genügt der Anbau. Ach Gott, was für eine Freude!«

Schon am nächsten Tag bekam das Hausdach einen neuen Anstrich und die Wände wurden geweißt; Olenka, die Arme in die Hüften gestemmt, ging im Hof umher und gab Anweisungen. Ihr Gesicht wurde wieder von dem früheren Lächeln erhellt, sie lebte auf und hatte eine frische Farbe bekommen – es war, als sei sie aus tiefem Schlaf erwacht. Die Frau des Tierarztes kam, eine magere, häßliche Dame mit kurzen Haaren und launischem Gesicht, und mit ihr Ssascha, ein dicklicher Junge, recht klein für sein Alter (er stand schon ihm zehnten Lebensjahr), mit hellblauen Augen und Grübchen in den Wangen. Und kaum stand der Junge im Hof, da lief er schon der Katze hinterdrein, und gleich hörte man ein fröhliches Juchzen.

»Tantchen, ist das Ihre Katze?« fragte er Olenka. »Wenn sie Junge kriegt, dann schenken Sie uns doch bitte eins. Mama hat solche Angst vor Mäusen.«

Olenka unterhielt sich mit ihm, gab ihm Tee zu trinken, und das Herz wurde ihr plötzlich warm in der Brust und zog sich süß zusammen, so, als sei dieser Junge ihr eigener Sohn. Und wenn er abends im Eßzimmer seine Lektion wiederholte, schaute sie voller Rührung und Mitleid auf ihn und flüsterte:

»Mein Täubchen, mein Hübscher . . . mein Kindchen, wie gescheit er ist und wie sauber.«

»Eine Insel nennt man den Teil des Festlandes«, las er, »der auf allen Seiten von Wasser umgeben ist.«

»Eine Insel nennt man den Teil des Festlandes . . .«, wiederholte sie, und das war ihre erste Meinung, die sie nach so vielen Jahren des Schweigens und der Gedankenleere mit Überzeugung aussprach.

Und nun hatte sie ihre Meinungen, und beim Abendessen

sprach sie mit Ssaschas Eltern darüber, wie schwer die Kinder jetzt im Gymnasium lernen müßten, daß aber trotzdem die humanistische Bildung besser sei als die Realschulbildung, weil einem nach dem Gymnasium alle Wege offenstünden: man kann Arzt werden, aber auch Ingenieur.

Ssascha trat ins Gymnasium ein. Seine Mutter reiste zu ihrer Schwester nach Charkow und kam nicht mehr wieder; sein Vater fuhr jeden Tag irgendwohin Viehherden untersuchen, und es kam vor, daß er ganze drei Tage hintereinander nicht zu Hause war. Olenka hatte den Eindruck, als habe man Ssascha ganz im Stich gelassen, als sei er überflüssig im Hause und werde noch Hungers sterben; sie nahm ihn zu sich in den Anbau und brachte ihn dort in einem kleinen Zimmer unter.

Schon ist ein halbes Jahr vergangen, seit Ssascha bei ihr wohnt. Jeden Morgen kommt Olenka in sein Zimmer; er liegt in tiefem Schlaf, die Hand unter der Wange, und atmet fast nicht. Es tut ihr leid, ihn wecken zu müssen.

»Ssaschenka«, sagt sie traurig, »aufstehen, mein Täubchen! Zeit für die Schule!«

Er steht auf, zieht sich an, betet und setzt sich zum Tee; er trinkt drei Tassen und verzehrt zwei große Kringel und ein halbes Franzbrot mit Butter. Er ist noch nicht ganz wach und deshalb schlechter Laune.

»Du hast die Fabel nicht richtig gelernt«, sagt Olenka und sieht ihn an, als begleite sie ihn auf einen weiten Weg. »Du machst mir Sorgen. Du mußt dir Mühe geben, mein Täubchen, du mußt lernen . . . und den Lehrern gehorchen.«

»Ach, lassen Sie mich bitte!« sagte Ssascha.

Dann geht er zur Schule; er selbst ist klein, auf dem Kopf aber hat er eine große Schirmmütze und auf dem Rücken einen Ranzen. Olenka folgt ihm geräuschlos.

»Ssaschenkaaa!« ruft sie.

Er blickt sich um, und sie steckt ihm eine Dattel oder ein Karamelbonbon zu. Wenn sie in die Querstraße einbiegen, wo das Gymnasium steht, wird es ihm peinlich, daß hinter ihm eine große, dicke Frau hergeht; er schaut über die Schulter und sagt:

»Gehen Sie nur nach Hause, Tante, ich komme schon selber hin.«
Sie bleibt stehen und schaut ihm nach, ohne den Blick von ihm zu wenden, bis er im Gymnasium verschwunden ist. Ach, wie sie ihn lieb hat! Keine ihrer früheren Neigungen war so tief gewesen, niemals zuvor hatte sich ihre Seele so selbstlos, uneigennützig und freudig aufgeopfert wie jetzt, da das Muttergefühl in ihr immer stärker entbrannte. Für diesen ihr fremden Jungen, für seine Grübchen in den Wangen, für seine Mütze würde sie ihr ganzes Leben hingeben, und das mit Freuden und mit Tränen der Rührung. Warum? Wer weiß das schon – warum?
Wenn sie Ssascha zum Gymnasium gebracht hat, kehrt sie still nach Hause zurück, so zufrieden und ruhig, so von Liebe erfüllt; ihr Gesicht, das während des letzten halben Jahres jünger geworden ist, lächelt und strahlt; die Passanten betrachten sie mit Wohlgefallen und sagen zu ihr:
»Guten Tag, Herzchen, Olga Ssemjonowna! Wie geht es Ihnen, Herzchen?«
»Im Gymnasium wird jetzt viel verlangt«, erzählt sie auf dem Markt. »Die Kinder haben nichts zu lachen: in der ersten Klasse haben sie gestern eine Fabel auswendig aufbekommen, eine lateinische Übersetzung und noch eine Rechenaufgabe ... Wie soll so ein Kind das alles schaffen?«
Und sie fängt an, über die Lehrer zu sprechen, über den Unterricht, über die Lehrbücher – und sie sagt haargenau das, was Ssascha ihr darüber berichtet.
Zwischen zwei und drei essen sie zusammen Mittag, und am Abend präparieren sie gemeinsam den Schulstoff und weinen dabei. Wenn sie ihn zu Bett bringt, bekreuzigt sie ihn lange und flüstert ein Gebet, und wenn sie sich selber schlafen gelegt hat, sieht sie zwischen Traum und Wachen jene ferne und in Nebel gehüllte Zukunft, wenn Ssascha nach Beendigung des Studiums Arzt oder Ingenieur geworden ist, ein eigenes großes Haus, Pferde und eine Kutsche hat, wenn er heiratet und wenn Kinder kommen ... Sie schläft ein, und ihre Gedanken kreisen immer um dasselbe, und aus den geschlossenen Augen laufen ihr Trä-

nen über die Wangen. Und die schwarze Katze liegt an ihrer Seite und schnurrt:

»Murr . . . murr . . . murr . . .«

Plötzlich ein lauter Schlag ans Tor. Olenka wacht auf, der Schreck benimmt ihr den Atem; ihr Herz beginnt stark zu klopfen. Es vergeht eine halbe Minute, dann wieder ein Schlag.

»Das ist ein Telegramm aus Charkow«, denkt sie, und ein Zittern befällt ihren ganzen Körper. »Die Mutter läßt ihren Sohn zu sich nach Charkow kommen . . . O Gott!«

Sie ist verzweifelt, Kopf, Füße und Hände werden kalt, und es scheint, als gäbe es auf der ganzen Welt keinen unglücklicheren Menschen als sie. Aber eine Minute später ertönen Stimmen: der Tierarzt ist aus dem Klub heimgekommen.

»Na, Gott sei Dank«, atmet sie auf. Langsam weicht der Druck, und es wird ihr wieder leicht ums Herz; sie legt sich hin und denkt an Ssascha, der im Zimmer daneben fest schläft und hin und wieder im Schlaf phantasiert:

»Ich werd dir's zeigen! Hau ab! Nicht schlagen!«

Die Dame mit dem Hündchen

I

Es hieß, auf der Strandpromenade sei ein neues Gesicht aufgetaucht: eine Dame mit einem Hündchen. Dmitrij Dmitritsch Gurow, der schon zwei Wochen in Jalta verbracht und sich hier eingelebt hatte, begann sich ebenfalls für Neuankömmlinge zu interessieren. Von seinem Platz im Pavillon bei Vernet sah er eine junge Dame, eine kleine Blondine mit einem Barett, die Uferstraße entlanggehen; hinter ihr her lief ein weißer Spitz.
Und dann begegnete er ihr täglich mehrmals im Stadtpark und in den Grünanlagen. Auf ihren Spaziergängen war sie allein, immer in demselben Barett und mit dem weißen Spitz; niemand wußte, wer sie war, und so nannte man sie einfach: die Dame mit dem Hündchen.
»Wenn sie hier ohne ihren Mann und ohne Bekannte ist«, überlegte Gurow, »wäre es gar nicht übel, sie kennenzulernen.«
Er war noch keine vierzig, hatte aber schon eine zwölfjährige Tochter und zwei Söhne, die ins Gymnasium gingen. Man hatte ihn früh verheiratet, als er noch Student im zweiten Studienjahr war, und jetzt erschien ihm seine Frau um die Hälfte älter als er. Sie war von hohem Wuchs, hatte dunkle Augenbrauen und eine gerade Haltung, war würdevoll und untadelig und, wie sie sich selbst charakterisierte: eine denkende Frau. Sie las viel, vermied in Briefen das veraltete harte Zeichen und nannte ihren Mann nicht Dmitrij, sondern Dimitrij; doch in seinen Augen war es nicht weit her mit ihr, er fand sie engstirnig und unelegant, er fürchtete sie und war nicht gern zu Hause. Längst schon und oft war er ihr untreu geworden, was wohl der Grund dafür war, daß er sich über die Frauen fast immer häßlich äußerte, und wenn in seiner Gegenwart über sie gesprochen wurde, so lautete sein Urteil:
»Ein niedriges Geschlecht!«
Ihm schien, als habe er genügend bittere Erfahrungen gemacht, um sie nennen zu können, wie es ihm paßte; dessenungeachtet konnte er es aber ohne das »niedrige Geschlecht« keine zwei

Tage aushalten. In Gegenwart von Männern fühlte er sich gelangweilt und schlecht gelaunt, unter ihnen war er ungesprächig und kühl. Befand er sich aber unter Frauen, so war er nicht befangen, er wußte, wovon er zu reden und wie er sich zu verhalten hatte; und selbst zu schweigen fiel ihm da leicht. In seinem Äußeren, in seinem Charakter, in seinem ganzen Wesen lag etwas Anziehendes, etwas schwer Definierbares, durch das er die Gunst der Frauen erlangte, durch das er sie anlockte; das war ihm wohl bewußt, und auch ihn selbst zog eine rätselhafte Macht zu ihnen hin.

Seine zahlreichen und in der Tat bitteren Erfahrungen hatten ihn längst gelehrt, daß jede Annäherung, die zu Anfang das Leben so angenehm und abwechslungsreich gestaltet und den Anschein eines reizenden, leichten Abenteuers hat, bei ordentlichen Leuten, besonders bei den schwerfälligen und unentschlossenen Moskauern, unvermeidlich zu einer förmlichen Aufgabe von außerordentlicher Kompliziertheit anwächst, so daß der Zustand zu guter Letzt eine Last wird. Doch bei jeder neuen Begegnung mit einer interessanten Frau schwand diese Erfahrung irgendwie aus dem Gedächtnis – nur noch leben wollte man, und alles erschien so einfach und vergnüglich.

Und einmal, als er gegen Abend im Parkrestaurant speiste, geschah es, daß die Dame im Barett sich ihm langsamen Schritts näherte, um am Nachbartisch Platz zu nehmen. Der Gesichtsausdruck, der Gang, das Kleid, die Frisur verrieten ihm, daß sie aus guter Gesellschaft und verheiratet war, daß sie sich zum ersten Mal und allein in Jalta aufhielt und daß sie sich hier langweilte . . . In den Erzählungen über die Verdorbenheit der hiesigen Sitten war so viel Unwahres, er verachtete sie und wußte, daß der Großteil solcher Erzählungen von Menschen erfunden wird, die selbst sehr gern sündigen würden, wenn sie nur könnten. Als sich die Dame aber an den drei Schritt von ihm entfernten Nachbartisch setzte, da kamen ihm all jene Erzählungen von leichten Siegen, von Ausflügen in die Berge in den Sinn, und der verführerische Gedanke an eine rasche, flüchtige Beziehung, an ein Verhältnis mit einer unbekannten Frau, deren Namen man nicht weiß, nahm plötzlich von ihm Besitz.

Er lockte zärtlich den Spitz, und als er herankam, drohte er ihm mit dem Finger. Der Spitz begann zu knurren. Gurow drohte wieder.
Die Dame schaute ihn an und senkte gleich darauf den Blick.
»Er beißt nicht«, sagte sie und errötete.
»Erlauben Sie, daß ich ihm einen Knochen gebe?« Und als sie zustimmend mit dem Kopf nickte, fragte er leutselig: »Darf man erfahren, wie lange Sie schon in Jalta sind?«
»Ungefähr fünf Tage.«
»Und ich bringe hier schon meine zweite Woche hinter mich.«
Sie schwiegen ein Weilchen.
»Die Zeit vergeht schnell, dabei ist es hier so langweilig!« sagte sie, ohne ihn anzusehen.
»Daß es hier langweilig sei, sagt man nur so. Die braven Bürger, die irgendwo in Belewo oder Shisdra leben, wo es ihnen nicht langweilig ist, kommen hierher, und gleich geht es los:
»Ach, wie langweilig! Ach, was für ein Staub!« Man könnte meinen, sie seien aus Granada hierhergefahren.«
Sie lächelte. Dann aßen sie beide schweigend weiter, wie Unbekannte; doch nach dem Essen brachen sie gemeinsam auf, und es entwickelte sich das scherzende, leichte Gespräch unbeschäftigter, zufriedener Menschen, denen es gleich ist, wohin sie gehen und worüber sie sprechen. Sie spazierten umher und sprachen darüber, wie seltsam das Meer beleuchtet sei: das Wasser hatte eine lila Färbung, einen ganz warmen, zarten Ton, und darüber ging vom Mond her ein goldener Streifen. Sie sprachen davon, wie schwül es war nach dem heißen Tag. Gurow erzählte, daß er Moskauer und von seiner Ausbildung her Philologe sei, aber in einer Bank arbeite; daß er sich früher einmal darauf vorbereitet habe, in einem privaten Opernhaus aufzutreten, es aber aufgegeben habe, daß er in Moskau zwei Häuser besitze ... Von ihr erfuhr er, daß sie in Petersburg aufgewachsen sei, aber nach S. geheiratet habe, wo sie schon zwei Jahre lebe, daß sie noch ungefähr einen Monat in Jalta verbringen werde und daß ihr Mann, der sich ebenfalls erholen wolle, sie vielleicht abhole. Sie war außerstande zu sagen, wo ihr Mann arbeitete: ob in der Gouvernementsverwaltung oder in der Semstwo-Verwaltung

des Gouvernements, und das war ihr selber komisch. Und Gurow erfuhr auch, daß sie Anna Sergejewna hieß.

Nachher, auf seinem Zimmer, dachte er an sie und daran, daß sie ihm morgen wohl begegnen würde. Das war jedenfalls anzunehmen. Beim Zubettgehen kam ihm in den Sinn, daß sie noch vor kurzem Internatsschülerin gewesen war und gelernt hatte wie gerade eben seine Tochter; und es fiel ihm ein, wieviel Ängstlichkeit und Ungeschicklichkeit in ihrem Lachen, in ihrer Unterhaltung mit ihm, dem Unbekannten, gewesen war; sie befand sich wohl zum ersten Mal in ihrem Leben allein und in einer Umgebung, wo man ihr nachging, sie betrachtete, mit ihr sprach, und das immer mit jenem geheimen Ziel, das ihr unmöglich verborgen bleiben konnte. Er dachte an ihren schlanken, zarten Hals, an ihre schönen grauen Augen.

»Trotzdem hat sie etwas Bedauernswertes an sich«, überlegte er, bevor er einschlief.

II

Seit der Bekanntschaft war eine Woche vergangen. Es war Feiertag. In den Zimmern herrschte eine drückende Hitze, auf den Straßen wirbelte der Wind Staub auf und riß die Hüte von den Köpfen. Den ganzen Tag hatte man Durst, und oft ging Gurow mit Anna Sergejewna in den Pavillon und bot ihr bald Mineralwasser mit Fruchtsaft, bald Eis an. Man wußte nicht, wo man bleiben sollte.

Am Abend, als der Wind sich ein wenig gelegt hatte, gingen sie zur Mole, um dem Einlaufen des Dampfers zuzusehen. An der Anlegestelle waren viele Spaziergänger; einige hatten sich mit Blumensträußen eingefunden, um jemanden zu empfangen. Und da fielen zwei Besonderheiten des festlich geschmückten Jaltaer Publikums ins Auge: die älteren Damen waren gekleidet wie junge, und es gab eine Menge Generale.

Wegen Seegang kam der Dampfer mit Verspätung an, als die Sonne schon unterging, und bevor er an der Mole anlegen konnte, mußte er lange manövrieren. Anna Sergejewna blickte durch ihre Lorgnette auf den Dampfer und die Passagiere, als suche sie

Bekannte, und als sie sich zu Gurow wandte, glänzten ihre Augen. Sie sprach viel, ihre Fragen waren unzusammenhängend, und sie vergaß sofort wieder, wonach sie gefragt hatte. Dann verlor sie in der Volksmasse ihre Lorgnette.

Die festliche Menge hatte sich zerstreut, kein Mensch war mehr zu sehen, der Wind hatte sich völlig gelegt; Gurow und Anna Sergejewna aber standen immer noch da, als warteten sie, ob nicht noch jemand den Dampfer verließ. Anna Sergejewna war jetzt verstummt und roch schweigend an ihren Blumen, ohne Gurow anzusehen.

»Das Wetter ist gegen Abend besser geworden«, sagte er. »Wohin gehen wir nun? Sollen wir nicht ausfahren?«

Sie antwortete nicht.

Da schaute er sie aufmerksam an, umarmte sie plötzlich und küßte sie auf die Lippen; der Duft der feuchten Blumen hüllte ihn ein, und sogleich blickte er sich furchtsam um, ob es nicht jemand gesehen hatte.

»Gehen wir zu Ihnen«, sagte er leise.

Und beide gingen eilig davon.

In ihrem Zimmer war es drückend heiß, und es duftete nach Parfum, das sie im japanischen Laden gekauft hatte. »Was es doch für Begegnungen im Leben gibt!« dachte Gurow, als er sie jetzt anschaute. Aus seiner Vergangenheit erinnerte er sich an sorglose, gutmütige Frauen, die die Liebe fröhlich machte und die ihm für ein auch noch so kurzes Glück dankbar gewesen waren; und an solche, wie zum Beispiel seine Frau, deren Liebe unaufrichtig, manieriert, hysterisch war, begleitet von überflüssigem Gerede und von einem Gesichtsausdruck, als ob es nicht um Liebe, nicht um Leidenschaft, sondern um irgend etwas Höheres ginge; und dann erinnerte er sich an jene zwei oder drei sehr schönen, kalten Frauen, auf deren Gesicht plötzlich ein raubtierartiger Ausdruck aufflackerte, der hartnäckige Wunsch, etwas in Besitz zu nehmen, dem Leben mehr zu entreißen, als es geben konnte; sie hatten ihre erste Jugend schon hinter sich, sie waren launisch und unvernünftig, herrschsüchtig und nicht sehr klug, und als Gurows Gefühle für sie erkalteten, da rief ihre

Schönheit Haß in ihm hervor, und die Spitzen an ihrer Wäsche erschienen ihm wie Schuppen.

Hier aber war es immer die gleiche Ängstlichkeit und Ungeschicklichkeit unerfahrener Jugend, das Gefühl von Peinlichkeit; und das verwirrte einen so, als ob es plötzlich an der Tür geklopft hätte. Anna Sergejewna, diese »Dame mit dem Hündchen«, verhielt sich zu dem, was geschehen war, irgendwie eigenartig, mit außerordentlichem Ernst, es schien, als wohne sie ihrem eigenen Fall bei, und das war seltsam und unpassend. Ihre Züge verloren ihre Spannung und wurden schlaff, und an den Seiten ihres Gesichts hing traurig das lange Haar herab; gedankenverloren stand sie in einer trübseligen Pose da wie die Sünderin auf einem alten Bild.

»Das war nicht gut«, sagte sie. »Sie werden mich jetzt als erster nicht mehr achten.«

Auf dem Tisch lag eine Wassermelone. Gurow schnitt sich ein Stück ab und begann ohne Eile zu essen. Es verging mindestens eine halbe Stunde im Schweigen.

Anna Sergejewna war rührend, um sie war die Reinheit einer ordentlichen, naiven Frau mit wenig Lebenserfahrung; die einsame Kerze, die auf dem Tisch brannte, beleuchtete nur schwach ihr Gesicht, trotzdem konnte man erkennen, daß es ihr schwer ums Herz war.

»Warum sollte ich aufhören, dich zu achten?« fragte Gurow. »Du weißt ja nicht, was du sagst.«

»Möge Gott mir verzeihen!« sagte sie, und ihre Augen füllten sich mit Tränen. »Das ist schrecklich.«

»Es ist, als würdest du dich rechtfertigen.«

»Womit könnte ich mich rechtfertigen? Ich bin eine schlechte, gemeine Frau, ich verachte mich und denke gar nicht an eine Rechtfertigung. Nicht meinen Mann habe ich betrogen, sondern mich selbst. Und ich betrüge mich nicht erst jetzt, sondern schon seit langem. Mein Mann ist vielleicht ein ehrlicher, guter Mensch, aber er ist doch ein Lakai! Ich weiß nicht, was er dort tut, wie er arbeitet, ich weiß nur, daß er ein Lakai ist. Ich war zwanzig, als ich ihn heiratete, die Neugierde quälte mich, ich wollte etwas Besseres; denn es gibt ja noch ein anderes Leben, so sagte ich mir. Leben wollte ich! Leben und nochmals leben ... Die Neugierde verbrannte mich ... Sie verstehen das nicht, aber ich schwöre bei Gott, ich hatte mich nicht mehr in der Gewalt, mit mir war etwas geschehen, ich konnte mich nicht mehr beherrschen – da sagte ich meinem Mann, daß ich krank sei, und fuhr hierher ... Und hier ging alles wie im Rausch, wie im Wahn ... und jetzt bin ich eine verdorbene, schmutzige Frau geworden, die jeder verachten kann.«

Gurow hatte es schon satt zuzuhören, der naive Ton, die unerwartete und deplazierte Reue entnervten ihn; wären nicht die Tränen in den Augen gewesen, man hätte meinen können, sie mache Spaß oder spiele eine Rolle.

»Ich verstehe nicht«, sagte er leise, »was möchtest du eigentlich?«

Sie verbarg ihr Gesicht an seiner Brust und drückte sich an ihn.

»Glauben Sie mir, so glauben Sie mir doch, ich flehe Sie an ...«, sagte sie. »Ich liebe ein ehrenhaftes, reines Leben, die Sünde widert mich an, ich weiß selbst nicht, was ich tue. Die einfachen Leute sagen: der Böse hat mich verführt. Auch ich kann jetzt von mir sagen: der Böse hat mich verführt.«

»Ist ja gut, ist ja gut ...«, murmelte er.

Er schaute ihr in die starren, erschrockenen Augen, er küßte sie, sprach zärtlich und leise mit ihr, und sie beruhigte sich allmählich und fand ihre Fröhlichkeit wieder; beide begannen zu lachen.

Dann, als sie hinausgingen, war kein Mensch mehr auf der Strandpromenade, die Stadt mit ihren Zypressen wirkte wie tot, nur das Meer rauschte und schlug gegen das Ufer; eine Barkasse schaukelte auf den Wellen, schläfrig blinkte auf ihr eine Laterne.

Sie fanden eine Kutsche und fuhren nach Oreanda.

»Vorhin im Vestibül habe ich deinen Namen erfahren: auf der Tafel steht von Diederitz«, sagte Gurow. »Ist dein Mann Deutscher?«

»Nein, er hat anscheinend einen deutschen Großvater, er selbst ist aber rechtgläubig.«

In Oreanda saßen sie auf einer Bank unweit der Kirche, blickten aufs Meer hinab und schwiegen. Jalta war durch den Morgennebel kaum sichtbar; regungslos hingen an den Bergesgipfeln dichte weiße Wolken. Die Blätter an den Bäumen bewegten sich nicht, die Zikaden zirpten, und das eintönige, dumpfe Rauschen des Meeres, das von unten heraufscholl, sprach von der Ruhe und dem ewigen Schlaf, der uns erwartet. Dort unten rauschte es bereits, als es noch kein Jalta gab, kein Oreanda; es rauscht auch heute und wird genauso gleichgültig und dumpf rauschen, wenn wir schon längst nicht mehr sind. In dieser Beständigkeit aber, in dieser völligen Gleichgültigkeit gegen Leben und Tod eines jeden von uns, verbirgt sich vielleicht das Unterpfand unserer ewigen Rettung, der unablässigen Bewegung des Lebens auf Erden, der unablässigen Vervollkommnung. Neben der jungen Frau sitzend, die ihm im Morgenrot so schön erschien, von Ruhe erfüllt und bezaubert von dem Anblick dieser märchenhaften Umgebung von Meer, Bergen, Wolken und dem weiten Himmel, dachte Gurow, daß tatsächlich, wenn man es sich recht überlegt, alles auf dieser Welt schön ist, alles, außer jenem, was wir selber denken und tun, wenn wir die höheren Ziele des Daseins und unsre menschliche Würde vergessen.

Ein Mann näherte sich ihnen – ein Wächter wohl –, warf einen Blick auf sie und ging fort. Und auch diese Kleinigkeit wirkte geheimnisvoll und schön. Man sah den Dampfer aus Feodossija kommen, beleuchtet von der Morgenröte, bereits ohne Lichter.

»Auf dem Gras liegt Tau«, sagte Anna Sergejewna nach einem Schweigen.

»Ja, es ist Zeit, nach Hause zu fahren.«

Sie kehrten zurück in die Stadt.

Danach trafen sie sich jeden Mittag auf der Strandpromenade, frühstückten zusammen, nahmen gemeinsam das Mittagessen ein, gingen spazieren und berauschten sich am Anblick des Meeres. Sie klagte über Schlaflosigkeit und Herzklopfen, stellte immer dieselben Fragen, bald durch Eifersucht, bald durch die Angst in Aufregung versetzt, er könnte sie nicht genügend achten. Und oft, in den Grünanlagen oder im Park, wenn sich niemand in der Nähe befand, zog er sie plötzlich an sich und küßte sie leidenschaftlich. Der völlige Müßiggang, diese Küsse am hellen Tage, wobei man sich ängstlich umschaute, ob es auch niemand sah, die Hitze, der Geruch des Meeres und vor den Augen das beständige Vorüberziehen müßiger, geputzter, satter Leute – all das machte aus ihm einen neuen Menschen. Er sprach zu Anna Sergejewna davon, wie schön, wie verführerisch sie sei, seine Leidenschaft duldete keinen Aufschub, er wich keinen Schritt von ihrer Seite; sie aber verfiel oft in Nachdenklichkeit und bat ihn die ganze Zeit, doch einzugestehen, daß er sie nicht achte, sie überhaupt nicht liebe und nur eine gefallene Frau in ihr sehe. Fast jeden Abend fuhren sie nach Dunkelwerden vor die Stadt, nach Oreanda oder zum Wasserfall, und der Ausflug war immer sehr gelungen, die Eindrücke waren jedesmal unverändert schön und großartig.

Sie warteten, daß ihr Mann käme. Aber es kam ein Brief von ihm, in dem er wissen ließ, daß er an den Augen erkrankt sei, und seine Frau anflehte, so bald wie möglich nach Hause zu kommen. Anna Sergejewna bereitete sich eilig vor.

»Es ist gut, daß ich wegfahre«, sagte sie zu Gurow. »Das Schicksal selbst will es so.«

Sie fuhr im Wagen, und er begleitete sie. Sie brauchten einen ganzen Tag. Als sie ihr Abteil im Schnellzug bestiegen hatte und das zweite Glockenzeichen ertönte, sagte sie:

»Ich möchte Sie noch einmal anschauen . . . Noch einmal. Jetzt ist es gut.«

Sie weinte nicht, aber sie sah so betrübt aus, als wäre sie krank, und ihr Gesicht zuckte.

»Ich werde an Sie denken . . . Ich werde Sie im Gedächtnis behalten«, sprach sie. »Gott sei mit Ihnen, bleiben Sie hier. Behalten Sie mich in gutem Angedenken. Wir trennen uns für immer, so muß es sein, denn wir hätten einander niemals begegnen sollen. Nun, Gott mit Ihnen.«

Der Zug fuhr rasch ab, seine Lichter waren bald verschwunden, und eine Minute später war kein Geräusch mehr zu hören, es schien, als hätte sich alles absichtlich verabredet, diesem süßen Dämmerzustand, dieser Verrücktheit so schnell wie möglich ein

Ende zu bereiten. Und Gurow, allein geblieben auf dem Bahnsteig und in die dunkle Ferne schauend, lauschte dem Zirpen der Grillen und dem Summen der Telegrafendrähte mit einem Gefühl, als sei er soeben erwacht. Und er dachte daran, daß es in seinem Leben jetzt noch ein Abenteuer, noch ein Erlebnis gab, das auch schon beendet war und von dem nun die Erinnerung blieb . . . Er war gerührt, betrübt und empfand so etwas wie Reue: diese junge Frau, die er niemals mehr wiedersehen würde, war mit ihm nicht glücklich gewesen; er war höflich zu ihr, er war herzlich, und doch lag in seinem Umgang mit ihr, in seinem Ton und in seinen Zärtlichkeiten ein leichter Spott, der ein wenig grobe Hochmut des glücklichen Mannes, der dazu noch bald doppelt so alt war wie sie. Die ganze Zeit hatte sie ihn als gut, als ungewöhnlich, als erhaben bezeichnet, offensichtlich also erschien er ihr nicht als das, was er in Wirklichkeit war, das heißt, er hatte ihr, ohne es zu wollen, etwas vorgemacht . . .
Hier auf der Station roch es schon nach Herbst, der Abend war kühl.
»Zeit, daß auch ich in den Norden zurückkehre«, dachte Gurow, als er den Bahnsteig verließ. »Es ist Zeit!«

III

Zu Hause in Moskau war es schon ganz winterlich, die Öfen wurden geheizt, und morgens, wenn die Kinder sich fürs Gymnasium fertigmachten und Tee tranken, war es dunkel, und die Kinderfrau zündete für kurze Zeit das Licht an. Es begann schon zu frieren. Wenn der erste Schnee fällt, wenn man zum ersten Mal wieder im Schlitten ausfährt, tut es wohl, die weiße Erde zu sehen und die weißen Dächer, die Luft, die man atmet, ist so herrlich weich, und in solchen Augenblicken erinnert man sich seiner Jugendjahre. Die alten Linden und Birken, weiß bereift, haben ein gutmütiges Aussehen, sie sind dem Herzen näher als Zypressen und Palmen, und in ihrer Nähe hat man gar nicht das Bedürfnis, an die Berge zu denken und ans Meer.
Gurow war Moskauer. Er kehrte an einem schönen, frostigen Tag nach Moskau zurück, und als er seinen Pelz angelegt und die

warmen Handschuhe angezogen hatte und die Petrowka entlangspazierte und als er am Samstagabend das Läuten der Glokken hörte, da verloren für ihn die kürzliche Reise und die Orte, an denen er gewesen, allen Zauber. Ganz allmählich tauchte er wieder ins Moskauer Leben ein, er las bereits gierig drei Zeitungen pro Tag und sagte dabei, er lese aus Prinzip keine Moskauer Zeitungen. Schon zog es ihn in die Restaurants, in die Klubs, zu Diners mit geladenen Gästen, zu Jubiläen, und er fühlte sich geschmeichelt, daß in seinem Hause bekannte Rechtsanwälte und Künstler verkehrten und daß er im Akademikerklub mit einem Professor Karten spielte. Er konnte auch schon wieder eine ganze Portion in der Pfanne servierter Krautsuppe mit Fleisch aufessen . . .

Noch einen Monat vielleicht, und Anna Sergejewna, so schien es ihm, würde in seinem Gedächtnis vom Nebel verschluckt werden und ihm nur gelegentlich mit ihrem rührenden Lächeln im Traum erscheinen, so, wie es die anderen taten. Aber es war schon mehr als ein Monat vergangen, es war tiefer Winter geworden, in seinem Gedächtnis jedoch war alles so klar, als habe er sich erst gestern von Anna Sergejewna getrennt. Und die Erinnerungen flammten immer heftiger auf. Ob in der abendlichen Stille die Stimmen der ihre Aufgaben machenden Kinder in sein Arbeitszimmer drangen, ob er eine Romanze hörte oder den Musikautomaten in einem Restaurant oder ob der Sturm im Kamin heulte – plötzlich lebte im Gedächtnis alles wieder auf: sowohl das, was an der Mole geschehen war, als auch der frühe Morgen mit dem Nebel auf den Bergen, der Dampfer aus Feodossija und die Küsse. Lange ging er im Zimmer auf und ab, er erinnerte sich an alles und lächelte, und dann gingen die Erinnerungen in Träume über, und in der Phantasie vermischte sich das Gewesene mit dem, was kommen würde. Nicht im Traum erschien ihm Anna Sergejewna, sie folgte ihm aber überallhin wie ein Schatten, sie wachte über ihm. Wenn er die Augen schloß, sah er sie wie lebendig vor sich, und sie erschien ihm schöner, jünger, zarter, als sie in Wirklichkeit war; und auch er kam sich besser vor, als er es damals, in Jalta, gewesen war. Abends schaute sie ihn aus dem Bücherschrank an, aus dem Kamin, aus

einer Zimmerecke, er hörte ihren Atem und das zärtliche Rascheln ihres Kleides. Auf der Straße verfolgte er mit dem Blick die Frauen, suchte, ob er nicht eine fände, die ihr ähnelte.
Und schon quälte ihn das heftige Verlangen, seine Erinnerungen jemandem mitzuteilen. Aber zu Hause konnte er über seine Liebe nicht sprechen, und außerhalb des Hauses kam niemand in Frage. Mit den Mietern ging es nicht und auch nicht in der Bank. Und wovon überhaupt sprechen? Hatte er denn geliebt? Hatte es in seinen Beziehungen zu Anna Sergejewna denn irgend etwas Schönes, etwas Poetisches oder Lehrreiches oder einfach etwas Interessantes gegeben? Und so blieb ihm nichts anderes übrig, als sehr unbestimmt über die Liebe und die Frauen zu sprechen, und niemand kam darauf, um was es ging, nur seine Frau runzelte ihre dunklen Augenbrauen und sagte: »Die Rolle eines Gecken paßt absolut nicht zu dir, Dimitrij.«
Eines Nachts, als er mit seinem Partner, einem Beamten, den Akademikerklub verließ, konnte er es sich nicht verkneifen zu sagen: »Wenn Sie wüßten, was für eine bezaubernde Frau ich in Jalta kennengelernt habe!«
Der Beamte setzte sich in den Schlitten und fuhr los, wandte sich aber plötzlich um und rief:
»Dmitrij Dmitritsch!«
»Was ist?«
»Sie hatten neulich übrigens recht: der Stör hatte einen kleinen Stich!«
Diese Worte, diese so gewöhnlichen Worte, ließen Gurow aus irgendeinem Grund plötzlich in Zorn geraten, sie erschienen ihm als ein erniedrigender Schmutz. Was für rohe Sitten, was für Gesichter! Was für sinnlos verbrachte Nächte, was für uninteressante, bedeutungslose Tage! Die Raserei des Kartenspiels, das Fressen und Saufen, die ständigen Unterhaltungen immer über das gleiche. Die unnützen Tätigkeiten und diese Unterhaltungen nehmen den besten Teil der Zeit und die besten Kräfte für sich in Anspruch, und zu guter Letzt bleibt ein gestutztes, flügelloses Leben übrig, eine einzige Sinnlosigkeit, fortgehen und fliehen aber kann man nicht, es ist, als säße man im Irrenhaus oder im Gefängnis.

Gurow schlief die ganze Nacht nicht und regte sich auf, und den ganzen nächsten Tag brachte er mit Kopfschmerzen zu. Auch in den folgenden Nächten schlief er schlecht, saß immer wieder im Bett auf und dachte nach, oder er ging von einer Ecke in die andere. Er hatte von seinen Kindern genug, er hatte von der Bank genug, er hatte keine Lust, auszugehen oder über etwas zu sprechen.

In den Feiertagen des Dezember machte er sich reisefertig, sagte seiner Frau, er fahre nach Petersburg, um dort für einen jungen Mann ein gutes Wort einzulegen – und fuhr nach S. Wozu? Das wußte er selbst nicht genau. Er wollte Anna Sergejewna wiedersehen und mit ihr sprechen, wenn möglich, eine Zusammenkunft arrangieren.

Er kam in S. morgens an und nahm im Hotel das beste Zimmer, eines, wo der Fußboden zur Gänze mit grauem Soldatentuch ausgelegt war und wo auf dem Tisch ein Tintenfaß stand, grau vor Staub, das ein Pferd mit Reiter trug, der in der erhobenen Hand einen Hut hielt und dessen Kopf abgeschlagen war. Der Portier gab ihm die nötigen Auskünfte: von Diederitz wohne auf der Staro-Gontscharnaja-Straße im eigenen Haus – nicht weit vom Hotel –, er lebe gut, sei reich, besitze eigene Pferde, man kenne ihn in der ganzen Stadt. Den Namen sprach der Pförtner so aus: Drydyritz.

Gurow ging gemächlich zur Staro-Gontscharnaja und machte das Haus ausfindig. Dem Haus gerade gegenüber zog sich ein langer, grauer, mit Nägeln bespickter Zaun hin.

»So ein Zaun kann einen schon in die Flucht schlagen«, dachte Gurow, während er bald die Fenster, bald den Zaun musterte.

Er überlegte: heute, an einem dienstfreien Tag, war ihr Mann wahrscheinlich zu Hause. Gleichviel – es wäre doch recht taktlos, ins Haus zu gehen und Unfrieden zu stiften. Wenn er ein Briefchen schrieb, konnte es ihrem Mann in die Hände fallen und alles verderben. Am besten, eine günstige Gelegenheit abpassen. Und er ging pausenlos die Straße auf und ab und am Zaun vorbei und wartete auf diese Gelegenheit. Er sah, wie ein Bettler ins Hoftor trat und wie die Hunde über ihn herfielen; dann, eine Stunde später, hörte er Klavierspielen, die Töne drangen schwach und unklar herüber. Das war sicher Anna Sergejewna, die da spielte. Plötzlich ging die Haustür auf, und heraus trat eine alte Frau, und hinter ihr her lief der bekannte weiße Spitz. Gurow wollte den Hund rufen, doch plötzlich bekam er ein solches Herzklopfen, daß ihm vor Aufregung nicht einfiel, wie der Spitz hieß.

Und je länger er ging, desto verhaßter wurde ihm der graue Zaun, und desto gereizter wurde er bei dem Gedanken, daß Anna Sergejewna ihn vielleicht schon vergessen hatte und sich mit einem anderen vergnügte, was bei einer jungen Frau, die von morgens bis abends diesen verfluchten Zaun ansehen mußte, nur natürlich war. Er kehrte in sein Zimmer zurück, saß lange auf dem Sofa und wußte nicht, was er tun sollte, dann aß er zu Mittag, danach schlief er ausgiebig.

»Wie ist das alles dumm und beunruhigend«, dachte er beim Erwachen, als sein Blick auf die dunklen Fenster fiel – es war schon Abend. »Sinnloserweise habe ich mich jetzt auch noch ausgeschlafen. Was werde ich heute nacht nur tun?«

Er saß im Bett, eingehüllt in eine Decke, die billig und grau war wie die in den Krankenhäusern, und verdrossen spottete er über sich selbst:

»Da hast du deine Dame mit dem Hündchen . . . Das also ist dein Abenteuer . . . Da sitzt du nun.«

Morgens schon, am Bahnhof, war ihm ein Plakat mit sehr großen Lettern aufgefallen: zum ersten Mal wurde die »Geisha« gegeben. Daran erinnerte er sich und fuhr ins Theater.

»Sehr gut möglich, daß sie in die Premieren geht«, dachte er.

Das Theater war voll. Auch hier, wie in allen Provinztheatern, wogte ein Dunstschleier über dem Kronleuchter, unruhig lärmte die Galerie; in der ersten Reihe standen vor Beginn der Vorstellung, die Hände auf dem Rücken, die Snobs der Stadt; auch hier saß in der Gouverneursloge auf dem ersten Platz die Tochter des Gouverneurs in einer Boa, während sich der Gouverneur selbst bescheiden hinter der Portiere verbarg und nur seine Hände sehen ließ; der Vorhang bewegte sich, das Orchester stimmte lange. Die ganze Zeit über, während das Publikum hereinströmte

und die Plätze einnahm, ließ Gurow die Augen in gespannter Erwartung in die Runde gehen.
Auch Anna Sergejewna trat ein. Sie nahm in der dritten Reihe Platz, und als Gurow zu ihr hinüberschaute, zog sich ihm das Herz zusammen, und er erkannte klar, daß es für ihn auf der Welt jetzt keinen Menschen gab, der ihm so nah, so teuer war, der eine solche Bedeutung für ihn hatte; sie, die sich in dieser provinziellen Menschenmenge verlor, diese kleine, durch nichts weiter bemerkenswerte Frau, mit einer ganz gewöhnlichen Lorgnette in den Händen, erfüllte nun sein ganzes Leben, sie war sein Schmerz, seine Freude, das einzige Glück, das er sich jetzt noch ersehnte, und unter den Klängen des schlechten Orchesters, erbärmlicher Kleinstadtgeigen, dachte er daran, wie schön sie war. Er dachte es und träumte.
Zusammen mit Anna Sergejewna war ein junger Mann mit einem kleinen Backenbart hereingekommen und hatte an ihrer Seite Platz genommen; er war sehr groß, vornübergebeugt, und bei jedem Schritt hatte er den Kopf geneigt, es sah aus, als verbeuge er sich ständig. Das war wohl ihr Mann, den sie damals, in Jalta, in dem Ausbruch eines bitteren Gefühls, einen Lakai genannt hatte. Und in der Tat: die lange Figur, der Backenbart, die kleine Glatze, all das hatte etwas lakaienhaft Bescheidenes an sich, er lächelte süßlich, und in seinem Knopfloch blinkte ein akademisches Abzeichen, das aussah wie die Nummer eines Lakaien.
In der ersten Pause ging ihr Mann auf eine Zigarette hinaus, und sie blieb in ihrem Sessel. Gurow, der ebenfalls im Parterre saß, trat auf sie zu und sagte mit zitternder Stimme und einem erzwungenen Lächeln:
»Guten Tag.«
Sie blickte zu ihm auf und erbleichte, dann sah sie noch einmal hin, erschrocken und ihren Augen nicht trauend, und preßte, offensichtlich mit einer Ohnmacht kämpfend, mit aller Gewalt Fächer und Lorgnette in ihren Händen zusammen. Sie schwiegen. Sie saß, er stand, erschrocken durch ihre Verwirrung, und konnte sich nicht entschließen, sich neben sie zu setzen. Laut tönend wurden die Geigen und eine Flöte gestimmt, und es war

ihm plötzlich unheimlich, es kam ihm vor, als würde man sie aus allen Logen anstarren. Aber da erhob sie sich und ging schnell auf einen Ausgang zu; er – hinterher, und sinn- und ziellos gingen sie durch Korridore, über Treppen, hinauf, hinab, und vor ihren Augen zogen alle möglichen Leute in Gerichts-, Lehrer- und Beamtenuniformen vorbei, und alle trugen Abzeichen; Damen huschten vorüber und Pelze an Garderobenhaken, der Zugwind blies ihnen den Geruch von Tabakresten entgegen. Und Gurow, der starkes Herzklopfen hatte, dachte: »Mein Gott! Wozu bloß diese Leute, dieses Orchester . . .«

Und in diesem Augenblick erinnerte er sich plötzlich, wie er damals, nachdem er Anna Sergejewna zur Station gebracht, zu sich gesagt hatte, daß es nun aus sei und daß sie sich niemals wiedersehen würden. Aber wie weit war es noch bis zum Ende!

Auf einer schmalen, finsteren Treppe mit der Aufschrift »Zu den Rängen« blieb sie stehen.

»Wie Sie mich erschreckt haben!« sagte sie schwer atmend, noch ganz bleich und wie betäubt. »Ach, wie Sie mich erschreckt haben! Ich bin halb tot. Wozu sind Sie gekommen? Wozu?«

»Aber begreifen Sie doch, Anna, begreifen Sie doch . . .«, brachte er halblaut und hastig hervor. »Ich flehe Sie an, begreifen Sie . . .«

Sie sah ihn ängstlich, flehentlich, liebevoll an, sie ließ ihren Blick unverwandt auf ihm ruhen, um ihrem Gedächtnis seine Gesichtszüge so tief wie möglich einzuprägen.

»Ich leide so!« fuhr sie fort, ohne ihn anzuhören. »Die ganze Zeit habe ich nur an Sie gedacht, ich lebte nur in dem Gedanken an Sie. Und ich wollte vergessen, vergessen, aber wozu, wozu sind Sie gekommen?«

Weiter oben, auf dem Treppenabsatz, rauchten zwei Gymnasiasten und blickten herab, aber Gurow war alles gleich, er zog Anna Sergejewna an sich und küßte ihr Gesicht, ihre Wangen, ihre Hände.

»Was tun Sie, was tun Sie!« sagte sie entsetzt und bemühte sich, ihn von sich fernzuhalten. »Wir haben den Verstand verloren. Fahren Sie noch heute fort, am besten gleich jetzt . . . Ich be-

schwöre Sie bei allem, was Ihnen heilig ist, ich flehe Sie an . . . Es kommt jemand!«
Jemand kam die Treppe herauf.
»Sie müssen abreisen . . .«, redete Anna Sergejewna flüsternd weiter. »Hören Sie, Dmitrij Dmitritsch. Ich werde zu Ihnen nach Moskau kommen. Ich bin niemals glücklich gewesen, auch jetzt bin ich unglücklich, und niemals, niemals werde ich glücklich sein, niemals! Zwingen Sie mich nicht, noch mehr zu leiden! Ich schwöre, ich komme nach Moskau. Jetzt aber müssen wir uns trennen! Mein Lieber, mein Guter, mein Teurer, wir müssen uns trennen!«
Sie drückte ihm die Hand und ging, sich beständig nach ihm umsehend, eilig die Treppe hinab, und an ihren Augen war zu erkennen, daß sie tatsächlich nicht glücklich war . . . Gurow stand noch eine Weile da und lauschte; dann, als alles still geworden war, suchte er seine Garderobe und verließ das Theater.

IV

Und Anna Sergejewna begann, zu ihm nach Moskau zu fahren. Alle zwei, drei Monate verließ sie S., wobei sie ihrem Mann sagte, sie fahre zu einem Professor, um ihn wegen ihrer Frauenkrankheit zu konsultieren, und ihr Mann glaubte es oder glaubte es auch nicht. Wenn sie in Moskau ankam, stieg sie im »Slawischen Basar« ab und schickte sogleich einen Diener in roter Mütze zu Gurow. Gurow kam zu ihr, und niemand in Moskau wußte davon.
Einmal besuchte er sie so an einem Wintermorgen (der Bote war am Abend zuvor bei ihm gewesen, hatte ihn aber nicht angetroffen). Mit ihm ging seine Tochter, die er bis zum Gymnasium begleiten wollte, es lag auf seinem Weg. Es fielen dicke, feuchte Flocken.
»Es sind jetzt drei Grad Wärme, trotzdem schneit es«, sagte Gurow zu seiner Tochter. »Aber diese Wärme besteht nur an der Erdoberfläche, in den höheren Schichten der Atmosphäre jedoch herrscht eine ganz andere Temperatur.«
»Papa, warum gibt es im Winter kein Gewitter?«

Er erklärte ihr auch das. Während er sprach, dachte er daran, daß er jetzt zu einem Stelldichein ging und daß keine Menschenseele etwas davon wußte und wohl auch niemals etwas wissen würde. Er hatte nun zwei Leben: ein offen daliegendes, das alle, die damit zu tun hatten, sahen und kannten, das voll war von bedingter Wahrheit und bedingtem Betrug und dem Leben seiner Bekannten und Freunde völlig glich – und ein anderes, das unterirdisch dahinfloß. Und durch ein seltsames, möglicherweise zufälliges Zusammentreffen von Umständen spielte sich all das, was wichtig, interessant und unentbehrlich für ihn war, worin er ehrlich handelte und sich nicht betrog, was den Dreh- und Angelpunkt seines Lebens darstellte, verborgen vor den anderen ab; all das hingegen, was bei ihm Lüge, was Hülle war, in der er sich versteckte, um die Wahrheit zu verbergen, wie beispielsweise sein Posten in der Bank, seine Streitgespräche im Klub, sein »niedriges Geschlecht«, der Besuch von Jubiläen zusammen mit seiner Frau – all das war offiziell. Und von sich selbst ausgehend urteilte er über andere, glaubte nicht, was er sah, und nahm immer an, daß sich das wahre, das eigentlich interessante Leben eines jeden Menschen unter dem Schutze des Geheimnisses, wie im Schutze der Nacht, abspielte. Jede persönliche Existenz baut sich auf dem Geheimnis auf, und vielleicht ist das mit der Grund, warum ein kultivierter Mensch so sehr darauf bedacht ist, daß das Geheimnis der Persönlichkeit gehütet werde.

Als er seine Tochter zum Gymnasium gebracht hatte, ging Gurow zum »Slawischen Basar«. Er legte unten den Pelz ab, stieg nach oben und klopfte leise an die Tür. Anna Sergejewna, in dem grauen Kleid, das er so liebte, ermüdet von der Reise und der Erwartung, hatte schon seit dem Abend zuvor auf ihn gewartet; sie war bleich und schaute ihn an, ohne zu lächeln, aber kaum war er eingetreten, sank sie ihm auch schon an die Brust. Sie küßten sich lange, endlos lange, als hätten sie sich zwei Jahre nicht mehr gesehen.

»Nun, wie geht es dir dort?« fragte er. »Was gibt es Neues?«

»Warte, gleich erzähle ich . . . Ich kann nicht.«

Sie konnte nicht sprechen, weil sie weinte. Sie wandte sich von ihm ab und drückte ihr Tuch an die Augen.

»Nun, mag sie ein wenig weinen, ich setze mich unterdessen«, dachte er und nahm in einem Sessel Platz.

Dann klingelte er und bestellte sich Tee; und danach, während er den Tee trank, stand sie, mit dem Rücken zu ihm, die ganze Zeit am Fenster . . . Sie weinte vor Aufregung und aus der bitteren Erkenntnis, daß sich ihr Leben so traurig gestaltet hatte: sie konnten sich nur im geheimen sehen, wie Diebe mußten sie sich vor den Leuten verstecken! War ihr Leben nicht verpfuscht?

»Na, na, hör auf!« sagte er.

Für ihn war klar, daß diese ihre Liebe noch lange nicht enden würde, daß ein Ende gar nicht abzusehen war. Die Zuneigung von Anna Sergejewna zu ihm wurde immer stärker, sie vergötterte ihn, und er konnte ihr ganz unmöglich sagen, daß all das einmal ein Ende haben müsse; sie hätte es auch gar nicht geglaubt.

Er trat zu ihr und faßte sie an den Schultern, um sie zu liebkosen, um mit ihr zu scherzen, und in diesem Moment erblickte er sich im Spiegel.

Sein Kopf begann schon grau zu werden. Und es erschien ihm seltsam, daß er in den letzten Jahren so gealtert, so unansehnlich geworden war. Die Schultern, auf denen seine Hände lagen, waren warm und zitterten. Er verspürte Mitleid mit diesem Leben so voller Wärme und Schönheit, das aber auch wohl bald anfangen würde, matt und welk zu werden wie sein eigenes. Warum liebte sie ihn so sehr? Immer erschien er den Frauen anders, als er war, und sie liebten in ihm nicht ihn selbst, sondern den Mann, den ihre Phantasie erschaffen und den sie ihr Leben lang voller Begehren gesucht hatten; und wenn sie sich ihrer Täuschung bewußt wurden, so liebten sie ihn dennoch. Und nicht eine von ihnen war mit ihm glücklich gewesen. Die Zeit war dahingegangen, er hatte Bekanntschaften gemacht, Verhältnisse gehabt, sich getrennt, kein einziges Mal aber hatte er geliebt; alles mögliche war das gewesen, nur keine Liebe.

Und erst jetzt, als sein Kopf grau war, liebte er richtig, wie es sich gehörte – zum ersten Mal in seinem Leben.

Anna Sergejewna und Gurow liebten sich wie Menschen, die sich sehr nahe, die miteinander verwandt sind, wie Mann und Frau, wie zärtliche Freunde; es schien ihnen, als habe das Schicksal selbst sie füreinander bestimmt, und es war unverständlich, warum sie beide jeweils mit einem anderen Menschen verheiratet waren; sie glichen zwei Zugvögeln, Männchen und Weibchen, die man gefangen und gezwungen hatte, in zwei verschiedenen Käfigen zu leben. Sie hatten einander das aus ihrer Vergangenheit vergeben, wessen sie sich schämten, sie vergaben alles in der Gegenwart und fühlten, daß diese Liebe sie beide verändert hatte.

Früher, in Augenblicken der Niedergeschlagenheit, hatte er sich mit den erstbesten Überlegungen getröstet, die ihm in den Kopf kamen, jetzt aber war ihm nicht nach Überlegen zumute, er empfand ein tiefes Mitleid, es verlangte ihn danach, aufrichtig und zärtlich zu sein . . .

»Hör auf, meine Liebe«, sagte er, »du hast geweint, und damit gut . . . Nun laß uns ein wenig plaudern, uns etwas ausdenken!«

Dann berieten sie sich lange, sie sprachen darüber, wie sie sich von der Notwendigkeit befreien könnten, sich zu verstecken, zu betrügen, in verschiedenen Städten zu leben, sich immer nur kurz zu sehen. Wie sich von diesen unerträglichen Fesseln befreien?

»Wie, wie?« fragte er und faßte sich an den Kopf. »Wie?«

Und es schien, es brauche nur noch ein weniges, und die Lösung wäre gefunden, und dann beginne ein neues, herrliches Leben; und beiden war klar, daß es bis zum Ende noch weit, sehr weit war und daß der komplizierteste und schwierigste Teil gerade erst begann.

In der Schlucht

I

Das Kirchdorf Uklejewo lag in einer Schlucht, so daß von der Chaussee und von der Eisenbahnstation aus nur der Glockenturm und die Schornsteine der Kattundruckerei zu sehen waren. Wenn Vorübergehende fragten, was das für ein Dorf sei, so bekamen sie zur Antwort: »Das ist das Dorf, wo der Küster auf der Beerdigung den ganzen Kaviar aufgegessen hat.«

Einmal, auf einem Leichenschmaus beim Fabrikanten Kostjukow, hatte der alte Küster unter den Vorspeisen großkörnigen Kaviar erblickt und ihn gierig zu essen begonnen. Man stieß ihn an, man zupfte ihn am Ärmel, er aber war wie erstarrt vor Genuß: er nahm nichts wahr, er aß nur noch. Er verspeiste den ganzen Kaviar, im Glas aber waren an die vier Pfund gewesen. Das war schon lange her und der Küster längst tot, an die Geschichte mit dem Kaviar aber erinnerte man sich immer noch. Ob das Leben hier so armselig war, ob die Leute nichts anderes wahrzunehmen imstande waren als dieses unwichtige, zehn Jahre zurückliegende Ereignis, jedenfalls wußten sie über das Dorf Uklejewo sonst nichts zu berichten.

In diesem Dorf hörte das Fieber niemals auf, und selbst im Sommer war überall ein sumpfiger Morast, besonders an den Zäunen, über die sich alte, große Schatten werfende Weiden beugten. Hier roch es immer nach Fabrikabfällen und nach Essigsäure, die bei der Kattunbearbeitung verwendet wurde. Die Fabriken – drei Kattunfabriken und eine Lederfabrik – befanden sich nicht im Dorf selbst, sondern an seinem Rande, ein wenig außerhalb. Sie waren nicht groß, alles in allem beschäftigten sie ungefähr vierhundert Arbeiter, nicht mehr. Von der Lederfabrik stank oft das Wasser des Flüßchens; die Abfälle verpesteten die Wiesen, das Vieh der Bauern erkrankte an der Maul- und Klauenseuche, und es war angeordnet worden, die Fabrik zu schließen. Sie galt auch als geschlossen, arbeitete aber insgeheim weiter, mit Wissen des Polizeihauptmanns und des Kreisarztes, denen der Besitzer monatlich je zehn Rubel bezahlte. Im ganzen Dorf gab es nur zwei ordentliche Steinhäuser mit einem Blechdach; in dem einen befand sich die Amtsbezirksverwaltung, in dem anderen, einem zweistöckigen Gebäude direkt gegenüber der Kirche, wohnte Grigorij Petrow Zybukin, ein Bürger aus Jepifan.

Grigorij hatte einen Kolonialwarenladen, doch nur zum Schein: in Wirklichkeit handelte er mit Wodka, Vieh, Häuten, Getreide und Schweinen. Er handelte mit allem, was anfiel, und wenn zum Beispiel im Ausland Elsternflügel für Damenhüte gebraucht wurden, verdiente er an jedem Paar dreißig Kopeken. Er kaufte Wald zum Abholzen auf, verlieh Geld auf Zinsen und war überhaupt ein wendiger Alter.

Er hatte zwei Söhne. Der ältere, Anissim, diente bei der Polizei, in der Kriminalabteilung, und war selten zu Hause. Der jüngere, Stepan, war Kaufmann geworden und half seinem Vater, aber richtige Hilfe konnte man von ihm nicht erwarten, weil er eine schwache Gesundheit hatte und taub war. Seine Frau Aksinja, ein hübsches, schlankes Weib, das an Feiertagen mit Hut und Sonnenschirm umherging, stand früh auf, legte sich spät zu Bett und lief den ganzen Tag bald in den Schuppen, bald in den Keller, bald in den Laden, wobei sie ihre Röcke hochraffte und mit den Schlüsseln klirrte, und der alte Zybukin schaute fröhlich auf sie, seine Augen leuchteten auf, und in einem solchen Moment bedauerte er es, daß nicht sein älterer Sohn mit ihr verheiratet war, sondern der jüngere, der taube, der von Frauenschönheit offensichtlich wenig verstand.

Der Alte hatte schon immer eine Neigung zum Familienleben, und er liebte seine Familie über alles in der Welt, besonders seinen Ältesten, den Detektiv, und die Schwiegertochter. Aksinja hatte gerade erst ihren Tauben geheiratet, da verriet sie schon eine ungewöhnliche Auffassungsgabe und wußte bereits, wem man etwas leihen konnte und wem nicht; sie behielt die Schlüssel bei sich und vertraute sie nicht einmal ihrem Manne an, sie klapperte auf dem Rechenbrett, wie ein Bauer sah sie den Pferden ins Maul, und beständig lachte oder schalt sie; und was sie auch tun oder sagen mochte, der Alte wurde ganz gerührt und murmelte: »Ei, was für ein Schwiegertöchterchen! Ei, was für eine Schöne, mein Mütterchen . . .«

Er war Witwer, aber ein Jahr nach der Hochzeit seines Sohnes hielt er es nicht mehr aus und heiratete selbst. Man hatte für ihn dreißig Werst von Uklejewo entfernt ein nicht mehr junges, doch schönes Mädchen aus guter Familie gefunden, Warwara Nikolajewna, mit der man sich schon sehen lassen konnte. Sie war kaum in ihr Zimmer im Obergeschoß eingezogen, da wurde es hell im Haus, es war, als habe man in alle Fenster neue Scheiben eingesetzt. Die Lämpchen vor den Heiligenbildern leuchteten auf, über die Tische breiteten sich schneeweiße Tücher, auf den Fensterbrettern und im Vorgarten erschienen Blumen mit roten Blüten, und beim Mittagessen wurde nicht mehr aus einer gemeinsamen Schüssel gegessen, sondern jedem wurde ein Teller hingestellt. Warwara Nikolajewna hatte ein angenehmes, freundliches Lächeln, und es schien, als habe alles im Hause ein Lächeln angenommen. Und was es früher nie gegeben hatte: auf den Hof kamen jetzt Bettler, Wallfahrer, Pilgerinnen; unter den Fenstern ertönten die klagenden, singenden Stimmen der Uklejewer Weiber und das schuldbewußte Hüsteln schwacher, ausgemergelter Bauern, die wegen Trunksucht aus der Fabrik entlassen worden waren. Warwara half mit Geld, Brot und alten Kleidern, und als sie sich eingelebt hatte, begann sie auch, Sachen aus dem Laden fortzuschaffen. Einmal sah der Taube, wie sie zwei Achtel Tee wegtrug, und das empörte ihn. »Mamachen hat zwei Achtel Tee genommen«, berichtete er nachher dem Vater. »Wo soll man das anschreiben?«

Der Alte antwortete nichts, er stand da und überlegte, wobei sich seine Augenbrauen bewegten, dann ging er hinauf zu seiner Frau.

»Warwaruschka, Mütterchen, wenn du irgend etwas aus dem Laden brauchst«, sagte er freundlich, »dann nimm es dir. Nimm nur richtig, genier dich nicht.«

Und am nächsten Tag rief ihr der Taube, über den Hof laufend, zu:

»Wenn Sie etwas brauchen, Mamachen, nehmen Sie sich's nur!«

In der Tatsache, daß sie milde Gaben austeilte, lag etwas Neues, etwas Frohes und Leichtes, es war wie mit den Lämpchen und den roten Blumen. Wenn man am letzten Tag vor der Fastenzeit oder am Kirchweihfest, das sich drei Tage hinzog, an die Bauern verdorbenes Pökelfleisch absetzte, das einen so üblen Geruch ausströmte, daß man es neben dem Faß kaum aushielt; wenn man von den Betrunkenen Sensen, Mützen und die Tücher der Frauen als Pfand annahm; wenn sich die Fabrikarbeiter, betäubt von billigem Fusel, im Dreck wälzten und die Sünde gleichsam verdichtet als Nebelwolke in der Luft zu stehen schien – dann wurde es einem irgendwie leichter bei dem Gedanken, daß es dort, in dem Hause, eine stille, saubere Frau gab, die weder mit dem Pökelfleisch noch mit dem Fusel etwas zu tun hatte; ihre Gaben wirkten an diesen bedrückenden, trüben Tagen so wie das Sicherheitsventil in einer Maschine.

Die Tage im Hause Zybukins gingen in Geschäftigkeit dahin. Noch war die Sonne nicht aufgegangen, da wusch sich schon Aksinja prustend im Flur, in der Küche kochte der Ssamowar, und sein Summen sagte etwas Schlimmes voraus. Der alte Grigorij Petrow, in einem langen schwarzen Überrock und Kattunhosen, so sauber, so klein, schritt in hohen, glänzenden Stiefeln durch die Zimmer und trat dabei fest mit den Absätzen auf, wie der Schwiegervater in dem bekannten Lied. Der Laden wurde geöffnet. Sobald es ganz hell wurde, fuhr der Rennwagen vors Haus, und der Alte schwang sich kühn hinauf, zog seine große Schirmmütze bis zu den Ohren hinab, und niemand, der ihn so sah, hätte ihn auf schon sechsundfünfzig Jahre geschätzt. Frau und Schwiegertochter gaben ihm das Geleit, und in diesen Minuten, wenn er einen schönen, sauberen Rock trug und ein mächtiger schwarzer Hengst, der dreihundert Rubel gekostet hatte, vor den Wagen gespannt war, liebte der Alte es nicht, wenn die Bauern mit ihren Bitten und Klagen zu ihm traten; er haßte die Bauern und ekelte sich vor ihnen, und wenn er sah, daß so ein Bauer wartend am Tor stand, rief er zornig: »Was stehst du da? Geh weiter!« Und wenn es ein Bettler war, rief er: »Gott wird dir helfen!«

Er verreiste in Geschäften; seine Frau, in dunklem Kleid und schwarzer Schürze, räumte die Zimmer auf oder half in der Küche. Aksinja verkaufte im Laden, und man hörte im Hof das Klirren der Flaschen und des Geldes, man hörte, wie sie lachte oder schrie und wie sich die Kunden, die sie beleidigte, ärgerten; und gleichzeitig merkte man, daß dort im Laden schon der heimliche Schnapsverkauf begonnen hatte. Der Taube saß ebenfalls im Laden, oder er ging ohne Mütze, die Hände in den Taschen, die Straße entlang und schaute zerstreut bald auf die Hütten, bald zum Himmel hinauf. An die sechsmal am Tag trank man im Hause Tee; viermal setzte man sich an den Tisch zum Essen. Am Abend wurde gezählt und aufgeschrieben, was man eingenommen hatte, dann sank man in einen tiefen Schlaf.

In Uklejewo hatten alle drei Kattunfabriken und die Wohnungen der Fabrikanten, der älteren Chrymins, der jüngeren Chrymins und Kostjukows, Telefon. Auch in die Amtsbezirksverwaltung war Telefon gelegt worden, aber dort hatte es bald nicht mehr funktioniert, weil sich Wanzen und Schaben eingenistet hatten. Der Bezirksälteste war des Lesens und Schreibens nur schlecht kundig und schrieb in den Akten jedes Wort mit einem großen Anfangsbuchstaben, aber als das Telefon unbrauchbar geworden war, da sagte er: »Ja, ohne Telefon wird es jetzt nicht leicht für uns sein.«

Die älteren Chrymins prozessierten ständig mit den jüngeren, dazwischen bekamen die jüngeren auch unter sich Streit und strengten Prozesse an, und dann arbeitete ihre Fabrik ein, zwei Monate nicht, bis sie sich wieder versöhnt hatten, und das bot den Bewohnern von Uklejewo willkommene Unterhaltung, weil anläßlich eines jeden Streits viel Gerede und Klatsch entstand. An Feiertagen veranstalteten Kostjukow und die jüngeren Chrymins Spazierfahrten, sie jagten durch Uklejewo und fuhren Kälber tot. Aksinja, herausgeputzt und mit ihren gestärkten Röcken raschelnd, ging auf der Straße bei ihrem Laden spazieren; die jüngeren Chrymins ergriffen sie und entführten sie, scheinbar gewaltsam. Dann fuhr auch der alte Zybukin aus, um sein neues Pferd zu zeigen, und nahm Warwara mit.

Abends, nach den Spazierfahrten, wenn man schlafen ging, wurde auf dem Hof der jüngeren Chrymins auf einer teuren

Harmonika gespielt, und wenn dann der Mond schien, wurde es einem bei diesen Klängen froh ums Herz, und Uklejewo machte nicht mehr einen so gottverlassenen Eindruck.

II

Der älteste Sohn, Anissim, kam sehr selten nach Hause, nur an hohen Feiertagen, dafür aber schickte er oft durch Landsleute Geschenke und Briefe, geschrieben auf einem Blatt Schreibpapier wie eine Bittschrift von einer fremden, sehr schönen Hand. Die Briefe wimmelten von Ausdrücken, wie sie Anissim im Gespräch niemals verwendet hatte: »Liebes Papachen und liebes Mamachen, ich sende Ihnen ein Pfund Blumentee zur Befriedigung Ihrer physischen Bedürfnisse.«

Am Ende eines jeden Briefes war, wie mit einer zerbrochenen Feder, hingekritzelt: »Anissim Zybukin«, und darunter stand wieder in jener vorzüglichen Handschrift: »Agent«.

Die Briefe wurden mehrmals laut vorgelesen, und der Alte sagte, gerührt und rot vor Erregung: »Na ja, er wollte nicht zu Hause leben, hat sich einen gelehrten Beruf ausgesucht. Was soll's! Der eine so, der andre so.«

Einmal, vor der Butterwoche, ging ein starker Regen mit Hagel; der Alte und Warwara traten ans Fenster, um zu schauen, und wen sahen sie: Anissim kam im Schlitten von der Station gefahren. Man hatte ihn überhaupt nicht erwartet. Ruhelos, durch irgend etwas beunruhigt, betrat er das Zimmer und blieb hernach die ganze Zeit so; dabei gab er sich recht ungezwungen. Mit dem Fortfahren hatte er es nicht eilig, und es schien, als habe man ihn aus dem Dienst entlassen. Warwara war über sein Kommen erfreut; sie warf ihm listige Blicke zu, seufzte und schüttelte den Kopf.

»Was soll denn das, meine Lieben?« sagte sie. »O je, o je, der Bursche ist schon achtundzwanzig Jahre alt, und er läuft immer noch ledig herum, o je, o je . . .«

Aus dem Nachbarzimmer hörte sich ihre ruhige, gleichmäßige Rede wie ein einziges »O je, o je« an. Sie begann mit dem Alten und mit Aksinja zu flüstern, und deren Gesichter nahmen ebenfalls einen listigen und geheimnisvollen Ausdruck an, wie bei Verschwörern.

Sie beschlossen, Anissim zu verheiraten.

»O je, o je! Deinen jüngeren Bruder hat man schon längst verheiratet«, sagte Warwara, »aber du bist immer noch in der Einzahl, wie der Hahn auf dem Markt. Was soll denn das? Bist du erst, mit Gottes Hilfe, verheiratet, dann kannst du machen, was du willst, du fährst in den Dienst, deine Frau aber bleibt zu Hause und ist deine Helferin. Ohne Ordnung lebst du, Bursche, und hast, wie ich sehe, alle Ordnung vergessen. O je, o je, schlimm ist das mit euch Städtern!«

Wenn die Zybukins heirateten, dann suchte man für sie als reiche Leute die schönsten Bräute. Und auch für Anissim fand man eine schöne. Er selbst sah uninteressant und unbedeutend aus; er war klein und hatte einen schwachen und ungesunden Körper, dabei aber volle, dicke Backen, als ob er sie aufblase; seine Augen blinzelten nicht, sein Blick war stechend, er hatte ein rötliches schütteres Bärtchen, und wenn er nachdachte, nahm er es in den Mund und kaute darauf herum; dazu trank er noch häufig, und das spiegelte sich in Gesicht und Gang. Aber als man ihm mitteilte, daß man schon eine Braut für ihn habe und eine sehr schöne, da sagte er: »Nun, ich bin ja auch nicht krumm. Wir Zybukins sind alle schön, das darf man wohl sagen.«

Gleich vor der Stadt befand sich das Kirchdorf Torgujewo. Die eine Hälfte war vor kurzem von der Stadt eingemeindet worden, die andere war Dorf geblieben. In der ersteren lebte in ihrem Häuschen eine Witwe; sie hatte eine ganz arme Schwester, die sich als Tagelöhnerin verdingt hatte, und diese Schwester hatte eine Tochter, Lipa, ein junges Mädchen, das ebenfalls im Tagelohn arbeitete. Über Lipas Schönheit sprach man schon in Torgujewo, und nur ihre furchtbare Armut schreckte alle ab; man nahm an, daß ein schon bejahrter Mann oder ein Witwer sie ungeachtet ihrer Armut heiraten oder sie »so« zu sich nehmen würde, dann könnte bei ihr auch ihre Mutter satt werden. Warwara erfuhr von Lipa durch Heiratsvermittlerinnen und fuhr nach Torgujewo.

Dann wurde im Hause der Tante, wie es sich gehört, mit einem

Imbiß und Wein die Brautschau veranstaltet, und Lipa trug ein neues rosa Kleid, eigens für die Brautschau genäht, und ein feuerrotes Bändchen schimmerte wie eine Flamme in ihrem Haar. Sie war schmal, schwächlich, blaß, mit feinen, zarten Gesichtszügen, und von der Arbeit an der Luft hatte sie eine braune Haut. Ein trauriges, schüchternes Lächeln wich nicht von ihrem Gesicht, und ihre Augen blickten kindlich drein – zutraulich und neugierig.

Sie war sehr jung, ein kleines Mädchen noch, mit kaum entwikkelter Brust, doch konnte man sie trauen, das Alter hatte sie. Sie war in der Tat schön, und nur eins mochte an ihr mißfallen: ihre großen, männlichen Hände, die jetzt untätig an ihr herabhingen wie zwei große Krebsscheren.

»Nach der Mitgift fragen wir nicht«, sagte der Alte zur Tante. »Für unseren Sohn Stepan haben wir auch eine aus armen Verhältnissen genommen, und jetzt können wir sie nicht genug loben. Ob im Haus oder im Geschäft – sie hat goldene Hände.«

Lipa stand an der Tür, und sie schien sagen zu wollen: »Macht mit mir, was ihr wollt: ich vertraue euch«; ihre Mutter, die Tagelöhnerin Praskowja, hielt sich unterdessen in der Küche versteckt und verging vor Schüchternheit. Vor langer Zeit, bereits in ihrer Jugend, hatte der Kaufmann, bei dem sie die Fußböden schrubbte, vor ihr wütend mit den Füßen gestampft, sie hatte sich heftig erschrocken, war ohnmächtig geworden, und für das ganze Leben hatte sie einen Schrecken in der Seele zurückbehalten. Und vor Schreck zitterten beständig ihre Arme und Beine und selbst ihre Wangen. In der Küche sitzend, bemühte sie sich zu erlauschen, wovon die Gäste sprachen, wobei sie sich, die Finger gegen die Stirn gepreßt und den Blick auf die Ikone gerichtet, fortwährend bekreuzigte. Anissim, leicht betrunken, öffnete die Küchentür und sagte dreist: »Was sitzen Sie denn da, wertes Mamachen? Uns ist's langweilig ohne Sie.«

Praskowja aber antwortete, die Hände an ihre schlaffe, magere Brust pressend: »Was sagen Sie da, erbarmen Sie sich . . . Wir sind Ihnen zu großem Dank verpflichtet.«

Nach der Brautschau wurde der Tag der Hochzeit festgesetzt. Danach ging Anissim zu Hause die ganze Zeit durch die Zimmer und pfiff entweder vor sich hin, oder es fiel ihm plötzlich etwas ein, und er wurde nachdenklich und starrte unbewegt und durchdringend den Fußboden an, als wolle er sich mit dem Blick tief in die Erde bohren. Er zeigte weder Befriedigung darüber, daß er heiraten würde, und zwar bald, am Sonntag nach Ostern, noch den Wunsch, sich mit seiner Braut zu treffen – er pfiff nur immer. Und es war deutlich, daß er nur deshalb heiratete, weil sein Vater und die Stiefmutter es wünschten und weil auf dem Lande nun mal der Brauch herrscht, daß der Sohn heiratet, damit zu Hause eine Helferin ist. Er beeilte sich nicht mit der Abreise, und überhaupt benahm er sich nicht so wie früher, wenn er nach Hause kam: er gab sich betont lässig und redete unpassendes Zeug.

III

Im Dorf Schikalowa lebten zwei Schwestern, Schneiderinnen, die einer Geißlersekte angehörten. Bei ihnen wurden die neuen Kleider für die Hochzeit bestellt, und sie kamen häufig zur Anprobe und tranken dann recht lange Tee. Für Warwara nähten sie ein braunes Kleid mit schwarzen Spitzen und Glasperlen, für Aksinja ein hellgrünes mit gelbem Brusteinsatz und Schleppe. Als die Schneiderinnen ihr Werk beendet hatten, bezahlte sie Zybukin nicht mit Geld, sondern mit Waren aus seinem Laden, und sie gingen traurig von ihm fort, in den Händen Bündelchen mit Stearinkerzen und Sardinen, die sie gar nicht brauchten. Und als sie aus dem Dorf hinaus und auf dem Feld waren, da setzten sie sich auf ein Hügelchen und weinten.

Drei Tage vor der Hochzeit kam Anissim, ganz neu eingekleidet. Er hatte glänzende Gummigaloschen an und trug statt einer Krawatte eine rote Schnur mit Troddeln; über die Schulter hatte er lose einen Mantel geworfen, ebenfalls neu.

Nachdem er würdevoll gebetet hatte, begrüßte er seinen Vater und gab ihm zehn Silberrubel und zehn Halbrubelstücke; Warwara gab er ebensoviel, Aksinja zwanzig Viertelrubelstücke. Der Hauptreiz bei diesem Geschenk bestand darin, daß alle Münzen wie ausgesucht neu waren und in der Sonne funkelten.

Bemüht, würdevoll und ernst zu erscheinen, spannte Anissim seine Gesichtsmuskeln an und blies die Backen auf, wobei er nach Schnaps roch – wahrscheinlich war er an jeder Station zum Büfett gelaufen. Und wieder war etwas betont Lässiges an ihm, wieder tat er des Guten zuviel. Nachher tranken Anissim und der Alte Tee und nahmen einen Imbiß, während Warwara die neuen Rubel durch die Hände gleiten ließ und sich nach den Landsleuten erkundigte, die in der Stadt lebten.

»Es geht, gottlob, sie leben gut«, sagte Anissim. »Nur in der Familie von Iwan Jegorow ist etwas passiert: die alte Sofja Nikiforowna ist gestorben. An der Schwindsucht. Den Leichenschmaus haben sie beim Konditor bestellt, für zweieinhalb Rubel pro Person. Und Wein hat es auch richtigen gegeben. Die Bauern, die dabei waren – unsere Landsleute –, die haben auch für zweieinhalb Rubel bekommen. Gegessen haben sie nichts. Was versteht auch der Bauer von der Soße!«

»Zweieinhalb!« sagte der Alte und schüttelte den Kopf.

»Na und? Dort ist man nicht auf dem Land. Man geht in ein Restaurant, zu einem kleinen Imbiß, man bestellt dieses und jenes, eine lustige Gesellschaft kommt zusammen, man trinkt was – und im Nu ist der Morgen da, und schon hat jeder drei oder vier Rubel zu zahlen. Und wenn Samorodow dabei ist, der trinkt gern nach dem Ganzen noch einen Kaffee mit Cognac, und der Cognac kostet sechs Groschen das Gläschen.«

»Alles gelogen«, rief der alte Zybukin entzückt aus. »Alles gelogen.«

»Ich bin jetzt immer mit dem Samorodow zusammen. Das ist derselbe Samorodow, der euch meine Briefe schreibt. Großartig schreibt er. Und wenn ich erzählen würde, Mamachen«, fuhr Anissim, zu Warwara gewandt, fröhlich fort, »was für ein Mensch dieser Samorodow ist – Sie würden's nicht glauben. Wir nennen ihn alle Muchtar, weil er wie ein Armenier aussieht – ganz schwarz. Ich durchschaue ihn bis auf den Grund, alle seine Geschäfte kenne ich wie meine fünf Finger hier, Mamachen, und er fühlt das und geht immer hinter mir her, er bleibt nicht zurück, und weder Feuer noch Wasser kann uns trennen. Es ist ihm dabei nicht ganz wohl in seiner Haut, aber ohne mich kann er nun mal nicht leben. Wo ich hingehe, da geht auch er hin. Ich hab ein gutes, zuverlässiges Auge, Mamachen. Ich seh zum Beispiel auf dem Trödelmarkt einen Bauern, der verkauft ein Hemd. ›Halt, das Hemd ist gestohlen!‹ Und richtig, es stellt sich heraus: das Hemd ist gestohlen.«

»Woher weißt du denn das?« fragte Warwara.

»Nirgendwoher, ich hab nun mal solch ein Auge. Ich weiß nicht, was das für ein Hemd ist, nur daß es mich irgendwie anzieht: gestohlen ist es, und damit hat sich's. Bei uns in der Kriminalabteilung sagen sie schon: ›Nun, Anissim, geh Waldschnepfen schießen!‹ Das heißt – Gestohlenes suchen. Ja . . . Stehlen kann jeder, nur: wie soll man's festhalten! Groß ist die Erde, aber verstecken kann man das Gestohlene nirgends.«

»Bei uns im Dorf, bei den Guntorjews, hat man vorige Woche einen Hammel und zwei junge Schafe weggetrieben«, sagte Warwara und seufzte. »Und suchen tut sie niemand . . . O je, o je . . .«

»Was? Suchen kann man sie. Das ist gar nichts, das kann man.«

Der Hochzeitstag war gekommen. Es war ein kühler, aber klarer, heiterer Apriltag. Schon vom frühen Morgen an fuhren durch Uklejewo, mit den Glöckchen bimmelnd, Trojkas und Zweigespanne mit bunten Bändern an den Krummhölzern und in den Mähnen der Pferde. In den Weiden lärmten die von dieser Fahrerei aufgestörten Krähen, und ohne Unterlaß und sich mächtig anstrengend sangen die Stare, als freuten sie sich, daß es bei den Zybukins Hochzeit gab.

Im Hause standen auf den Tischen bereits große Fische, Schinken und gefülltes Geflügel, Körbe mit Sprotten, allerlei Eingesalzenes und Marinaden und eine Unzahl Wodka- und Weinflaschen, es roch nach Räucherwurst und marinierten Hummern. Und an den Tischen entlang ging, mit den Absätzen klappernd und die Messer aneinander schleifend, der Alte. Ständig rief man Warwara, immer wollte man etwas von ihr, und sie lief, ganz durcheinander und schwer atmend, in die Küche, wo seit dem Morgengrauen der Kostjukowsche Koch und die herrschaftliche Köchin von Chrymins den Jüngeren arbeiteten. Aksinja, mit gewelltem Haar, ohne Kleid, im Korsett und in neuen knarrenden Stiefeletten, jagte wie ein Wirbelwind über den Hof, so daß man nur ihre nackten Knie und die Brust schimmern sah. Es wurde gelärmt, man hörte Schimpfworte und Schwüre; Vorübergehende blieben am sperrangelweit geöffneten Tor stehen, und an all dem merkte man, daß sich etwas Ungewöhnliches tat.

»Sie holen die Braut!«

Glöckchen erklangen und erstarben weit hinter dem Dorf ... Nach zwei Uhr liefen die Leute zusammen; wieder hörte man die Glöckchen – die Braut wurde gebracht! Die Kirche war überfüllt, der Kronleuchter brannte, die Sänger sangen nach Noten, so, wie es sich der alte Zybukin gewünscht hatte. Der Lichterglanz und die grellen Kleider blendeten Lipa, es war ihr, als schlügen die dröhnenden Stimmen der Sänger wie mit Hämmerchen gegen ihren Kopf; das Korsett, das sie zum ersten Mal im Leben anhatte, und die Stiefeletten drückten sie, und sie machte ein Gesicht, als sei sie soeben aus einer Ohnmacht erwacht – sie sah, ohne etwas zu begreifen. Anissim, im schwarzen Rock, mit der roten Schnur statt der Krawatte, starrte gedankenverloren auf einen Punkt und bekreuzigte sich eilig, wenn die Sänger laut aufschrien. Rührung hatte sein Herz ergriffen, er hätte am liebsten geweint. Diese Kirche kannte er schon seit frühester Kindheit; einst hatte ihn seine verstorbene Mutter hierher zum Abendmahl gebracht, hier hatte er mit den anderen Jungen auf dem Chor gesungen. Jeder Winkel, jede Ikone war ihm im Gedächtnis geblieben. Da traute man ihn nun, da mußte man ihn der Ordnung halber verheiraten, aber er dachte gar nicht mehr daran, er erinnerte sich kaum noch, er hatte die Hochzeit völlig vergessen. Tränen hinderten ihn, auf die Ikonen zu schauen, und auf seinem Herzen lastete ein Druck; er betete zu Gott und bat ihn, daß das unvermeidliche Unheil, das sich, wenn nicht heute, so morgen, über ihm zu entladen drohte, an ihm vorübergehen möge, so, wie in der Zeit der Dürre die Gewitterwolken am Dorf vorüberziehen, ohne einen einzigen Regentropfen gegeben zu haben. Und so viele Sünden hatten sich schon in der Vergangenheit aufgetürmt, so viele Sünden, alles war so ausweglos, so endgültig verpfuscht, daß es eigentlich ganz unsinnig war, um Verzeihung zu bitten. Aber er bat um Verzeihung und schluchzte sogar laut auf, doch niemand beachtete es, weil man dachte, er sei betrunken.

Man hörte aufgeregtes Kinderweinen:

»Mama, liebe Mama, ich will weg!«

»Still da!« rief der Priester.

Als sie aus der Kirche kamen, lief das Volk hinterher; beim Laden, am Tor und im Hof unter den Fenstern stand auch schon eine Menge Menschen. Die Weiber kamen, um Glückwünsche und Lieder darzubringen. Kaum hatte das junge Paar die Schwelle überschritten, da schrien die Sänger, die mit ihren Noten schon im Flur Aufstellung genommen hatten, aus Leibeskräften los; eine Musikkapelle spielte auf, die man eigens aus der Stadt hatte kommen lassen. Schon wurde in hohen Gläsern Schaumwein vom Don gereicht, und der Zimmermann Jelisarow, ein großer, hagerer Alter mit dichten Augenbrauen, die fast die Augen verbargen, sprach, zu den Neuvermählten gewandt:

»Anissim und du, mein liebes Kind, liebt einander! Führt ein Gott wohlgefälliges Leben, ihr Kinder, und die Himmelskönigin wird euch nicht verlassen.« Er legte den Kopf an Zybukins Schulter und schluchzte auf. »Grigorij Petrow, weinen wir, weinen wir aus Freude!« sagte er mit dünnem Stimmchen, brach aber gleich darauf in Lachen aus und fuhr mit lauter Baßstimme fort: »Hohoho! Auch diese Schwiegertochter ist hübsch! Alles ist bei ihr sozusagen am rechten Platz, alles ist schön glatt, nichts klappert, der ganze Mechanismus ist in Ordnung, Schrauben sind genug da.«

Er stammte aus dem Kreis Jegorjew, arbeitete aber schon von Jugend auf in den Fabriken von Uklejewo und Umgebung und hatte sich hier eingelebt. Man kannte ihn schon längst als alten Mann, genauso mager und lang, und schon immer nannte man ihn »Krückstock«. Vielleicht, weil er in den Fabriken über vierzig Jahre nichts als Reparaturen auszuführen hatte, beurteilte er jeden Menschen und jedes Ding ausschließlich vom Standpunkt der Haltbarkeit aus: war hier etwa eine Reparatur notwendig?

Und bevor er sich an den Tisch setzte, probierte er mehrere Stühle aus, ob sie auch hielten, und den Fisch befühlte er auch.
Nach dem Schaumwein setzten sich alle an den Tisch. Die Gäste sprachen und rückten mit den Stühlen. Im Flur sangen die Sänger, die Musik spielte, und gleichzeitig brachten im Hof die Weiber unisono ihre Glückwünsche dar – es war ein schauderhaftes, wildes Gemisch von Tönen, so daß einem schwindlig davon wurde.
Krückstock drehte sich auf seinem Stuhl hin und her, stieß seine Nachbarn mit den Ellenbogen, ließ sie nicht zu Wort kommen und weinte und lachte durcheinander.
»Kinderchen, Kinderchen, Kinderchen . . .«, murmelte er schnell: »Aksinjuschka, Mütterchen, Warwaruschka, laßt uns alle in Frieden leben, ihr meine Äxtlein, meine geliebten . . .«
Er trank gewöhnlich wenig und war jetzt von einem Gläschen englischen Bittern betrunken. Dieser ekelhafte, wer weiß woraus hergestellte Bittere betäubte alle, die ihn tranken, er warf sie förmlich um, die Zungen begannen sich zu verheddern.
Die Geistlichkeit war anwesend, die Angestellten aus den Fabriken mit ihren Frauen, die Händler und Gastwirte aus den umliegenden Dörfern. Der Bezirksälteste und der Bezirksschreiber, die schon vierzehn Jahre zusammen dienten und während der ganzen Zeit nicht ein Schriftstück unterschrieben, nicht einen Menschen aus der Bezirksverwaltung entlassen hatten, ohne ihn zu betrügen und zu kränken, saßen jetzt nebeneinander, beide dick und satt, und man hatte den Eindruck, daß sie schon dermaßen von Ungerechtigkeit durchtränkt waren, daß selbst ihre Gesichtshaut ein gaunerhaftes Aussehen angenommen hatte. Die Frau des Schreibers, ein ausgemergeltes, schielendes Weib, hatte alle ihre Kinder mitgenommen, und wie ein Raubvogel schielte sie nach den Tellern und griff sich alles, was ihr unter die Hände kam, und schob es sich und den Kindern in die Taschen.
Lipa saß wie versteinert da, immer noch mit dem gleichen Ausdruck wie in der Kirche. Anissim hatte seit dem Augenblick, als er sie kennengelernt hatte, kein einziges Wort mit ihr gesprochen, so daß er bis jetzt nicht wußte, was für eine Stimme sie hat-

te; und nun, da er neben ihr saß, schwieg er die ganze Zeit und trank englischen Bittern, und als er betrunken wurde, redete er, und zwar zu der Tante, die ihm gegenüber saß:
»Ich habe einen Freund, er heißt Samorodow. Das ist ein ganz besonderer Mensch. Persönlicher Ehrenbürger, versteht, sich zu unterhalten. Aber ich, Tantchen, ich durchschaue ihn bis auf den Grund, und er fühlt das. Erlauben Sie, Tantchen, daß ich mit Ihnen auf Samorodows Gesundheit anstoße!«
Warwara ging um die Tische herum und bewirtete die Gäste, erschöpft, verwirrt, und sie war sichtlich zufrieden, daß es so viele Speisen gab und daß alles so reichlich war – jetzt würde niemand etwas auszusetzen haben. Die Sonne ging unter, aber das Essen wurde fortgesetzt; man merkte schon gar nicht mehr, daß man aß, daß man trank, man verstand nicht, was gesprochen wurde, und nur dazwischen, wenn die Musik verstummte, hörte man deutlich auf dem Hof ein Weib schreien:
»Mit unserem Blut habt ihr euch vollgesaugt, ihr Unmenschen, zugrunde sollt ihr gehen!«
Abends spielte die Musik zum Tanz auf. Chrymins die Jüngeren kamen, sie brachten ihre eigenen Weine, und einer von ihnen hielt, als Quadrille getanzt wurde, in jeder Hand eine Flasche und im Mund ein Gläschen, und das belustigte alle. Mitten in der Quadrille begannen einige mit dem russischen Hocktanz, und die grüne Aksinja fegte mit wehender Schleppe nur so durch den Saal. Jemand hatte ihr am Kleidsaum den Volant abgetreten, und Krückstock schrie:
»He, Kinderchen, da unten hat jemand die Plinthe abgerissen!«
Aksinja hatte graue naive Augen, die nur selten blinzelten, und auf ihrem Gesicht spielte beständig ein einfältiges Lächeln. Und diese kaum blinzelnden Augen, der kleine Kopf auf dem langen Hals und der schlanke Leib, all das hatte etwas Schlangenhaftes; grün, mit gelbem Brusteinsatz und mit ihrem Lächeln glich sie einer Natter, die sich im Frühjahr mit erhobenem Kopf aus dem jungen Roggen reckt und auf den Vorübergehenden blickt. Die Chrymins benahmen sich ihr gegenüber recht frei, und man merkte nur zu deutlich, daß sie mit dem Älteren schon lange in

näheren Beziehungen stand. Der Taube aber merkte nichts und sah nicht zu ihr hin; er saß mit übergeschlagenen Beinen da und aß Nüsse, die er so laut knackte, daß es wie Pistolenschüsse klang.

Und da trat nun auch der alte Zybukin selbst in die Mitte des Saales und schwenkte sein Tüchlein zum Zeichen, daß auch er den Russischen tanzen wolle, und im ganzen Haus und in der Menge im Hof erhob sich beifälliges Lärmen:

»Jetzt tanzt der Herr! Der Herr!«

Zwar tanzte Warwara, und der Alte wedelte nur mit dem Tüchlein und stampfte mit den Absätzen, doch jene, die dort, auf dem Hof, aneinanderhängend wie die Trauben, durch die Fenster schauten, waren begeistert und verziehen ihm in diesem Augenblick alles: seinen Reichtum und die Kränkungen.

»Braver Kerl, der Grigorij Petrow!« erscholl es aus der Menge. »So, gib dir Mühe! Kannst es ja noch! Haha!«

All das endete sehr spät, in der zweiten Nachtstunde. Anissim machte zur Verabschiedung bei den Sängern und Musikanten schwankend die Runde und schenkte jedem ein neues Fünfzigkopekenstück. Und der Alte, der nicht schwankte, aber mit dem einen Fuß immer merkwürdig auftrat, geleitete die Gäste hinaus und sagte zu jedem: »Zweitausend hat die Hochzeit gekostet.«

Beim Auseinandergehen hatte jemand den guten Überrock des Gastwirts von Schikalowa gegen einen alten eingetauscht, und Anissim loderte plötzlich auf vor Zorn und begann zu schreien:

»Halt! Ich mach sofort eine Durchsuchung! Ich weiß, wer ihn gestohlen hat! Halt!«

Er lief auf die Straße hinaus und setzte jemandem hinterdrein; man ergriff ihn, führte ihn untergehakt nach Hause und stieß ihn, betrunken, rot vor Zorn, naß, in das Zimmer, in dem Lipa schon von der Tante ausgekleidet wurde; dann schloß man hinter ihnen zu.

IV

Es vergingen fünf Tage. Anissim kam mit der Absicht fortzufahren zu Warwara herauf, um sich zu verabschieden. Bei ihr brannten alle Lämpchen vor den Ikonen, es roch nach Weihrauch, sie saß am Fenster und strickte einen Strumpf aus roter Wolle.

»Wenig hast du mit uns gelebt«, sagte sie. »Ist es dir vielleicht langweilig geworden? O je, o je ... Leben tun wir gut, alles haben wir reichlich, und deine Hochzeit haben wir ausgerichtet, wie sich's gehört; der Alte hat gesagt, zweitausend sind draufgegangen. Mit einem Wort: wir leben wie Kaufleute, nur langweilig ist es bei uns. Und die Leute betrügen wir arg. Das Herz tut mir weh, mein Lieber, so betrügen wir sie – mein Gott! Ob wir ein Pferd tauschen, ob wir etwas kaufen, ob wir einen Arbeiter einstellen – bei allem ist Betrug. Betrug und nochmals Betrug. Das Fastenöl im Laden ist bitter und verdorben, bei anderen Leuten ist der Teer besser. Sag doch, bitte, kann man denn nicht mit gutem Öl handeln?«

»Jeder, wie er's versteht, Mamachen.«

»Aber sterben müssen wir doch, nicht wahr? Ach, wirklich, du solltest einmal mit Vater sprechen! ...«

»Sie könnten ja selbst mit ihm sprechen.«

»Nun – nun! Ich sag ihm schon, was ich denke, aber er antwortet wie du, immer mit denselben Worten: ›Jeder, wie er's versteht.‹ Als ob man im Jenseits eine Untersuchung anstellen wird, wie's jeder versteht. Gott ist ein gerechter Richter.«

»Natürlich, niemand wird es untersuchen«, sagte Anissim und seufzte. »Gott gibt es sowieso nicht, Mamachen. Was also wird man dort untersuchen?«

Warwara schaute ihn verwundert an, lachte auf und schlug die Hände zusammen. Davon, daß sie sich so aufrichtig über seine Worte wunderte und ihn anschaute wie einen Sonderling, wurde er verlegen.

»Vielleicht gibt es auch einen Gott, und es fehlt nur am Glauben«, sagte er. »Als man mich traute, war mir nicht wohl zumute. Wie wenn man unter einem Huhn ein Ei wegnimmt und darin ein Küken piepst, so fing plötzlich in mir das Gewissen an zu piepsen, und während der Trauung dachte ich die ganze Zeit: es gibt einen Gott! Aber als ich aus der Kirche trat – alles weg. Und woher soll ich auch wissen, ob es Gott gibt oder nicht? Mit der Muttermilch hat man's uns nicht eingegeben. Das Kindchen saugt noch an der Brust, ihm aber bringt man nur das eine bei: jeder, wie er's versteht. Papachen glaubt ja auch nicht an Gott. Sie haben mal erwähnt, daß man bei den Guntorjews Schafe weggetrieben hat ... Ich habe sie gefunden: ein Bauer von Schikalowo hat sie gestohlen; er hat sie gestohlen, die Felle aber sind bei Papachen ... So sieht das aus mit dem Glauben!«

Anissim blinzelte ihr zu und schüttelte den Kopf.

»Und der Gemeindeälteste glaubt auch nicht an Gott«, fuhr er fort, »und der Schreiber auch nicht, und der Küster auch nicht. Und wenn sie zur Kirche gehen und die Fasten einhalten, dann deshalb, damit die Leute nicht schlecht über sie reden, und für alle Fälle, falls es eventuell doch ein ewiges Gericht gibt. Jetzt redet man, das Ende der Welt sei gekommen, und zwar deshalb, weil das Volk schwach geworden sei, weil man die Eltern nicht mehr ehre und dergleichen mehr. Das ist Unsinn. Ich verstehe das so, Mamachen: das ganze Unglück kommt daher, daß die Leute kein richtiges Gewissen haben. Ich durchschaue das, Mamachen, ich erkenne es. Wenn ein Mensch ein gestohlenes Hemd anhat, sehe ich es. Der Mann sitzt im Wirtshaus, und Sie denken natürlich: na ja, der trinkt Tee, weiter nichts. Ich aber – mag er seinen Tee nur trinken –, ich sehe darüber hinaus noch, daß er kein Gewissen hat. So geht man den ganzen Tag umher und trifft keinen Menschen mit Gewissen. Und der ganze Grund dafür ist der, daß sie nicht wissen, ob es einen Gott gibt oder nicht ... Nun, Mamachen, leben Sie wohl. Bleiben Sie gesund und munter, behalten Sie mich in gutem Angedenken.«

Anissim verneigte sich vor Warwara bis zum Boden.

»Wir danken Ihnen für alles, Mamachen«, sagte er. »Unsere Familie hat großen Nutzen von Ihnen. Sie sind eine sehr anständige Frau, und ich bin sehr froh über Sie.«

Gerührt ging Anissim hinaus, kehrte aber noch einmal zurück und sagte:

»Ich bin durch Samorodow in eine Sache hineingezogen worden – entweder, ich werde reich, oder ich geh zugrunde. Wenn etwas passiert, trösten Sie meinen Vater, Mamachen.«
»Ja, aber, was denn? O je, o je ... Gott ist gnädig. Du solltest deine Frau liebevoller behandeln, Anissim, ihr schaut euch so unfreundlich an. Wenn ihr euch doch mal anlachen wolltet, wirklich.«
»Ach, sie ist irgendwie seltsam ...«, sagte Anissim und seufzte. »Sie versteht nichts, sie schweigt immerzu. Sie ist noch sehr jung, soll sie erst mal erwachsen werden.«
An der Treppe stand, vor das Kabriolett gespannt, schon der große, feiste, weiße Hengst.
Der alte Zybukin nahm einen Anlauf, schwang sich schneidig hinauf und ergriff die Zügel. Anissim küßte Warwara, Aksinja und den Bruder. Auf der Treppe stand auch Lipa, sie stand regungslos da und schaute zur Seite, so, als sei sie nicht zur Verabschiedung herausgekommen, sondern nur so, unbekannt, warum. Anissim trat zu ihr und berührte mit den Lippen leicht, ganz leicht, ihre Wange.
»Leb wohl«, sagte er.
Und sie, ohne ihn anzusehen, lächelte irgendwie seltsam; über ihr Gesicht lief ein Zittern, und allen wurde es leid um sie, sie wußten selbst nicht, warum. Anissim setzte sich ebenfalls mit einem Sprung auf den Wagen und stemmte die Hände in die Seiten; er hielt sich nämlich für schön.
Während sie aus der Schlucht hinauffuhren, schaute Anissim die ganze Zeit zurück zum Dorf. Es war ein warmer klarer Tag. Zum ersten Mal wurde das Vieh hinausgetrieben, und neben der Herde gingen festlich gekleidet Mädchen und Frauen. Der braune Stier brüllte, sich seiner Freiheit freuend, und warf mit den Vorderhufen die Erde auf. Überall, oben und unten, sangen die Lerchen. Anissim blickte sich nach der schlanken weißen Kirche um, die man erst kürzlich geweißt hatte, und erinnerte sich, wie er fünf Tage zuvor in ihr gebetet hatte; er blickte zurück auf die Schule mit dem grünen Dach, auf das Flüßchen, in dem er einst gebadet und Fische geangelt hatte, und Freude regte sich in seiner Brust, und er wünschte sich, daß plötzlich eine Mauer

aus der Erde wachse und ihn nicht weiterlasse, damit er nur mit der Vergangenheit zurückbleiben könne.

Auf der Station gingen sie zum Büfett und tranken ein Gläschen Sherry. Der Alte langte in die Tasche nach dem Geldbeutel, um zu bezahlen.

»Ich lade dich ein!« sagte Anissim.

Der Alte schlug ihm gerührt auf die Schulter und blinzelte zum Schankwirt: na, hab ich nicht einen Prachtsohn!

»Du solltest zu Hause bleiben, Anissim, im Geschäft«, sagte er, »du wärst unbezahlbar! Ich würde dich von Kopf bis Fuß in Gold aufwiegen, Söhnchen!«

»Es geht nicht, Papachen.«

Der Sherry war säuerlich, er roch nach Siegellack; trotzdem tranken sie noch ein Gläschen.

Als der Alte von der Station zurückkam, erkannte er im ersten Augenblick seine jüngere Schwiegertochter nicht wieder. Kaum war ihr Mann vom Hof gefahren, veränderte sich Lipa, wurde sie plötzlich heiter. Barfuß, in einem alten, abgetragenen Rock, die Ärmel bis zu den Schultern aufgekrempelt, scheuerte sie die Flurtreppe und sang dabei mit einer feinen, silberhellen Stimme. Und als sie den großen Kübel mit dem Spülwasser hinaustrug und mit ihrem kindlichen Lächeln zur Sonne schaute, da schien es, als sei auch sie eine Lerche.

Der alte Knecht, der gerade an der Vortreppe vorbeiging, schüttelte den Kopf und räusperte sich. »Ja, Schwiegertöchter hast du, Grigorij Petrow, die hat dir Gott geschickt!« sagte er. »Das sind keine Weiber, das ist ein wahrer Schatz!«

V

Am 8. Juli, einem Freitag, kehrten Jelisarow, genannt Krückstock, und Lipa aus dem Dorf Kasanskoje heim, wohin sie anläßlich des Kirchweihfestes der Muttergottes von Kasan eine Wallfahrt unternommen hatten. Weit hinter ihnen ging Lipas Mutter Praskowja, die ständig zurückblieb, da sie krank war und Atembeschwerden hatte. Es war gegen Abend.

»Aaah ...!« wunderte sich Krückstock, während er Lipa zuhörte. »Aah! ... So?«

»Ich esse schrecklich gern Marmelade, Ilja Makarytsch«, sagte Lipa. »Ich setze mich in ein Winkelchen und trinke immerzu Tee mit Marmelade. Oder ich trinke zusammen mit Warwara Nikolajewna, und sie erzählt etwas, was einem zu Herzen geht. Sie hat viel Marmelade – vier Gläser. ›Iß nur, Lipa‹, sagt sie, ›genier dich nicht.‹«

»Aaah ...! Vier Gläser!«

»Sie leben gut. Zum Tee weiße Brötchen, und Rindfleisch gibt es auch, soviel man will. Sie leben gut, nur unheimlich ist's bei ihnen, Ilja Makarytsch, hu, wie unheimlich!«

»Wieso denn unheimlich, Kindchen?« fragte Krückstock und sah sich um, ob Praskowja weit zurückgeblieben sei.

»Zuerst, als die Hochzeit vorüber war, habe ich vor Anissim Grigorytsch Angst gehabt. Er war anständig, er hat mich nicht gekränkt, nur, wenn er nahe an mich herankam, durchlief es mich eiskalt. Und keine einzige Nacht habe ich geschlafen, immer habe ich gezittert und zu Gott gebetet. Und jetzt habe ich vor Aksinja Angst, Ilja Makarytsch. Sie ist anständig, sie lacht immer, aber manchmal, wenn sie zum Fenster hinaussieht, sind ihre Augen böse, und sie leuchten grün, wie bei den Schafen im Stall. Chrymins die Jüngeren bringen sie ganz durcheinander: ›Euer Alter‹, sagen sie, ›hat das Grundstück Butjokino, an die vierzig Desjatinen Land, Sandboden, Wasser ist auch da, bau du dir dort eine Ziegelei, Aksjuscha‹, sagen sie, ›wir beteiligen uns daran.‹ Ziegel kosten zur Zeit zwanzig Rubel das Tausend. Man müßte zugreifen. Gestern, beim Mittagessen, sagte Aksinja zum Alten: ›Ich will in Butjokino eine Ziegelei bauen, ich werde mein eigener Kaufmann sein.‹ Sagt's und lacht. Aber Grigorij Petrow machte eine finstere Miene; man sah, das gefiel ihm nicht. ›Solange ich lebe‹, sagte er, ›schert mir keiner aus, wir müssen zusammenbleiben.‹ Da hat sie mit den Augen gefunkelt und mit den Zähnen geknirscht. Es gab Fladen, aber sie hat keinen gegessen!«

»Aaah ...!« wunderte sich Krückstock. »Sie hat keinen gegessen!«

»Ich möchte nur wissen, wann sie schläft!« redete Lipa weiter. »Ein halbes Stündchen hat sie geschlafen, dann springt sie auch schon auf, geht umher, geht die ganze Zeit umher und sieht nach, ob die Bauern nicht was angezündet haben, ob sie nicht was gestohlen haben ... Schrecklich ist es mit ihr, Ilja Makarytsch! Und Chrymins die Jüngeren haben sich nach der Hochzeit gar nicht erst schlafen gelegt, sie sind gleich in die Stadt gefahren zum Gericht; die Leute schwatzen, das sei alles durch Aksinja gekommen. Zwei Brüder hatten ihr versprochen, die Ziegelei zu bauen, da fühlte sich der dritte übergangen; und die Fabrik stand einen Monat lang still, so daß mein Onkel Procher keine Arbeit hatte und auf den Höfen um Brotrinden betteln mußte. ›Du solltest so lange pflügen gehen oder Holz sägen, Onkelchen‹, sage ich, ›warum sich in Schande bringen!‹ ›Hab sie verlernt, die Christenarbeit‹, sagt er, ›ich versteh nichts mehr, Lipynka!‹ sagt er ...«

Bei einem jungen Espenwäldchen machten sie halt, um auszuruhen und auf Praskowja zu warten. Jelisarow arbeitete schon lange als Unternehmer, aber er hielt sich kein Pferd, sondern ging zu Fuß durch den ganzen Kreis, nur mit einem Säckchen, in dem Brot und Zwiebeln waren; er schritt tüchtig aus und schlenkerte mit den Armen, und so war es schwer, mit ihm Schritt zu halten.

Am Eingang zum Wäldchen stand ein Grenzpfahl. Jelisarow berührte ihn, ob er auch hielt. Praskowja kam heran, ganz außer Atem. Ihr faltenreiches, ständig erschrockenes Gesicht leuchtete vor Glück: sie war heute in der Kirche gewesen wie die anderen Leute, dann war sie über den Jahrmarkt gegangen und hatte dort Birnenkwaß getrunken. Das war etwas Seltenes für sie, und es schien ihr, als habe sie zum ersten Mal in ihrem Leben einen Tag völlig ausgekostet. Nachdem sie sich ausgeruht hatten, gingen alle drei nebeneinander weiter. Die Sonne sank schon, ihre Strahlen drangen durch das Wäldchen und glänzten auf den Baumstämmen. Vorn ertönten laut Stimmen. Die Mädchen von Uklejewo waren schon längst vorausgegangen, hatten sich aber hier im Wäldchen aufgehalten, wahrscheinlich beim Pilzesammeln.

»He, ihr Mädchen!« schrie Jelisarow. »He, ihr Schönen!«
Als Antwort erscholl ein Gelächter:
»Krückstock kommt! Krückstock! Der alte Knaster!«
Und das Echo lachte ebenfalls.
Nun lag auch das Wäldchen hinter ihnen. Schon sah man die Spitzen der Fabrikschornsteine, und das Kreuz auf dem Glokkenturm funkelte: es war »das Dorf, wo der Küster auf der Beerdigung den ganzen Kaviar aufgegessen hat«. Da waren beinahe schon die Häuser, man brauchte nur noch in die große Schlucht hinabzusteigen. Lipa und Praskowja, die barfuß gegangen waren, setzten sich ins Gras, um sich die Schuhe anzuziehen; der Unternehmer setzte sich auch. Wenn man so von oben herabschaute, so wirkte Uklejewo schön mit seinen Weiden, der weißen Kirche und dem Flüßchen, und stören taten dabei nur die Fabrikdächer, die aus Sparsamkeitsgründen mit einer düsteren, gräßlichen Farbe gestrichen waren. Auf dem gegenüberliegenden Hang sah man den Roggen – Haufen und Garben hie und da, als hätte sie der Sturm durcheinandergeworfen, und frischgemähte Reihen; und der Hafer war auch schon reif und schimmerte jetzt in der Sonne wie Perlmutter. Es war Erntezeit. Heute war Feiertag, morgen, am Samstag, mußte der Roggen eingebracht und Heu gefahren werden, und dann kam der Sonntag, wieder ein Feiertag; jeden Tag grollte der Donner in der Ferne; es war schwül, es sah nach Regen aus, und jeder, der jetzt auf die Felder schaute, dachte: hoffentlich läßt Gott noch Zeit zum Einbringen des Korns, und es war einem fröhlich und unruhig zugleich ums Herz.
»Die Schnitter sind heutzutage teuer«, sagte Praskowja. »Ein Rubel vierzig den Tag!«
Vom Jahrmarkt in Kasanskoje kam immer mehr Volk zurück: Weiber, Fabrikarbeiter in neuen Mützen, Bettler, Kinder … Bald fuhr staubaufwirbelnd ein Wagen vorbei, und dahinter lief ein unverkauftes Pferd, froh, wie es schien, daß es nicht verkauft worden war; bald führte man eine störrische Kuh an den Hörnern, bald kam wieder ein Wagen vorbei, in dem betrunkene Bauern saßen und die Beine herunterbaumeln ließen. Eine alte Frau führte einen kleinen Jungen mit einer großen Mütze und in

großen Stiefeln; der Junge hielt es vor Hitze und in den schweren Stiefeln, in denen er die Knie nicht richtig bewegen konnte, fast nicht aus, blies aber trotzdem aus Leibeskräften unaufhörlich in eine Spielzeugtrompete; sie waren schon hinabgestiegen und in die Straße eingebogen, die Trompete hörte man aber immer noch.

»Unsere Fabrikanten sind nicht mehr ganz richtig ...«, sagte Jelisarow. »Man hat schon seine Not! Kostjukow hat sich über mich geärgert. ›Für die Gesimse sind zu viele Bretter verbraucht worden‹, sagt er. ›Wieso zu viele? Wieviel gebraucht worden ist, Wassilij Danilytsch‹, sage ich, ›soviel ist auch verbraucht worden. Ich esse sie ja nicht mit meiner Grütze zusammen, die Bretter.‹ ›Wie, so eine Antwort wagst du mir zu geben?‹ sagt er. ›Bist mir der Rechte, du Holzkopf! Vergiß dich nicht! Ich habe dich zum Unternehmer gemacht!‹ schreit er. ›Ist ja auch was ganz Besonderes‹, sage ich. ›Als ich noch kein Unternehmer war‹, sage ich, ›da habe ich auch jeden Tag Tee getrunken.‹ ›Ihr seid alle Gauner ...‹, sagt er ... Da habe ich geschwiegen. Wir sind die Gauner im Diesseits, dachte ich, und ihr werdet die Gauner im Jenseits sein. Hohoho! Am andern Tag war er weich geworden. ›Nimm mir meine Worte nicht übel, Makarytsch‹, sagt er. ›Wenn ich zuviel gesagt habe‹, sagt er, ›so darf man doch nicht vergessen, daß ich Kaufmann der ersten Gilde bin, daß ich höher stehe als du – also mußt du schweigen.‹ ›Sie sind Kaufmann der ersten Gilde‹, sage ich, ›und ich bin Zimmermann, das stimmt. Auch der heilige Josef war ein Zimmermann‹, sage ich. ›Unsere Arbeit ist Rechtens, sie ist Gott wohlgefällig, aber wenn Sie geruhen, höher zu stehen‹, sage ich, ›dann bitte schön, Wassilij Danilytsch.‹ Und darauf, das heißt, nach dem Gespräch, da denke ich: wer steht eigentlich höher? Ein Kaufmann der ersten Gilde oder ein Zimmermann? Natürlich doch der Zimmermann, Kinderchen!«

Krückstock überlegte und fügte hinzu:

»So ist es, Kinderchen. Wer schuftet, wer duldet, der steht auch höher.«

Die Sonne war schon untergegangen, und über dem Fluß, in der Umfriedung der Kirche, auf den Wiesen bei den Fabriken erhob sich dichter Nebel, weiß wie Milch. Jetzt, da die Dunkelheit schnell hereinbrach, leuchteten unten die Lichter auf, und es war, als breite sich der Nebel über einen bodenlosen Abgrund. Und in diesem Augenblick mochte es Lipa und ihrer Mutter, die als Bettler geboren und bereit waren, als solche bis zum Ende ihrer Tage zu leben, alles für andere hingebend außer ihren erschreckten, sanften Seelen – da mochte es ihnen scheinen, daß in dieser riesigen geheimnisvollen Welt, in der endlosen Reihe von Menschenleben auch sie eine Kraft darstellten, daß auch sie höher stünden als jemand anders; es tat ihnen wohl, hier oben zu sitzen, sie lächelten glücklich und vergaßen, daß sie doch wieder hinunter mußten, zurück.

Endlich kamen sie zu Hause an. Am Tor und beim Laden saßen Schnitter auf der Erde. Gewöhnlich gingen die Leute von Uklejewo nicht zu Zybukin arbeiten, er mußte Fremde holen, und jetzt schien es im Dunkeln, als säßen da Männer mit langen schwarzen Bärten. Der Laden war geöffnet, und durch die Tür sah man, daß der Taube mit dem Laufburschen Dame spielte. Die Schnitter sangen leise, kaum hörbar, oder sie baten laut, daß man ihnen den Lohn für den gestrigen Tag gäbe, aber man bezahlte sie nicht, damit sie bis zum nächsten Morgen nicht weggingen. Der alte Zybukin, ohne Überrock, nur in der Weste, trank mit Aksinja bei der Treppe unter der Birke Tee; auf dem Tisch brannte eine Lampe.

»Grooßväterchen!« rief vor dem Tor ein Schnitter, als wolle er ihn necken. »Zahl wenigstens die Hälfte. Grooooßväterchen!« Und gleich ertönte Gelächter, und dann sangen sie wieder kaum hörbar ... Krückstock setzte sich auch zum Teetrinken.

»Wir waren also auf dem Jahrmarkt«, begann er zu erzählen. »Wir haben uns amüsiert, Kinderchen, sehr gut haben wir uns amüsiert, Gott sei Dank dafür! Und da ist was vorgefallen, das war nicht gut: Saschka der Schmied hat Tabak gekauft, und er gibt dem Kaufmann ein Fünfzigkopekenstück. Das Fünfzigkopekenstück ist aber falsch«, fuhr Krückstock fort und sah sich um; er wollte im Flüsterton sprechen, aber er sprach gedämpft und mit heiserer Stimme, und alle konnten es hören. »Es stellt sich also heraus, das Fünfzigkopekenstück ist falsch. Er wird gefragt: ›Wo hast du den her?‹ ›Den hat mir‹, sagt er, ›Anissim Zybukin gegeben. Als ich‹, sagt er, ›auf seiner Hochzeit war ...‹ Man holte den Wachtmeister und führte ihn ab ... Sieh zu, Petrowitsch, daß daraus nicht was entsteht, irgendein Gerede ...«

»Grooоßväterchen!« neckte wieder dieselbe Stimme vor dem Tor. »Grooоßväterchen!«

Schweigen trat ein.

»Ach, Kinderchen, Kinderchen, Kinderchen ...«, murmelte Krückstock hastig und erhob sich; Müdigkeit überkam ihn. »Nun, ich danke für den Tee und den Zucker, Kinderchen. Zeit zum Schlafengehen. Ich bin schon morsch geworden, die Balken in mir sind alle angefault. Hohoho!«

Und beim Fortgehen sagte er:

»Ist wohl Zeit zum Sterben!«

Und er schluchzte auf. Der alte Zybukin trank seinen Tee nicht aus, saß aber noch eine Weile da und dachte nach; und er machte eine Miene, als horche er auf die Schritte von Krückstock, der schon weit weg auf der Straße war.

»Saschka der Schmied hat wohl gelogen«, sagte Aksinja, die seine Gedanken erriet.

Er ging ins Haus und kehrte kurz danach mit einer Geldrolle zurück; er wickelte sie auf – und die Rubel blitzten ihnen entgegen, funkelnagelneu. Er nahm einen, biß zur Probe darauf und warf ihn aufs Tablett; dann warf er einen zweiten hin ...

»Die Rubel sind tatsächlich falsch ...«, sagte er und sah ungläubig Aksinja an. »Das sind die ... Anissim hat sie damals gebracht, sein Geschenk. Nimm sie, Töchterchen«, flüsterte er und schob ihr die Geldrolle in die Hände, »nimm sie und wirf sie in den Brunnen. Weg mit ihnen! Und sieh zu, daß es kein Gerede gibt. Daß nur nicht was draus entsteht ... Räum den Ssamowar fort und lösch das Licht ...«

Lipa und Praskowja sahen, in der Scheune sitzend, wie die Lichter eins nach dem andern ausgingen; nur oben bei Warwara leuchteten die blauen und roten Öllämpchen, und von dort ging Ruhe aus, Zufriedenheit und Ahnungslosigkeit. Praskowja konnte sich einfach nicht daran gewöhnen, daß ihre Tochter einem Reichen gegeben worden war, und als sie hierherkam, da drückte sie sich schüchtern an den Wänden entlang, lächelte bittend, und man schickte ihr Tee und Zucker hinaus. Und auch Lipa konnte sich nicht gewöhnen, und als ihr Mann weggefahren war, schlief sie nicht in ihrem Bett, sondern, wo es gerade kam – in der Küche oder in der Scheune, und jeden Tag schrubbte sie die Fußböden oder wusch Wäsche, und sie hatte das Gefühl, als arbeite sie im Taglohn. Auch jetzt, nachdem sie von der Wallfahrt zurückgekehrt waren, hatten sie in der Küche mit der Köchin Tee getrunken, waren dann in die Scheune gegangen und hatten sich zwischen dem Schlitten und der Wand auf den Boden gelegt. Es war dort dunkel, und es roch nach dem Kummet. Die Lichter um das Haus erloschen, dann hörte man, wie der Taube den Laden verschloß und wie die Schnitter sich auf dem Hof ihre Plätze zum Schlafen suchten. In der Ferne, bei Chrymins den Jüngeren, wurde auf der teuren Harmonika gespielt … Praskowja und Lipa begannen einzuschlummern.

Und als sie jemandes Schritte weckten, war es schon mondhell; am Scheuneneingang stand Aksinja, in den Händen hielt sie Bettzeug.

»Hier wird's kühler sein …«, murmelte sie, dann trat sie ein und legte sich fast bei der Schwelle nieder, ganz in das Licht des Mondes getaucht.

Sie schlief nicht und warf sich schwer atmend von einer Seite auf die andere, wobei sie fast alles von sich warf – was für ein schönes, was für ein stolzes Tier war das beim zauberischen Glanz des Mondes! Es verging einige Zeit, und wieder hörte man Schritte: in der Tür erschien der Alte, ganz weiß im Licht.

»Aksinja!« rief er. »Bist du hier?«

»Ja und?« erwiderte sie ärgerlich.

»Ich sagte dir vorhin, du solltest das Geld in den Brunnen werfen. Hast du es getan?«

»Das wär ja noch mal schöner, Geld ins Wasser werfen! Ich hab's den Schnittern gegeben …«

»Ach du großer Gott!« rief der Alte bestürzt und erschrocken. »So ein mutwilliges Weibsstück … Ach du großer Gott!«

Er schlug die Hände zusammen und ging hinaus, und im Gehen redete er immerzu etwas vor sich hin. Und bald danach setzte sich Aksinja auf und seufzte schwer und voll Ärger, dann erhob sie sich, nahm das Bettzeug in die Arme und ging hinaus.

»Warum hast du mich hierher gegeben, liebe Mutter!« sagte Lipa.

»Heiraten muß man, Töchterchen. Das haben nicht wir so eingerichtet.«

Und das Gefühl untröstlichen Grams war bereit, sich ihrer zu bemächtigen. Aber da schien es ihnen, als schaue jemand von der Höhe des Himmels herab, aus dem Blau, von dort, wo die Sterne sind, jemand, der alles sieht, was in Uklejewo geschieht, und der wacht. Und mag das Böse auch noch so groß sein, trotzdem ist die Nacht still und schön, trotzdem gibt es auf der Gotteswelt die Wahrheit und wird es sie immer geben, auch sie still und schön, und alles auf der Erde wartet nur darauf, mit der Wahrheit zu verschmelzen, so wie das Mondlicht mit der Nacht.

Und beruhigt, aneinandergeschmiegt, schliefen sie ein.

VI

Schon lange war die Nachricht gekommen, daß man Anissim wegen Herstellung und Verbreitung von Falschgeld ins Gefängnis gesetzt habe. Die Monate gingen vorbei, dann war es über ein halbes Jahr, der lange Winter ging vorüber, der Frühling kam, und daran, daß Anissim im Gefängnis saß, hatte man sich im Haus und im Dorf gewöhnt. Und wenn jemand nachts am Haus oder am Laden vorbeiging, so erinnerte er sich, daß Anissim im Gefängnis war; und wenn auf dem Friedhof die Glocke läutete, fiel einem aus irgendeinem Grunde ebenfalls ein, daß er im Gefängnis saß und auf die Verhandlung wartete.

Ein Schatten schien über dem Hof zu liegen. Das Haus wurde dunkler, das Dach war rostig geworden, an der schweren, eisenbeschlagenen, grün gestrichenen Ladentür war die Farbe abgeblättert oder, wie der Taube sagte, zusammengekrochen; und der alte Zybukin selbst war gleichsam dunkler geworden. Schon lange ließ er sich nicht mehr die Haare und den Bart scheren, er wurde richtig verwachsen, in den Wagen schwang er sich nicht mehr mit einem Sprung, und den Bettlern rief er nicht mehr zu: »Gott wird helfen!« Seine Kraft nahm ständig ab, und das war an allem zu merken. Die Leute fürchteten sich nicht mehr so, und der Wachtmeister hatte im Laden ein Protokoll aufgenommen, obwohl er nach wie vor bekam, was ihm gebührte; dreimal wurde der Alte wegen heimlichen Branntweinhandels in die Stadt vors Gericht zitiert, aber die Verhandlung wurde wegen Nichterscheinens der Zeugen immer wieder verschoben, und der Alte war schon ganz zerquält.

Er fuhr oft zum Sohn, nahm einen Anwalt, reichte bei irgend jemandem eine Bittschrift ein, stiftete irgendwohin eine Kirchenfahne. Dem Aufseher des Gefängnisses, in dem Anissim saß, brachte er einen silbernen Teeglasuntersetzer mit der Inschrift auf Emaille »Die Seele kennt das Maß« und dazu einen langen Teelöffel.

»Es gibt auch niemanden, der sich um ihn bemüht, wie es sich gehört«, sagte Warwara. »O je, o je ... Man müßte einen von den Herren bitten, man müßte den obersten Vorgesetzten schreiben ... Wenn man ihn wenigstens bis zur Verhandlung freilassen würde! Wozu den Burschen so quälen!«

Auch sie war bekümmert, aber voller geworden und ihre Haut weißer; wie früher zündete sie bei sich die Öllämpchen an und sah darauf, daß im Haus alles sauber war, und bewirtete die Gäste mit Marmelade und Apfelpaste. Der Taube und Aksinja bedienten im Laden. Sie hatten eine neue Sache angefangen: die Ziegelei in Butjokino, und Aksinja fuhr fast jeden Tag im Kabriolett dorthin; sie lenkte selbst, und wenn sie Bekannten begegnete, reckte sie den Hals wie eine Schlange im jungen Korn und lächelte naiv und rätselhaft. Lipa aber spielte die ganze Zeit mit ihrem Kind, das sie vor den Fasten geboren hatte. Es war ein winziges, schmales, klägliches Kindchen, und es war merkwürdig, daß es schrie, umherschaute und daß man es für einen Menschen hielt und sogar Nikifor nannte. Es lag in der Wiege, und Lipa ging immer wieder zur Tür zurück und sagte, sich verbeugend:

»Guten Tag, Nikifor Anissimytsch!«
Dann lief sie geschwind zu ihm und küßte es. Und wieder ging sie zur Tür zurück und verbeugte sich:
»Guten Tag, Nikifor Anissimytsch!«
Und es streckte seine roten Beinchen von sich, und Weinen und Lachen vermischten sich bei ihm wie beim Zimmermann Jelisarow.
Endlich war der Termin der Verhandlung festgesetzt. Der Alte fuhr fünf Tage vorher ab. Dann hörte man, daß die Bauern, die als Zeugen benannt waren, aus dem Dorf geholt wurden; sogar der alte Knecht fuhr hin, auch er hatte eine Vorladung erhalten.
Die Verhandlung war an einem Donnerstag. Doch der Sonntag war schon vorbei, der Alte aber kam immer noch nicht heim, und erfahren hatte man von ihm auch nichts. Dienstag gegen Abend saß Warwara am geöffneten Fenster und horchte, ob der Alte nicht gefahren käme. Im Nachbarzimmer spielte Lipa mit ihrem Kind. Sie warf es auf ihren Armen in die Höhe und sagte ganz entzückt:
»Groß wirst du werden, sooo groß! Wirst ein Mann werden, und wir gehen zusammen auf Tagelohn! Wir gehen zusammen auf Tagelohn!«
»Na, na!« sagte Warwara gekränkt. »Was denkst du dir da für einen Tagelohn aus, du Dummchen? Kaufmann wird er werden ...!«
Lipa begann leise zu singen, doch nach einer Weile vergaß sie sich wieder:
»Groß wirst du werden, sooo groß, wirst ein Mann werden, und wir gehen zusammen auf Tagelohn!«
»Na na, immer dieselbe Leier!«
Mit Nikifor auf den Armen blieb Lipa an der Tür stehen und fragte:
»Mamachen, warum liebe ich ihn so sehr? Warum tut er mir so leid?« sprach sie mit zitternder Stimme weiter, und in ihren Augen blitzten Tränen auf. »Wer ist er? Was stellt er vor? Er ist leicht wie ein Federchen, wie ein Krümchen, und doch liebe ich ihn, ich liebe ihn wie einen richtigen Menschen. Er kann nichts,

er spricht nicht, aber ich verstehe doch alles, was er mit seinen Äuglein will.«

Warwara horchte auf: das Geräusch des sich der Station nähernden Abendzuges drang herüber. Ob der Alte wohl kam? Sie hörte und verstand nicht mehr, was Lipa sagte, merkte nicht, wie die Zeit verging; sie zitterte nur, und nicht aus Angst, sondern aus starker Neugierde. Sie sah einen Wagen voller Bauern schnell und mit Gepolter vorbeifahren. Das waren die Zeugen, die von der Station heimkehrten. Als der Wagen am Laden vorüberfuhr, sprang der alte Knecht ab und ging in den Hof. Man hörte, wie sie ihn im Hof begrüßten und ihn nach etwas fragten . . .

»Aberkennung der Rechte und des ganzen Vermögens«, sagte er laut, »und nach Sibirien, sechs Jahre Zwangsarbeit.«

Man sah, wie Aksinja aus der Hintertür des Ladens trat. Sie war gerade dabei, Petroleum zu verkaufen, und in der einen Hand hielt sie eine Flasche, in der anderen den Trichter, und im Mund hatte sie einige Silbermünzen.

»Und wo ist Papachen?« fragte sie lispelnd.

»Auf der Station«, antwortete der Knecht. »›Wenn es dunkler ist, komme ich‹, sagt er.«

Und als es auf dem Hof bekannt wurde, daß Anissim zu Zwangsarbeit verurteilt worden war, da fing die Köchin in der Küche plötzlich zu wehklagen an wie um einen Verstorbenen, in dem Glauben, der Anstand erfordere das:

»Ach, warum hast du uns verlassen, Anissim Grigorytsch, du unser lichter Falke ...«

Die aufgestörten Hunde begannen zu bellen. Warwara lief ans Fenster, und von Kummer geschüttelt rief sie der Köchin zu, so laut es ihre Stimme erlaubte:

»Genuuug, Stepanida, genuuug! Um Christi willen, quäl uns nicht!«

Man vergaß, den Ssamowar aufzustellen, man dachte an nichts mehr. Nur Lipa konnte als einzige nicht begreifen, um was es ging, und gab sich weiterhin mit ihrem Kind ab.

Als der Alte von der Station zurückkehrte, fragte man ihn nach nichts mehr. Er grüßte, dann ging er schweigend durch alle Zimmer; zu Abend aß er nicht.

»Niemand, der sich einsetzt ...«, begann Warwara, als sie allein geblieben waren. »Ich sagte doch, man muß die Herren bitten, aber damals hat man nicht auf mich gehört ... Eine Bittschrift hätte man ...«

»Ich habe mich eingesetzt!« sagte der Alte und winkte ab. »Als man Anissim verurteilt hatte, bin ich zu dem Herrn gegangen, der ihn verteidigt hat. ›Jetzt kann man nichts mehr machen, zu spät‹, hat er gesagt. Und Anissim selbst hat so gesagt: zu spät. Aber trotzdem: als ich aus dem Gericht gekommen bin, habe ich mich mit einem Advokaten besprochen, hab ihm eine Anzahlung gemacht ... Jetzt warte ich eine Woche, dann fahre ich wieder hin. Wie es Gott gefällt.«

Der Alte ging wieder schweigend durch alle Zimmer, und als er zu Warwara zurückkam, sagte er:

»Ich glaube, ich bin krank. Mir ist so ... wirr im Kopf. Ich kann nicht mehr klar denken.«

Er schloß die Tür, damit Lipa nichts hören konnte, und fuhr leise fort:

»Mit dem Geld steht es bei mir nicht gut. Erinnerst du dich, wie Anissim mir vor der Hochzeit am Thomassonntag neue Rubel- und Halbrubelstücke gebracht hat? Eine Rolle habe ich damals beiseite getan, die andern habe ich mit meinem eigenen Geld vermischt ... Ich hatte einen Onkel, Dmitrij Filatytsch, Gott hab' ihn selig, der fuhr immer zum Wareneinkauf mal nach Moskau, mal auf die Krim. Er hatte eine Frau, und während er also nach Waren unterwegs war, vergnügte sich eben diese Frau mit anderen. Sechs Kinder hatten sie. Und wenn mein Onkel angesäuselt war, pflegte er lachend zu sagen: ›Ich kann einfach nicht auseinanderhalten, welche davon meine Kinder sind und welche fremde.‹ Er nahm eben alles leicht. So geht es mir jetzt auch: ich kann nicht auseinanderhalten, welches mein echtes Geld ist und welches das falsche. Es kommt mir so vor, als ob alles falsch ist.«

»Na na, Gott mit dir!«

»Ich kaufe auf dem Bahnhof die Fahrkarte, gebe drei Rubel, und mir ist, als ob sie falsch sind. Und ich bekomme es mit der Angst zu tun. Ich glaube, ich bin krank.«

»Was soll man da sagen, wir stehen alle in Gottes Hand ... O je, o je ...«, stieß Warwara hervor und schüttelte den Kopf. »Man hätte daran denken müssen, Petrowitsch ... Es kann plötzlich was zur Unzeit passieren, du bist nicht mehr der Jüngste. Wenn du stirbst, werden sie dir noch das Enkelkind benachteiligen. Oh, ich fürchte, sie werden ihn benachteiligen, den Nikifor, und wie! Einen Vater, das darf man wohl sagen, hat er nicht, und die Mutter ist jung und dumm ... Du solltest dem Jungchen wenigstens ein Stück Land überschreiben, dieses Butjokino zum Beispiel, wirklich, Petrowitsch! Überleg es dir!« fuhr Warwara, ihn überredend, fort. »Es ist ein hübsches Bübchen, es wär schade! Fahr doch morgen hin und setze das Schriftstück auf. Wozu noch warten!«

»Das Enkelchen hatte ich ganz vergessen ...«, sagte Zybukin. »Ich muß ihn mal begrüßen gehen. Du sagst also, das Bübchen ist nicht übel? Nun, soll er nur heranwachsen. Gott gebe es!« Er öffnete die Tür und winkte mit gekrümmtem Finger Lipa zu sich heran. Sie kam mit dem Kind auf dem Arm zu ihm.

»Wenn du was brauchst, Lipynka, so frage«, sagte er. »Und wenn du was willst, iß es nur, wir gönnen es dir, wenn du nur gesund bist ...« Er bekreuzigte das Kind. »Und hüte das Enkelchen gut. Hab ich keinen Sohn mehr, so ist mir doch das Enkelchen geblieben.«

Tränen liefen ihm über die Wangen, er schluchzte auf und ging hinein. Kurz darauf legte er sich hin und sank nach sieben durchwachten Nächten in einen tiefen Schlaf.

VII

Der Alte fuhr auf nicht lange in die Stadt. Jemand erzählte Aksinja, daß er zum Notar gefahren sei, um sein Testament zu machen, und daß er Butjokino, dasselbe, auf dem sie Ziegeln brannte, dem Enkel Nikifor vermacht habe. Davon berichtete man ihr morgens, als der Alte und Warwara bei der Treppe unter der Birke saßen und Tee tranken. Sie sperrte den Laden von der Straße und vom Hof aus zu, nahm alle Schlüssel an sich, deren sie habhaft werden konnte, und schleuderte sie dem Alten vor die Füße.

»Ich will nicht mehr für euch arbeiten!« schrie sie laut und brach plötzlich in Tränen aus. »Jetzt ist es heraus: ich bin nicht eure Schwiegertochter, ich bin eure Arbeiterin! Alle Leute lachen: ›Guck mal‹, sagen sie, ›was für eine Arbeiterin die Zybukins gefunden haben!‹ Ich habe mich bei euch nicht verdingt! Ich bin keine Bettlerin, ich bin kein Putzlumpen, ich habe Vater und Mutter.«

Ohne sie abzuwischen, richtete sie ihre von Tränen überschwemmten Augen auf den Alten – sie waren böse und schielten vor Wut; Gesicht und Hals waren rot und angespannt, weil sie aus Leibeskräften schrie.

»Ich will nicht mehr dienen!« fuhr sie fort. »Ich habe mich genug geplagt! Wenn es um die Arbeit geht, wenn es darum geht, tagaus, tagein im Laden zu sitzen, nachts heimlich nach Branntwein zu schleichen – dazu bin ich gut genug; aber wenn Land verschenkt wird, dann kriegt es dieses Sträflingsweib mit ihrem Teufelsbalg! Sie ist hier die Wirtin, sie ist die Herrin, und ich bin ihre Magd! Gebt ihr doch alles, der Arrestantin, ersticken soll sie dran, ich geh nach Hause! Sucht euch eine andre Närrin, ihr verdammten Idioten!«

Der Alte hatte kein einziges Mal im Leben seine Kinder gescholten oder bestraft und hätte nicht einmal in Gedanken daran gedacht, daß einer aus der Familie ihm grobe Worte sagen oder sich ungehörig benehmen könnte; und jetzt bekam er einen gehörigen Schreck, lief ins Haus und versteckte sich dort hinter einem Schrank. Warwara aber geriet in den Zustand einer solchen Hilflosigkeit, daß sie sich nicht von ihrem Platz erheben konnte und nur mit beiden Händen fuchtelte, als wehre sie eine Biene ab.

»Oh, was ist denn das, meine Lieben?« murmelte sie voller Entsetzen. »Was schreit sie denn so? O je, o je ... Die Leute werden es noch hören! Leise ... Oh, bitte, leise!«

»Butjokino habt ihr dem Sträflingsweib gegeben«, fuhr Aksinja zu schreien fort, »jetzt gebt ihr nur alles, ich brauche nichts von euch! Die Erde soll euch verschlingen! Ihr seid hier alle eine Bande! Ich hab genug gesehen, mir reicht's! Habt ihr ausgeplündert, die bei euch vorüberkamen, ihr Räuber, alt und jung? Wer hat den Schnaps ohne Erlaubnis verkauft? Und das falsche Geld? Habt euch die Kisten mit falschem Geld vollgestopft – und nun werde ich nicht mehr gebraucht!«

Am weit offenstehenden Tor hatte sich schon eine Menge Menschen versammelt und schaute in den Hof.

»Sollen die Leute doch gucken!« schrie Aksinja. »Schande werde ich über euch bringen! Vergehen sollt ihr vor Scham! Zu meinen Füßen sollt ihr euch noch winden! He, Stepan!« rief sie den Tauben. »In einer Minute fahren wir nach Hause! Zu meinem Vater und meiner Mutter fahren wir, mit Arrestanten will ich nicht leben! Mach dich fertig!«

Im Hof hing auf ausgespannten Seilen Wäsche; sie riß ihre noch feuchten Röcke und Jacken herunter und warf sie dem Tauben über die Arme. Dann, in Raserei geraten, fuhr sie durch den Hof an der Wäsche entlang, riß alles herunter, auch, was ihr nicht gehörte, warf es auf die Erde und trampelte darauf herum.

»Ach, meine Lieben, so beruhigt sie doch!« stöhnte Warwara. »Was stellt sie nur an? Gebt ihr Butjokino, gebt es ihr, um Himmels willen!«

»Das ist ein Weib!« redete man am Tor. »So ein Weib! Ist die in Fahrt gekommen – unwahrscheinlich!«

Aksinja lief in die Küche, wo gerade gewaschen wurde. Lipa wusch allein, die Köchin war zum Fluß gegangen, um die Wäsche zu spülen. Vom Waschtrog und vom Kessel neben dem Herd stieg Dampf auf, und in der Küche war es schwül und düster vom Dunst. Auf dem Boden lag ein Haufen noch nicht gewaschener Wäsche, und daneben, auf einer Bank, so, daß er, wenn er fiel, sich nicht weh tat, lag Nikifor und streckte seine roten Beinchen von sich. Gerade, als Aksinja hereinkam, nahm Lipa deren Hemd aus dem Haufen und legte es in den Trog, und schon wollte sie mit der Hand nach der großen Schöpfkelle mit dem kochenden Wasser greifen, die auf dem Tisch stand ...

»Her damit!« stieß Aksinja mit einem haßerfüllten Blick auf sie hervor und riß das Hemd aus dem Trog. »Rühr bloß nicht mein Hemd an! Du bist ein Arrestantenweib und solltest wissen, wer du bist und wo dein Platz ist!«

Lipa sah sie fassungslos an und verstand nichts, aber da fing sie den Blick auf, den jene auf das Kind warf, und plötzlich begriff sie und erstarrte ...

»Du hast mir mein Land genommen, hier hast du was!«

Bei diesen Worten ergriff Aksinja die Kelle mit kochendem Wasser und schüttete sie über Nikifor aus.

Hierauf ertönte ein Schrei, wie man ihn in Uklejewo noch nicht gehört hatte, und man hätte nicht glauben mögen, daß ein so schmächtiges, schwaches Wesen wie Lipa so schreien konnte. Auf dem Hof wurde es plötzlich still. Aksinja ging schweigend und mit ihrem alten naiven Lächeln ins Haus hinüber ... Der Taube ging die ganze Zeit, die Wäsche über den Armen, durch den Hof, dann begann er sie schweigend und ohne Eile wieder aufzuhängen. Und solange die Köchin nicht vom Fluß zurückkam, wagte niemand, in die Küche zu gehen und nachzusehen, was dort geschehen war.

VIII

Nikifor wurde ins Kreiskrankenhaus gebracht, wo er gegen Abend starb. Lipa wartete nicht, bis man sie holen würde, sie wickelte den Leichnam in eine kleine Decke und trug ihn nach Hause.

Das Krankenhaus, neu und erst kürzlich erbaut, mit großen Fenstern, stand hoch oben auf einem Berg; es leuchtete ganz in der untergehenden Sonne, man hätte meinen können, es brenne innen. Unten lag ein Dorf. Lipa ging den Weg hinab, aber nicht ganz bis zum Dorf, und setzte sich an einem kleinen Teich nieder. Eine Frau führte ein Pferd zur Tränke, aber das Pferd trank nicht.

»Was willst du denn noch?« sagte die Frau leise und ratlos. »Was willst du?«

Ein Junge in rotem Hemd, der direkt am Wasser saß, wusch die Stiefel seines Vaters. Und sonst war keine Menschenseele zu sehen, weder im Dorf noch auf dem Berg.

»Es trinkt nicht ...«, sagte Lipa, auf das Pferd schauend.

Dann gingen auch die Frau und der Junge mit den Stiefeln fort, und es war niemand mehr zu sehen. Die Sonne legte sich schlafen und bedeckte sich mit purpurnem Goldbrokat, und langgestreckte rote und lilafarbene Wolken bewachten, über den Himmel gebreitet, ihren Schlaf. Irgendwo in der Ferne, man wußte nicht, wo, schrie eine Rohrdommel melancholisch und dumpf, es klang wie von einer Kuh, die man in eine Scheune gesperrt hat. Den Schrei dieses geheimnisvollen Vogels hörte man jedes Frühjahr, aber man wußte nicht, was das für ein Vogel war und wo er lebte. Oben beim Krankenhaus, in den Büschen am Teich, hinter dem Dorf und ringsum auf den Feldern begannen die Nachtigallen zu schlagen. Ein Kuckuck zählte irgend jemandes Jahre, er verzählte sich andauernd und fing wieder von vorn an. Im Teich schrien sich die Frösche wütend etwas zu, sie legten sich mächtig ins Zeug, und es waren sogar Worte zu verstehen: »So bist du auch! So bist du auch!« Was für ein Lärm das war! Man hätte meinen können, daß alle diese Geschöpfe absichtlich schrien und sangen, damit niemand in dieser Frühlingsnacht schlafe, damit alle, sogar die wütenden Frösche, sich jeder Minute erfreuten und sie genossen: denn das Leben wird ja nur einmal gegeben!

Am Himmel leuchtete der silberne Halbmond, es standen viele Sterne. Lipa wußte nicht, wie lange sie am Teich gesessen hatte, aber als sie aufstand und ging, da schliefen schon alle im Dorf, und kein einziges Licht brannte. Bis nach Hause waren es wohl an die zwölf Werst, doch sie hatte keine Kraft mehr und konnte nicht feststellen, in welche Richtung sie gehen mußte; der Mond glänzte bald vorn, bald rechts, und immer noch rief, nun mit heiserer Stimme, jener selbe Kuckuck, und es klang wie Lachen, wie Necken: »Paß auf, du kommst vom Weg ab!« Lipa ging rasch und verlor ihr Kopftuch ... Sie schaute zum Himmel hinauf und dachte darüber nach, wo jetzt wohl ihr Junge war: ob er ihr folgte oder ob er dort oben zwischen den Sternen schwebte und nicht mehr an seine Mutter dachte? Oh, wie einsam es nachts auf dem Felde ist, bei diesem Gesang, wenn man selbst nicht singen kann, bei den ununterbrochenen Freudenrufen, wenn man sich selbst nicht freuen kann, wenn vom Himmel der Mond, gleichfalls einsam, herabschaut, gänzlich gleichgültig, ob

es jetzt Frühling oder Winter ist, ob die Menschen leben oder tot sind ... Wenn das Herz der Kummer drückt, ist es schwer ohne Menschen. Wenn ihre Mutter, Praskowja, bei ihr gewesen wäre oder Krückstock oder die Köchin oder irgendein Bauer!
»Buuh!« schrie die Rohrdommel. »Buuh!«
Und plötzlich hörte man ganz deutlich eine menschliche Stimme:
»Spann an, Wawila!«
Vorn, direkt am Weg, brannte ein Feuer; die Flamme war schon erloschen, nur noch die roten Kohlen leuchteten. Man hörte, wie die Pferde kauten. In der Dunkelheit zeichneten sich zwei Wagen ab – der eine mit einem Faß, der andere, etwas niedriger, mit Säcken – und zwei Menschen: der eine führte ein Pferd, um es anzuspannen, der andere stand, die Hände auf den Rücken gelegt, reglos am Feuer. Ein Hund knurrte beim Wagen. Der das Pferd führte, blieb stehen und sagte:
»Mir ist, da kommt wer auf dem Weg.«
»Scharik, still!« rief der andere dem Hund zu. Und an der Stimme konnte man erkennen, daß dieser andere ein alter Mann war. Lipa blieb stehen und sagte:
»Gott zum Gruß!«
Der Alte trat auf sie zu und sagte nach einem Zögern:
»Guten Abend!«
»Beißt mich euer Hund auch nicht, Großväterchen?«
»Nein, komm nur. Er rührt dich nicht an.«
»Ich bin im Krankenhaus gewesen«, sagte Lipa nach einem Schweigen. »Mein Söhnchen ist dort gestorben. Jetzt trag ich's nach Hause.«
Der Alte hörte das wohl nicht gern, denn er ging weg und sagte hastig:
»Nimm's nicht schwer, Liebe. Gottes Wille. Du trödelst, Bursche!« sagte er, zu seinem Gefährten gewandt. »Du könntest ein bißchen schneller machen!«
»Das Krummholz ist nicht da«, sagte der Bursche. »Nicht zu sehen.«
»Du bist ein richtiger Dummkopf, Wawila!«
Der Alte hob ein Kohlestück hoch und blies darauf – es erhell-

ten sich nur seine Augen und seine Nase. Dann, als sie das Krummholz gefunden hatten, trat er auf Lipa zu und sah sie an, und sein Blick drückte Mitleid und Zärtlichkeit aus.

»Du bist eine Mutter«, sagte er. »Jeder Mutter ist es leid um ihr Kind.«

Und dabei seufzte er und schüttelte den Kopf. Wawila warf etwas ins Feuer und trat darauf – und gleich wurde es sehr dunkel; man sah nichts mehr, wie vorher gab es nur noch das Feld, den Himmel mit den Sternen, und die Vögel lärmten und ließen einander nicht schlafen. Und ein Wachtelkönig schrie, wie es schien, genau an der Stelle, wo das Feuer gewesen war.

Aber eine Minute verging, und man sah wieder die Wagen, den Alten und den langen Wawila. Die Wagen knarrten, als sie auf den Weg hinausfuhren.

»Seid ihr Heilige?« fragte Lipa den Alten.

»Nein. Wir sind aus Firsanow.«

»Du hast mich vorhin so angeschaut, das Herz ist mir ganz weich geworden. Und der Bursche ist so still. Da hab ich gedacht: das sind sicher Heilige.«

»Hast du's weit?«

»Nach Uklejewo.«

»Sitz auf, bis Kusmjonki nehmen wir dich mit. Dort mußt du geradeaus, wir nach links.«

Wawila setzte sich auf den Wagen mit dem Faß, der Alte und Lipa setzten sich auf den andern. Sie fuhren im Schritt, Wawila voraus.

»Mein Söhnchen hat sich den ganzen Tag gequält«, sagte Lipa. »Es schaut mit seinen Äuglein und schweigt, es will etwas sagen und kann es nicht. Herr mein Gott, o Himmelskönigin! Ich bin vor Kummer immer nur auf den Boden gefallen. Ich stehe auf und falle neben dem Bett hin. Sag mir, Großväterchen, warum muß sich ein Kleines vor dem Tod so quälen? Wenn ein großer Mensch sich quält, ein Mann oder eine Frau, dann werden ihm seine Sünden vergeben, aber warum ein Kleines, wo es doch gar keine Sünden hat? Warum?«

»Wer weiß das schon!« antwortete der Alte.

Eine halbe Stunde fuhren sie schweigend.

»Man braucht nicht alles zu wissen, warum und wie«, sagte der Alte. »Dem Vogel sind nicht vier Flügel gegeben, sondern zwei, weil er auch auf zweien fliegen kann; ebenso ist es dem Menschen nicht gegeben, alles zu wissen, sondern nur die Hälfte oder ein Viertel. Wieviel er wissen muß, um sein Leben zu leben, soviel weiß er auch.«

»Großväterchen, ich würde leichter zu Fuß gehen. Mein Herz zittert gerade so.«

»Macht nichts. Bleib sitzen.«

Der Alte gähnte und bekreuzigte sich den Mund.

»Macht nichts ...«, wiederholte er. »Dein Kummer ist nur ein halber Kummer. Das Leben ist lang, es wird noch Gutes geben und Böses, von allem. Groß ist Mütterchen Rußland!« sagte er und sah sich nach beiden Seiten um. »Ich bin in ganz Rußland gewesen und habe alles in ihm gesehen, glaube du nur meinem Wort, Liebe. Es wird Gutes geben, und es wird Böses geben. Ich bin zu Fuß nach Sibirien gegangen, ich war am Amur und im Altai, ich hab nach Sibirien gesiedelt und dort die Erde gepflügt – da hab ich mich nach Mütterchen Rußland gesehnt und bin zurückgekehrt ins Heimatdorf. Zurück nach Rußland sind wir zu Fuß gegangen; und ich erinnere mich, wir schwimmen auf einer Fähre, ich war mager, so mager, ganz abgerissen, barfuß, durchgefroren, ich sauge an einer Brotrinde, da schaut mich ein Herr, der auf der Fähre reiste – Gott hab' ihn selig, wenn er gestorben sein sollte –, so mitleidsvoll an, die Tränen flossen ihm herab. ›Ach‹, sagt er, ›schwarz ist dein Brot und schwarz sind deine Tage ...‹ Und zu Hause kam ich an, ohne Pfahl, ganz kahl, wie man so sagt; ein Weib habe ich gehabt – ist in Sibirien geblieben, begraben. So lebe ich jetzt als Knecht. Und wenn schon. Ich sage dir: es gab Böses, und es gab Gutes. Jetzt hab ich keine Lust zu sterben, Liebe, will noch an die zwanzig Jährchen leben – also hat es mehr Gutes gegeben. Groß ist Mütterchen Rußland!« sagte er, schaute wieder nach beiden Seiten und blickte sich um.

»Großväterchen«, fragte Lipa, »wenn ein Mensch stirbt, wie viele Tage geht seine Seele hernach noch auf der Erde?«

»Wer weiß das schon! Fragen wir doch mal Wawila, er ist in der

Schule gewesen. Jetzt lehrt man dort ja alles. Wawila!« rief der Alte.

»Ah!«

»Wawila, wenn ein Mensch stirbt, wie viele Tage geht seine Seele noch auf der Erde?«

Wawila hielt sein Pferd an, erst dann antwortete er:

»Neun Tage. Als mein Onkel Kirilla gestorben war, da hat seine Seele in unserer Hütte noch dreizehn Tage gelebt.«

»Woher weißt du das?«

»Dreizehn Tage hat es im Ofen geklopft.«

»Also schön. Fahr weiter«, sagte der Alte, und es war zu sehen, daß er an all das nicht glaubte.

Bei Kusmjonki bogen die Wagen auf die Chaussee, und Lipa ging zu Fuß weiter. Es wurde schon hell. Als sie in die Schlucht hinabstieg, verbargen sich die Hütten und die Kirche von Uklejewo im Nebel. Es war kalt, und es schien, als rufe immer noch derselbe Kuckuck.

Als Lipa heimkehrte, hatte man das Vieh noch nicht herausgetrieben: alle schliefen. Sie saß auf der Vortreppe und wartete; als erster kam der Alte heraus; er begriff sofort, beim ersten Blick, was geschehen war; er konnte lange kein Wort hervorbringen und schmatzte nur mit den Lippen.

»Ach, Lipa«, sagte er, »du hast das Enkelchen nicht gehütet ...«

Man weckte Warwara. Sie schlug die Hände zusammen, begann zu weinen und machte sich gleich daran, das Kind aufzubahren.

»Ein hübsches Bübchen war's ...«, sprach sie dabei. »O je, o je ... Hat nur den einen Jungen gehabt und konnte ihn nicht behüten, das Dummchen ...«

Die Totenmesse wurde morgens und abends abgehalten. Am anderen Tag wurde er begraben, und nach der Beerdigung aßen die Gäste und die Geistlichkeit viel und mit solch einer Gier, als ob sie schon lange nichts mehr gegessen hätten. Lipa bediente bei Tisch, und der Priester sagte zu ihr, während er die Gabel hob, mit der er einen eingelegten Reizker aufgespießt hatte:

»Trauert nicht um das Knäblein. Ihrer ist das Himmelreich.«

Und erst, als alle auseinandergegangen waren, begriff Lipa richtig, daß es Nikifor nicht mehr gab und ihn nie mehr geben würde, sie begriff es und begann zu weinen. Und sie wußte nicht, in welches Zimmer sie zum Weinen gehen sollte, weil sie spürte, daß in diesem Haus nach dem Tode des Jungen für sie kein Platz mehr war, daß sie hier nichts mehr verloren hatte, daß sie überflüssig war; und die anderen spürten das auch.

»Nun, was heulst du denn hier herum?« schrie plötzlich, in der Tür erscheinend, Aksinja; anläßlich der Beerdigung hatte sie neue Kleider angezogen und sich gepudert. »Schweig!«

Lipa wollte aufhören, konnte es aber nicht und weinte nur noch lauter.

»Hörst du?« schrie Aksinja und stampfte in höchster Wut mit dem Fuß auf. »Mit dir rede ich! Fort vom Hof, und daß du keinen Fuß mehr hierhersetzt, du Sträflingsweib! Fort!«

»Nun, nun, nun ...!« kam eilig der Alte. »Aksjuta, beruhige dich, meine Liebe ... Sie weint, das ist doch verständlich ... wo ihr Kind gestorben ist ...«

»Das ist doch verständlich ...«, äffte Aksinja ihn nach. »Soll sie meinetwegen noch übernachten, aber daß ich sie morgen nicht mehr hier sehe! Das ist doch verständlich«, äffte sie ihn noch einmal nach, dann begab sie sich auflachend in den Laden.

Am nächsten Tag ging Lipa früh am Morgen nach Torgujewo zu ihrer Mutter.

IX

Heute sind das Dach und die Tür des Ladens frisch gestrichen und blitzen wie neu; an den Fenstern blühen wie früher heitere Geranien, und das, was vor drei Jahren im Haus und auf dem Hof Zybukins geschah, ist schon fast vergessen.

Als Eigentümer gilt, wie schon damals, der alte Grigorij Petrowitsch, in Wirklichkeit aber ist alles in Aksinjas Hände übergegangen; sie verkauft und kauft ein, und ohne ihre Einwilligung darf nichts geschehen. Die Ziegelei arbeitet gut; dadurch, daß Ziegel für die Eisenbahn benötigt werden, ist ihr Preis auf vierundzwanzig Rubel das Tausend gestiegen; Frauen und Mädchen fahren die Ziegel zur Station, verladen sie auf die Waggons und erhalten dafür fünfundzwanzig Kopeken den Tag.

Aksinja ist Teilhaberin bei den Chrymins geworden, und ihre Fabrik heißt nun so: »Gebr. Chrymin jun. und Co.« Bei der Station hat man ein Wirtshaus eröffnet, und auf der teuren Harmonika wird jetzt nicht mehr in der Fabrik, sondern in diesem Wirtshaus gespielt; hierher kommt oft der Postvorsteher, der auch irgendeinen Handel angefangen hat, und der Stationsvorsteher ebenfalls. Dem tauben Stepan haben Chrymins die Jüngeren eine goldene Uhr geschenkt, und er zieht sie alle Augenblicke aus der Tasche und hält sie ans Ohr.

Im Dorf sagt man von Aksinja, sie habe große Macht gewonnen; und wirklich: wenn sie morgens zu ihrer Ziegelei hinausfährt, schön, glücklich und mit ihrem naiven Lächeln, und wenn sie dann Befehle austeilt, dann spürt man in ihr diese große Macht. Alle fürchten sie, zu Hause, im Dorf und in der Ziegelei. Wenn sie zur Post kommt, springt der Postvorsteher von seinem Stuhl und sagt zu ihr:

»Bitte ergebenst Platz zu nehmen, Ksenija Abramowna.«

Ein schon bejahrter Gutsbesitzer, ein Geck im Überrock aus feinem Tuch und in hohen Lackstiefeln, verkaufte ihr einmal ein Pferd und war von dem Gespräch mit ihr derart hingerissen, daß er den Preis so weit nachließ, wie sie wollte. Er hielt lange ihre Hand, und indem er ihr in die lustigen, schelmischen, naiven Augen blickte, sagte er:

»Einer Frau wie Ihnen, Ksenija Abramowna, bin ich bereit, jeden Wunsch zu erfüllen. Sagen Sie mir nur, wann wir uns sehen können, ohne daß uns jemand stört.«

»Wann immer es Ihnen beliebt!«

Und seitdem kommt der bejahrte Geck fast täglich zum Laden gefahren, um Bier zu trinken, ein fürchterliches, bitter wie Wermut. Der Gutsbesitzer schüttelt sich, aber er trinkt's.

Der alte Zybukin mischt sich nicht mehr in die Geschäfte ein. Geld hält er keines mehr bei sich, weil er das echte und das falsche einfach nicht auseinanderhalten kann, schweigt aber und spricht zu niemandem von dieser seiner Schwäche. Er ist recht vergeßlich geworden, und wenn man ihm nicht zu essen gibt, so

bittet er von selbst nicht darum. Man hat sich schon daran gewöhnt, ohne ihn zu speisen, und Warwara sagt oft: »Unser Alter ist gestern wieder, ohne zu essen, schlafen gegangen.«
Und sie sagt es gleichgültig, weil sie sich daran gewöhnt hat. Aus irgendeinem Grunde geht er Sommer wie Winter im Pelz, und nur an sehr heißen Tagen geht er nicht aus, sondern sitzt zu Hause. Gewöhnlich spaziert er, im Pelz und mit hochgeschlagenem Kragen, ganz eingemummt, durch das Dorf auf der Straße zur Station, oder er sitzt vom Morgen bis zum Abend auf der Bank beim Kirchtor. Er sitzt da und rührt sich nicht. Die Vorbeigehenden grüßen ihn, aber er antwortet nicht, weil er die Bauern wie eh und je nicht leiden kann. Wenn man ihn etwas fragt, so antwortet er völlig vernünftig und höflich, aber kurz.
Im Dorf geht das Gerede, seine Schwiegertochter habe ihn aus seinem eigenen Haus gejagt und gebe ihm nichts zu essen, er ernähre sich von Almosen; die einen freuen sich, den andern tut er leid.
Warwara ist noch voller und weißer geworden und vollbringt wie immer gute Taten, und Aksinja hindert sie nicht daran. Marmelade ist jetzt so viel da, daß man bis zur neuen Ernte gar nicht mehr mit dem Essen nachkommt; sie verzuckert, und Warwara ist nahe am Weinen, weil sie nicht weiß, was sie mit ihr anfangen soll.
Anissim begann man zu vergessen. Einmal kam von ihm ein Brief, in Versen, auf einem großen Blatt Papier in Form einer Bittschrift geschrieben, in derselben prachtvollen Handschrift. Offenbar saß sein Freund Samorodow die Strafe mit ihm zusammen ab. Unter den Versen stand in einer unschönen, kaum leserlichen Schrift die Zeile: »Ich bin hier immer krank, mir ist schwer, helft, um Christi willen.«
Einmal – das war an einem klaren Herbsttag gegen Abend – saß der alte Zybukin, den Pelzkragen hochgeschlagen, am Kirchtor, und es war nur seine Nase und der Schirm seiner Mütze zu sehen. Auf dem anderen Ende der langen Bank saß der Unternehmer Jelisarow und neben ihm der Schuldiener Jakow, ein zahnloser Greis von etwa siebzig Jahren. Krückstock und der Schuldiener unterhielten sich.

»Die Kinder müssen den Alten zu essen und zu trinken geben ... ehre deinen Vater und deine Mutter«, sagte Jakow zornig, »sie aber, die Schwiegertochter, hat den Schwiegervater aus dem eigenen Hause gejagt. Der alte Mann ist ohne Essen und Trinken – wo soll er hingehen? Den dritten Tag hat er nichts gegessen.«
»Den dritten Tag!« staunte Krückstock.
»Er sitzt nur da und schweigt die ganze Zeit. Er ist ganz geschwächt. Warum schweigt er? Verklagen müßte man sie – man würde sie beim Gericht nicht loben.«
»Wen hat man beim Gericht gelobt?« fragte Krückstock, der nicht recht gehört hatte.
»Was?«
»Kein übles Weib, sehr tüchtig. Bei der Art von Geschäft geht es nicht ohne das ... ohne Sünde ...«
»Aus dem eigenen Haus«, fuhr Jakow zornig fort. »Erwirb dir erst ein eigenes Haus, dann treib einen hinaus. Das ist eine, sieh mal einer an. Die reinste Pest!«
Zybukin hörte zu und rührte sich nicht.
»Das eigene Haus oder ein fremdes, egal, Hauptsache, es ist warm und die Weiber schimpfen nicht ...«, sagte Krückstock und lachte. »Als ich jung war, hab ich meine Nastassja sehr geliebt. War ein stilles Weibchen. Und immer sagte sie: ›Makarytsch, kauf ein Haus! Makarytsch, kauf ein Haus! Makarytsch, kauf ein Pferd!‹ Sie lag schon im Sterben, aber sie sagte immer noch: ›Makarytsch, kauf dir Pferd und Wagen, daß du nicht zu Fuß gehen mußt.‹ Ich aber habe ihr nur Pfefferkuchen gekauft, sonst nichts.«
»Ihr Mann ist ja taub und dumm«, sprach Jakow weiter, ohne Krückstock zuzuhören. »Ein ausgemachter Narr, dumm wie eine Gans. Wie soll der schon was begreifen? Hau einer Gans mit dem Stock eine auf den Kopf – auch dann begreift sie nichts.«
Krückstock stand auf, um nach Hause in die Fabrik zu gehen. Jakow stand auch auf, und sie gingen, ihre Unterhaltung weiterführend, zusammen fort. Als sie ungefähr fünfzig Schritt gegangen waren, erhob sich auch Zybukin und schleppte sich hinter

ihnen her, wobei er so unentschlossen auftrat, als gehe er über glattes Eis.

Das Dorf versank in der Abenddämmerung, und die Sonne glänzte nur noch oben auf dem Weg, der sich in Serpentinen von unten nach oben den Abhang hinaufwand. Die alten Frauen kehrten aus dem Walde heim, und mit ihnen die Kinder; sie trugen Körbe voller Reizker und Pfifferlinge. Von der Stadt, wo sie die Waggons mit Ziegeln beladen hatten, kamen in einer Schar die Frauen und Mädchen, und ihre Nasen und Wangen waren von rotem Ziegelstaub bedeckt. Sie sangen. Allen voran ging Lipa, sie sang mit feiner Stimme, und die Lieder anstimmend, blickte sie zum Himmel empor, als triumphiere und jubele sie, daß der Tag Gott sei Dank zu Ende war und man ausruhen konnte. In der Schar befand sich auch ihre Mutter, die Taglöhnerin Praskowja, sie ging mit einem Bündel in der Hand, und wie immer atmete sie schwer.

»Guten Tag, Makarytsch!« sagte Lipa, als sie Krückstock erblickte. »Guten Tag, mein Lieber!«

»Guten Tag, Lipynka!« freute Krückstock sich. »Ihr Weiberchen und Mädelchen, liebt den reichen Zimmermann! Hoho! Kinderchen, ihr meine Kinderchen!« Krückstock schluchzte auf. »Meine geliebten Äxtlein!«

Krückstock und Jakow gingen weiter, und man hörte, wie sie sich unterhielten. Und nach ihnen kam der alte Zybukin der Schar entgegen, und es wurde plötzlich still, ganz still. Lipa und Praskowja blieben etwas zurück, und als der Alte mit ihnen auf gleicher Höhe war, verneigte sich Lipa tief und sagte:

»Guten Tag, Grigorij Petrowitsch!«

Und ihre Mutter verneigte sich auch. Der Alte blieb stehen und schaute beide wortlos an; seine Lippen fingen an zu zittern, und in seinen Augen standen Tränen. Lipa holte aus dem Bündel ihrer Mutter ein Stück Pastete mit Grütze und gab es ihm. Er nahm es und begann zu essen.

Die Sonne war schon ganz untergegangen; auch oben auf dem Weg war ihr Glanz erloschen. Es wurde dunkel und kühl. Lipa und Praskowja gingen weiter, und noch lange danach bekreuzigten sie sich.

Der Bischof

I

Vor Palmsonntag wurde im Staro-Petrowski-Kloster die Abendmesse abgehalten. Als mit dem Verteilen der Palmzweige begonnen wurde, ging die zehnte Stunde schon ihrem Ende zu, die Lichter wurden trübe, die Dochte rußten, alles war wie in Nebel gehüllt. Im Dämmerschatten der Kirche wogte die Menge wie ein Meer, und Seiner Eminenz Pjotr, der sich schon seit drei Tagen nicht wohl fühlte, schien es, als würden alle Gesichter – alte wie junge, männliche wie weibliche – einander gleichen und als hätten alle, die sich einen Zweig holen kamen, den gleichen Ausdruck in den Augen. In dem Dunst konnte man die Türen nicht erkennen, die Menschenmenge war in unaufhörlicher Bewegung, und es hatte den Anschein, als habe sie kein Ende und werde nie eines haben. Der Frauenchor sang, und eine Nonne las den Kanon.

Wie schwül es war, wie heiß! Wie lange die Messe dauerte! Eminenz Pjotr war müde. Sein trockener Atem ging schwer und stoßweise, die Schultern schmerzten vor Erschöpfung, und die Beine zitterten. Und es berührte ihn unangenehm, daß auf der Empore immer wieder ein »Narr in Christo« einen Schrei ausstieß. Und jetzt, wie im Traum oder im Fieberwahn, schien es ihm plötzlich, als nähere sich ihm in der Menge seine leibliche Mutter, Marija Timofejewna, die er schon neun Jahre nicht mehr gesehen hatte; vielleicht war es auch eine alte Frau, die mit ihr Ähnlichkeit hatte – sie nahm den Weidenzweig von ihm entgegen, und während sie sich entfernte, sah sie ihn die ganze Zeit heiter und mit einem gütigen und glücklichen Lächeln an, bis sie in der Menge verschwunden war. Tränen liefen ihm über das Gesicht. In seiner Seele war es ruhig, nichts Störendes war in ihr. Aber er blickte regungslos auf die linke Seite des Chores, wo gelesen wurde und wo im abendlichen Dunkel kein Mensch mehr zu erkennen war – und er weinte. Tränen glänzten auf seinem Gesicht und in seinem Bart. Und da begann in der Nähe ebenfalls jemand zu weinen, dann weiter entfernt ein anderer, es wurden immer mehr, und allmählich wurde die ganze Kirche von einem leisen Weinen erfüllt. Ein paar Minuten später aber sang der Mönchschor, niemand weinte mehr, und alles war wie zuvor.

Bald war auch die Messe zu Ende. Als der Bischof in die Kutsche stieg, um nach Hause zu fahren, wurde der ganze, im Mondschein daliegende Garten vom fröhlichen und wohltönenden Klang der kostbaren, schweren Glocken überflutet. Die weißen Mauern, die weißen Kreuze auf den Gräbern, die weißen Birken und die schwarzen Schatten, ja auch der ferne Mond am Himmel, der gerade über dem Kloster stand, alles, so schien ihm, lebte sein eigenes Leben, und dieses war zwar unbegreiflich, mit dem Menschen aber eng verbunden. Der April hatte begonnen, und nach dem warmen Frühlingstag war es frisch geworden, es fror leicht, doch in der kühlen weichen Luft war der Atem des Frühlings zu spüren. Der Weg vom Kloster zur Stadt führte durch Sandboden, so daß man im Schritt fahren mußte; und zu beiden Seiten der Kutsche, im hellen, ruhigen Licht des Mondes, zogen die Pilger über den Sand dahin. Und alle schwiegen gedankenversunken, alles ringsum war freundlich, jung, so vertraut, alles – die Bäume, der Himmel, sogar der Mond, und man hätte denken mögen, es werde immer so bleiben.

Schließlich fuhr die Kutsche in die Stadt ein und rollte über die Hauptstraße. Die Läden waren schon geschlossen, nur beim Kaufmann Jerakin, dem Millionär, wurde die stark flackernde elektrische Beleuchtung ausprobiert, und draußen drängte sich das Volk. Dann kamen mehrere unbelebte Straßen, breit und dunkel, danach die zur Stadt hinausführende Chaussee, das Feld, und es begann nach Kiefern zu riechen. Und plötzlich wuchs vor den Augen eine weiße, mit Zinnen versehene Mauer empor, und dahinter ein hoher, ganz von Licht übergossener Glockenturm, neben ihm fünf mächtige, golden glänzende Kuppeln; das war das Pankratijewski-Kloster, in dem Eminenz Pjotr wohnte. Und auch hier stand, hoch über dem Kloster, der stille nachdenkliche Mond. Die Kutsche fuhr knirschend über den Sand und durchs Tor; hier und da tauchten im Mondlicht schwarze Mönchsgestalten auf, über die Steinplatten hallten Schritte …

»Euer Eminenz, in Ihrer Abwesenheit ist Ihre Mutter hiergewesen«, meldete der Diener, als der Bischof seine Wohnung betrat.

»Meine Mutter? Wann ist sie angekommen?«

»Vor der Abendmesse. Sie hat sich erkundigt, wo Sie sind, dann ist sie ins Frauenkloster gefahren.«

»Dann habe ich sie also doch vorhin in der Kirche gesehen! O mein Gott!«

Und der Bischof lachte vor Freude.

»Sie befahl, Eurer Eminenz auszurichten«, fuhr der Diener fort, »daß sie morgen wiederkommen würde. Sie hatte ein kleines Mädchen dabei, wohl ihre Enkeltochter. Sie sind in Owsjanikows Herberge abgestiegen.«

»Wie spät ist es jetzt?«

»Es geht auf zwölf.«

»Ach, wie ärgerlich!«

Der Bischof blieb eine Weile im Gastzimmer sitzen, ließ seine Gedanken schweifen und wollte gar nicht glauben, daß es schon so spät sei. In Armen und Beinen verspürte er ein Gliederreißen, und der Nacken tat ihm weh Es war heiß, und er fühlte sich unbehaglich. Nachdem er sich erholt hatte, ging er in sein Schlafzimmer; und auch hier blieb er sitzen und dachte die ganze Zeit an seine Mutter. Man hörte, wie sich der Diener entfernte und wie hinter der Wand Vater Ssissoj, ein Mönchspriester, ab und zu hüstelte. Die Klosteruhr schlug Viertel.

Der Bischof zog sich um und begann die Nachtgebete zu lesen. Er las sie aufmerksam, diese alten, längst bekannten Gebete, und dachte dabei an seine Mutter. Sie hatte neun Kinder und ungefähr vierzig Enkelkinder. Mit ihrem Mann, einem Diakon, hatte sie eine lange Zeit, von ihrem siebzehnten bis zu ihrem sechzigsten Lebensjahr, in einem armen Dorf gelebt. Der Bischof erinnerte sich ihrer von der frühesten Kindheit an, fast schon, als er noch drei Jahre alt war – und wie liebte er sie! Holde, teure, unvergeßliche Kindheit! Warum erschien sie, diese für immer vergangene, unwiederbringliche Zeit, heller, festlicher und reicher, als sie es in Wirklichkeit gewesen? Wenn er in seiner Kindheit oder in der Jugend krank war, wie zärtlich und feinfühlig war die Mutter! Und jetzt vermischten sich die Gebete mit den Erinnerungen, die gleich einer Flamme immer stärker aufloderten, und die Gebete hinderten ihn nicht, an seine Mutter zu denken.

Nachdem er zu Ende gebetet hatte, zog er sich aus und legte sich hin, und sofort, kaum, daß es um ihn her dunkel geworden war, sah er seinen verstorbenen Vater, seine Mutter, sein Heimatdorf Ljessopolje ... Das Knarren der Wagenräder, das Blöken der Schafe, der Klang der Glocken an hellen Sommermorgen, Zigeuner unter dem Fenster – oh, wie süß war es, an all das zu denken! Er erinnerte sich an den Geistlichen von Ljessopolje, den sanften, stillen, gutmütigen Vater Ssimeon; er selbst war hager und klein, sein Sohn dagegen, der Seminarist, war von riesenhaftem Wuchs und hatte einen mächtigen Baß; einmal hatte der Popensohn auf die Köchin eine Wut bekommen und sie angefahren: »Ach du Eselin Jehudias!« Und Vater Ssimeon, der das gehört hatte, sagte kein Wort und schämte sich, weil er sich nicht daran erinnern konnte, wo in der Heiligen Schrift eine solche Eselin erwähnt wird. Sein Nachfolger als Geistlicher von Ljessopolje war Vater Demjan, einer starker Trinker, der sich manchmal bis zur Bewußtlosigkeit betrank, »bis er eine grüne Schlange sah«, und so hatte er sogar den Spitznamen: Demjan, der Schlangenseher. Der Lehrer von Ljessopolje war Matwej Nikolajitsch, ein früherer Seminarist. Er war ein guter und gar nicht dummer Mensch, nur daß auch er ein Trinker war; er schlug seine Schüler nie, aber aus irgendeinem Grunde hing bei ihm immer ein Bündel Birkenruten an der Wand, mit einer völlig sinnlosen lateinischen Aufschrift darunter: »Betula kinderbalsamica secuta«. Er hatte einen schwarzen zottigen Hund, den er Syntax nannte.

Und der Bischof lachte auf. Acht Werst von Ljessopolje entfernt lag das Dorf Obnino mit der wundertätigen Ikone. Im Sommer wurde die Ikone in einer Prozession von Obnino aus durch die Nachbardörfer getragen, und den ganzen Tag wurden mal in diesem, mal in jenem Dorf die Glocken geläutet, und damals schien es dem Bischof – zu der Zeit wurde er noch Pawluscha genannt –, als zittere die Luft vor Freude; er ging ohne Mütze und barfuß hinter der Ikone her, in einem naiven Glauben, mit einem naiven Lächeln und unendlich glücklich. In Obnino, so erinnerte er sich jetzt, war immer viel Volk, und der dortige Geistliche, Vater Aleksej, stellte, damit er rechtzeitig zu den Opfergebeten käme, seinen tauben Neffen Ilarion dazu an, die kleinen und größeren Zettel auf den Weihbroten »Für die Gesundheit« und »Für das Seelenheil« zu lesen; Ilarion las sie und bekam manchmal ein Fünf- oder Zehnkopekenstück für die Messe. Und erst, als er grau und kahlköpfig geworden und sein Leben vorbei war, stieß er eines Tages auf ein Zettelchen mit dem Inhalt: »Ein Dummkopf bist du, Ilarion!« Mindestens bis zu seinem fünfzehnten Lebensjahr war Pawluscha zurückgeblieben und lernte so schlecht, daß man ihn sogar aus der geistlichen Lehranstalt nehmen und in einen Laden stecken wollte; einmal, als er auf die Post von Obnino kam, um Briefe abzuholen, sah er die Beamten lange an und fragte dann: »Erlauben Sie die Frage: wie bekommen Sie Ihr Gehalt – monatlich oder täglich?«

Der Bischof bekreuzigte sich und drehte sich auf die andere Seite, um nicht mehr zu denken, sondern zu schlafen.

»Meine Mutter ist gekommen …«, erinnerte er sich, und er lachte.

Der Mond blickte durchs Fenster, der Fußboden war beleuchtet, und Schatten lagen auf ihm. Ein Heimchen zirpte. Im Nebenzimmer, hinter der Wand, schnarchte Vater Ssissoj, und in seinem greisenhaften Schnarchen klang etwas Einsames, Verlassenes, ja fast Vagabundenhaftes mit. Ssissoj war einmal Wirtschafter beim Eparchialbischof gewesen, und jetzt nannte man ihn »ehemaligen Vater Wirtschafter«; er war siebzig, und er lebte in einem Kloster, das sechzehn Werst von der Stadt entfernt war, oder auch in der Stadt, wie es sich gerade traf. Vor drei Tagen war er ins Pankratijewski-Kloster gekommen, und der Bischof hatte ihn bei sich behalten, um in der freien Zeit mit ihm über Geschäfte und über die hiesigen Angelegenheiten zu sprechen …

Um halb zwei läutete es zur Frühmesse. Man hörte, wie Vater Ssissoj hustete und etwas unzufrieden vor sich hinbrummte, dann aufstand und barfuß durch die Zimmer ging.
»Vater Ssissoj!« rief der Bischof.
Ssissoj ging in sein Zimmer und erschien kurz danach schon in Stiefeln und mit einer Kerze; er hatte sich über die Unterwäsche das Priestergewand gezogen, und auf dem Kopf trug er ein altes, verblichenes Käppchen.
»Ich kann nicht schlafen«, sagte der Bischof und setzte sich auf. »Ich werde wohl krank sein. Und ich weiß nicht, was es ist. Ich habe Fieber!«
»Sie werden sich erkältet haben, Eminenz. Man müßte Sie mit Kerzentalg einreiben.«
Ssissoj stand eine Weile da und gähnte: »Gott, sei mir Sünder gnädig!«
»Bei Jerakin haben sie heute das elektrische Licht angezündet«, sagte er. »Es gefällt mir nicht!«
Vater Ssissoj war alt, hager, gebeugt, immer mit irgend etwas unzufrieden, und seine Augen waren böse und quollen hervor wie bei einem Krebs.
»Das gefällt mir nicht!« wiederholte er beim Hinausgehen. »Das gefällt mir nicht, aber sollen sie doch!«

II

Am nächsten Tag, an Palmsonntag, zelebrierte der Bischof in der städtischen Kathedrale die Messe, dann war er beim Eparchialbischof, danach stattete er der schwerkranken Frau eines Generals einen Besuch ab, und endlich fuhr er nach Hause. Zwischen eins und zwei aßen liebe Gäste bei ihm zu Mittag: seine alte Mutter und die Nichte Katja, ein Mädchen von acht Jahren. Während des Mittagessens schaute die ganze Zeit über die Frühlingssonne durch die Fenster herein und funkelte mit ihren Strahlen lustig auf dem weißen Tischtuch und auf Katjas rotblondem Haar. Durch die Doppelfenster hörte man im Garten die Saatkrähen lärmen und die Stare pfeifen.
»Schon neun Jahre sind es her, daß wir uns nicht gesehen ha-

ben«, sagte die alte Frau, »aber als ich Sie gestern im Kloster so ansah – o Gott! Sie haben sich kein bißchen verändert, höchstens, daß Sie schmaler geworden sind, und das Bärtchen ist länger geworden. Himmelskönigin! Muttergottes! Und gestern bei der Abendmesse, da war gar nichts zu machen, alle weinten. Auch ich, als ich Sie anschaute, fing an zu weinen, warum, das weiß ich selber nicht. Sein heiliger Wille!«

Und trotz des zärtlichen Tons, mit dem sie das sagte, merkte man, daß sie sich genierte, so, als wisse sie nicht, ob sie zu ihm »du« oder »Sie« sagen solle und ob sie lachen dürfe oder nicht, und man hatte den Eindruck, als fühle sie sich eher als Diakonswitwe denn als Mutter. Und Katja sah den Bischof, ihren Onkel, ohne zu blinzeln und mit einem Blick an, als wolle sie herausbekommen, was das für ein Mensch sei. Ihre Haare quollen zwischen einem Kämmchen und einem Samtbändchen hervor und standen wie ein Heiligenschein; sie hatte eine Stupsnase, und der Schalk guckte ihr aus den Augen. Bevor sie sich zum Mittagessen setzten, hatte sie ein Glas zerschlagen, und jetzt rückte die Großmutter während der Unterhaltung bald ein Weinglas, bald ein Schnapsgläschen von ihr weg. Der Bischof hörte seiner Mutter zu und erinnerte sich, wie sie ihn einmal, vor vielen, vielen Jahren, zusammen mit seinen Geschwistern zu Verwandten mitgenommen hatte, die sie für reich hielt; damals bemühte sie sich um ihre Kinder und jetzt um die Enkelkinder, und da hatte sie nun Katja mitgebracht ...

»Warenka, Ihre Schwester, hat vier Kinder«, erzählte sie, »hier die Katja ist die Älteste, und weiß Gott, aus welchem Grunde: da ist mein Schwiegersohn, Vater Iwan, krank geworden und drei Tage vor Mariä Himmelfahrt gestorben. Und jetzt kann meine Warenka betteln gehen.«

»Und wie geht es Nikanor?« erkundigte sich der Bischof nach seinem ältesten Bruder.

»Es geht so so, Gott sei Dank. Auch dafür muß man Gott danken, es läßt sich leben. Nur, sein Sohn Nikolascha, mein Enkel, wollte nicht Geistlicher werden, ist auf die Universität gegangen, will Arzt werden. Er denkt, das ist besser, aber wer weiß das? Sein heiliger Wille.«

»Nikolascha zerschneidet Leichen«, sagte Katja und verschüttete Wasser auf ihre Knie.
»Sitz still, Kind«, bemerkte die Großmutter ruhig und nahm ihr das Glas aus der Hand. »Iß und bete.«
»Wie lange haben wir uns nicht gesehen!« sagte der Bischof und strich seiner Mutter zärtlich über Schulter und Hand. »Im Ausland haben Sie mir sehr gefehlt, Mama, sehr.«
»Wir danken Ihnen.«
»Da sitzt man abends am offenen Fenster, mutterseelenallein, Musik ertönt, und plötzlich packt einen das Heimweh, und man möchte alles hingeben, wenn man nur nach Hause könnte und Sie sehen ...«
Die Mutter begann zu lächeln, sie strahlte, doch sofort machte sie wieder ein ernstes Gesicht und sagte:
»Wir danken Ihnen.«
Plötzlich änderte sich seine Stimmung. Er schaute auf seine Mutter und verstand nicht, woher dieser ehrerbietige, schüchterne Ausdruck in Gesicht und Stimme kam, was das überhaupt sollte, und sie erschien ihm wie eine Fremde. Traurigkeit und Mißmut befielen ihn. Und dazu schmerzte ihn noch der Kopf, genau wie gestern, in den Beinen plagte ihn das Gliederreißen, und der Fisch schien ihm fade, ohne Geschmack, und die ganze Zeit hatte er das Bedürfnis zu trinken ...
Nach dem Mittagessen fuhren zwei reiche Damen vor, Gutsbesitzerinnen, die an die anderthalb Stunden schweigend und mit langen Gesichtern dasaßen. Der Archimandrit, ein schweigsamer und schwerhöriger Mann, suchte ihn in geschäftlichen Angelegenheiten auf. Dann wurde zur Vesper geläutet, die Sonne versank hinter dem Wald, und der Tag ging zur Neige. Aus der Kirche zurückgekehrt, sagte der Bischof hastig seine Gebete, legte sich ins Bett und deckte sich warm zu.
Unangenehm war es, an den Fisch zu denken, den er zu Mittag gegessen hatte. Das Mondlicht beunruhigte ihn, und dann wurde eine Unterhaltung hörbar. In einem Nebenzimmer, wahrscheinlich im Gastzimmer, sprach Vater Ssissoj über Politik:
»Die Japaner haben jetzt Krieg. Sie kämpfen. Die Japaner,

Mütterchen, die sind ganz so wie die Montenegriner, die sind vom selben Stamm. Sie waren beide unter dem Türkenjoch.«
Dann hörte man die Stimme von Marija Timofejewna:
»Also, als wir zu Gott gebetet hatten und als wir Tee getrunken hatten und so, da sind wir also zum Vater Jegor nach Nowochatnoje gefahren und so ...«
In einem fort »als wir Tee getrunken hatten« oder »als wir getrunken hatten«, es hörte sich an, als habe sie in ihrem Leben nichts anderes zu tun gehabt, als Tee zu trinken. Der Bischof erinnerte sich allmählich und mit Mühe an das Seminar und an die Geistliche Akademie. Rund drei Jahre war er im Seminar Griechischlehrer gewesen, ohne Brille konnte er schon nicht mehr in ein Buch sehen; dann wurde ihm die Tonsur gemacht, darauf ernannte man ihn zum Inspektor. Er verteidigte seine Dissertation. Als er zweiunddreißig Jahre alt war, wurde er zum Rektor des Seminars bestimmt und zum Archimandriten geweiht. Wie leicht und angenehm war damals das Leben, es schien unendlich lang, ein Ende war nicht zu sehen. Und um diese Zeit begann er zu kränkeln, wurde sehr mager, erblindete fast und mußte auf den Rat der Ärzte alles aufgeben und ins Ausland reisen.
»Und was dann?« fragte Ssissoj im Nebenzimmer.
»Und dann haben wir Tee getrunken ...«, antwortete Marija Timofejewna.
»Väterchen, Sie haben einen grünen Bart!« sagte Katja plötzlich und lachte.
Der Bischof erinnerte sich, daß der Bart des grauhaarigen Vaters Ssissoj tatsächlich ins Grünliche ging, und er mußte ebenfalls lachen.
»Ach du meine Güte, ist das eine Strafe mit dem Mädel!« versetzte Ssissoj laut und ärgerlich. »So was Verzogenes! Sitz still!«
Der Bischof sah die weiße, ganz neue Kirche vor sich, in der er, als er im Ausland lebte, seinen Dienst verrichtet hatte; er erinnerte sich an das Rauschen des warmen Meeres. Er hatte damals fünf hohe, helle Zimmer bewohnt, im Arbeitszimmer befand sich ein neuer Schreibtisch und eine Bibliothek. Er las viel, schrieb oft. Und er erinnerte sich, wie er sich nach der Heimat

gesehnt und wie jeden Tag eine blinde Bettlerin unter seinem Fenster von der Liebe gesungen und auf der Gitarre gespielt hatte und wie er jedesmal, wenn er ihr lauschte, an die Vergangenheit denken mußte. Aber dann waren acht Jahre vergangen, man rief ihn nach Rußland zurück, und jetzt war er schon Weihbischof, und die ganze Vergangenheit war in eine nebelverhangene Ferne gerückt, als habe sie ihm nur geträumt …

Ins Schlafzimmer trat mit einer Kerze in der Hand Vater Ssissoj.

»Ja wie?« verwunderte er sich. »Seine Eminenz schlafen schon?«

»Was ist denn?«

»Es ist doch noch früh, zehn Uhr, oder nicht einmal. Ich habe heute eine Kerze gekauft, wollte Sie mit Talg einreiben.«

»Ich habe Fieber …«, sagte der Bischof und setzte sich auf. »Wirklich, man müßte etwas tun. Im Kopf ist mir gar nicht gut …«

Ssissoj zog ihm das Hemd aus und begann ihm Brust und Rükken mit Kerzentalg einzureiben.

»So, jetzt …, so, jetzt …«, sagte er. »Herr Jesus Christus … So, jetzt … Heute ging ich in die Stadt, war beim – wie heißt er doch – beim Oberpriester Ssidonski … Trank Tee bei ihm … Er gefällt mir nicht! Herr Jesus Christus … So, jetzt … Er gefällt mir nicht!«

III

Der Eparchialbischof, ein alter Mann von großer Körperfülle, litt an Rheumatismus oder an Podagra und hatte schon seit einem Monat sein Bett nicht mehr verlassen. Bischof Pjotr besuchte ihn fast jeden Tag und empfing an seiner Statt die Bittsteller. Und auch jetzt wieder, da er sich nicht wohl fühlte, bestürzte ihn die Leere und Nichtigkeit all dessen, um was sie baten, worüber sie weinten; ihre Unselbständigkeit und Schüchternheit ärgerten ihn. Er fühlte sich bedrückt von der Masse all dieses Kleinlichen und Unnötigen, und er glaubte nun den Eparchialbischof zu verstehen, der früher einmal, in jungen Jahren, eine »Lehre von der Willensfreiheit« verfaßt hatte, der sich jetzt aber, wie ihm schien, heillos in Bagatellen verfangen hatte, alles vergaß und nicht an Gott dachte. Der Aufenthalt im Ausland hatte den Bischof dem russischen Leben wohl entfremdet, es war nicht leicht für ihn: das Volk erschien ihm roh, die weiblichen Bittstellerinnen lästig und dumm, die Seminaristen und ihre Lehrer ungebildet, zuweilen völlig kulturlos. Und die ein- und ausgehenden Schriftstücke zählten nach Zehntausenden, und was für Schriftstücke! Die Pröpste teilten in der ganzen Eparchie den Geistlichen, jungen und alten, und sogar deren Frauen und Kindern, Führungszeugnisse aus, eine eins, eine zwei, dazwischen auch eine drei, und darüber mußte man sprechen, das wollte ernsthaft gelesen und beantwortet werden. Und es blieb keine einzige freie Minute übrig, der ganze Tag war eine Hetze, und Ruhe fand Bischof Pjotr nur, wenn er in der Kirche war.

Auch an die Furcht konnte er sich einfach nicht gewöhnen, die er, ungeachtet seines stillen, bescheidenen Wesens, den Leuten gegen seinen Willen einflößte. Alle Einwohner dieses Gouvernements erschienen ihm, wenn er sie ansah, klein, verschreckt, schuldbewußt. Alle, selbst die alten Oberpriester, wurden schüchtern in seiner Gegenwart, alle »bauzten« ihm zu Füßen, und unlängst hatte eine Bittstellerin, eine alte Popenfrau vom Lande, vor Schreck kein Wort herausgebracht, und so war sie unverrichteter Dinge wieder fortgegangen. Und er, der sich in seinen Predigten niemals dazu hinreißen ließ, häßlich über die Menschen zu sprechen, der ihnen niemals Vorhaltungen machte, weil er Mitleid mit ihnen hatte – er fuhr im Umgang mit den Bittstellern aus der Haut, wurde zornig und warf Gesuche auf den Boden. Während der ganzen Zeit, die er hier war, hatte niemand aufrichtig und einfach, von Mensch zu Mensch, mit ihm gesprochen; selbst seine alte Mutter, so schien ihm, war nicht mehr dieselbe, gar nicht mehr dieselbe! Und warum, so fragte er sich, redete sie mit Ssissoj ununterbrochen und lachte viel, war mit ihm aber, mit ihrem Sohn, ernst, schwieg gewöhnlich und genierte sich, was gar nicht zu ihr paßte? Der einzige Mensch, der in seiner Gegenwart ein ungezwungenes Benehmen zeigte und redete, was er wollte, war der Greis Ssissoj, der sein ganzes Leben bei Bischöfen zugebracht und deren elf überlebt hatte. Und deshalb war der Umgang mit ihm so leicht, obwohl er zweifellos ein schwieriger und zänkischer Mensch war.

Dienstag nach der Messe war Seine Eminenz im bischöflichen Palais und empfing dort Bittsteller; er regte sich auf, geriet in Wut, dann fuhr er nach Hause. Er fühlte sich unverändert krank und sehnte sich nach dem Bett; doch kaum hatte er seine Wohnung betreten, da wurde ihm gemeldet, daß Jerakin, der junge Kaufmann, ein Spender, wegen einer sehr wichtigen Sache gekommen sei. Man mußte ihn empfangen. Jerakin blieb ungefähr eine Stunde, sprach sehr laut, schrie beinah, und es war schwer zu verstehen, wovon er eigentlich sprach.

»Gott gebe, daß!« sagte er beim Hinausgehen. »Unbedingtenfalls! Je nach den Umständen, Euer allerhochwürdigste Eminenz! Ich wünsche, daß!«

Nach ihm kam die Äbtissin eines fernen Klosters. Und als sie weggefahren war, läutete es zum Vespergottesdienst, und er mußte in die Kirche.

Der Gesang der Mönche am Abend klang harmonisch und beseelt. Ein junger Mönchspriester mit schwarzem Bart hielt die Messe; und als der Bischof vom Bräutigam hörte, der um Mitternacht kam, und vom geschmückten Prunkgemach, da empfand er keine Reue über seine Sünden und keine Zerknirschung, vielmehr seelische Ruhe und Frieden, und seine Gedanken trugen ihn in die ferne Vergangenheit, in die Kinder- und Jugendzeit, wo auch vom Bräutigam und vom Prunkgemach gesungen worden war, und diese Vergangenheit stellte sich ihm jetzt so lebendig, so schön, so freudenreich dar, wie sie es wohl niemals gewesen war. Und vielleicht werden wir uns in jener Welt, in jenem Leben an die ferne Vergangenheit – unser hiesiges Leben – mit demselben Gefühl erinnern. Wer weiß! Der Bischof saß im Altarraum; hier war es dunkel. Tränen flossen ihm über das Gesicht. Er dachte darüber nach, daß er alles, was einem Menschen seines Standes möglich war, erreicht hatte, er glaubte, und doch war nicht alles klar, es fehlte noch etwas, er wollte nicht sterben; immer noch schien ihm etwas überaus Wichtiges zu fehlen, von

dem er früher einmal verworren geträumt hatte, und in der Gegenwart erregte ihn genau die gleiche Hoffnung auf die Zukunft, die schon in der Kindheit, auf der Akademie und im Ausland dagewesen war.
»Wie schön sie heute singen!« dachte er, dem Gesang lauschend. »Wie schön!«

IV

An Gründonnerstag zelebrierte er die Messe in der Kathedrale; es war die Zeremonie der Fußwaschung. Als der Gottesdienst in der Kirche beendet war und die Leute nach Hause gingen, war es sonnig, warm, fröhlich, in den Gräben rauschte das Wasser, und hinter der Stadt ertönte von den Feldern her ununterbrochen das hingebungsvolle und ruhig stimmende Tirilieren der Lerchen. Die Bäume waren schon erwacht und lächelten freundlich, und über ihnen, Gott weiß, in welche Fernen, wölbte sich der grenzenlose Himmel mit seinem unauslotbar tiefen Blau.
Zu Hause angekommen, trank Bischof Pjotr Tee, dann zog er sich um, legte sich ins Bett und befahl dem Diener, die Fensterläden zu schließen. Im Schlafzimmer wurde es dunkel. Was für eine Müdigkeit das war, was für ein Schmerz in den Beinen und im Rücken, ein schwerer, kalter Schmerz, und wie es in den Ohren sauste! Er hatte schon lange nicht mehr geschlafen, wie ihm schien, schon sehr lange nicht mehr, und auch jetzt hinderte ihn, kaum daß er die Augen geschlossen hatte, irgendeine Kleinigkeit, die ihm im Kopf herumschwirrte, am Einschlafen. Wie gestern drangen durch die Wand aus den anstoßenden Zimmern Stimmen, Gläserklirren und Geklapper von Teelöffeln … Marija Timofejewna erzählte Vater Ssissoj fröhlich und scherzhafte Redensarten einflechtend irgendwelche Geschichten, und jener antwortete immer mürrisch, mit unzufriedener Stimme: »Die soll doch gleich …! Ja wie! Woher denn!« Und wieder ärgerte sich der Bischof und fühlte sich gekränkt, daß die alte Frau bei anderen ganz normal und einfach war, bei ihm aber, ihrem Sohn, schüchtern, selten sprach, und dann nicht das, was sie eigentlich

sagen wollte, und daß sie sogar, so war es ihm diese ganzen Tage vorgekommen, ständig nach einem Vorwand suchte aufzustehen, weil sie sich schämte zu sitzen. Und sein Vater? Der würde wohl, wenn er noch am Leben wäre, in seiner Anwesenheit kein einziges Wort herausbringen ...

Im Nebenzimmer fiel etwas zu Boden und zerschlug; wahrscheinlich hatte Katja eine Tasse oder eine Untertasse fallen lassen, denn Vater Ssissoj spuckte plötzlich aus und sagte wütend:

»Die reinste Strafe mit dem Mädel, Gott sei mir Sünder gnädig! Da kommt man ja gar nicht mehr mit dem Anschaffen mit!«

Dann wurde es still, nur vom Hof drangen Laute herein. Und als der Bischof die Augen öffnete, erblickte er in seinem Zimmer Katja, die reglos dastand und ihn ansah. Wie immer erhoben sich hinter dem Kämmchen ihre rotblonden Haare wie ein Heiligenschein.

»Du, Katja?« fragte er. »Wer macht da eigentlich immer die Tür auf und zu?«

»Ich höre nichts«, antwortete Katja und horchte.

»Gerade ist jemand vorbeigegangen.«

»Das ist bei Ihnen im Bauch, Onkelchen!«

Er lachte und streichelte ihren Kopf.

»So, dein Bruder Nikolascha zerschneidet also Leichen?« fragte er nach einer Pause.

»Ja, er lernt.«

»Ist er gut?«

»Doch, das ist er. Nur Wodka trinken tut er unheimlich.«

»Und dein Vater, an was für einer Krankheit ist er gestorben?«

»Papachen war schwach und furchtbar mager, und plötzlich – der Hals. Auch ich bin damals krank geworden, und mein Bruder Fedja – bei allen der Hals. Papachen ist gestorben, Onkelchen, aber wir sind gesund geworden.«

Ihr Kinn fing an zu zittern, Tränen traten ihr in die Augen und liefen über die Wangen.

»Euer Eminenz«, brachte sie mit dünnem Stimmchen und bitterlich weinend hervor, »Onkelchen, Mütterchen und ich sind

im Unglück zurückgeblieben ... Geben Sie uns ein bißchen Geld ... seien Sie so gut ... Lieber!«
Auch ihm gingen die Augen über, und lange konnte er vor Ergriffenheit nicht sprechen; dann strich er ihr übers Haar, berührte ihre Schulter und sagte:
»Gut, gut, mein Kind. Bald ist Ostersonntag, dann sprechen wir darüber ... Ich werde helfen ... ich werde helfen ...«
Leise und schüchtern trat die Mutter herein und betete vor den Heiligenbildern. Als sie merkte, daß er nicht schlief, fragte sie:
»Möchten Sie nicht ein Süppchen essen?«
»Nein, danke ...«, antwortete er. »Ich möchte nicht.«
»Sie sehen krank aus ... will mir scheinen. Wie soll man da auch nicht krank werden! Den ganzen Tag auf den Beinen, den ganzen Tag – mein Gott, schon bei Ihrem Anblick wird's einem schwer. Nun, das heilige Ostern ist nicht mehr weit, dann ruhen Sie sich aus, mit Gottes Hilfe, dann unterhalten wir uns, jetzt will ich Sie mit meinem Gerede nicht belästigen. Gehen wir, Katjetschka, Eminenz muß schlafen.«
Und er erinnerte sich, wie sie vor langer, langer Zeit, als er noch ein kleiner Junge war, in genau dem gleichen scherzhaft-ehrerbietigen Ton mit dem Propst gesprochen hatte ... Nur an ihren unvergleichlich guten Augen und dem schüchternen, besorgten Blick, den sie beim Verlassen des Zimmers flüchtig auf ihn warf, konnte man merken, daß sie seine Mutter war. Er schloß die Augen und schien zu schlafen, aber er hörte zweimal, wie die Uhr schlug und Vater Ssissoj hinter der Wand hüstelte. Und seine Mutter kam noch einmal herein und sah ihn ein paar Augenblicke schüchtern an. Man hörte, wie jemand an der Freitreppe vorfuhr, in einer Kutsche oder Kalesche. Plötzlich Klopfen, eine Tür schlug zu: der Diener trat ins Schlafzimmer.
»Euer Eminenz!« rief er.
»Was denn?«
»Die Pferde sind angespannt, es wird Zeit zur Passion Christi.«
»Wie spät?«

»Viertel acht.«
Er kleidete sich an und fuhr zur Kathedrale. Während aller zwölf Evangelienabschnitte mußte er reglos mitten in der Kirche stehen, und den ersten, den längsten und schönsten, las er selbst. Eine gesunde, wohlgemute Stimmung ergriff ihn. Diesen ersten Abschnitt »Nun ist des Menschen Sohn verklärt« kannte er auswendig; und beim Lesen hob er bisweilen die Augen und sah zu beiden Seiten ein ganzes Lichtermeer und hörte das Knistern der Kerzen, aber die Menschen waren, wie in allen vergangenen Jahren, nicht zu erkennen, und es kam ihm vor, als seien das alles genau dieselben Menschen wie damals, in der Kindheit und Jugend, und als würden es jedes Jahr dieselben sein, wie lange aber – das wußte nur Gott.
Sein Vater war Diakon gewesen, der Großvater Geistlicher, der Urgroßvater Diakon, vielleicht hatte sein ganzes Geschlecht, seit der Christianisierung des russischen Landes, der Geistlichkeit angehört, und seine Liebe zum kirchlichen Dienst, zur Geistlichkeit, zum Klang der Glocken war ihm eingeboren und tief und fest in ihm verwurzelt; in der Kirche, besonders, wenn er selbst am Gottesdienst teilnahm, war er voll Tatendrang, wohlgemut und glücklich. So auch jetzt. Erst als man schon den achten Evangelienabschnitt gelesen hatte, spürte er, daß seine Stimme so schwach geworden war, daß er nicht einmal sein eigenes Husten vernahm, er hatte rasende Kopfschmerzen, und Angst befiel ihn, er könne jeden Augenblick umfallen. Und tatsächlich starben ihm die Füße völlig ab, so daß er sie allmählich gar nicht mehr spürte und es ihm unbegreiflich war, wie und worauf er stand und daß er nicht umfiel …
Als der Gottesdienst zu Ende ging, war es ein Viertel vor zwölf. Wieder zu Hause, zog sich der Bischof sofort aus und legte sich hin, nicht einmal sein Gebet verrichtete er. Er vermochte nicht zu sprechen und hätte, wie ihm schien, auch nicht mehr stehen können. Als er sich in die Decke eingehüllt hatte, verspürte er plötzlich das unstillbare Verlangen, ins Ausland zu fahren. Sein Leben hätte er dafür hingeben mögen, wenn er nur nicht mehr diese jämmerlichen, billigen Fensterläden und niedrigen Zimmerdecken hätte sehen und nicht mehr diesen drückenden Klo-

stergeruch hätte einatmen müssen. Wenn es doch nur einen Menschen gäbe, mit dem man reden könnte, um sein Herz zu erleichtern!
Lange hörte man im angrenzenden Zimmer Schritte, und es wollte und wollte ihm nicht einfallen, wer das war. Schließlich öffnete sich die Tür und Ssissoj kam herein, eine Kerze und eine Teetasse in den Händen.
»Sie haben sich schon hingelegt, Eminenz?« fragte er. »Ich komme, um Sie mit Schnaps und Essig einzureiben. Wenn man das richtig macht, wirkt es Wunder. Herr Jesus Christus ... So, jetzt ... so, jetzt ... Ich war eben in unserem Kloster ... Gefällt mir nicht! Morgen gehe ich von hier weg, Eminenz, ich habe genug. Herr Jesus Christus ... So, jetzt ...«
Ssissoj hielt es nie lange an einem Ort, und er hatte das Gefühl, als lebe er im Pankratijewski-Kloster schon ein ganzes Jahr. Vor allem aber war es, wenn man ihn so hörte, schwierig herauszubekommen, wo er sein Zuhause hatte, ob er jemanden oder etwas liebte, ob er an Gott glaubte ... Er verstand selber nicht, warum er Mönch war, und er machte sich darüber auch keine Gedanken, und seit langem schon war aus seinem Gedächtnis die Zeit getilgt, da man ihn zum Mönch gemacht hatte; man hätte meinen können, er sei gleich als Mönch auf die Welt gekommen.
»Morgen gehe ich fort. Sie können mir alle gestohlen bleiben!«
»Ich würde gerne mit Ihnen reden ... Ich komme nur nie dazu«, sagte der Bischof leise und mühsam. »Wo ich hier doch niemanden und nichts kenne.«
»Bis Sonntag bleibe ich von mir aus, sei's drum, aber keinen Tag länger. Die soll doch gleich ...!«
»Was bin ich schon für ein Bischof?« sprach Eminenz leise weiter. »Landpfarrer sollte ich sein oder Küster ... oder ein einfacher Mönch ... all das bedrückt mich ... es bedrückt mich ...«
»Was? Herr Jesus Christus ... So, jetzt ... Na, schlafen Sie ordentlich, Eminenz! ... Was soll denn das! Ach was! Gute Nacht!«
Der Bischof schlief die ganze Nacht nicht. Und am Morgen, ge-

gen acht, setzte Darmbluten ein. Der Diener erschrak und lief zuerst zum Archimandriten, dann holte er den Klosterarzt Iwan Andrejitsch, der in der Stadt wohnte. Dieser, ein rundlicher Alter mit einem langen grauen Bart, untersuchte den Bischof lange und schüttelte dabei fortwährend den Kopf und runzelte die Stirn, dann sagte er:

»Wissen Sie, Euer Eminenz? Sie haben Unterleibstyphus!«

Durch den Blutverlust nahm der Bischof in einer Stunde stark ab, er wurde blaß und eingefallen, sein Gesicht schrumpfte zusammen, die Augen wurden groß, und es war, als sei er älter und kleiner geworden, und er hatte jetzt das Gefühl, als sei er magerer, schwächer und unbedeutender als alle, als sei all das, was gewesen, weit, weit fortgerückt und werde sich nicht mehr wiederholen und keine Fortsetzung mehr haben.

»Wie schön!« dachte er. »Wie schön!«

Die alte Mutter kam. Als sie sein zusammengeschrumpftes Gesicht und die geweiteten Augen sah, erschrak sie, fiel vor dem Bett auf die Knie und küßte sein Gesicht, seine Schultern, seine Hände. Und auch sie hatte den Eindruck, als sei er irgendwie magerer, schwächer und unbedeutender als alle, und sie vergaß, daß er ein Bischof war, und küßte ihn, wie man sein eigenes, geliebtes Kind küßt.

»Pawluscha, mein Täubchen«, begann sie, »mein Lieber ... Mein Söhnchen ... Wie ist denn das gekommen? Pawluscha, antworte doch!«

Katja stand bleich und ernst daneben, ohne zu begreifen, was mit dem Onkel geschah, warum auf dem Gesicht der Großmutter so tiefes Leid war und warum sie so ergreifende, traurige Worte sprach. Er aber konnte kein Wort mehr sagen, verstand nichts mehr, und es kam ihm vor, als gehe er, ein einfacher, gewöhnlicher Mensch nun, rasch und froh und dann und wann mit einem Stöckchen auf die Erde stoßend durch das Land, über ihm der weite, sonnendurchflutete Himmel, und er war jetzt frei wie ein Vogel und konnte fort, wohin er wollte!

»Pawluscha, mein Söhnchen, so antworte doch!« sagte die Alte. »Was ist denn mit dir? Mein Lieber!«

»Lassen Sie Eminenz doch in Ruhe«, sagte Ssissoj, das Zimmer durchschreitend, ärgerlich. »Lassen Sie ihn doch schlafen ... Nichts da! ... Wozu denn! ...«

Es kamen drei Ärzte, berieten sich, fuhren wieder fort. Der Tag war lang, unglaublich lang, dann brach die Nacht herein, und auch sie dauerte eine Ewigkeit; und gegen Morgen, am Samstag, trat der Diener zur alten Frau, die im Gastzimmer auf dem Diwan lag, und bat sie ins Schlafzimmer: Seine Eminenz war verschieden.

Am nächsten Tag war Ostern. In der Stadt gab es zweiundvierzig Kirchen und sechs Klöster; ein mächtiger, froher Klang lag, ohne auch nur für einen Augenblick zu verstummen, vom Morgen bis zum Abend über der Stadt und ließ die Frühlingsluft erzittern; die Vögel sangen, die Sonne war von einer blendenden Helle. Auf dem großen Marktplatz ging es geräuschvoll zu: Schaukeln flogen durch die Luft, Drehorgeln spielten, eine Ziehharmonika wimmerte, betrunkene Stimmen erschollen. Auf der Hauptstraße begann am Nachmittag der Korso der Traber – mit einem Wort: alles war fröhlich, alles war glücklich, genauso, wie es im vergangenen Jahr gewesen war und wie es aller Wahrscheinlichkeit nach auch im nächsten sein würde.

Nach einem Monat wurde ein neuer Weihbischof designiert, und an Eminenz Pjotr dachte niemand mehr. Bald vergaß man ihn völlig. Nur die alte Mutter des Verstorbenen, die jetzt bei ihrem Schwiegersohn, dem Diakon, in einem öden Kreisstädtchen lebte, begann, wenn sie gegen Abend hinausging, um ihre Kuh zu holen, und auf der Weide den anderen Frauen begegnete, von ihren Kindern und Enkelkindern zu erzählen und davon, daß sie einen Sohn gehabt hatte, der Bischof gewesen war, und dabei sprach sie schüchtern, als fürchte sie, man würde ihr nicht glauben ...

Und in der Tat, es glaubten ihr nicht alle.

Zu dieser Ausgabe

Der Übersetzung liegt der Text der folgenden Ausgabe zugrunde: A. P. Čechov, *Sobranie sočinenij v dvenadcati tomach*, Moskva: Gosudarstvennoe izdatel'stvo chudožestvennoj literatury, 1960–64.

Die Erzählungen sind in den folgenden Bänden dieser Ausgabe enthalten (in Klammern der russische Originaltitel und das erste Erscheinungsdatum):

Austern (*Ustricy*, 1884): Bd. 2, 1960, S. 324–328.
Wanka (*Van'ka*, 1886): Bd. 4, 1961, S. 501–505.
Das Glück (*Sčast'e*, 1887): Bd. 5, S. 224–233.
Wolodja (*Volodja*, 1887): ebd., 1962, S. 210–223.
Krankensaal Nr. 6 (*Palata N° 6*, 1892): Bd. 7, 1962, S. 123–180.
Der Student (*Student*, 1894): ebd., S. 375–378.
Anna am Halse (*Anna na šee*, 1895): Bd. 8, 1962, S. 12–24.
Das Haus mit dem Mezzanin (*Dom s mezoninom*, 1896): ebd., S. 86–104.
Der Mensch im Futteral (*Čelovek v futljare*, 1898): ebd., S. 280–293.
Stachelbeeren (*Kryžovnik*, 1898): ebd., S. 294–304.
Von der Liebe (*O ljubvi*, 1898): ebd., S. 305–314.
Ein Fall aus der Praxis (*Slučaj iz praktiki*, 1898): ebd., S. 334–345.
Herzchen (*Dušečka*, 1899): ebd., S. 346–358.
Die Dame mit dem Hündchen (*Dama s sobačkoj*, 1899): ebd., S. 389–405.
In der Schlucht (*V ovrage*, 1900): ebd., S. 411–449.
Der Bischof (*Archierej*, 1902): ebd., S. 450–466.

Nachwort

Antón Páwlowitsch Tschéchow ist am 17. (29.) Januar 1860 in Taganróg (am Asowschen Meer) in einer kleinbürgerlichen, aber für kirchliche und weltliche Kunst aufgeschlossenen Familie geboren und aufgewachsen. Er begann früh, humoristische Skizzen und Szenen aus dem Alltagsleben zu schreiben, und war ein begeisterter Besucher des Theaters. Von 1879 bis 1884 studierte er in Moskau Medizin. Das Studium finanzierte er schon weitgehend durch schriftstellerische Arbeiten, die von Tageszeitungen und humoristischen Zeitschriften gern genommen wurden.

Tschechow hat seinen Arztberuf ebenso ernst genommen wie den des Dichters und hat unter der doppelten Belastung oft gelitten. Im Scherz nannte er einmal die Medizin seine gesetzliche Frau und die Literatur seine Geliebte. Für den Lebensunterhalt war er bald nicht mehr auf die Ausübung seines ärztlichen Berufes angewiesen; aber in Notzeiten, besonders während der Cholera-Epidemie des Jahres 1892, hat er bis an die Grenze seiner physischen Kraft ärztliche Hilfe geleistet, wofür er meist keine Honorare verlangte, während er sich seine schriftstellerischen Arbeiten gut bezahlen ließ.

1890 überraschte Tschechow seine Umgebung durch den Plan, auf die Verbrecherinsel Sachalin im fernen Osten Rußlands zu fahren. Er wollte das Leben der Zuchthäusler und Verbannten aus eigener Erfahrung kennenlernen, weil er der Überzeugung war, die Gesellschaft dürfe nicht gleichgültig sein gegenüber dem Schicksal derer, die sie aus ihrer Mitte ausstößt und den Zuchthausaufsehern überläßt. Er hat auf der Reise unendliche Strapazen auf sich genommen und auf der Insel drei Monate lang unermüdlich gearbeitet. Auf Karteikarten notierte er das Schicksal von 10 000 Gefangenen und Verbannten. In einem ausführlichen Rechenschaftsbericht gab er der russischen Öffentlichkeit zum Teil schockierende Nachrichten über die Verhältnisse auf der berüchtigten Insel und versuchte, das Gewissen Rußlands für die hier liegenden Probleme wachzurütteln.

Die Symptome der Lungentuberkulose, die sich schon früher bei Tschechow gezeigt hatten, verstärkten sich während und nach dieser Reise.

Außer durch seine Erzählungen, die immer tiefer und künstlerisch vollkommener wurden, ist Tschechow vom Ende der achtziger Jahre an durch eine Reihe von Dramen bekannt geworden (besonders *Die Möwe, Onkel Wanja, Drei Schwestern, Der Kirschgarten*), die vom Moskauer Künstlertheater aus die Bühnen der Welt erobert haben. Tschechow starb am 2. (15.) Juli 1904 im Alter von 44 Jahren in Badenweiler im Schwarzwald. Unweit seines Sterbehauses steht im Kurpark ein schöner Gedenkstein mit der Inschrift:

DEM GÜTIGEN
MENSCHEN UND ARZT
DEM GROSSEN
SCHRIFTSTELLER

ANTON P. TSCHECHOW

GEB. 29. 1. 1860
ZU TAGANROG

GEST. 15. 7. 1904
IN BADENWEILER

Austern[1]

Die Erzählung *Austern* ist im Dezember 1884 zuerst gedruckt worden. In einem Brief vom 18. Januar 1886 hat Tschechow geschrieben: »In dieser Erzählung habe ich mich als *medicus* versucht.« Damit wird von Tschechow selbst das physiologische Problem des Hungers als das zentrale Thema der kleinen Erzäh-

1 Die faktischen Angaben zur Entstehungsgeschichte der einzelnen Erzählungen und zu ihrer Beurteilung durch die zeitgenössische russische Kritik habe ich der zwölfbändigen russischen Ausgabe der Werke Tschechows entnommen, die 1960–64 in Moskau erschienen ist (A. P. Čechov, *Sobranie sočinenij v dvenadcati tomach*).

lung angegeben. Die Ich-Form darf nicht dazu verleiten, das hier geschilderte Erlebnis auf Tschechow selbst zu beziehen. Die Eltern Tschechows haben zwar in Not und Armut gelebt und mit ihnen ihre Kinder, aber doch nicht in der hier geschilderten extremen Form. Gewählt ist die Ich-Form wohl deswegen, weil über den Hunger nur der überzeugend reden kann, der ihn selbst erlebt hat.
Aber neben dem physiologischen Problem steht doch das soziale und kulturkritische. Der kleine Mann, der nach Moskau kommt, um eine neue Stellung zu suchen, sie aber nicht findet und dadurch tiefer und tiefer in Not und Armut versinkt, bis er gezwungen ist, auf die Straße zu gehen und zu betteln, der aber das entscheidende Wort einfach nicht über die Lippen bringt; der achtjährige Sohn, der in dieser schweren Erfahrung früh reift und der seinen Vater gerade in dessen Erniedrigung um so mehr liebt; die reichen Menschen im Restaurant, die sich ein Vergnügen daraus machen, das Kind mit Austern zu füttern, und dafür gern zehn Rubel ausgeben und die bittere Not von Vater und Sohn nicht bemerken, die die Ursache ihres makabren Vergnügens ist. Wenn Tschechow jenes erste, das physiologische, Thema in seiner Selbstinterpretation so stark in den Vordergrund rückt, so wohl deswegen, weil die soziale und kulturkritische Seite der Erzählung traditionell ist, sie erinnert an Dostojewskij; das hat Tschechow offenbar selbst empfunden, und er gibt deswegen an, wo in dieser Erzählung sein Eigenes liegt.

Wanka

Die Erzählung, die in der Weihnachtsnacht spielt, ist 1886 in der Weihnachtsnummer einer Petersburger Zeitung zuerst gedruckt worden. In der ersten Fassung war der Junge, der den ergreifenden Brief an den Großvater schreibt, nicht neun, sondern erst acht Jahre alt. Offenbar meinte Tschechow, daß Inhalt und Stil des Briefes eher zu einem neun- als zu einem achtjährigen Jungen passen.

Die Not des Kindes wird beschrieben, das aus einer armseligen, aber doch vertrauten, überschaubaren, den einzelnen bergenden dörflichen Umgebung herausgerissen wird in die fremde, unüberschaubare, mitleidlose Welt des großstädtischen Handwerksbetriebes, in der das Kind nicht mehr Kind sein darf, sondern ungeschütztes Objekt der Ausbeutung und des Machtwillens von seiten der Erwachsenen und der sozial Höherstehenden geworden ist. Die Pointe der unvollständigen Adresse zum Schluß, die in anderem Zusammenhang komisch wirken könnte, vollendet hier den Eindruck der völligen Hilflosigkeit des Kindes und der Ausweglosigkeit seiner Situation. Veröffentlicht zu Weihnachten, am Fest der Geburt eines heimatlosen Kindes, ruft die Erzählung auf zum Verständnis der Kinder, zur Linderung der körperlichen und seelischen Not, die die zu früh in das Arbeits- und Berufsleben geworfenen Kinder zu erleiden haben. Tolstoj hat die Erzählung für eine der 15 besten Erzählungen Tschechows gehalten.

Das Glück

Die Erzählung ist zuerst gedruckt in einer Tageszeitung am 6. Juni 1887.
Tschechows Bruder Alexander schrieb dem Dichter von der begeisterten Aufnahme der Erzählung bei den Lesern: »... Man lobt Dich dafür, daß die Erzählung kein Thema hat und nichtsdestoweniger starken Eindruck macht ...« Tschechow antwortete am 21. Juni 1887: »Mir selbst ist die Steppenerzählung sympathisch durch ihr Thema, das Ihr Holzköpfe nicht findet. Ein Produkt der Inspiration. Eine Quasisymphonie.« In der Buchausgabe seiner Erzählungen, die 1888 veröffentlicht wurde, widmete Tschechow die Erzählung dem Dichter Jakow Polonskij und schrieb diesem aus diesem Anlaß am 25. März 1888: »Ich gebe eine neue Sammlung meiner Erzählungen heraus. In diesem Sammelband wird die Erzählung ›Glück‹ enthalten sein, die ich für die beste meiner Erzählungen halte. Seien Sie so gut und erlauben Sie mir, sie Ihnen zu widmen ... In der

Erzählung wird die Steppe dargestellt: Ebene, Nacht, bleiche Morgenröte im Osten, eine Herde Schafe und drei menschliche Gestalten, die über das Glück reden.«

Damit hat der Dichter selbst uns das Thema angegeben, das jene »Holzköpfe« nicht gefunden hatten. Das »Glück«, das man nach der Überschrift als das zentrale Thema betrachten möchte, steht hier an letzter Stelle, an erster steht die Steppe: ihre unübersehbare Weite, die in der Nacht vom Himmel überhöht und am Tag in ihrer horizontalen Unendlichkeit deutlich wird; ihre geschichtliche Tiefe, die sich bis in die graueste Vorzeit hinein erstreckt, aus der die sagenumwobenen Hünengräber, die »Kurgane«, unverstanden in die Gegenwart ragen; aber auch die »Gegenwart«, die hier im Jahre 1885 lebt, ist gleichsam schon Vergangenheit: Der Alte erinnert sich an den Leichenzug des Zaren Alexanders I. von Taganrog nach Petersburg, der 60 Jahre zuvor durch diese Steppe gegangen ist, und überall in der Erde vergraben liegen seiner Meinung nach Schätze, die er mit jenem seltsamen Namen »Glück« bezeichnet. Und erst diese seltsame Bezeichnung leitet dann hinüber zu der Frage nach dem »Glück« im eigentlichen Sinne: Wozu sucht man es eigentlich in der Erde, warum sieht man es in dem vergrabenen Metall? Wozu braucht es eigentlich der Alte, der jeden Tag an Altersschwäche sterben kann? Hätte er durch den Besitz des Goldes wirklich größeres Glück, als er es hier hat in dem einfachen Leben, wie er es lebt? Und was ist überhaupt »Glück« des Menschen angesichts der Größe, Schönheit und Unendlichkeit der Natur?

Weiter ausgeführt hat Tschechow das Thema der Steppe in der größeren Erzählung *Die Steppe* aus dem Jahre 1890.[2]

Wolodja

Die Erzählung ist am 1. Juni 1887 in einer Petersburger Zeitung zuerst gedruckt worden unter dem Titel *Seine erste Liebe.* Für

2 *Die Steppe. Beschreibung einer Reise,* übers. von Johannes von Guenther, Stuttgart 1975 (Reclams Universal-Bibliothek, Nr. 7809 [2]).

eine Buchausgabe, die 1890 erschienen ist, hat Tschechow die Erzählung wesentlich geändert: Er hat zwei wichtige Szenen hinzugefügt, die in der ersten Fassung fehlten: die nächtliche Begegnung Wolodjas mit Njuta und seinen Selbstmord. In der ersten Fassung endete die Erzählung mit der Beschreibung der Fahrt zur Bahnstation, an der Stelle, wo die Mutter den Sohn beschwört, er solle leiser sprechen, der Kutscher könne alles hören.

Zwischen der ersten und der zweiten Fassung lag ein Briefwechsel zwischen dem damals 65jährigen Schriftsteller Grigorowitsch und dem 27jährigen Tschechow. Grigorowitsch, der das Talent Tschechows sehr hoch einschätzte, riet diesem, sich mit ernsten Themen zu befassen: »Wäre ich jünger und begabter, so würde ich unbedingt eine Familie beschreiben und in ihr einen 17jährigen Jüngling, der auf den Boden hinaufsteigt und sich dort erschießt. Sein ganzes Milieu, alle die Gründe, die ihn zum Selbstmord haben bringen können, sind in meinen Augen viel wichtiger und tiefer als die Ursachen, die Werther veranlaßt haben, Hand an sich zu legen ...« Tschechow antwortete am 12. Januar 1888: »Der Selbstmord eines 17jährigen Jungen ist ein sehr dankbares und verlockendes Thema – aber es ist schrecklich, sich daranzumachen. Auf eine Frage, die alle quält, braucht man auch eine quälend starke Antwort, und langt dafür bei unsereinem der innere Gehalt? Nein. Wenn Sie diesem Thema Erfolg versprechen, so urteilen Sie nach sich selbst; aber die Menschen Ihrer Generation besitzen außer Talent ja auch Bildung, Schule, Phosphor und Eisen; die zeitgenössischen Talente aber haben nicht dergleichen, und offen gesagt muß man sich darüber freuen, daß sie ernsthafte Fragen nicht berühren. Geben Sie denen den Jungen, von dem Sie sprechen, und ich bin überzeugt, daß Herr X., ohne sich dessen bewußt zu sein, ihn aus reinem Herzen verleumdet, über ihn lügt und spottet, daß Herr Y. eine seichte und blasse Tendenz zum besten gibt und daß Herr Z. den Selbstmord durch Psychose erklärt. Ihr Junge ist eine reine, liebe, gottsuchende, liebende Natur, mit einem fein empfindenden Herzen und tief gekränkt. Will man mit einer solchen Person fertig werden, so muß man selbst leiden können, die

zeitgenössischen Sänger aber verstehen nur zu zagen und zu jammern.«
Zwar zählt auch Tschechow sich zu den schwachen »zeitgenössischen Sängern«, aber offenbar fühlte er sich durch diesen Briefwechsel doch veranlaßt, über das Problem, das Grigorowitsch ihm genannt hatte, nachzudenken. Zwar schrieb er nicht einen Roman im Stil Turgenjews oder Dostojewskijs, wie Grigorowitsch das wohl gern gewollt hätte, aber bei der Überarbeitung dieser Erzählung, die in ihrer ersten Fassung und unter ihrer ursprünglichen Überschrift so etwas wie eine Travestie der *Ersten Liebe* von Turgenjew gewesen war, sah er die nicht ausgeschöpfte Tragik, die in dem Sujet verborgen war, und während er selbst sonst eher nach Kürzung seiner Geschichten strebte, hat er diese erweitert. Er zeigt nun wirklich jenen »17jährigen Jüngling«, von dem Grigorowitsch gesprochen hatte (in der ersten Fassung war Wolodja 18 Jahre alt!), der »auf den Boden steigt und sich erschießt«; aber er verleumdet und verspottet ihn nicht, er gibt auch keine seichte und blasse Tendenz zum besten (indem er etwa »die Gesellschaft« für den Selbstmord verantwortlich machte) und erklärt ihn auch nicht durch Psychose. Vielmehr zeigt er einen jungen Menschen, der in sehr komplizierter Weise, durch sehr verschiedene Gründe zu seiner schrecklichen Tat gedrängt wird: der den Gegensatz zwischen dem, was sein Herz und Gewissen fordert, und dem, was er in sich und um sich herum sieht, nicht aushält. Getrieben vom Entsetzen über die erste Erfüllung seines sexuellen Verlangens, von der Scham über die eigene Mutter, von der Angst vor den Anforderungen des Lebenskampfes in der Leistungsgesellschaft weiß die »reine, liebe, gottsuchende, liebende Natur« keinen Ausweg und nimmt sich das Leben. – Gewiß, Dostojewskij hätte (und hat) aus diesem Thema etwas anderes gemacht; aber auch in der 13 Seiten langen Erzählung Tschechows wird das Problem in der Tiefe erfaßt und ernst und eindringlich dargestellt.

Krankensaal Nr. 6

Die Erzählung ist im Jahre 1892, bald nach der Reise Tschechows nach Sachalin, entstanden und im November 1892 zuerst gedruckt worden.

Schon früh, schon zu Tschechows Lebzeiten, hat man die Erzählung aufgefaßt als eine verschlüsselte Schilderung Rußlands. Tschechow selbst hat sich gegen eine solche Auffassung gewehrt. Gewiß – es gab in der entlegenen Provinz (die Stadt, in der das Krankenhaus sich befindet, liegt etwa 200 km von der nächsten Bahnstation entfernt!) Winkel von einer unglaublichen Rückständigkeit, und in diesen Provinzstädten gab es Krankenhäuser mit sanitären Zuständen, die zum Himmel schrien.

Aber das Zentrum der Erzählung liegt doch wohl nicht in der anklagenden Schilderung solcher Verhältnisse, sondern in der Person dessen, der für diese Verhältnisse verantwortlich ist. Gewiß, es ist schwer für Ragin, diese Verhältnisse zu ändern. Wir können *verstehen,* daß er das nicht fertigbringt. Er ist Arzt geworden, obwohl er keine innere Neigung zu diesem Beruf verspürte; die Mittel, die für das Krankenhaus zur Verfügung stehen, reichen nicht aus für eine wirkliche Reform; so versinkt er in Gleichgültigkeit. Weil er nicht alles tun kann, was getan werden müßte, tut er gar nichts mehr; nur das Gehalt, das er für die ihm aufgetragene und von ihm verachtete Tätigkeit bekommt, streicht er ein. Die viele freie Zeit, die er nun hat, benutzt er dazu, sich eine scheinphilosophische Begründung für sein berufliches und menschliches Versagen zusammenzuschustern: Da dem Menschen nicht endgültig geholfen werden kann, weil er ja letztlich doch dem Tode verfallen ist, hat es keinen Zweck, ihm überhaupt ärztlich zu helfen; und auch das Leiden zu lindern lohnt nicht, da ja gerade im Leiden der Mensch zu seiner letzten Größe emporwachsen kann.

Den Zusammenbruch dieser Scheinphilosophie erlebt Ragin in dem Augenblick, in dem er selbst in das Leiden hineingeführt wird, das zu lindern er berufen war und das er nicht gelindert,

sondern durch seine Gleichgültigkeit sogar noch vergrößert hat.
Gewiß, die ärztliche Hilfe ist immer nur eine vorläufige, sie rettet nicht vor Untergang und Tod; und aller soziale Fortschritt wird angesichts des Todes der Menschen und des zu erwartenden Untergangs des Planeten letztlich auch in den Strudel der Vergänglichkeit und damit der Sinnlosigkeit gezogen; und in der Tat kann der Mensch durch Leiden geläutert werden. Aber trotzdem sind wir berufen, dem Nächsten nach Kräften zu helfen; das erkennen wir, wenn wir selbst die Leidenden sind, und wir erkennen es an der Forderung unseres eigenen Gewissens. Fast noch schwerer als an der Erniedrigung und der körperlichen Züchtigung leidet Ragin ja am Ende an der Qual des Gewissens.
Auch gegenüber der scheinbaren Übermacht der Verhältnisse, auch gegenüber den engen Grenzen, die der menschlichen Hilfsbereitschaft überhaupt gezogen sind, auch gegenüber der Bedrohung alles menschlichen Seins und Handelns durch den Gedanken an die totale Todesverfallenheit des Menschen und der Welt – all dem gegenüber bleibt die im Gewissen sich bezeugende kategorische Forderung an den Menschen, mitzuarbeiten an der Überwindung des Leidens und an der Besserung der Verhältnisse. So vermag auch uns die Erzählung mehr zu geben als eine Information über russische Krankenhäuser im Jahre 1890 in der tiefsten russischen Provinz; sie ist, richtig verstanden, ein Aufruf, den bestehenden Verhältnissen gegenüber nicht zu resignieren, ein Aufruf, auch in einer todverfallenen Welt dem Leben zu dienen.

Der Student

Die kurze Erzählung ist zuerst gedruckt am 16. April 1894, in der Osternummer einer Tageszeitung, unter dem Titel *Am Abend.* Später hat Tschechow den Titel geändert und der Erzählung einige Sätze eingefügt. Er hat diese seine Erzählung sehr geschätzt. Bunin berichtet eine Äußerung Tschechows: »Wieso bin ich ein ›Pessimist‹? Aus allem, was ich geschrieben habe, ist *Der Student* meine Lieblingserzählung.« Er betrachtete diese Erzählung also als Beweis für seinen weltanschaulichen »Optimismus«.

Der Student erlebt an einem düsteren Karfreitag angesichts der unerwarteten Rückkehr des Winters, der Unwirtlichkeit der Landschaft, der traurigen sozialen und kulturellen Verhältnisse, die in Rußland herrschen, die Unordnung, die Disharmonie im Sein. Aber dann strömt ihm plötzlich ein geheimnisvolles Glück, eine tiefe Lebensfreude zu aus dem unscheinbaren Erlebnis am Feuer. Wieso hat er so plötzlich den hohen Sinn des Lebens entdecken können? Er hat zu spüren bekommen, daß letztlich doch nicht Zufall und Unordnung in der Welt herrschen, sondern daß »Wahrheit und Schönheit das Leben des Menschen leiten«. Mit »Wahrheit« ist hier das russische Wort »prawda« übersetzt, das in *einem* Begriff »Wahrheit« und »Gerechtigkeit« umfaßt, »das Rechte« schlechthin: das, was »recht« ist für die Vernunft und das Gewissen. In Gethsemane hat es seine Macht bewiesen, als Jesus seinen eigenen Lebenswillen ganz unter den höheren Willen Gottes stellen konnte; auf dem Hofe des Hohenpriesters, als Petrus zwar das Unrechte und das moralisch Häßliche tat, indem er Jesus verleugnete, aber alsbald »bitterlich weinte« über seinen Fall und nun hinging und gerade aus seinem Fall die Kraft schöpfte, künftig ein treuer Diener seines Herrn zu werden und schließlich selbst den Weg des Leidens bis zum Tode zu gehen. Und an diesem düsteren Karfreitagabend hat sich wiederum gezeigt, daß Wahrheit und Schönheit das Leben des Menschen lenken, wenn sogar die beiden einfältigen Witwen am Feuer von der schlichten Erzählung des Studenten über die fast 2000 Jahre zurückliegenden Ereignisse bis in die Tiefe ihres Herzens erschüttert werden konnten. Wenn der Mensch erfährt, wie der Student in dieser Erzählung, daß die Welt und der Mensch trotz aller scheinbaren Unordnung in einer umfassenden Sinnordnung ruhen, findet er das große Vertrauen zum Sein zurück.

Wirklich – Tschechow hatte recht, wenn er auf diese Erzählung hinwies als Beweisstück dafür, daß er im letzten *kein* »Pessimist« war.

Anna am Halse

Die Erzählung ist am 22. Oktober 1895 in einer Zeitung zum ersten Mal gedruckt worden. Für die Buchausgabe in den *Gesammelten Werken* hat der Dichter sie überarbeitet. Er hat die Züge an dem 52jährigen Modest Alekseitsch, die seiner 18jährigen Frau unsympathisch, ja ekelerregend sein müssen, in dieser Überarbeitung verstärkt.
Die Erzählung ist nicht eine Satire auf das Beamtentum. Zwar wird das Beamtentum, wie oft bei Tschechow, negativ geschildert; aber dies geschieht mit so einfachen, schematischen Mitteln, so undifferenziert, daß deutlich zu spüren ist: Das ist die Kulisse, vor der das Drama spielt, aber nicht das Drama selbst.
Das Drama selbst ist das der Anna. Sie hat den Mann, den sie – aus verschiedenen Gründen – unmöglich lieben kann, geheiratet, um dem Vater zu helfen. So edel der Anlaß auch war, dieser Schritt war ein »entsetzlicher Fehler«. (Mit dem gleichen Ausdruck charakterisiert Tolstojs Heldin Anna Karenina ihre Eheschließung mit Karenin!) Die so geschlossene Ehe ist von Anfang an Prostitution gewesen, und wenn Anna zum Schluß in aller Offenheit die Rolle der Prostituierten spielt, so ist das nur die Konsequenz aus jenem ersten, in aller Unschuld, ja in Edelmut begangenen »entsetzlichen Fehler«. Und nicht einmal sinnvoll ist dieses Opfer gewesen, denn in Wirklichkeit hat Anja dem Vater nicht helfen können, und am Ende der Erzählung hat sie ihn schon beinah vergessen.
Es gibt ewige, naturhaft-sittliche Ordnungen des menschlichen Lebens. Sie übertreten – und sei es aus edelstem Anlaß – heißt das menschliche Leben zerstören.

Das Haus mit dem Mezzanin

Die Erzählung ist entstanden im Winter 1895/96, zuerst gedruckt im April 1896.
Sie steht in einer gewissen inneren Spannung zu *Krankensaal*

Nr. 6. Der Held unserer Erzählung vertritt Anschauungen, die denen Ragins nahe zu stehen scheinen: Da der Arzt die Menschen letztlich doch nicht vor Krankheit und Tod retten kann, lohnt es sich gar nicht erst anzufangen; oder wenn man die Menschen nicht zu wahrhaft Weisen erziehen kann, lohnt es gar nicht, ihnen Lesen und Schreiben beizubringen. Wenn man die Welt nicht in ein Paradies verwandeln kann, lohnt es nicht, sich um sozialen und kulturellen Fortschritt zu kümmern.

Dies sind Anschauungen, die uns bei Tschechow zunächst befremden. Hat nicht auch er den Menschen bis zur völligen Erschöpfung seiner physischen Kräfte ärztliche Hilfe gebracht? Hat nicht auch er Schulen gebaut? Hat nicht auch er sich um sozialen und kulturellen Fortschritt gekümmert, obwohl er sehr gut wußte, daß die Erde sich nicht nur nicht von heute auf morgen, sondern auch nicht in tausend Jahren in ein Paradies verwandeln läßt (vgl. etwa die Diskussionen in dem Drama *Drei Schwestern)*?

Zum Verständnis der Erzählung ist es notwendig, genau zu beachten, wer hier spricht. Es ist ja nicht Tschechow, der die Geschichte des Landschaftsmalers erzählt, sondern dieser selbst. Über den Streit zwischen ihm und Lida berichtet einer, der in diesem Streit Partei ist. Der Dichter Tschechow kann und will hier nicht eingreifen; der Leser selbst soll Richter sein in einem Streitfall, den er nur aus der Perspektive einer der beiden Parteien zu hören bekommt. Aber trotzdem ist der Dichter auch hier mehr als der Beamte, der die Zeugen vorführt oder deren Bericht zu Protokoll nimmt. Er läßt uns doch ahnen, wie er selbst in diesem Streit steht.

Der Streit hat zunächst eine menschliche Seite. Denn daran ist ja wohl nicht zu zweifeln, daß Lida in hartherziger Weise zwei liebende Menschen voneinander trennt, obwohl sie keinerlei Recht – weder im formal-juristischen noch im moralischen Sinn – dazu hat. Und die Feindschaft zwischen ihr und dem Maler hat ihren Hauptgrund wohl gar nicht im Theoretischen; auch nicht darin, daß er untätig ist (denn auch ihre jüngere Schwester ist untätig, und bei ihr duldet sie es); ihren Hauptgrund hat diese Feindschaft darin, daß der Maler in Lidas Umgebung der einzige ist, der sich ihr nicht unterordnet, der nicht bereit ist, sie anzuerkennen. Die Gestalt der Mutter ist vielleicht nur zu dem Zweck in die Erzählung eingefügt, deutlich zu machen, daß sogar sie sich ehrfürchtig vor ihrer Tochter neigt, ihr gleichsam die Vormundschaft über die jüngere Tochter abtritt und am Ende blind dem Befehl ihrer herrischen Tochter folgt. Alles, was Lida tut, auch das, was an sich gut und richtig ist, geschieht letztlich nicht aus Liebe zur Menschheit, sondern aus einem unbewußt wirkenden Willen zur Macht. Tschechow deckt damit eine tiefe Gefährdung alles sozial-politischen Handelns auf.

Mag Lida recht haben in der Auffassung, daß eine geringfügige Besserung der Lage der unter der Last der Arbeit seufzenden Bevölkerung besser ist als die Hände in den Schoß legen und gar nichts tun – viel Gutes kann bei ihrer Reformarbeit nicht herauskommen, und die pädagogische Sinnlosigkeit ihres Diktats in der letzten Szene, die wir in dem Haus mit dem Mezzanin miterleben, symbolisiert in der Tat die geistige Unfruchtbarkeit ihres pädagogischen Tuns. Wie sagt doch Kant? »Es ist überall nichts in der Welt, was ohne Einschränkung für gut könnte gehalten werden, denn allein der gute Wille.« Und noch deutlicher der, den Kant den »Heiligen des Evangelii« nennt: »Nur ein guter Baum bringt gute Früchte.«

Aber selbst im Theoretischen hat nicht allein Lida mit ihrer Forderung nach tätiger Nächstenliebe und mit ihrer Theorie der kleinen Schritte recht. Unrecht hat sie zunächst schon einmal in ihrer Verachtung der Kunst der Landschaftsmalerei. Sie möchte, daß auch die Kunst *den* Zielen diene, die *sie* aufgestellt hat, die *sie* für die höchsten hält; sie möchte, daß auch die Kunst sich ihrem Willen unterordne. Wozu braucht man Landschaftsmalerei ohne sozialen Gehalt? In *Der Mensch im Futteral, Die Dame mit dem Hündchen, In der Schlucht,* in *Der Bischof* und in vielen anderen Erzählungen Tschechows sehen wir, daß die Natur für ihn das ist, was dem Menschen in dem Zwiespalt und in der tiefen Unruhe seines Lebens das Gefühl von Geborgenheit gibt. Und die Landschaftsmalerei, etwa die Bilder des mit Tschechow befreundeten Malers Lewitan, kann den Menschen hierauf hinweisen, indem sie ihm das Wesen der Natur erschließt, kann ihm

die Augen öffnen für diese Quelle tiefen Friedens in allem Unfrieden, der um ihn ist.
Und wie in der Kunst, so ist es auch in den anderen Bezirken menschlicher kultureller Tätigkeit.

> Wer das Ziel nicht weiß,
> Kann den Weg nicht haben ... (Morgenstern).

Wer Führer der Menschheit sein will, muß wissen, wohin er sie führen will: Er muß wissen, worin der letzte Sinn und Grund des menschlichen Lebens besteht, oder mindestens muß er wissen, daß dies das eigentlich Wissenswerte ist. Lesen und Schreiben lehren, nur damit der Mensch Reklameparolen und wertlose Literatur lesen kann, ist eher kulturhemmend als kulturfördernd; das Herumkurieren an Krankheitssymptomen kann unnütz oder sogar schädlich sein; die Aufgabe einer wissenschaftlichen Medizin ist ja wirklich weniger das Heilen von Krankheiten, als die Lehre davon, wie man gesund lebt; Aufgabe der Volksaufklärung ist nicht, dem Volk einen kleinen Teil jener dürftigen »allgemeinen Bildung« zu vermitteln, die man selbst sich angeeignet hat, sondern ihm zu helfen, über den Sinn des Seins nachzudenken und das menschliche Leben aus der Knechtschaft der Furcht vor dem Tode zu befreien.
Der Künstler, von Lida herausgefordert, formuliert diese Thesen antithetisch, überspitzt, aber in seiner Kritik am bloßen Aktionismus der Volksbeglücker vom Schlage einer Lida und in seiner Forderung nach höheren Zielen hat er völlig recht. Vielleicht stehen hinter den Anschauungen, die Tschechow hier dem Künstler in den Mund gelegt hat, Gedanken Lewitans aus Gesprächen, die dieser mit Tschechow geführt hat, ebenso, wie hinter dem Motiv der weggenommenen Braut wohl eigenes Erleben Tschechows steht.
So ist diese Erzählung mehr als der rührende Bericht eines einsamen, resignierenden alten Mannes über ein Liebeserlebnis aus vergangener Jugendzeit, sondern auch sie ist erfüllt von tiefem kulturphilosophischem, ideologiekritischem Gehalt.

Der Mensch im Futteral

Die Erzählung ist geschrieben im Juni 1898, zuerst gedruckt im Juli des gleichen Jahres.
War in *Anna am Halse* gezeigt worden wie der Mensch durch das Verletzen der ewigen Ordnungen sich selbst zerstört, so wird in *Der Mensch im Futteral* gerade das Gegenteil davon gezeigt: die Gefährdung des Menschen durch die Ordnungen.
Aber in Wirklichkeit sind es nun doch nicht die Ordnungen selbst, die das Leben des Menschen gefährden, nicht jene »ewigen, ehernen, großen Gesetze«, nach denen »wir alle unseres Daseins Kreise vollenden« müssen (Goethe); was das Leben gefährdet, ist die Angst des Menschen vor der Wirklichkeit, vor dem Leben, die sich in Ordnungen flüchtet, die die Ordnungen als Futteral benutzt, in denen man sich vor dem Leben versteckt. Die Ordnungen Belikows sind eben nicht die *ewigen* Ordnungen des Lebens, sondern es sind *gesetzte* Ordnungen, An-Ordnungen der Behörde oder der gesellschaftlichen Meinung, auf die er sich zurückzieht, in die er sich verkriecht »... wenn in einem Zeitungsartikel die fleischliche Liebe verboten wurde, dann war das für ihn etwas Klares, das Hand und Fuß hatte; verboten – und basta.«
Tschechow hat die Erzählung in einen Rahmen gestellt, was er nicht gerade oft tut und darum wohl niemals ohne Grund. Zwei Freunde, die zusammen auf der Jagd sind, erzählen sich in einem einfachen Nachtlager in einer Scheune am Rande eines großen Dorfes Geschichten. Die von dem Menschen im Futteral wird hervorgerufen durch die Erwähnung der Bäuerin Mawra, die, auch so ein »Mensch im Futteral«, nie in ihrem Leben aus ihrem Dorf hinausgekommen ist, niemals eine Stadt oder eine Eisenbahn gesehen hat, die ihre Tage hinter dem Ofen des Bauernhauses verbringt und nur bei Nacht durch die Straße des Dorfes tappt. Was bei Mawra offenbar eine psychische Krankheit ist, wird durch die Erzählung Burkins offenbart als eine Erscheinung, die auch unter »normalen« Menschen vorkommt, unter Menschen, die an verantwortlicher Stelle im Berufsleben stehen und darum mit ihrer falschen Einstellung dem Leben gegenüber

unendlich größeren Schaden anrichten als die kranke Frau des Dorfältesten. Im Nachgespräch wird der Kreis dieser »Menschen im Futteral« noch einmal erweitert. Der Griechischlehrer Belikow erschien, solange er lebte, in der Provinzstadt, von der die Rede ist, doch als Ausnahme, als Sonderling, als Einzelfall; aber der Erzähler selbst bezeugt uns, daß sich nach dem Tode Belikows eigentlich nicht viel geändert hat; die Herrschaft der An-Ordnung über das Leben, die Herrschaft der Hülle über den Inhalt, die Herrschaft des Futterals über den Menschen ist geblieben und wird wohl auch noch eine Weile so bleiben.

Und das Leben in Freiheit – wird es jemals kommen? Wird es jemals die Mächte überwinden, die es in ein Futteral stecken wollen? Tschechow ist kein Utopist, er verkündet nicht den baldigen Anbruch eines Paradieses auf Erden. Aber der Freiheits-*Durst* ist da, und schon die schwache Hoffnung auf Möglichkeit der Freiheit gibt der Seele Flügel. Und wenn dieser Freiheits-Durst eine so große Kraft ist, dann hat diese letztlich doch die Möglichkeit, die Dinge zum Besseren zu wandeln; und eben hierin liegt der Sinn des Erzählens über solche Menschen im Futteral, hierin liegt der Sinn der schriftstellerischen Arbeit überhaupt, daß wir uns dessen bewußt werden, wie sehr wir selbst im Futteral stecken, und daß der Durst nach echter Freiheit in uns noch stärker werde. Der Zuhörer, Iwan Iwanytsch, der Tierarzt, zieht dann auch diese Folgerung aus der Geschichte: Nicht nur, daß es viele, sehr viele Menschen gibt, die im Futteral stecken und andere hineinstecken wollen, sondern wir selbst stecken drin und merken es nicht. Hier ist einer, der den Imperativ erkannt hat, der in der Erzählung verborgen liegt.

Der Dichter selbst ist zunächst nur als stummer Beobachter Zeuge der nächtlichen Szene: Iwan Iwanytsch, der während der Erzählung im hellen Mondlicht am Eingang sitzt, wird gleich zu Anfang nach seiner äußeren Erscheinung geschildert, weil der stumm anwesende Dichter ihn gleichsam sehen kann; Burkin dagegen erst am Ende, als er aus der Scheune heraustritt. Gerade an dieser Stelle ergreift der Dichter nun auch einmal in seinem eigenen Namen das Wort: »... man möchte es nicht für möglich halten, daß es in der Natur so still sein kann. [...] und es scheint, als blickten auch die Sterne zärtlich und gerührt auf sie [die Dorfstraße] herab und als sei alles Böse in der Welt getilgt und als werde alles gut.« Über dem Streit und Unfrieden des Lebens und der Unfreiheit in der Welt, gegen die zu kämpfen wir ständig aufgerufen sind und die wir doch niemals voll werden besiegen können, wölbt sich der Himmel in ewiger Ruhe und läßt uns selbst erfüllt werden von Ruhe und innerem Frieden.

Stachelbeeren

Die Erzählung ist die unmittelbare Fortsetzung der vorigen; zusammen mit der weiterhin folgenden *Von der Liebe* bildet sie einen Zyklus, der durch die Gleichheit der auftretenden Personen, durch einen lockeren Handlungszusammenhang und durch gewisse thematische Beziehungen zusammengehalten wird. Die beiden Erzählungen sind auch unmittelbar nach *Der Mensch im Futteral,* im Juli 1898, entstanden und im August in der gleichen Zeitschrift erschienen. Tschechow hatte vor, den Zyklus fortzusetzen, hat diesen Plan aber nicht verwirklicht.
In den *Stachelbeeren* wird auch ein »Mensch im Futteral« geschildert; das Futteral, in das der Besitzer der Stachelbeeren sich verkriecht, ist sein Landgut. Auch dies ist eine Flucht vor dem wirklichen Leben, aus dem wirklichen Leben; denn sein wirkliches Leben: seinen Beruf, seine Ehe, seine Gemeinschaft mit den Menschen, seine Überzeugungen – alles opfert er jenem Futteral, in das er sich verkriecht, das er anbetet wie seinen Gott. Ursprünglich hatte Tschechow vor, den Besitzer der Stachelbeeren am Ende der Geschichte krank werden und sterben und ihn vorher die Unzulänglichkeit seines Ideals einsehen zu lassen. Er hat aus gutem Grund darauf verzichtet. Der Leser soll den »Helden« seiner Erzählung in dessen vollem »Glück« erleben, und gerade die Fülle des »Glückes« soll die Erbärmlichkeit dieses Lebens im Futteral offenbaren.
Der um die Erzählung von den Stachelbeeren gelegte Rahmen ist noch umfangreicher, bedeutsamer als in der vorangehenden Erzählung. Iwan Iwanytsch gibt einen ausführlichen moral-phi-

losophischen, sozial-ethischen Kommentar zu dem Bericht über seinen Bruder, den Besitzer der Stachelbeeren, und schließt mit einer pathetischen Ermahnung an den Gastgeber, dieser solle nicht aufhören, Gutes zu tun, denn das Ziel des Lebens liege nicht im Glück, sondern im Tun des Guten. Es sind Gedanken, die denen Tschechows ohne Zweifel nahestehen. Aber es ist eigentlich nicht Tschechows Art, die Leser auf diese Weise durch den Mund eines Helden so direkt über seine eigene Meinung zu unterrichten. Und etwas seltsam nimmt sich diese Moralpredigt aus dem Munde des Iwan Iwanytsch doch aus. Er beschwört Aljochin, sich nicht zu beruhigen, nicht das Glück zu suchen, sondern Gutes zu tun, solange er jung sei. In der folgenden Geschichte werden wir von Aljochin hören, daß dieser vielleicht mehr Gutes tut als Iwan Iwanytsch, ohne es freilich selbst zu wissen oder zu ahnen. Und muß man denn jung sein, um Gutes tun zu können? Kann Iwan Iwanytsch nicht selbst Gutes tun? Er ist unzufrieden geworden mit sich und der Welt, er kann den Anblick einer glücklichen Familie nicht ertragen, aber was tut er selbst? Er zieht sich zurück, geht tage-, vielleicht wochenlang auf die Jagd, raucht Tabak und läßt die Pfeife auf dem Tisch liegen, so daß der starke Geruch des Tabaksuds dem Zimmergenossen den Schlaf raubt. Er hat recht mit seinen Worten, aber warum tut er nicht, was er als recht erkannt hat?
Vielleicht will Tschechow in dieser Erzählung nicht nur die »Menschen im Futteral« kritisieren, sondern gleichzeitig auch noch ihre Kritiker und mit ihnen sich selbst. Vielleicht empfindet er, daß er, der geschichtenerzählende Arzt, dem geschichtenerzählenden Tierarzt gar nicht so fern steht. Er, Tschechow, zeigt in seinen Geschichten, wie die Menschen sind und wie sie sein sollten, und er, der ein so überaus feines Herz und Gewissen hatte, fragt sich vielleicht: »Warum tue ich nicht selbst, was ich anderen zu tun empfehle? Bedürfen meine Leser überhaupt meiner Geschichten und meiner Ermahnungen?« Vielleicht gewinnt das elfenbeinerne Kruzifix auch von hier aus seine Bedeutung. Wie das furchtbare Leiden des am Kreuz sterbenden Christus hier, in Elfenbein nachgebildet, zum Schmuck des Schlafzimmers wird, so dient die sozial- und kulturkritische Er-

zählkunst Tschechows vielleicht auch nur als Dekoration? Immer wieder hat er ja daran gezweifelt, ob seine Schriftstellerei Sinn und Wert habe und ob er das Recht habe, um dieser Geliebten willen seine angetraute Ehefrau (nämlich den Arztberuf) zu vernachlässigen.
Wie dem auch sei: Der Rahmen ist in dieser Erzählung ebenso wichtig wie die Binnenerzählung, und er enthält über die berechtigte Kritik an dem Besitzer der Stachelbeeren hinaus auch noch eine wichtige Reflexion über den Kritiker selbst.

Von der Liebe

Entstanden und veröffentlicht worden ist diese Erzählung, wie schon gesagt, zusammen mit der vorigen, *Stachelbeeren*.
Jetzt erzählt der dritte der drei Männer, die in dem Zyklus auftreten, eine Geschichte. Sprach der erste von ihnen über einen Kollegen, der zweite über seinen Bruder, so spricht Aljochin über sich selbst, über sein ureigenstes Erleben.
Er erzählt eine Geschichte, wie wir sie schon oft gehört haben: Zwei Menschen lernen sich kennen, die füreinander bestimmt zu sein scheinen, die zueinander passen, die aber gebunden sind durch die Bande der Ehe; entweder beide, wie in der *Dame mit dem Hündchen* oder in den *Drei Schwestern*, oder nur einer, wie hier oder in Puschkins *Ewgenij Onegin* oder in Tolstojs *Anna Karenina* – gebunden durch eine Ehe, die irgendwie »ein entsetzlicher Fehler« war. Und nun stehen sie alle vor der Frage: Welche Verpflichtung steht höher – die zur Erfüllung der Liebe, die doch eine Urmacht ist, ein kosmisches Prinzip, höher, tiefer, ursprünglicher als alle Schranken, als die Konvention, die der menschliche Sittenkodex aufgerichtet hat, oder ebendiese »Konvention«?
Im drittletzten Absatz gibt der Erzähler seine Meinung kund: »Mit einem brennenden Weh im Herzen erkannte ich, wie unberechtigt, wie seicht und trügerisch all das war, was uns gehindert hatte zu lieben. Wenn man liebt, so erkannte ich, muß man sich in der eigenen Beurteilung dieser Liebe von etwas Höhe-

rem, von etwas Wichtigerem leiten lassen als von dem, was Glück oder Unglück, Sünde oder Tugend in ihrem landläufigen Sinn bedeuten, sonst kann man überhaupt auf jegliche Beurteilung verzichten.«

Im Nachdenken über sein eigenes Liebes-Schicksal steht der Erzähler, Aljochin (nicht Tschechow!), hier auf dem Standpunkt Schopenhauers: Die Liebe ist etwas Größeres, Höheres, Ursprünglicheres als alle menschlichen Begriffe von Glück und Tugend. Aljochins eigenes Handeln aber war anders. War es nur Scheu vor den fatalen Konsequenzen einer Ehebruchs- oder Scheidungsaffäre, war es ein Sich-Beugen vor der gesellschaftlichen »Konvention« der Ehe, was die Liebenden davon abgehalten hat, sich ihrer Liebe voll und rückhaltlos hinzugeben? War es nicht vielleicht auch ein tiefes ethisches Empfinden dafür, daß im Menschenleben neben der Urkraft der sexuellen Liebe, die alle Grenzen hinwegspült, es auch noch die Kraft einer anderen Liebe gibt, der Liebe zum Freund, der Liebe zu dem Mann und zu den Kindern der geliebten Frau, kurz – der »Liebe zum Nächsten«, und daß die Ordnung der Ehe vielleicht doch mehr ist als gesellschaftliche Konvention und daß die liebende Frau den »entsetzlichen Fehler«, den sie mit ihrer Eheschließung begangen hat, nicht durch einen noch schrecklicheren Fehler korrigieren kann – durch den Fehler der Anna Karenina oder der »Dame mit dem Hündchen«?

Freilich – der Verzicht ist nun nicht einfach das heilsame Rezept, das allen Schaden wiedergutmacht, das alles ins Lot bringt. Nein – das Leben bleibt zerstört, nicht nur, daß das sogenannte »Glück in der Liebe« nicht gefunden wird, sondern diese Verfehlung des Liebesschicksals macht Anna seelisch und sogar körperlich krank, und auch ihn macht sie mindestens »reizbar«.

Wenn Aljochin am Anfang sagt, er wisse nicht, ob sein Verhalten gut oder böse gewesen sei, sondern er wisse nur, daß es die innere Ruhe störe, die Befriedigung versage, den Menschen reizbar mache, so überläßt der Erzähler Tschechow die Antwort dem Leser. Der Ort, an dem Aljochin wohnt, heißt Ssofino, der Name ist abgeleitet von dem Wort »Sophia«, »Weisheit«. Im letzten hat Aljochin wohl doch »weise« gehandelt – nicht im Sinne einer abgeklärten Lebensweisheit, die lehrt, sich hübsch zu bescheiden, Aufregungen zu vermeiden, sondern im Sinne der tiefen, wahren Weisheit, die nicht im Verstand, sondern im Herzen wurzelt und die aus der Kraft des Herzens das Rechte tut, selbst wenn der Verstand keine Begründungen dafür weiß.

Ein Fall aus der Praxis

Die Erzählung ist entstanden im November 1898, zuerst veröffentlicht im Dezember des gleichen Jahres.
Nirgends sonst hat Tschechow in so direkter Weise wie hier das brennendste soziale Problem seiner Zeit – das Problem der Fabrikarbeiter – behandelt. In der vorliegenden Auswahl kommt es sonst nur noch in der Erzählung *In der Schlucht* zur Sprache. Stärker noch als dort werden hier die negativen Seiten des Problems hervorgehoben. Die Fabrikarbeiter aus dem Dorf »in der Schlucht« gehen wenigstens fröhlich, singend nach Haus; hier ängstlich, gedrückt, nervös, zerstreut. Dort ist wenigstens die Herrin über den großen Besitz, die »Schlange« Aksinja glücklich und stolz auf ihren Besitz, hier sind die Besitzerin der Fabrik und ihre Tochter todunglücklich, und es entsteht die völlig absurde Situation, daß an die 2000 Arbeiter und 100 Angestellte sich bis zur körperlichen und seelischen Erschöpfung abplagen, nur um die selbstgefällige Gouvernante der unglücklichen Erbin glücklich zu machen. Der Doktor kann sich diese ganze Absurdität nur erklären, indem er zu mythischen Symbolen greift: Der Teufel treibt hier offenbar seinen Spuk, und die technische Zivilisation, von vielen als Fortschritt gepriesen, erscheint ihm als Rückschritt in die Zeit der Pfahlbauten.
Aber auch als Kulturkritiker ist Tschechow nicht einfach »Pessimist«. Trotz aller negativen Erscheinungen in der Kultur seiner Zeit sieht er doch auch so etwas wie Fortschritt. Dieser liegt paradoxerweise nun aber selbst wieder in einer weiteren negativen Erscheinung beschlossen: in der Krankheit der Tochter. *Daß* sie in dieser Umgebung, unter der Last dieses sinnlosen

Reichtums krank wird, obwohl sie organisch völlig gesund ist, zeigt, daß die Menschheit noch innere Abwehrkräfte besitzt und damit Hoffnung auf Gesundung. Mit dem Weggehen aus schlechten, bösen Verhältnissen, das in den letzten Werken Tschechows immer wieder als Lösung auftaucht (etwa in dem Drama *Der Kirschgarten* oder in Tschechows letzter Erzählung *Die Braut*), sind die sozialen Probleme natürlich nicht gelöst, aber ein erster Schritt ist getan.

Überhaupt glaubt Tschechow offenbar selbst nicht, daß er mit dieser Erzählung einen wesentlichen Beitrag zur Lösung des Problems der Fabrikarbeit gegeben hätte. Er schildert die schrecklichen Zustände ja nicht in direkter Beschreibung, mit der Autorität des über den Dingen stehenden, mit Vollmacht urteilenden Autors, wie etwa Maxim Gorkij es in seinem Roman *Die Mutter* oder wie Tschechow selbst es in bezug auf die Verhältnisse im Krankenhaus in *Krankensaal Nr. 6* getan hat, sondern wir erleben die Problematik der Fabrik gebrochen durch das Prisma des Bewußtseins eines Arztes, der bisher nie eine Fabrik betreten hat und der das Problem nur aus Büchern, Zeitschriften und Gesprächen kennt. Der Arzt unserer Erzählung ist in gewisser Hinsicht Tschechow selbst. Offenbar will er sagen, daß das, was Koroljow hier über die Fabrikarbeit empfindet, denkt, sagt, in hohem Maß subjektiv ist. Der hier spricht, ist nicht kompetent; er ist kein Volkswirtschaftler und kein Politiker und kein Philosoph, er ist einfach Arzt. Aber *als Arzt* muß er das, was ihm in diesem »Fall aus der Praxis« begegnet, als eine schwere Krankheit betrachten, und bei aller Bescheidenheit und Bescheidung meint er wohl, daß vielleicht doch auch für Volkswirtschaftler, Politiker und Philosophen die Diagnose und Prognose eines Arztes von gewissem Nutzen sein kann.

Herzchen

Der Plan zu der Erzählung taucht schon 1895 im Notizbuch Tschechows auf. Er schreibt dort: »Sie war die Frau eines Schauspielers, liebte das Theater, die Schriftsteller, ging, wie es schien, ganz auf in der Arbeit des Mannes, und alle waren erstaunt, daß er so gut geheiratet hatte; aber dann starb er; sie heiratete einen Konditor, und es zeigte sich, daß sie nichts so sehr liebte wie einzumachen und das Theater verachtete, daß sie in Nachahmung ihres zweiten Mannes religiös war.« Geschrieben hat Tschechow die Erzählung Ende 1898; bald darauf wurde sie gedruckt.

Lew Tolstoj war von ihr entzückt, hat sie immer wieder vorgelesen und hat sie 1906 mit leichten Änderungen in den von ihm zusammengestellten *Lesekreis*, eine Art religiöses Lesebuch für seine Anhänger, aufgenommen und ihr ein interessantes Nachwort mitgegeben. Er schreibt darin, Tschechow habe in der Erzählung ein negatives Bild einer schwachen, sich immer unterordnenden, dem Mann ergebenen, unentwickelten Frau zeichnen wollen; aber der Gott der Poesie habe ihm befohlen zu segnen, wo er eigentlich hatte fluchen wollen. »Und er hat gesegnet und hat dieses liebe Wesen, ohne daß er es wollte, in ein so wunderbares Licht gekleidet, daß es für immer ein Muster dessen bleiben wird, was eine Frau sein kann, um selbst glücklich zu werden und die glücklich zu machen, mit denen das Schicksal sie zusammenführt ... Nicht lächerlich, sondern heilig, erstaunlich ist die Seele dieses ›Seelchens‹ mit ihrer Fähigkeit, sich mit ihrem ganzen Wesen dem hinzugeben, den sie liebt.«

Wir müssen Tolstoj zustimmen in seiner Bewertung der Gestalt des »Herzchens«; fraglich erscheint mir nur, ob er recht hat, wenn er meint, Tschechow sei, wie Bileam, eigentlich ausgezogen zu fluchen und sei wider seinen Willen vom Gott der Poesie gezwungen worden zu segnen. Zwar hat Tschechow selbst die Erzählung als »humoristisch« bezeichnet (Brief vom 27. Januar 1899), und ein Freund wurde bei dem »Herzchen« nicht ohne Grund an Gogols Gestalten erinnert. Ein gewisses Lächeln wird Tschechows Gesicht und Seele umspielt haben, als er die Erzählung geschrieben hat, aber nicht das gehässige Lächeln des Satirikers, sondern jenes liebeerfüllte Lächeln, gegen das sich auch in der Erzählung selbst niemand wehren kann, der dieser Frau in ihren glücklichen Zeiten begegnet.

Die Dame mit dem Hündchen

Diese Erzählung – eine der bekanntesten Tschechows – ist im Spätsommer und Herbst 1899 geschrieben und im Dezember 1899 zuerst veröffentlicht worden. Dem Sujet nach ist sie eng verwandt mit *Anna am Halse* (die »Heldin« trägt auch den gleichen Vornamen!) und wie diese mit Tolstojs *Anna Karenina* (auch sie eine Anna!): Die Ehe, nicht auf wirklicher Liebe gegründet, sondern aus irgendwelchen zweitrangigen Erwägungen heraus geschlossen, ist in besonders hohem Ausmaß gefährdet. Gurow bricht aus ihr aus in lange erprobter, beinah schon langweilig gewordener Routine; Anna in plötzlicher Aufwallung, die sie selbst kaum begreifen, die sie nur durch Einwirkung des Teufels erklären kann, während der Dichter dem Leser die psychologischen Gründe, die sie verführt haben, durchaus verständlich zu machen weiß.

Was in *Anna am Halse* mit einem Anflug von bitterem Sarkasmus geschildert war, zeigt uns der Dichter hier in ergreifendem Ernst. Während jene andere Anna immerhin einen (wenn auch einen höchst problematischen) Ausweg aus der Lage, in die sie durch ihren »entsetzlichen Fehler« gekommen war, gefunden hatte, endet das Schicksal dieser Anna in auswegloser Tragik. Man hat dem Dichter vorgeworfen, er lasse seine Erzählung an dem Punkt enden, wo sie eigentlich beginnen müsse. Man wollte von ihm wissen, wie die Geschichte »weitergeht«: Wird unsere Anna im Selbstmord enden wie ihre große Schwester Anna Karenina oder in einer Nervenklinik oder in einer Frauenklinik, oder kommt es schließlich doch noch zu einer Scheidung der beiden Ehen und zu einer Vereinigung der Liebenden? Aber alle diese Lösungen wären ja keine wirklichen Lösungen, es wären Notausgänge, und eben in der Ausweglosigkeit der Situation liegt die Tragik der Menschen, die sich schuldig-unschuldig gegen die ewigen Ordnungen des menschlichen Lebens vergangen haben.

Doch auch hier ist, wie in den meisten Werken Tschechows, neben der Schilderung der menschlichen Schuld und Tragik wenigstens ein Hinweis auf eine mögliche Überwindung der Lebensverfehlung gegeben. Wir wissen nicht recht, spricht der Dichter in seinem eigenen Namen, oder gibt er die Empfindungen Gurows oder Annas wieder, wenn er in der Mitte von Kapitel II sagt: »In dieser Beständigkeit [des Meeres] aber, in dieser völligen Gleichgültigkeit gegen Leben und Tod eines jeden von uns, verbirgt sich vielleicht das Unterpfand unserer ewigen Rettung, der unablässigen Bewegung des Lebens auf Erden, der unablässigen Vervollkommnung.« Und dann: »[Gurow] dachte [...], daß tatsächlich, wenn man es sich recht überlegt, alles auf dieser Welt schön ist, alles außer jenem, was wir selber denken und tun, wenn wir die höheren Ziele des Daseins, unsre menschliche Würde vergessen.« Gurow ist sich klar und richtig dessen bewußt, daß er in seinem Verhältnis zu der jungen Frau, die neben ihm sitzt, und überhaupt in seinem Verhältnis zu den Frauen gegen die »höchsten Ziele des Seins« verstößt, daß er die menschliche Würde in sich und den anderen verletzt hat, daß dieses sein Verhalten nicht jene »Schönheit« besitzt, die die Natur hat, die sich in der nächtlichen Stille vor den beiden ausbreitet; daß diese ewige Schönheit der Natur aber gleichsam größer ist als die moralische Häßlichkeit des Menschen, daß das Meer des Seins so groß und rein ist, daß es selbst den schuldbeladenen Menschen zurücknimmt in die Größe und Reinheit der ewigen Flut und ihm so die »ewige Rettung« schenkt.

In der Schlucht

Die Erzählung, geschrieben im Herbst 1899, zuerst gedruckt im Januar 1900, ist eine der längsten aus der Spätzeit Tschechows. – Sie hat eine doppelte Thematik: eine sozialkritische und eine allgemein menschliche. Tschechow selbst hat in einem Brief (am 21. Januar 1900) geäußert, dies sei seine »letzte Erzählung aus dem Volksleben«, und aus Erinnerungen von Zeitgenossen wissen wir, daß er hier einen Kriminalfall beschrieben hat, von dem er auf Sachalin gehört hatte, und soziale Zustände, die er aus eigener Erfahrung kannte: »Ich beschreibe hier ein Leben, wie es in den mittleren Gouvernements vorkommt ... Auch die Kauf-

leute Chrymin gibt es in der Wirklichkeit. Nur sind sie in Wirklichkeit noch schlimmer. Ihre Kinder fangen mit acht Jahren an, Wodka zu trinken, und treiben Unzucht von Kindesbeinen an; den ganzen Kreis haben sie mit Syphilis angesteckt. Ich spreche davon nicht in der Erzählung, weil ich es für unkünstlerisch halte, darüber zu sprechen ... Daß der Knabe der Lipa mit kochendem Wasser verbrüht wird, ist kein Ausnahmefall, die Landschaftsärzte[3] haben nicht selten mit solchen Fällen zu tun.«
Wie in seinen anderen Erzählungen, die dieses Milieu schildern (besonders *Der Mord, Die Bauern*), ist Tschechow auch hier weit entfernt von jeder Idealisierung des russischen Volkslebens. Er malt das russische Dorfleben vielmehr in düstersten Farben. Hier ist es vor allem die dörfliche »Aristokratie«: die staatliche Verwaltung, die Geistlichkeit, die Fabrikherren, die Kaufmannschaft, die geschildert wird: selbst moralisch verdorben, verdirbt sie, was in ihre Nähe kommt. Der Küster, der bei der Beerdigung den ganzen Kaviar auffrißt, steht symbolisch für das von Egoismus und triebhafter Gier bestimmte Leben dieser »Aristokratie« in dem Dorf »in der Schlucht«. Die Sozialkritik dieser Erzählung ist nicht abstrakt, zeit- und geschichtslos, sondern sie schildert die gegenwärtige Lage des russischen Dorfes. Die Hauptereignisse spielen, wenn die Datenangaben in der Erzählung bewußt gewählt sind (wie man wohl annehmen kann), in den Jahren 1894 bis 1895.[4] Es ist die Zeit der verstärkten Industrialisierung des bäuerlichen Rußland, und Tschechow zeigt uns die negativen, aber auch die positiven Seiten dieses Prozesses: Die Flüsse werden von Abwässern verschmutzt, die rasch reich werdenden Unternehmer sind eine Quelle moralischen Verfalls, die rücksichtslosen Machtmenschen, in unserer Erzählung vertreten durch Aksinja, die nicht umsonst immer wieder mit einer Schlange verglichen wird, setzen sich durch; allerdings

3 »Landschaftsärzte« nannte man die Ärzte, die von der »Landschaft« (russ. *zemstvo*), einer ländlichen Selbstverwaltungskörperschaft, angestellt waren.

4 1894 fiel die Feier der Kazanschen Muttergottes-Ikone, der 8. Juli, auf einen Freitag; 1895 im Januar wird Nikifor geboren, er stirbt im Frühling. Die Gegenwart von Kapitel IX ist drei Jahre später, also 1898. Niedergeschrieben ist die Erzählung – wie gesagt – 1899.

ist auch ihr nicht abzusprechen, daß sie einen gewissen Nutzen bringt: Die Ziegelfabrik gibt der Bevölkerung Arbeitsplätze, nun allerdings wieder sehr schlecht bezahlte; einen Viertel Rubel bekommen die schwer arbeitenden Frauen und Mädchen an Tageslohn.

Neben der sozialen Thematik, aber doch aufs engste mit ihr verknüpft, steht die allgemein menschliche. Verschiedene Möglichkeiten des Menschseins werden gezeigt; aber sie stehen ihrem Wert nach gleichsam im umgekehrt proportionalen Verhältnis zur sozialen Ordnung. Je höher die Menschen in der sozialen Ordnung des Dorfes »in der Schlucht« stehen, um so tiefer in der der wahren Werte. Auf der obersten Stufe der sozialen Ordnung steht schließlich »die Schlange« Aksinja, auf der tiefsten Lipa. Aber in der Ordnung der wahren Werte ist es umgekehrt. Lipa und ihre Mutter sind die einzigen, die in letzter Einheit mit dem Sein, die ein wahrhaft menschliches Leben leben. Im tiefsten Unglück, wenn trostloser Kummer sie ergreifen will, finden sie in der Schönheit der Nacht den Glauben an den, der höher ist als dieser Nachthimmel und der gleichzeitig der Inbegriff der »prawda«, der Wahrheit und Gerechtigkeit, ist. Hatte der Student in der gleichnamigen Erzählung trotz aller »Ungemütlichkeit« des Lebens, trotz der Unwirtlichkeit der Welt die Lebensfreude zurückgewonnen in dem Augenblick, als er erkannte, daß die sittliche Größe Christi auch in der Gegenwart noch wirkt, hatte in der *Dame mit dem Hündchen* und in *Der Mensch im Futteral* die Größe und Schönheit der Natur die moralische Kleinheit und Häßlichkeit des Menschen gleichsam in sich verschlungen, so verbinden sich hier, bei Lipa und ihrer Mutter, diese beiden Erlebnisse: Ergriffen von der Schönheit der Natur und fest gegründet im Glauben an den, der »von der Höhe des Himmels herabschaut« und wacht über Gut und Böse, finden sie ihren inneren Frieden (Kap. V, Ende) und gewinnen die Kraft, das Böse mit Gutem zu überwinden (Kap. IX, Ende).

Der Bischof

An dieser Erzählung hat Tschechow verhältnismäßig lange gearbeitet, von 1899 an mit längeren Unterbrechungen bis zum Februar 1902; aber das Sujet habe ihm schon 15 Jahre lang im Kopf gesessen, schreibt er in einem Brief vom 16. März 1901. Wir können dafür dankbar sein, daß Tschechow die Erzählung erst so spät vollendet hat, in der vollen Reife seines Könnens und seiner Lebenserfahrung, die durch das Wissen um den nicht mehr fernen eigenen Tod des Dichters ihre letzte Tiefe gewonnen hatte.
Ihm selbst war diese Erzählung, in die er sein Letztes hineingelegt hat, auch besonders teuer. An den Herausgeber der Zeitschrift, in der sie gedruckt werden sollte, schrieb er: »Wenn die Zensur auch nur *ein* Wort streicht, drucken Sie sie nicht. Ich schicke Ihnen dann eine andere Erzählung.«
Die Welt der russischen Geistlichkeit vom Dorfdiakon bis hinauf zum Bischof, das religiöse Leben Rußlands in seinen positiven und in seinen negativen Seiten, die Schönheit des Kultes, das Glück des Glaubens, aber auch der leere Ritualismus, der Aberglaube, die Unbildung und Sittenlosigkeit des niederen Klerus, die Bindung der Kirche an den Staat, die Überlastung des Bischofs mit Aufgaben, die seinem geistlichen Beruf eigentlich fremd sind – all dies schildert Tschechow mit wenigen Strichen, aber vielleicht mit größerer Eindringlichkeit als Leskow in seinen dicken Büchern über den gleichen Themenkreis.
Im Mittelpunkt steht die Gestalt des in der Karwoche seinem Tod entgegengehenden Bischofs. Er ist gebildet, er kennt die Schriften der Gegner der Kirche, er kennt die Argumente, mit denen der Glaube an Gott und Christus bekämpft wird, aber er ist so fest verwurzelt in seiner ererbten Liebe zu Gott, zur Kirche, zu den heiligen Bildern und Symbolen, Worten und Gesängen, daß er im Inneren, im Innersten geborgen, gefeit ist gegen all das, was ihn anfechten und unsicher machen will. Aber auf der anderen Seite ist er doch auch kein Glaubensheld, kein Wundertäter, kein Heiliger, der sich den Tod wünschte, um möglichst schnell in den Himmel zu kommen; nein – er ist ein

schwacher, leidender, angefochtener Mensch, der den Tod scheut wie alle Kreatur.

Der Bischof hat in seiner irdischen Laufbahn alles erreicht, was er erreichen konnte, und mehr, als er und seine Eltern je für ihn zu hoffen gewagt hätten. Er glaubt an Gott und fühlt sich geborgen im Willen und im Leben Gottes, »aber noch immer war nicht alles klar, fehlte noch etwas, er wollte nicht sterben«. Der Wille zum Leben ist irrational, stärker als die Verstandesgründe, die dem Kranken sagen: »Du kannst nicht *mehr* erreichen, als du erreicht hast«, stärker auch als die religiösen Überzeugungen, die sagen: »Dort drüben ist es schöner, leichter, freier als hier.«

Aber in dieser Bitternis und Anfechtung des Sterbens findet er dann doch Trost und Halt in den Worten aus der Ewigkeit. Das Sterben ist schwer, schwer, quälend lang; aber als der Tod dann kommt, ist er doch wirklich so etwas wie ein Befreier: ein Befreier vom Zwang der Konvention, von der Last des Berufes, von den Leiden des Körpers, vom Dunkel der Furcht: »über ihm der weite Himmel, übergossen von Sonne, und er ist jetzt frei wie ein Vogel, er kann gehen, wohin er will«.

Wohin geht er? Geht er ein in den Himmel, wie der Gläubige ihn sich vorstellt, oder löst er sich auf ins Nichts? Die letzten Absätze der Erzählung zeigen uns, wie schnell der Bischof vergessen ist und wie bald selbst seine eigene Mutter kaum noch glauben kann, daß es ihn wirklich gegeben hat. Man hat dies Ende der Erzählung aufgefaßt als kennzeichnend für den angeblichen tiefen Pessimismus Tschechows: Alles wird »absorbiert von den Realitäten der Alltäglichkeit«, alles versinkt in der »Bodenlosigkeit des Trivialen«; nicht nur sein Leben, sondern auch sein Tod wird »sofort von der Alltäglichkeit eingeebnet«.[5] Aber was wäre angesichts der Ewigkeit denn gewonnen, wenn man noch zehn oder vielleicht hundert oder gar tausend Jahre sich an den Bischof erinnern würde? Nicht darin liegt ja »das Unterpfand unserer ewigen Errettung«, von der in der *Dame mit dem Hünd-*

5 Gabriele Selge, in: *Lexikon der Weltliteratur*, Bd. 2: *Hauptwerke der Weltliteratur in Charakteristiken und Kurzinterpretationen*, hrsg. von Gero von Wilpert, Stuttgart 1968, S. 117.

chen die Rede war, sondern darin, daß das individuelle Sein »aufgehoben« ist in dem allumfassenden Meer des Seins; wer bereit ist, sich selbst gleichsam loszulassen, sich preiszugeben gerade in die Gleichgültigkeit des umfassenden Seins hinein, wer erfüllt ist vom Urvertrauen in dieses umfassende Sein, für den ist dieser Schritt hinüber letztlich doch die große Befreiung, für den folgt auf die Woche des Leidens das lichte Fest der Auferstehung. Das letzte Wort Tschechows, gesprochen auf der Höhe des Lebens, im Besitz wunderbarer künstlerischer Gestaltungskraft, aber gleichzeitig in der sicheren Erwartung eines baldigen, frühen Todes – dieses letzte Wort ist nicht triumphierende Gläubigkeit, aber es ist auch nicht trauriger Pessimismus, hoffnungslose Resignation, sondern es ist, bei vollem Wissen um die tragische Situation des Menschen in der Welt, das große und dankbare Ja zum Sein.

Ludolf Müller

Inhalt

Russische Literatur – zweisprachig

IN RECLAMS UNIVERSAL-BIBLIOTHEK

Iwan Bunin, *Der Herr aus San Francisco.* 80 S. UB 9788

Daniil Charms, *Fälle.* 112 S. UB 9344

Nikolaj Gogol, *Der Mantel.* 120 S. UB 9489 – *Die Nase.* 101 S. UB 9628

Iwan Gontscharow, *Oblomows Traum.* 157 S. UB 2244

Nikolaj Karamsin, *Die arme Lisa.* 77 S. UB 7861

Michail Lermontow, *Gedichte.* 168 S. UB 3051

Nikolaj Leskow, *Die Lady Macbeth aus dem Landkreis Mzensk.* 144 S. UB 7619

Nieder mit der Mafia! Neue russische Kurzprosa. 199 S. UB 18082

Alexander Puschkin, *Gedichte.* 160 S. UB 3731 – *Das Märchen vom Zaren Saltan.* 79 S. UB 18126 – *Mozart und Salieri.* 41 S. UB 8094 – *Pique Dame.* 96 S. UB 1613 – *Der Postmeister.* 54 S. UB 7468 – *Der steinerne Gast.* 85 S. UB 428

Russische Liedermacher. Wyssozkij, Galitsch, Okudschawa. 207 S. UB 18056

Russische Lyrik. Von den Anfängen bis zur Gegenwart. 784 S. UB 7994

Alexander Solschenizyn, *Matrjonas Hof.* 125 S. UB 7945

Leo Tolstoi, *Herr und Knecht.* 135 S. UB 8276

Anton Tschechow, *Die Dame mit dem Hündchen.* 64 S. UB 5290 – *Der schwarze Mönch.* 116 S. UB 5315 – *Der Tod des Beamten. Der Dicke und der Dünne. Der Mensch im Futteral.* 72 S. UB 5308

Iwan Turgenjew, *Erste Liebe.* 210 S. UB 1732

Philipp Reclam jun. Stuttgart